文春文庫

海神の子

川越宗一

文藝春秋

目次

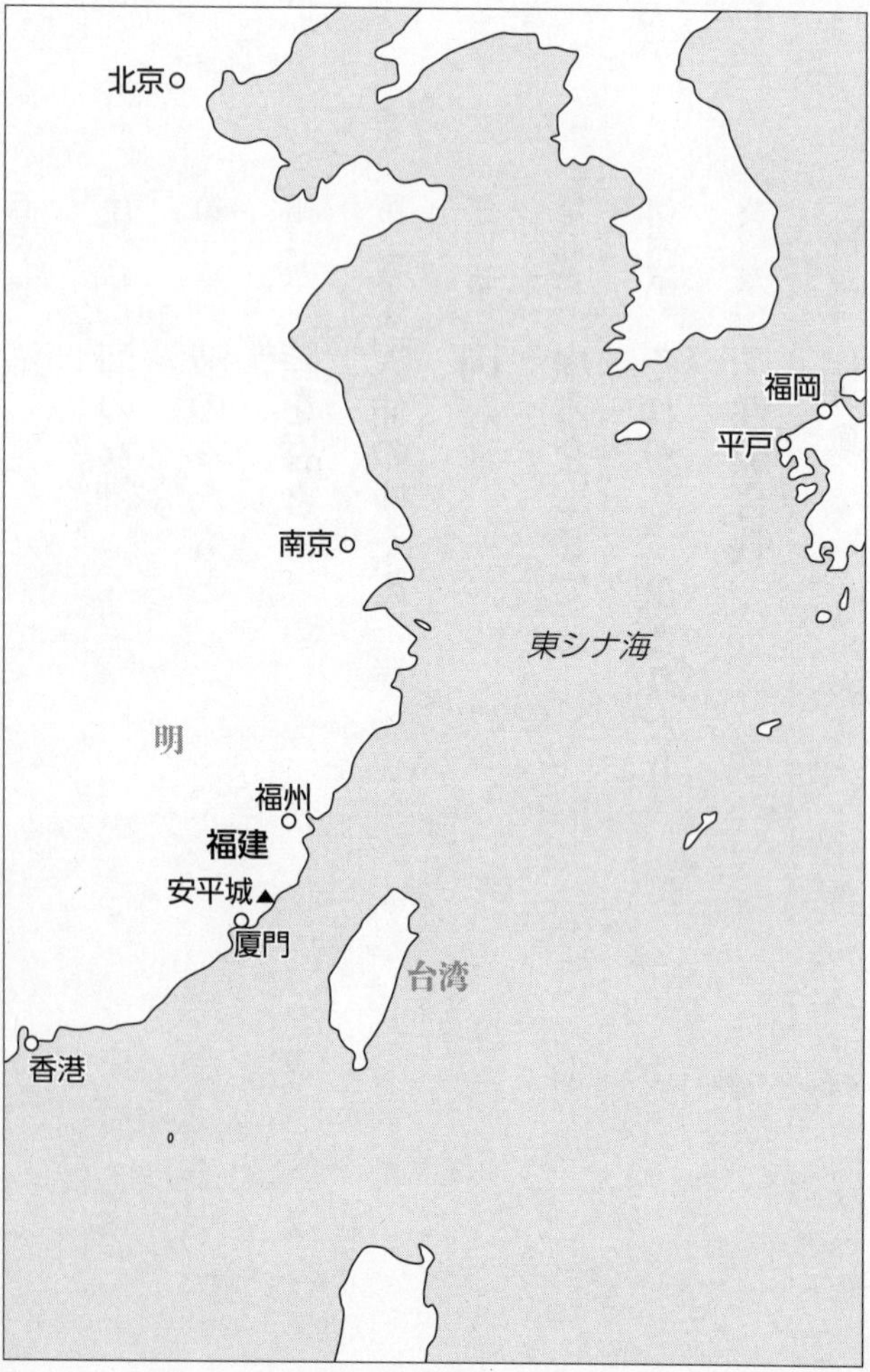
北京
福岡
平戸
南京
東シナ海
明
福州
福建
安平城
厦門
台湾
香港

海神の子

単行本　二〇二一年六月　文藝春秋刊

序　章　海の女神《おんながみ》

一

蒼い海面が、せりあがってきた。

三枚の帆を掲げた船は、構わず突っこんだ。大きな船体は軽々と持ち上げられ、落とされる。波が砕け、大小の欠片《かけら》が陽光に輝きながら左右の舷《ふなべり》を掠《かす》めていった。甲板で操《そう》帆《はん》に忙しい二百人ほどの水手《かこ》たちは、楽しげな歓声を上げた。

松《まつ》は、背丈ほどもある野太刀を負い、ひとり船首に立っていた。首元あたりでぞんざいに断った髪が揺れ、垢染みた裁着《たつつけ》の袴と腕を露わにした上衣を、しぶきが遠慮なく叩いた。

船の揺れが収まるのを待っていたのか、もぞりと懐《ふところ》が動く。鼠が顔を出し、陽の眩しさに戸惑うように尖った鼻を左右に振った。

麝香鼠《じやこうねずみ》だ。遥か南、爪哇《ジヤワ》のあたりの生き物で、船荷にくっついて海を渡る。交易の用が多いこの船でもいつのまにか殖《ふ》えていて、松は手ごろな大きさのやつを見つけるたび、拾い上げて懐に入れていた。

粗野な足音がした。月代《さかやき》を剃り上げた髭面の大男が横に並ぶ。

「よう、倭刀《オエトー》」

明国《みんこく》南部、閩南《びんなん》の言葉を使う下卑た声に、松は疎《うと》ましさを隠さず目をすがめる。

「毎度、愛想のねえやつだな。たまには出海《ツッハイ》さまを敬え」

男は顔思斉《ガンスーツェ》という。松の背は高いほうだが、男の中でも厳つい体格の思斉に比べるとやはり頭一つは低い。

出海は明の語で船頭を指す。ただし、思斉は風貌も言動も獣に近い。名前通り、あるいは出海にふさわしい思慮が斉《ととの》ったような顔など、松は一度も見たことがない。

思斉の船は、平戸《ひらど》島《しま》にある川内《かわち》浦《うら》という入り江を本拠地にしている。いまは明国で売りさばく品を仕入れるため、逆風を器用に捉まえて長崎へ向かっていた。

水手は怠けず働いていたが、荷の揚げ降ろしの人夫たちはそこらで寝っ転がっている。商用の穏やかな航海のためか、船はどこかのんびりしていた。抜くことはなさそうだ、と松は背にある野太刀の重みを意識した。

「なあ倭刀」

思斉はいつも、妙な綽名《あだな》で松を呼ぶ。

「わりと綺麗な顔してんだから、たまにはそれらしくしたらどうだ」

麝香鼠が懐から甲高《かんだか》く鳴くと、髭面を寄せていた思斉は「くせえ」と悲鳴を上げた。

「なんだってお前は、いつもそんなもん連れてるんだ」

「あんたみたいな手合いが、うっとうしいからさ」

遠慮なく松は言う。男ばかりの船に女が乗り組むと面倒が多い。麝香鼠の強い悪臭は男避《よ》けにちょうどよかった。

「世の中には色んな男がいるぜ。臭《にお》いがたまらねえってやつとか」

「そのときは、そいつを斬るよ」

松は左肩から覗く柄《つか》を、顎で示した。

「怖《こ》え女だ。いきなり斬るのか」

「それをあたしに教えたのは、あんただ」

苦さをにじませて答えたが、思斉は平然としていた。

「大哥《トアエ》、思斉の哥《あに》い」

間延びした声が降ってきた。帆柱に据えた籠《かご》から見張りが身を乗り出している。

「莫迦《ばか》っ」思斉は潮錆《しおさ》びた声で怒鳴り返した。

「柄《がら》のよくねえ呼び方をするな。ちゃんと出海と呼べ、間抜け」

「聞こえません、大哥」

それこそ柄のよくない舌打ちをして、「出海」は続きを促すように手を振った。

「船です。右手の前のほう」

「なにっ」

思斉は跳ね上がるように叫び、船首から身を乗り出した。寝そべっていた人夫たちも思い思いに身体を起こす。甲板が騒がしくなる。

「出海」

如才なく呼ばわりながら、楊天生《イウテンシン》が船首に駆け寄ってきた。この船では出海に代わり思慮の一切を担《にな》っている。髷《まげ》を丸く結って網の頭巾を被る明人の風をしていて、削《そ》げた頬が聡《さと》くも冷たくも見える。

「天生、お前なら見えるか。俺にはまだ見えねえ」

思斉に並んだ天生は目の上に両手をかざし、静かに前方を睨む。

「でかいな」天生は言った。「軍艦か商船のどちらかだ」

「軍艦なら、どうする」

「俺たちはまっとうな商いの船だ。黙ってやりすごせばいい」

「商船なら」

「どうする、出海」

問いに問いを返した天生の顔に、わずかだが挑発的な色が差した。

「大哥と呼べ」

思斉は獣のような顔で笑い、甲板を振り向く。

「莫迦ども、仕事だ。いまからあの船を襲う。支度しろ」

荒々しい歓声が船上にはじけ、すぐに思斉の言う「支度」が始まる。銃や刀剣が持ち出され、砲の脇に火薬が積まれた。右に舵《かじ》を取った船は大きく傾《かし》ぎ、見つけた船影へぴたりと船首を合わせる。顔思斉の商船は、あっという間に獰猛《どうもう》な海賊船に変わった。この海で商と賊を分けるものは、なりゆきか時々の気分でしかなかった。

「大哥、ちょっといいか」

やはり如才なく天生がささやく。「もしあの船が、俺たちの仲間だったらどうする。甲螺《カーレ》は仲間うちの喧嘩に厳しい。たとえ間違いでも罰は逃れられねえ」

甲螺とは、明での海賊の頭領の称だ。日本の「かしら」を音写したらしい。

思斉たちの甲螺は、李旦《リータン》という。平戸の島主、松浦《まつら》氏の庇護を受けて交易で巨利を蓄え、日本と明を結ぶこの海では勢威並びない。

「たとえ仲間だったとしても」

ゆっくり首を巡らせた思斉の顔はすでに残忍に歪《ゆが》んでいる。

「海の底から、甲螺に何を言い立てられる」

聞いた天生は笑った。薄く、だが思斉と同じく残忍に。

思斉には思慮がないぶん、決心にも躊躇《ちゅうちょ》がない。頭はからっぽだが、全身で風と波を感じ、潮目を読む。船をひとつ任されるだけの能が思斉にはあり、こう見えて数多《あまた》いる李旦の側近の中でもっとも重用されていた。ただし、甲螺の権威に諾々《だくだく》と従うしおらしさは持ち合わせていない。

「あとの操舵は任せる。船ごとぶつけろ」

命じられた天生は「承知」とだけ答えて、舵のある船尾へ駆けていった。

「せっかくの海だ。物を右から左に運んでるだけじゃあ、つまらねえ」

思斉は楽しげに両腕を振り、肩を回している。血に飢えたような思斉の様子にうんざりしながら、松は前方を見据えた。

思斉の船には積荷がない。そのぶん加速がつきやすく、距離はみるみる縮まる。遠くの船影が次第にはっきりしてくる。こちらに尻を向け、高い帆柱に白い横帆をいくつも張った姿がやがて露わになった。

「イスパニアかポルトガルの船ならいいな。イギリスは商売が渋い。オランダだと面倒だ」

智恵がなくとも海のことを知り尽くしている思斉は、船の形から予想できる国の名を歌うような口調で並べた。賑やかな海だ、と松は他人事《ひとごと》のように思った。

「さあどこだ。どこの船だ」

振られた賽《さい》をにらむような目つきで思斉が吼《ほ》えると、眼前の船は答えるように回頭し、船首をこちらへ向けてきた。その拍子に、船尾に掲げられた大きな旗が広がった。

「おい思斉。どうすんのさ」

松は遠慮なく、せせら嗤《わら》った。見えた旗は、地が赤、白、青の三色に塗り分けられていた。中心に楔形《くさびがた》の記号を描き、その左に欠けのない円、右に欠けた円を配している。

「オランダ船だ。やめといたほうがいいんじゃないか」

思斉はすぐには答えず、じっと船を見つめている。

丸いらしい世界の裏側から大量の銀を掘り出しているイスパニア、日本でよく売れる明の生糸を運ぶポルトガルの船であれば、積荷には期待できた。イギリスはこの海では新参者で、荷は大したことがない。

商いの組織を作って船を出しているオランダは、賽の目でいえば最悪だった。砲を並べたその船は戦艦とほとんど変わらない。母国が抗戦中のイスパニア、ポルトガルの船を片っ端から沈め、商売敵のイギリス船も容赦なく襲う。海賊よりもたちが悪い。

「俺は博奕《ばくち》で負けたことがねえ。勝つ秘訣はな、勝つまで張り続けることだ」

身を持ち崩すやつが言いそうな思斉の言葉に、松は呆れた。だから「どうやら勝ちそうだ」と思斉が続けると眉をひそめた。

「広い海じゃあ逃げられたら終わりだ。こっちに舳先を向けてきたってことは、戦《や》る気なんだろう。となればあとは、ぶちのめすだけだ」

松は少し肩をすくめ、前方へ目を戻す。波を立てて迫ってくるオランダ船はさらに回頭し、左舷をこちらに向けた。横腹から黒光りする砲が幾つも突き出され、波に洗われている。楊天生の号令に合わせて思斉の船も傾き、オランダ船に直交する進路を取った。

「好《ホオ》」

頭の箍《たが》が外れているのか、思斉は子供のようにはしゃぎはじめた。

「船体がかなり沈んでいる。たんまりお宝を積んでるんだろうぜ」

頭だけ日本人を装った明の海賊は、松を振り返った。

「さて倭刀よ、仕事だぞ。しっかり殺してこい」

誰よりも先に敵船に乗り移り、ひとり斬る。それが、思斉に課された松の仕事だった。日本の戦さでいえば一番槍にあたる役目だ。

「なんだ。返事がねえぞ」

思斉が、なぶるように言う。「誰がお前を食わせてやってるか忘れたか。それともいまさら殺生《せっしょう》がつらくなったか。数えられねえほど人を斬ってきた身で」

「わかってるよ」

松は強い声で答えた。素早くしゃがみ、懐の麝香鼠を甲板に放してやる。顔を上げるとオランダ船から盛大に白煙が噴き出していた。図太い砲声に続いて巨大な水柱が周囲に幾つも上がり、思斉の船は滝のようなしぶきの中へ飛び込む。思慮のない出海は興奮しているのか、げらげらと笑っている。水柱を抜けると、オランダ船がすぐそこにあった。

「そら行け、倭刀」

言われるより早く、松は駆け出していた。跳躍した瞬間、ふたつの船は衝突する。その激しい揺れから、宙に浮く松の身体は自由だった。オランダ船の甲板で、着地の勢いのまま数回転がり、背負う野太刀を引き抜きながら立ち上がった。

すぐそばで、縮れた短髪と黒い肌を持った男が茫然と松を見つめていた。襤褸《ぼろ》よりましといった衣服で、腰に幅広の湾刀《わんとう》をぶら下げている。外《と》つ国《くに》の船に多い奴隷ではなく、船乗りらしい。

松は長大な野太刀を片手で持ち上げ、男の鼻先に突き付ける。

「抜け」

通じぬと知りながら、日本の語《ことば》で松は叫んだ。

「お前が抜かねば、あたしは斬れない」

刃《やいば》を向けてきたやつだけを斬る。他人をなぶることを好まない松は、思斉とそう約束していた。

「そら。早く」

松が顎をしゃくると、黒い肌の男は震えながら湾刀を抜いた。しばし睨み合う。短い静寂を破って男が振りかぶった瞬間、空いたその胸に松は野太刀を叩きこんだ。肉と骨が割れる感触があった。

目の前から血しぶきが、背後の頭上から野太い喊声《かんせい》が上がった。松に続く者たちが次々とオランダ船へ乗り移ってくる。

「よくやった、倭刀」

顔思斉がいつもの誉め言葉を置いて、松の背後からすれ違った。海賊たちは帆を張る綱を切りつつ、オランダ人に襲いかかる。

取り残された松は、ふと見下ろす。足元には、遥か彼方からやって来て死んだ男が、死んだばかりの身体からまだ血を溢れさせていた。

海は、残酷だ。何処《いずこ》とも知れぬ場所へ流されて死ぬか、死ぬまで流され続けるしかない。

「それでも」

松はひとり、つぶやいた。「煩《わずら》わしい陸《おか》よりよっぽどましだ。そうだろ」

誰への言葉か、言った松にも判然としなかった。

抜き身のまま、船上を見渡す。乗り移った海賊たちは数でやや劣ったが士気は高く、何より松に代わって先頭に立った顔思斉の勇猛さが、勢いをつけている。オランダ船の者たちは押されっぱなしのまま、命や武器を投げ棄てていた。

結果が見えてなお、戦いは終わる気配がなかった。自分の仕事を終えた松は、個人が満足や誉れを求めて剣を振り回す様子を、ただぼんやり眺めて過ごした。

「わっ、わっ、わっ」

声のほうに目をやる。柔弱な顔の若者が、屈強なオランダ人に追い回されていた。

「待ってくれ、俺は関係ないんだ。たまたまの通りすがりだ」

閩南の語で喚《わめ》く若者の顔と声には、覚えがあった。鄭飛黄《テェフィホン》といったか。松と同じくらいの歳で、甲螺李旦の兄弟分の甥だ。女との揉めごとで明にいられなくなって平戸の李旦を頼り、客人として顔思斉に預けられていると聞いた。

「誤解だ。俺たちはきっと仲良くなれる。話し合おう。なあ兄弟」

その客人が、オランダ人に向かって喚きながら甲板を這いまわり、振り下ろされる湾刀を必死で避けていた。

鄭飛黄は手足を動かしながら、喚く言葉を改めた。オランダ人は動きをぴたりと止め、それから激高したように怒鳴り返して剣を振り回した。

確かに女で揉めそうなほど端正な顔をした客人は、どうやらオランダ語も使えるらしい。だが、海賊に必要なものは何一つ持ち合わせていない様子だった。

「おお、そこの女。助けてくれ」

飛黄が妙な声を上げた。言い終わるころにはもう、松の後ろに回っている。

「俺に何かあれば甲螺や思斉さんの面目に関わる。さ、助けてくれよ」

「あたしの知ったことじゃない。あんたのことも、甲螺も思斉も」

すげなく言うには言ったものの、飛黄はただ松の背を押し、オランダ人も好戦的な目つきでにじり寄ってくる。松は仕方なく野太刀の柄を握りなおす。

次の瞬間、松の野太刀はオランダ人の肩から腰まで斬り下げていた。血と絶命の叫びが甲板にまき散らされる。

「客人」

返り血を浴びながら、松は叫んで振り返った。

「足手まといだ。船に帰れ」

「綺麗だな、あんた」

　およそ戦さに似つかわしくないことを客人は言った。

「まるで赤い衣を着せられた媽祖《マーツォ》だ」

　媽祖とは、大明人が信仰する船乗りの女神だ。船には必ず像が祀《まつ》られ、また彼らが立ち寄る世界中の港に廟《びょう》が建てられている。

「間抜けか、客人は」

　松は呆れと嫌悪を感じた。

「あたしの顔は関係ない。あんたが邪魔だと言っている」

「間抜けじゃねえよ、媽祖」

「媽祖じゃない」

「なら、名はなんていう」

「松」

　日本の音で乱暴に答えると、飛黄が目をすがめた。聞き取れなかったらしい。

「松だよ。マ、ツ」

　苛立《いらだ》ちながら言うと、飛黄が「ほら、やっぱり」と笑った。

「マーツォ、だろ」

　言ってから、飛黄は鼻をひくつかせた。

「くさいな、あんた。綺麗だけど」

松が顔をそむけたとき、顔思斉の勝利の雄叫びが遠くから聞こえてきた。

二

松《まつ》は、生まれてすぐに両親を亡くしたらしい。

記憶は、親類の家から始まる。平戸の川内浦という入り江に近い、立派な商家だった。蔵を構えた大きな家、井戸までの細い道。数人の下人と、下人よりひどく松を扱《こ》き使う親類夫婦。松の世界はとても小さく、また閉じていた。小さく届く波の音だけが、世界の外を予感させていた。

汗くさい男たちが押しかけて親類夫婦を斬殺したのは、もう四年も前、松が十五になったころだった。親類は借金の支払いが滞っていて、貸し主は強引な取り立てを行ったらしい。

男たちはてきぱきと家財道具を運び出し、次いで下人を庭に集めた。松はいちばん端に並んだ。

「汚えなりだが、面《つら》は悪かねえ」

松を一瞥《いちべつ》するなり、髭面の大男が日本語で言った。月代を作っているが、混じる訛りはこの家にも出入りしていた明人のものだった。

あたしは綺麗なのか、と松は思った。容姿ではなく、自分という存在があることを知った。

「丸山《まるやま》で稼いでもらおうか。一年もすれば、客を取れるようになるだろ」

大男は妓楼《ぎろう》のある丘の名を口にした。

松は混乱した。生じたばかりの自分の内に、様々な名の知らぬ感情が湧き、混じりあい、瞬きながら駆けめぐった。

「あたしに触るな！」

腕を摑んできたやつの股間を目がけて、松は思い切り右の膝を振り上げた。いやな感触に裏返った悲鳴が続く。松は右手を伸ばし、そいつが佩《は》いていた剣を引き抜いた。手触りと重みは、初めて握ったと思えぬほど馴染《なじ》んだ。

そのまま剣を振り回し、走り回った。男たちは慌てたが、売り物に傷をつけないためか刃物を抜くことはなく、ただ恫喝や制止の声を上げながら距離を取っていた。

松は追い散らし、男たちは逃げ回った。無心で駆け回っていると、痺れるような快感が松の全身に満ちていった。いま、あたしはどこへでも行けるのではないか。そう思えた。身体が熱く、軽くなった。

何度目かの斬撃が、重たい感触に跳ね返された。髭の大男が、振るったばかりの抜き身の切っ先を松の胸に押し当ててきた。松は剣を捨てた。

「ほう、笑っているのか。元気のいいやつだ」

男は松を斬るでもなく、感心したように言った。

そのとき、松に後悔はなかった。ついさっき始まったと言っていい人生はたいそう短かったが、そこそこ楽しかった。

「陸で、男に女の体を売る。それとも海で、男も女もみな斬り捨てる。どちらがいい」

男に問われ、松は戸惑った。自ら選ぶのは生まれて初めてだった。

「海がいい」

口を衝《つ》いた答えに、確たる理由はなかった。ただ、世界の外でずっと囁《ささや》き続けてきた波の音に、呼ばれたように感じた。

大男は「好《ホオ》」と髭面を歪め、剣を鞘に納めた。

「俺は顔思斉《ガンスーツェ》。お前は明日から俺の船に乗れ。怠ければ殺す。逃げれば追いかけ、やはり殺す」

松は黙って頷《うなず》いた。この商家。どこかの妓楼。ともかく陸のどこかに閉じ込められるよりは、見たこともない海のほうがよっぽどましに思えた。

船に乗り組む者にはいちおう名簿があるらしく、名に「松」という字が当てられた。

船倉《せんそう》に転がる雑多な武器からは、大人の男との体格差を補えそうな長い野太刀を選んだ。

二年ほど船戦さを生き延び、身体つきもしっかりしてきたころ、松はいまに続く一番槍まがいの役目を命じられた。

「ひとり斬ったら、あとは遊んでろ」

と、思斉は付け加えた。

「大哥《トアエ》なりに、お前を死なせたくないと思ってのことだ。そう思った理由は知らんがね」

思斉の代わりに思慮を担う楊天生《イウテンシン》が、あとから松に意を解いてくれた。

三

オランダ船にはポルトガル語の荷札が付いた生糸と銀が大量に積まれていた。どちらも荷札の主から奪ったものと思われた。

博奕に大勝ちした思斉《スーツェ》は、船を予定通り長崎へ向けた。ただし予定していた仕入れはせず、襲ったオランダ船とその乗員をポルトガル人に売ってさらに銀を得た。思斉の船は意気揚々と平戸島へ戻ると、根拠地の川内浦を通りすぎ、平戸の湊《みなと》を眺める沖合で碇《いかり》を下ろした。出海《ツッハイ》である思斉は、街にある李旦《リータン》の邸宅で航海の報告をする必要があったからだ。

することがない松は、船縁《ふなべり》に肘を突いている。小舟を降ろす掛け声と波音を聞きながら、景色を眺めた。

平戸の湊は、東へ口を開けた入り江に築かれている。石積みで護岸された海岸線に沿って埠頭《ふとう》や商家がひしめき、すぐ背後に立ち上がる山の裾には、平戸島を領する松浦家の居館がある。

かつて、倭寇《わこう》と呼ばれる海賊たちが海を荒らしまわった。倭寇はその名に反して半分以上が唐国《からくに》の人で、密貿易を生業《なりわい》とし、しばしば唐国、高麗の沿岸を掠奪した。王直《オンティツ》と言う伝説的な海賊は五島列島、次いで平戸に居を置き、大いに暴れた。日本の言葉に由来する甲螺《カーレ》の称、顔思斉《ガンスーツェ》の月代、そしていまも平戸に拠点を置く李旦一党の存在は、そのころの名残だ。

時代がくだったいま、平戸はさまざまな人々が共存するようになっている。オランダとイギリスが商館を置き、李旦は広大な邸宅を構えているし、出入りする大小の船の国籍もさまざまだ。

外海では遠慮なく砲火を交える各国も、平戸では商いしかできない。松浦家がお膝元での揉めごとを許さず、またその背後で天下の権を握る徳川将軍も、交易を強力に統制しようとしているからだ。

経緯はともかく、いまの景色が松は好きだった。海の続きのような平戸の湊に寄せる潮と風が、陸の面倒をきれいに洗い落としてくれるように思えた。

「媽祖《マーツォ》」

背後から声がした。穏やかな気分を乱されて腹が立った松は、振り向かなかった。

「媽祖よ、ちょっと付いて来てくれねえか」

左から、端正だが皮の厚そうな面《つら》が覗きこんできた。

「松だ。それと、行かない」

客人の顔を見ずに、松は断った。この男に付き合うとろくなことがない。

「なんの用かくらい、聞いてくれよ」

「聞かない。興味がない」

「オランダ人の商館に行きたいんだ」

思わず振り返ると、飛黄《フィホン》のにやついた顔があった。

「やり合ったばかりの相手に、なんの用がある」

「ちょっと考えがあってな。思斉さんにも話は通してある」

松はなお否《いな》んだが、妙な話術に絡めとられ、いつの間にか小舟に乗せられてしまった。

「じゃ、甲螺にはさっき言ったとおりに。わけはのちほど」

桟橋に着くと飛黄は、小舟に同乗していた思斉、天生《テンシン》へひらひらと手を振って別れた。

石垣と槙の木、坂道でできた平戸の街を抜けると、突端に白亜の巨大な建物があった。オランダ人の商館だ。例の、三色の地に楔とふたつの円の図案を配した旗を潮風に翻している。

「顔思斉が、あんたらの船を襲った。その話をしに来た」

飛黄は達者な日本の語で、月代を作った門番に用件を告げた。門番は目を丸くした。あたしも同じ顔をしているのだろうな、と松は思った。門番は商館の奥にすっ飛んで行き、ふたりはすぐに中に通された。

商館の中は薄暗く、蒸し暑い。所狭しと積まれた物品の間をすり抜け、鳥の羽根で作った筆で黙々と書き物を続ける職員たちを眺め、二階の奥にある一室へ行く。

分厚い紅色の絨毯を敷いた室内では、商館の幹部らしい数人の男たちが椅子に腰かけて円卓を囲んでいた。いずれも下衣の襟を白く首元に覗かせただけの、黒一色の地味な恰好をしている。

一番奥に座っている男が何かを言うと、飛黄は大袈裟《おおげさ》に肩をすくめて、「俺はオランダ語を話せない」と唐国の語で嘘を言った。

途端に、オランダ人たちはがやがやと騒ぎ出した。すべて飛黄に筒抜けになってしまったただろう相談の末に、青髭の浮いた男が立ち上がった。

「私はレオ・コープ。連合東インド会社の社員だ」

飛黄が望んだ語で、青髭は名乗った。穏やかな商いに精進しているとでも言いたげな団体の名を、松は内心で嗤った。

「俺は鄭飛黄《テエフィホン》。中国で商売をしてる海賊の甥で、いまは李旦さんの客分だ。で、李旦の手下の顔思斉があんたらの船を襲った。奪った積荷は生糸、銀、あとは細かいもろもろ」

すらすらと言い放った飛黄は、にやりと笑った。

「顔思斉は、それをあんたらにそっくり返すと言っている」

諸事に疎《うと》い松なりに、飛黄が異常なことを言っているのは分かる。コープも同感のようで、「なんのつもりかね、メネール・鄭」と敬称だけは付けつつ眉をひそめた。

「ま、お仲間に伝えてくれや」

コープが性急な口調で仲間たちに告げると、商館員たちはざわめき、やがて一様に不機嫌な顔を飛黄に向けた。コープは再び口を開いた。

「きみの話は分かった。そして吾々がこの数日来抱いていた謎の、たいへん不本意な答えも。きみらが奪った積荷は吾らの注文により、当社の船が中国から運んでいた物だ」

「注文、ね」飛黄は、わざとらしく首をひねった。

「銀にはポルトガル語の荷札が付いてた。奪ったんじゃないのか」

「平戸にいた吾々には知る由《よし》もない。ただ吾が社員たちは職務に忠実だし、どこにだって間抜けはいる」

「なら、その社員さんたちも忠実なだけで間抜けだ。俺たちに襲われたんだから」

コープは挑発に乗らず、冷徹なまなざしで問うた。

「なぜ積荷を返してくれるのかね」

「顔思斉は甲螺の李旦を殺して一党を乗っ取り、そしてこの平戸の島も獲《と》るつもりでいる。ただ、ちょっと手が足りずにいて、あんたらと組みたがってるんだ」

飛黄はしゃあしゃあと言う。今日は何度驚くのだろう、と松は思った。

「俺たちは平戸で、領主の松浦に許されて商売をしてる。わりと儲かってはいるが、上がりを渡したり顔を立てて貢ぎ物をくれてやったり、なにかと面倒もある。平戸の島を俺たちのものにしちまえば、その必要はなくなる。それはあんたらも同じだろう」

「莫迦げた話だ。仲間に通訳するまでもない」

コープは、遠慮なくせせら笑った。「日本の皇帝、徳川家康《イエヤスドノ》の力を知らないか。彼は十万を超える軍を海外に渡らせた豊臣秀吉より強大なのだ。この島で何が起こっても、皇帝《クアンペイ》は象が蟻《あり》を踏むより容易に潰せる」

「俺が知ってるのは、この島が海に囲まれていることと、日本に大した作りの船がないことだ。どれだけの兵でも海の上じゃ、あんたらの商船、いや戦艦が並べる大砲のいい的だ」

コープの目に別の光が差した。飛黄は畳みかける。

「日本は銀が豊富だ。だがその銀を、掘った石から取り出すための鉛は外国から買っている。あと銃をよく使うらしいが、その弾《たま》だって鉛だ。火薬の原料になる硝石も日本ではほとんど採れねえ」

「それで」

「鉛と硝石を運んでくる外国のうち、イスパニアは日本の皇帝とやらの覚えが悪く、イギリスは日本の商売がうまくいかねえ。今年の内には両国とも日本から手を引くらしいな」

「それは私たちも聞いている」

「ポルトガルは、あんたらがせっせと潰しまわったおかげで弱っている。残るあんたらオランダと、俺たち中国の海賊が組み、鉛と硝石を止める。そうすりゃあ日本のほうは、銃の弾も火薬も、それを買うための銀もなくなる」

見てきたように飛黄は説き、「一年だ」と人差し指を立てた。

「平戸で一年もがんばりゃあ日本のほうが音《ね》を上げる。俺たちを認めるしかなくなる」

「吾らへの要求を言いたまえ。聞くだけは聞いてやる」

コープは尊大な顔のままだが、どこかに思案するような色があった。

「話はふたつある。まずひとつ、積荷と引き換えに、顔思斉が平戸で戦さを起こすための武器を融通してほしい。銃が百もありゃあいい」

「大きく出たな」

「なにせあんたらも頭が上がらない、領主の松浦とことを構えるんだからな」

「ふたつ目は」再びの挑発も表面上は聞き流して、コープは先を促した。

「顔思斉が平戸を獲ったあとの話だ。日本から討伐の軍がきたら、その船を片っ端から沈めてもらいたい。で、ことが成ったあとで再開される日本との商売の分け前は半々」

「そもそも平戸を獲れなかったら、どうする」

「俺たちは海に逃げる。あんたらは日本の役人どもに白《しら》を切っててくれりゃあいい。それで話はおしまいだ」

「きみの話を断れば」

「何も変わらねえ。あんたらがさっきまでここで悩んでたとおり、奪われた積荷について上役の皆さまへ言い訳が必要になるだろう」

ひと押しするように、飛黄は身を乗り出した。弱みを握るのが得意らしい。

「ここ平戸の商館はあんたらの会社で一番稼いでるって聞いたぜ。無能なやつに任せるほど、上役さんたちはおっとりしてるのかい」

「吾らは」コープの声が低くなった。「奪われた積荷を実力で取り戻すこともできるのだぞ」

「平戸と中国の交易のほとんどを押さえている李旦とやりあうってのか。商売あがったりになっちまったら、その責任は誰が負う」

コープが通訳を終えると、オランダ人たちはひそやかな声で相談を始めた。

「三日後にまた来る。答えはその時に聞かせてくれ」

飛黄は仏頂面で告げると、すたすたと部屋を出て行った。松は慌ててついていく。

「思斉はほんとに、あんなことを言ってたのか」

商館の外で、さすがに松は問いただした。

「あんなことって」

「甲螺に取って代わるとか、この島を獲るとかの話だ」

「言ってねえな」

飛黄は潮風を楽しむように目を細めてから、答えた。

「すべて俺の嘘だ。だがほんとになる。思斉さんはそうするしかないからな」

「どうして言い切れる」

「考えてみなよ。いま、甲螺の跡目《あとめ》の第一等はたしかに思斉さんだ。だが裏返せば、これ以上えらくはなれねえし、えらくなりたい他の手下どもはごまんといる。陸《おか》でのんびりやってる甲螺の死を待つ間に、海に出ている思斉さんのほうが先に死ぬかもな。そうでなくとも、敏捷《はしこ》いやつに追い落とされるかもしれねえ」

一介の客人がなぜこんなことを考えるのか、松には皆目わからなかった。

「もし思斉さんが山っ気を起こすなら、それはいましかねえ。一歩だけ踏み破りゃあいいんだから。その勢いでもう一歩進んで島も獲っちまいましょうぜ、ってだけさ」

「なぜ、そんな危ない真似をする必要がある。もっとうまくやれる機会を待ってもいい」

「待てねえさ。思斉さんも、俺も」

飛黄は自信ありげに断言する。

「海賊ってな、そんなもんさ。行けるところまで行くしかない。運が続き、海がある限り、どこまでも。でないと波に呑まれちまう」

「あんたは運をつかんだのか、客人」

「ああ」飛黄はぴたりと松を指差した。

「それはあんただ」

「あたし」

「あんたに会わなけりゃあ、俺はあの船で殺されていた。俺は媽祖を、運を手に入れた。さっきのオランダ人との話がうまくいきそうなのも、きっとあんたがくれた運だ」

飛黄は両手を広げた。

「だから一緒に行こう、媽祖。俺の才とお前の運があれば、きっと、どこへでも行ける」

「どこへでも」

思わず反芻《はんすう》する。波の音が聞こえ、鼓動が高鳴る。

「あたしは、自由でいたい」

ずれた返事かもしれなかったが、飛黄は力強く頷いた。

「なら、行こう。あんたが自由でいられる場所へ」

初めて剣を手にした日に覚えた痺れを、その時よりもっと確かに、松は感じていた。

四

欠けた八月の月が、真黒な海面を仄《ほの》かに照らしている。

顔思斉《ガンスーツェ》の船とオランダ船は人目を避け、平戸の島が見えなくなったあたりで夕刻に会合した。日があるうちはお互いを視界に入れながら近付かず、夜になってから篝火《かがりび》を焚《た》いて接舷した。

互いを綱で固定したあと、板が渡された。取引の間、人質代わりにお互いの代表者が相手の船に移乗する約束になっていて、オランダ船からはレオ・コープと副商館長が、思斉の船からは思斉と飛黄《フィホン》、そして松が出た。

「人数が不釣り合いだ。いいのか」

先に思斉の船に渡ってきたコープが言った。

「こっちも二人だ。もう一人は神さまさ」

飛黄は軽く答えて、板を渡ってゆく。飛黄の話に慣れてきたらしいオランダの通訳は、ただ素直に頷いていた。

続いて、オランダ船から平たく細長い木箱が幾つも運ばれた。松たちは短銃を向けられながら、作業を見守る。誰も、何も話さない。ただ木の軋《きし》みと薄いさざ波、それと作業の音だけがあった。

船に残っていた楊天生《イウテンシン》が、運ばれた箱のひとつをこじ開けた。収められていた銃を取り出し、確かめるようにゆっくり操作する。

「間違いない。ちゃんと動く」

天生の声はどこか張り詰め、思斉は硬い顔をしている。

「百挺もらえることになってる。ぜんぶ確かめてくれ」

飛黄の声は大きく、緊張など知らぬように軽い。天生は手を挙げて応じ、数人に手伝わせて飛黄の言うとおりにした。

「客人」思斉の声はかすれていた。「いまさら否とは言わねえ。だが本当に大丈夫か」

飛黄に説かれたときの勇ましい快諾とは打って変わって、思斉は珍しく怯《おび》えていた。

「らしくないなあ」

飛黄はのんびりと言った。

「今からオランダ人に返す生糸と銀、持ってることを甲螺《カーレ》に報告しなかった時点で、もうことは始まってますよ」

「考えがあるからちょっとの間、甲螺には黙ってろって言ったのは、客人だろう」

「あとからちゃんと、その考えをお話ししたじゃないですか。もし失敗しても中国で俺の叔父貴がしっかり面倒みますから、安心しておやんなさい」

思斉は口を閉ざした。納得したのではなく、納得する努力をはじめたようだった。

「媽祖《マーツォ》よ、護《まも》りたまえ」

思斉のささやく声が聞こえた。松の知る思斉は愚かで向こう見ずな男だったが、人智を超えた何かにすがるような弱さを見せたことはなかったから、意外だった。飛黄は何も聞こえぬ様子で作業を眺めている。

銃の検分が終わると、思斉の船から生糸と銀が引き渡される。オランダ側からも検分して問題なかった旨が告げられ、交換された人質たちはやっと解放された。

飛黄たちが自船の甲板に降りると、コープがまだそこにいた。居丈高な副商館長を先に行かせて、彼は口を開いた。

「きみらと会うのはこれで最後かもしれない。私はフォルモサ島に異動となった」

「フォルモサ」

飛黄が首を傾げた。この口八丁の客人にも、知らぬことはあるらしい。

「ポルトガル人たちが、小琉球《レキオ・ミノール》などと呼ぶ島だ」

「ああ、台湾か」

飛黄は頷く。その島の名だけは、松も知っていた。李旦《リータン》配下の海賊たちのたいていが生まれた福建《ふっけん》から東の海上にある。明からは領域外と見做されていて、数ある海賊の根城のひとつになっている。

「その島の南西部には吾らの要塞がある。といっても着工したばかりだが」

「商売にしては物騒なもんを造るな」

「会社が勝手にやっていることだ」

コープは妙に距離を取った。

「私にも、ささやかだが志《こころざし》がある。吾が民が自由に暮らせる場所を、どこかに作りたい」

「吾が民。オランダ人かい」

「ユダヤ人《ヨーデン》だ」

答えたコープの顔の青さは月光のせいだけではないように松には見えた。

「オランダは他の国ほど迫害が厳しくなく、当社の出資者にもユダヤ人が多い。ゆえに大っぴらに言えるのだがね。神に約束された地はすでにあるが、そこへ行ける日は、まだ先だろうから」

飛黄は「へえ」と素っ気なく頷いた。

「きみらが企《たくら》みを仕損じたらフォルモサ、いや台湾島へ来たまえ。ついでにそのまま、手伝ってくれると助かる。私は志を、台湾島で成就させようと思っている」

「台湾にも、もう人が住んでるだろ。その土地を奪うのか」

松は思わず割って入った。

「きみの声を初めて聴いたな」

コープは笑ったが、どこか寂しげだった。

「海はいい。陸に約束の地を信じる私も、そう思うことがある」

では行く、と添えてレオ・コープは板を渡っていった。帰る、とは言わなかった。


オランダ船と別れた思斉の船は、沖合に錨を降ろして夜明けを待った。

海賊たちが静かに眠る船倉に、松はいない。船尾のほう、薄い板と片開きの細い戸で仕切られた二畳ほどの一室に、手燭《てしょく》を置いて座り込んでいた。そこには祭壇があり、赤子ほどの大きさの金属の像が安置されている。

媽祖。船乗りの尊崇厚い女神の像は福々しい頰を持ち、線ほどに細い目が彫られている。その像を、松はじっと見上げていた。

重く、おぼつかない足音がして、扉が開かれた。

「なんだ、起きてたのか。倭刀《オエトー》」

真っ青な顔をした顔思斉が、きつい酒の臭いとともに入ってきた。

「ちょうどいい、少し付き合え」

思斉は割り込むように媽祖像の前に座り、持っていた白磁の瓶を松に掲げた。松が首を振ると、思斉は寂しげに笑って瓶をあおった。

「月にも飽きた。ゆっくり動くだけで、なにも喋らん」

思斉は誰もいない甲板でひとり、それもだいぶ長く呑んでいたらしい。

「お前、客人とできてるらしいな」

言われた途端、松は顔に熱を感じた。

「物好きなやつもいたもんだ。鼻がいかれてるのかもしれねえな。あの客人は」

思斉は、大きなしぐさで自分の鼻をつまんだ。

「あんたにも恩は感じてる。それはほんとだ」

とっさに言うと、思斉は笑うように喉を鳴らした。

「なんだ、振った男をなぐさめてやろうってのか」

その声には、どこか乾きか枯れを思わせる虚《うつ》ろな響きがあった。

「いつのまにか女らしくなりやがって。そういうことは、きちんと出海《ツッハイ》さまに報告しなけりゃいけねえ。なってねえな」

思斉は媽祖像へ目をやった。

「思い返せばつまらねえが、俺にも尻がまっ青で、いたいけな時期があった」

媽祖像の向こうに、思斉は何かを透し見ているようだった。

「その話、長いか」

「すこし長いが、まあ聞け、倭刀。たぶんお前にしか、そして今日しか言わねえ話だ」

思斉は松でなく、媽祖の像へ目を向け続けていた。

「おれは中国の海辺の小さな村で、年取った両親《ふたおや》の面倒を見ながら漁をして暮らしてた。生活は楽じゃなかったし、貧しさを村で嗤われてもいたが、そう辛いこともなかった。妹がいてな、いつかいい男を見つけて嫁入りする日が楽しみだった」

思斉の妹は、役人の家で下女として働いていたという。ある日、役人の息子が妹を手籠めにした。泣いて帰宅した妹の話を聞いた思斉は激高し、外で遊び歩いていた息子をさんざんに殴った。すっ飛んできた夜警に羽交い絞めにされたころには、息子は死んでいた。

思斉は役所に連れていかれた。息子を殺された役人は思斉を法で裁かず、ひどい折檻《せっかん》を加えたという。

「気を失ったら、水を張った桶に顔を突っ込まれる。目が覚めたら、気を失うまで杖だの鞭《むち》だのでさんざんに叩かれる。いったい誰が悪いのか。俺なりにしばらく考えてたが、殴られるうちに何も分からなくなった」

思斉はまた酒瓶をあおり、「もうねえ」と小さく舌打ちした。

「何日目かの晩、隙《すき》をついて俺は逃げだした。どこへ向かってるのか、這ってるのか走ってるのかも分からなかった」

無我夢中で逃げているうちに、思斉は海に行きついた。ちょうど夜明けで、白い陽が波を照らし始めていた。

「海はすかっと広がっていた。見てるだけでどこかに行けた気がしたな。それ以上逃げることも忘れて、ずっと眺めてた。そしたらたくさんの船がやってきた。海賊だった」

思斉は大きく息を吸い、ゆっくりと吐いた。

「俺はそいつらの道案内を買って出た。海賊はあっという間に、俺の親を馬鹿にした村ごと、役人も俺をいたぶったやつらも、ぶちのめしてくれた。復讐ができて、うれしかったよ。へらへらしながら燃える村を歩いてると、服をひんむかれて滅茶苦茶になった妹の死体を見つけた」

思斉の横顔が、自嘲《じちょう》というにはあまりに痛々しく歪んだ。

「まったく、俺は間抜けだった。殴られてぼうっとしちまって、妹のことを海賊どもに伝えるのをすっかり忘れてた。家も荒らされてて、両親は斬られてた」

松は、同情できなかった。大哥《トアエ》と呼ばせている時の思斉の悪事はさんざん見てきたからだ。思斉は戯《たわむ》れるように空の酒瓶を転がし、続けた。

「そのへんから布きれをかき集めて、妹の体を覆うどころか、積るほどかけてやった。布きれの山の前で泣いてると、まだ下っ端だったいまの甲螺に声をかけられた。もうどこにも居場所はねえと思った俺は、誘われるまま海賊になった」

「なんだ。何を今さら」

我慢できず、松は声を荒らげた。

「それからのあんたは、どれだけの物を奪った。どれだけの人を殺した」

「そうだな、いまさらだ」

思斉は抗《あらが》わなかった。

「尻の青かったはずの俺は、いつのまにか体中が真っ赤に染まっちまった。しみついた血の臭いはきつくなる一方だ。もう媽祖だって愛想をつかしているだろうよ。そんな自分に気付くたび、いつも考える。生きれば生きるほど、どこにも行けなくなる。他の生き方や生きる場所が、俺にあったのかなってな」

思斉の声は掠れていた。

「客人の話に乗ったのは、平戸の島が欲しかったからだ。どこにも行けない俺みたいなやつらの居場所が、どこかにひとつくらいあってもいいだろ」

「莫迦らしい」

松が吐き捨てると、「莫迦か」と思斉は笑った。心底から可笑《おか》しそうに。

「倭刀。お前はお前のやりかたで生きろ。俺にできることはしてやった」

「何をしてくれた。人殺しを強《し》いたことか」

「海に出してやった」

思斉はごろりと身体を横たえ、すぐに寝入った。

松は見上げた。手燭の淡い光に浮かんだ媽祖の像は、どこかくすんで見えた。

五

オランダ人との取引から半年と少しのち。

春分の十五日後、清明《せいめい》の日。平戸島にいた李旦《リータン》一党の海賊たちとその家族、あわせて千人ほどが、川内浦にほど近い緩やかな丘に集った。

丘をおおう新緑の葉が、この時期に立つ北東《うしとら》の風にそよいでいた。集った人々が厳粛な面持ちで見つめる先には、周囲に色鮮やかな幟《のぼり》を立てまわした土饅頭がある。

その前には甲螺《カーレ》の李旦が端座《たんざ》し、線香や紙の銭に火を着けている。知らぬ者には痩せた老人にしか見えないだろうが、暴力と富で海を支配する大海賊であり、下っ端の前には年に数度も姿を見せない。

「李旦さんも燃えちまいそうだな」

乾いた枯れ木のような李旦の佇まいをからかうように飛黄《フィホン》が囁《ささや》く。松は黙ったまま肘で小突いた。

唐国では、清明の日に墓参を行う。だが海賊は墳墓の地を離れた者ばかりだから、甲螺が主催して形だけの墓参を行う。海の底にいる仲間たちを悼《いた》む意もあり、唐国以外を出自とする海賊たちにとっても大事な日だった。

また清明は、稼業の上でも節目だった。

この時期から吹き始める北東の風を捉まえて、唐国への交易船が出航する。顔思斉《ガンスーツェ》の船も同じく唐国へ行くが、今年の航海には別の目的もあった。飛黄は叔父に援助を頼み、また楊天生《イウテンシン》が唐国に残っている思斉の手下を連れて、夏に吹く南の風《うま》で平戸へ帰る手はずになっていた。

顔思斉の決起は、次に北東の風が立つ九月を目途にしていた。手下どもと屋敷を襲って李旦を殺し、その勢いで近くにある松浦家の居館まで占拠する。失敗すれば風に乗って逃げ、台湾でレオ・コープ伝いに手を回したオランダ人の庇護を受ける。

企みは、着々と進んでいる。立案した飛黄は「失敗するわけがない」などといつもうそぶく。顔思斉も腹をくくったらしい。

夏の終わり、思斉と飛黄が帰ってくれば、もう後戻りはできない。怖いという感覚を失って久しい松にも、得体の知れない不安はあった。

突如、丘に無数の爆音が轟いた。びくりと身体が動く。儀式の終わりを告げる爆竹が盛大に焚かれていた。

翌日、顔思斉の船は川内浦を発《た》った。

松は、同行しなかった。飛黄との子を宿していたからだ。医者の診立てでは七月、思斉の船が帰ってくる直後ごろの出産になるという。松は少し膨んだ腹に手を添えつつ、船を見送った。

「よい風が吹いておるの」

松の傍らに立つ短軀《たんく》の老人、田川七左衛門《たがわしちざえもん》が穏やかに言った。松浦家に唐通事《とうつうじ》として仕える人で、顔思斉はじめ李旦一党の海賊たちと付き合いが深く、また温厚な人柄で慕われていた。

「こたびの船旅、まず易《やす》かろう。松どのも安堵《あんど》めされよ」

「易い、ですか」

松は、なぜ分かるのかと首を傾《かし》げた。

「儂《わし》とて若いころは、土の上より船におるほうが多かった。海のことはよう存じておる」

かつて船乗りだったらしい七左衛門翁は、齢のわりに皺の少ない丸顔を揺らして、得意げに話す。その柔らかな雰囲気が、松にはありがたかった。

「さ、帰ろうぞ。海風は、ややこにもよくなかろう。いまの松どののお身体は、御身《おんみ》だけのものにてはあらじ。大事になされよ」

「はい」と答えながら、松は不思議な気分になる。

松が船を降ろされて、一月ほどになる。そう命じた顔思斉は、仲の良かった田川七左衛門に松の世話を頼んだ。妻子に先立たれて独り身だった七左衛門は快諾してくれた。友人からの大事な預かりものと思っているらしく、七左衛門はいつも松に丁寧な姿勢を崩さない。

川内浦から山へ続く坂道を、連れ立って歩く。その中ほどに田川家はあった。槙の生垣を巡らせていて、庭と称する小さな畑があり、古びた母屋はさほど大きくない。

「おかえりなさいっ」

帰ると、松より少し年上の女性がはじけるような声で出迎えた。

女性は七左衛門の遠縁で、松と同じくマツという。いままで字の要《い》る用がなかったらしく、ただ〝マツ〟という音のみが彼女の名だった。

「寒かったでしょう、疲れたでしょう。足を洗ったらすぐ、お湯を沸かすからね」

マツは水を張った盥《たらい》を持ち出し、縁側に座った松の前にしゃがんだ。

「あ、いや。おマツさん。大丈夫です。自分でできます」

世話を焼かれることに慣れない松は、つい身が硬くなってしまう。

おマツさんは長崎あたりの山間《やまあい》の生まれ育ちだという。嫁いですぐ洪水に遭い、実家も婚家もさらわれてしまった。それを知った七左衛門が呼び寄せ、養っているらしい。幸《さち》の薄さを感じさせない快活さと働きぶりで田川家を支える女性の、そのふっくらした顔立ちは確かに七左衛門との血縁を思わせた。

「いいのよ、遠慮しなくて」

松の足を洗う水は冷たかったが、おマツさんの手は温かい。全身の強張《こわば》りが、少しずつ解《ほぐ》れていった。

「おマツ、儂は」

七左衛門が心細そうに言った。七左衛門は預っている女性を「松どの」、遠縁の娘を「おマツ」と呼びわけている。

「松ちゃんは」とおマッさんが呼ぶのは、たんに歳の差だけのことだ。

「身重なのよ。おじさんは自分でできるでしょう」

「儂だって寒かったし、疲れておるぞ」

「じゃあ、あとふた踏ん張りね」手を止めないまま、おマッさんは言う。

「ふた、とは」

「足を洗ったら、ごはん作るから手伝って」

「またか」七左衛門は目に見えて落胆した。

「あたし、おじさんのこしらえる汁は日本一おいしいと思うの」

洗い終えた松の足を拭いたおマッさんは、七左衛門に空の盥を手渡した。

「待っておれ、すぐに足を洗って参る」

目に生気を取り戻した七左衛門は盥を受け取ると、軽やかな足取りで裏手の井戸に走っていった。

その日の夕餉《ゆうげ》はいつもどおり、切り方の揃わない菜がたっぷり入った汁だった。

「松どのは二人の身体ゆえ、たんと食わねばならぬぞ」

おマッさんと七左衛門はにぎやかに話しながら飯を食う。話が不得手な松は黙って箸を動かす。

「おのこかおなごか、お子はどちらかのう。楽しみなことじゃ」

「ほんとね、どちらでもきっとかわいいわ」

そこにいるという理由で食事がある。今日と同じ平穏が明日にもある。生まれて初めての日々を、松は送っていた。

ある夜、小さな足音に松は目覚めた。

部屋の隅でうごめく小さい何かが、障子越しの月明かりに浮いている。松が船から連れてきた麝香鼠だ。田川家での暮らしに人を避けたい用はなく、ほとんど放し飼いになっていた。

渇きを感じた。そっと起きだし、草履を履いて向かった井戸の側には、上半身をはだけてしゃがむ女性の背があった。

「あの」

そっと声をかけると、おマツさんが背中越しに振り向いてきた。月光に青く照らされたその顔は、ぐしゃぐしゃに泣き腫《は》らしていた。

「驚かせたかな、ごめんね。あたしは大丈夫だから」

いそいそと袖を通して着物を直し、おマツさんは立ち上がった。

「なにをしてたんですか」

「乳を捨ててたの。胸が張っちゃって、痛くて寝られなかったから」

「泣くほど、痛かったのですか」

松がおそるおそる訊くと、「そうね」と寂しげな声が返ってきた。

「泣くほど痛い」

明るくきりきりと立ち働く昼間とは違う姿が、そこにあった。

「わたし、生んだばかりの子がいたの。洪水でわたしだけ助かっちゃって。乳って、ふつうはあげなくなって二、三か月くらいで止まるらしいんだけど、わたしはまだみたい」

淡々とした説明は、むしろ松に尽きぬ悲しみを感じさせた。

「どこにいても、なにをしてても、いつになっても、わたしはあの子の母親なんだろうね。だから乳はまだ出るし、乳もその奥も、ずっと痛いまま」

おマツさんは松に近寄り、腹にやさしく手を当てながら続けた。

「大事にしてあげてね。わたしにはもう、できないから」

あたしは母親というものになるのだ、と松は思った。

「松ちゃんは、ふしぎな臭いがするね」

去りぎわ、おマツさんはそう言った。

七月の半ば、松は男児を出産した。七左衛門がおいおいと泣く横で、おマツさんに身体を洗われる赤子を見ると、二昼夜にわたった苦しみが嘘のようにも思えた。

平戸に残っていた思斉の手下が毎日、入れ代わり立ち代わり祝いにやってきた。彼らは赤子の寝顔を神妙に拝み、泣きはじめると「元気がいい」と喜んだ。

子は、どうやら自分より幸せな境遇に生まれたらしい。そのことが松は嬉しかったし、この子が長じて礼を言えるようになるまでは、海賊たちにも生きていてほしいと思った。

思斉の船が帰って来たのは八月の朔日《ついたち》。出迎えの仲間から出産を聞いたらしい飛黄は、七左衛門の家に飛びこんできた。

眠る赤子を抱いて座る松に、飛黄はおそるおそる両手を差し出す。父に抱かれたとたん、赤子は目覚めてわっと泣き出した。

「うわ、どうしよう、どうしたらいい」

あわてる飛黄に、松の頰がつい緩む。

「笑うのか、お前」

狼狽に驚愕を加えた奇妙な表情を、飛黄はした。

「お前、綺麗になったな。やっぱりちょっとくさいけど」

福松《ふくまつ》、という日本風の名を赤子につけたのは、飛黄だった。

六

湊から続く平戸の街の一角に、松浦家から広大な敷地を賜った甲螺《カーレ》、李旦《リータン》の邸宅がある。

九月九日の重陽《ちょうよう》の日、李旦は主な手下を邸宅に集め、習わしである菊花を浮かべた酒を振舞った。それから李旦一党の船は、北東の風に乗って次々と平戸を発った。

人が減り、街が静かになった重陽の十日後、まだ船を出していなかった顔思斉《ガンスーツェ》が、李旦の邸宅を訪れた。日が昇り切らぬ早朝であり、また百名を超える人数を連れていたが、甲螺第一の手下が出航の挨拶に来たという理由に、寝ぼけ眼《まなこ》の門番は怪しむことなく門を開いた。

顔思斉の一団は、甲螺への贈り物と称する大量の荷を邸宅の庭に降ろした。荷をほどくと、中に隠していた武器を携えて邸宅に乱入し、寝ていた李旦をずたずたに斬った。

一団は武器を箱に戻し、邸宅を飛び出して街を駆けた。

誰も何も話さない。もし起きだした者が見ても、見慣れた海賊たちが荷を抱えて走っているだけだ。妙な景色だが、知らぬものが見れば凶行の最中とは気付かない。

「もう少し手こずると思っていたが。偉くなると下まで呆《ほう》けちまうらしい。これも媽祖《マーツォ》がくれた運だな」

すぐ隣にいるはずの飛黄《フイホン》の声が、松には遠く聞こえた。

松は産後の肥立ちこそよかったが、ここ数日ほど微熱が続いている。身体が重く、感覚も靄《もや》がかかったように鈍い。できれば休んでいたかったが、大事には運が要ると飛黄に請われて同行している。幸い、李旦の邸宅では野太刀を抜かずに済んだ。

その松の前には、今日はまだ一言も物を言わぬ思斉のいかつい背中が揺れている。いつも思斉の側で思慮を担っていた楊天生《イウテンシン》は、いない。船に乗って沖で待機している。決起が成功すれば平戸の湊へ入り、失敗すれば思斉たちを台湾へ連れてゆく手はずだった。だがおかげで、思斉はひとりきりのようになってしまった。

平戸の街を走る一団の前に、大きな石段が現れた。登れば、山裾の高台に築かれた松浦家の居館がある。先頭を行く思斉が立ち止まり、呼吸を整えながら手下の海賊たちを振り向いた。

ふだんなら「莫迦ども、仕事だ」と怒鳴っただろうが、騒ぎ出せば元も子もない。思斉が黙したまま佩剣《はいけん》を抜くと、手下たちは荷を下ろした。李旦の屋敷では使わなかった銃も含めて武器を取り出す。銃は燧石《ひうちいし》を火種《ひだね》にする型で、高価だが火縄《ひなわ》の準備が要らない。「オランダ人は、やると決めたら太っ腹だな」と、飛黄は感心していた。

準備が整うと、思斉は石段を駆けあがった。海賊たちも大哥《トアエ》にぴったりと続く。

「さて、はじまるな。頼むぜ媽祖」

飛黄も駆けながら、飄々《ひょうひょう》と言う。

石段は左に、次に右に折れる。その先にある門は、開いていた。

「松浦のやつらも油断してやがる。ついてますね、思斉さん」

とつぜん飛黄は声を張った。静寂を破ったことに驚きつつ、松は訝《いぶか》った。詳しくは知らないが、松浦家は数百年にわたって存続している武門の家だ。夜通し館の門を開け放すような油断など、ありえるのだろうか。だがいまさら逡巡《しゅんじゅん》する暇はない。思斉もそう思っているのか、足を止めない。

飛び込むと、広い庭になっていた。百人を超える顔思斉たちが残らず入って、まだ余裕がある。奥には御殿《ごてん》が大きな玄関を構えている。思斉は剣を抜いたまま立ちすくみ、忙《せわ》しく左右を見回す。海賊たちは荒く息を吐きながら、大哥の命令を待っていた。

これまで口先で思斉に助言し、また焚きつけてきた飛黄は、黙って思斉を見守っている。早くしないと、と松が焦りを感じたとき、背後で大きな音がした。振り向くと、いま通ってきた門の扉が閉じられていた。

続いて、御殿から刀や手槍を抱えた男たちが次々と飛び出してきた。待ち構えていたかのように、みな脚絆《きゃはん》や手甲《てっこう》をきっちり着けている。海賊たちは数も用意も上回る松浦家の者たちに包囲されていく。

――待ち伏せられた。

松の胸が高鳴った。

同時に、恐ろしさを感じた。自分の死は、いまさら怖くない。だが、生んだばかりの福松を遺して死ぬことは、耐えがたかった。

「好《ホオ》」

潮錆びた声が聞こえた。海賊たちへ振り返った思斉の目は、ぎらぎらと輝いている。

「莫迦ども、仕事だ。存分にやれ」

怒鳴り声に呼応して、海賊たちは解き放たれたような雄叫《おたけ》びを上げた。松も静かに野太刀を抜く。とにかく生き延びねば、と強く念じた。

「かかれっ」

松浦の側で飛んだ号令は、むしろ海賊たちに跳躍力を与えた。次々に侍に打ちかかる。相討《あいう》ちを恐れず銃が放たれ、たちまち乱戦となった。

「わっ、わっ、わっ」

いつか聞いたような悲鳴が聞こえる。侍に追い回されている飛黄は、もう地面を転がりながら、繰り出される斬撃を必死で避けている。

「引っ込んでろ、飛黄」

怒鳴りながら松は飛び込み、野太刀で突いた。飛黄に斬りかかっていた侍は冷静に数歩引き、刀を青眼《せいがん》に構えなおす。

まずい、と松は直感した。相手の構えは隙がなく、高い技量を思わせた。対して松は、力任せの我流で野太刀を振るうしかできない。打ち合いになればかなわないだろう。

侍が裂帛《れっぱく》の気合とともに打ちかかってきた。あわてて野太刀で受けるが、間合いを一気に詰められる。至近から繰り出される鋭い斬撃を避け、また野太刀で受けつつ、松は死を予感した。

「どうした、こんなもんか。サムライってのは」

間近にいた思斉が吼え、続いて大量の血が噴いた。松に相対する侍は、思斉に斬られた朋輩《ほうばい》がまき散らす返り血を目に浴びた。気迫が途絶えた一瞬を逃さず、松は野太刀を侍の右肩に叩き込んだ。肉と骨の手応えがあった。野太刀を引き、次の相手を探す。

そして、目を疑った。

顔思斉が、爪先立ちになって仰《の》け反《ぞ》っていた。その大柄な身体は痙攣していて、首には誰かの腕が背後から巻き付いている。

思斉の背後には、飛黄がいた。その右手に握られた剣が、思斉の脇腹に深々と突き立っている。ずるり、という音とともに剣が抜かれた。思斉は糸を斬られた傀儡《くぐつ》のように倒れた。

「飛黄、お前」

松は思わず叫んだ。戦さの喧騒の中、飛黄がゆっくり首を巡らせる。

「なんだ、見てたのか」

その顔は、いつも通り飄々としていた。

「いや、思いのほか思斉さんが強かったからさ」

飛黄はこともなげに言い、それから大きく息を吸った。

「思斉さんが討たれた！」

どこから出たのかと思うくらいの大声で飛黄は叫んだ。

「もうだめだ、失敗だ。思斉さんが討たれた。失敗だ」

海賊たちに動揺が広がり、松浦の侍が押しはじめる。

「やめろ、飛黄」

松は抜き身を引っ提げたまま飛黄に駆け寄り、胸倉を摑んだ。

「どうしてこんなことをする」

「邪魔だからさ」

飛黄は、まるで塵芥《じんかい》について言うように答えた。

「李旦も思斉さんもいなくなれば、ほかの海賊どもは烏合《うごう》の衆だ。みんな次の甲螺を求めて右往左往するだろうさ。まとめ直すのはたやすい」

飛黄は、笑っている。

「李旦を殺した思斉さんは乱に失敗して、ここで死ぬ。後事を託された俺は、生き残りを連れて台湾へ行き、新しい甲螺となる。いずれオランダ人も追い出して、俺が海の主になる」

べらべらと話す飛黄の声が、松の耳をすり抜けていく。

「ところが思斉さんは強かった。俺の仕掛けた罠《わな》を喰い破りそうだったから、殺した」

「仕掛けた、罠」松は血が逆流するように感じた。

「お前、松浦ともつるんでたのか」

飛黄は、酔ったような顔で頷いた。

「上納の銀を増やすっていったら、すぐ話に乗ってくれたよ。あいつらも懐が苦しいらしい」

胸倉を摑ませたまま、飛黄は両手を広げた。

「すべては媽祖のおかげだ。あの日に助けてくれたから、俺はここまでこれた」

「違う」松は首を振った。

「こんなことのために、お前と一緒にいたんじゃない」

「隠してたのは悪かったよ」

ささいなことのように軽く、飛黄は言う。

「お前、どこかで思斉さんを嫌いになれなかったろう。だから黙ってた。もう済んだことだ。いいじゃないか、新しき甲螺の妻よ」

松は飛黄を突き飛ばした。

「思斉はどうすればよかったんだ」

叫び、野太刀を構える。

「あいつはほんとに、ほかの生き方はできなかったのか。生まれた地から追われ、海で扱き使われ、やっとたどり着いた先で騙され、殺されるしか、できなかったのか」

「媽祖よう」飛黄は左手で悠然と襟を直した。

「自由になりたかったんだろ」

「そうだ」

「なら教えてやろう、これが自由だ」

飛黄は、血に濡れた剣を放り投げた。

「自由になるってのはつまり、立ち塞がる全ての奴らを薙《な》ぎ倒し、打ち殺し、この世に微塵も残さねえってことだ」

嫌悪と絶望が、不快な感触となってせりあがってくる。松はたまらず膝を突き、激しく嘔吐した。

「大丈夫か、具合が悪いのか」

しゃあしゃあと飛黄が駆け寄り、松を抱き起こそうとする。

「さ、行こう、媽祖。台湾へ」

その声は、ぞっとするほど優しかった。

「邪魔者が誰もいなくなった海で、自由に生きよう。そしてこれからも俺を」

そこまで言った飛黄は、獣よりひどい声で呻《うめ》き、松に身体を預けてきた。

松はそっと身を引く。震えながらへたりこんだ飛黄の腹は赤黒く染まり、白っぽい腸がこぼれている。引いた野太刀の長い刃は、飛黄の腹を綺麗に割っていた。

「どうして、俺を殺す」

夫は苦しげな声で問い、それからゆっくり、あおむけに倒れた。

「これが正しいことか、分からない。けど、海をあんたには渡せない」

咳き込みながら、妻は答える。生まれてまだ二月あまり、ようやっと目鼻がしっかりしてきた吾が子の顔が、胸の内によぎっていた。

再び嘔吐の予感が上がってきた。歯を食い縛って耐え、松は野太刀を杖に立ち上がった。

戦さは、海賊たちが圧倒的に不利だった。ずっと同じ船に乗ってきたやつも、福松の出生を祝ってくれたやつも、次々に討ち取られていた。

首を巡らせる。高台にある松浦の館からは、海がよく見えた。

「痛えよ、媽祖」

足元から掠れた声がした。

「そんな神さまは、海のどこにもいなかった」

静かに、松は首を横に振った。

「だから、あたしが媽祖にでも何にでもなってやる」

海賊たちを集め、門を破る。そうすればなんとかなるはずだ。海は、すぐそこなのだから。

もう、飛黄の返事はなかった。

松は野太刀を引き摺り、歩き出す。汗と土、反吐《へど》、そして返り血が、松の全身を汚していた。波の音が、鼓動と重なってゆく。

七

開け放した戸から、秋の夕陽が田川家の土間に差し込んでいた。

その隅では、いつの間にか住み着いていた麝香鼠の家族七匹が、鼻先を前の鼠の尻にぴったりくっつけた数珠つなぎになって移動している。

その後ろを、三歳になった福松が楽しげについてゆく。

「福松どのは、自分が鼠と思うておるのではないか」

土間に面した居間の縁で、田川七左衛門は半ば本気で心配した。

「そんなわけはないでしょう。妙なこと言わないで」

たしなめるようなおマツの声は、どこか硬い。緊張しているのは七左衛門も同じだ。

「鄭芝龍《テエチーリヨン》って誰なの、おじさん」

異国人の名をたどたどしく言うおマツに、七左衛門は「知らぬ」と首を振る。

実際は、唐通事を務める中で名だけは聞いている。明人が台湾と呼ぶ島を根城に、急速に勢力を伸ばしている大海賊だ。松浦家にも早々に渡りをつけ、平戸と中国の交易の大半を担うようになっている。

今日の先ほど、その鄭芝龍の使者が前触れなく現れた。

——かつて自分は平戸におり、七左衛門と顔馴染みである。今から行くゆえ挨拶させてほしい。

使者は主人の言葉として、そう述べた。七左衛門は鄭芝龍なる人に覚えがなかった。否《いな》む理由はなかったから応じると、屈強の男たちに家を囲まれた。主を護衛する手下たちだという。その厳つい雰囲気は七左衛門を辟易《へきえき》させたが、ふと懐かしくも感じた。

二年前の秋の早朝、平戸にいた海賊たちは、こつぜんと姿を消した。その日に松浦家の居館で起こった戦さは厳重に伏せられていたが、島に住まう者には洩れ、広がっている。甲螺《カーレ》の李旦《リータン》、その一の側近の顔思斉《ガンスーツェ》も、いなくなった。戦さで死んだのかもしれない。

松も飛黄《フイホン》も、同じ運命であったと七左衛門は思うしかなかった。彼らがこの世に、平戸にいたことの証《あかし》のように、福松と麝香鼠がこの家に残った。

外から、野太い声が幾つも上がった。

「おいでかしらね。福松、いらっしゃい」

おマツが呼ぶと、鼠を追っていた幼子は心得たように歩いてきた。

「お客さまですよ。きちんとご挨拶なさいね」

優しく声をかけながら、おマツは福松を抱え上げて膝の上に乗せた。

少しして、戸口に中背の人が現れた。七左衛門は思わず立ち上がった。

頭頂に丸く髷を結い、脛の中程まで届く黒の上衣を纏っている。袖はなく、露わな腕で福松より小さな幼子を抱きかかえている。

「田川どの、お待たせした」

流れるような日本の語で言ったのは、傍らに控えていた側近だった。その顔に七左衛門は見覚えがあったが、それどころではなかった。

「吾らの甲螺、鄭芝龍です」

側近の言葉に続き、鄭芝龍なる者は幼子を抱いたまま軽く頭を下げた。

「いや、違う」

言葉が続かず、七左衛門はただ口を開閉させた。代わりに声を上げたのはおマツだった。

「おかえりなさい、松ちゃん」

「お久しぶりです」

黒衣の人が、照れくさそうに少しだけ笑った。確かに松だった。安堵や感慨、驚きがないまぜになって、七左衛門はへなへなと座り込んだ。

そのまま、しばらく誰も話さなかった。

「だれえ」

という福松の無邪気な声が、止まっていた時を動かしたように思えた。「風が来ています。お早目に」と言い残して側近が離れてゆく。

松は土間に入り、目の前に立つと、七左衛門はあたふたと姿勢を正した。

「や、すまぬ。驚きのあまり口が動かなんだ。これこの通り、福松も元気じゃ。おマツが立派に育てておる」

おマツは「ほら」と、福松を両脇からかかえ上げた。

「して、そのお子は」

「飛黄との、ふたりめの子です。福松とは年子。次郎左衛門《じろうざえもん》と名付けました」

松は、なぜか硬い表情で答えた。

「ほう、おとなのごとき立派なお名を」

七左衛門が言うと、松は「子の名付け方が、分からなかったから」と少し表情を崩した。

「飛黄どのはどうされた。それに松どのが鄭芝龍とは、いかなるわけじゃ」

「少し長い話になります。座っていいですか」

「もちろん、もちろんじゃ」

松を立ちっぱなしにさせていたと気付き、七左衛門は慌てた。

「ここは松どのの家《うち》。なんの遠慮も要らぬ」

松は嬉しそうに頷き、次郎左衛門を抱いたまま居間の縁に腰かけた。

「芝龍は飛黄の諱《いみな》です。そしていまは、あたしの名前」

「飛黄どの名を、なぜ松どのが名乗る」

「飛黄は、自分が甲螺になるためにいろいろ仕込んでたんです。あたしは飛黄、いや鄭芝龍になりすまして甲螺になりました」

「では飛黄どのは」

七左衛門が首を傾げると、松はうつむいた。

「あたしが殺しました」

「なぜじゃ」聞いた声は、勝手に震えた。

「おマツさんに教えてもらったんです」

松は顔を上げた。

「あたしは、親だから」

意を解しかねた七左衛門の横では、おマツがただただ頷いていた。

「今日は、お願いがあって来ました。この子を、次郎左衛門を育ててほしいんです」

「それでいいの、松ちゃん」

おマツが静かに尋ねる。

「あたしは危ないところにいるから」

答えた松は、やはり寂しそうに七左衛門には見えた。

「数年後、また来ます。その時、子らが望めば海へ連れてゆきます」

「後継ぎにするのかしら。その、鄭芝龍さんの」

「子らが望めば」

それから松は居住まいを正すように腰を上げ、おずおずといった調子で切り出した。

「七左衛門さん、おマツさん。福松のこと、ありがとう。もう一人増えても大丈夫でしょうか」

「二人も三人も変わらないよ。賑やかでいいわ」

こともなげにおマツは快諾した。いたことしか知らぬ、彼女の一人めの子の顔を想像しながら、七左衛門も「もちろんじゃ、もちろんじゃよ」と頷いた。

「ありがとう。お願いします」

松が礼を言うと、福松は心得たように身体を動かし、自分の足で立った。松は屈み、右腕で次郎左衛門を抱いたまま、左の腕で福松を掻き抱いた。二人の子はくすぐったそうに笑い、母はその間に顔をうずめた。やがて松は、次郎左衛門をおマツの膝に預けて立ち上がった。

「じゃあ帰ります。みなさま、お達者で」

七左衛門はたまらず声を張った。

「松どの、いや松よ。先にも言うたが、ここはそなたの家。帰る先は、ここじゃ」

立ち上がっていた松はふいに顔を歪ませ、うつむく。七左衛門はとっさに後悔した。

手前勝手に松を愛《いと》おしむあまり、松の境遇に心を致せなかった。松は両親を知らず、夫を殺《あや》め、子と離れ、ひとりとなって再び、明日をも知れぬ暮らしに身を投じようとしている。

「あら、松ちゃん。もう行くの」

場違いにも思える明るい口調でおマツが言った。

「福松、次郎左衛門。母上がお出かけなさるわよ」

呼ばれた子たちが、意味も分からず騒ぎ出す。

「どちらへ行かれるの」

おマツは問う。とても長く感じられた数瞬のあと、松は顔を上げた。

「海へ」

松の頬を、涙が伝って落ちていく。だがその端正な顔はもう毅然《きぜん》としていた。

「そう。気をつけてね」

「はい」松は力強く頷いた。「行ってきます」

そして松は、踵《きびす》を返して歩きだす。戸口で待っていたさっきの側近の顔を、七左衛門はやっと思い出した。たしか顔思斉の船にいた楊天生《イウテンシン》という男だ。

「甲螺」

天生が敬うように呼び、大股に歩く松の後ろに続く。迎える男たちも口々に「甲螺」と叫ぶ。松の背が、遠ざかるにつれて大きくなり、別人のものに変わっていくように七左衛門には見えた。

南海の大海賊、鄭芝龍の背中はやがて、潮錆びた荒くれ者たちの中に消えた。

数珠つなぎの麝香鼠たちが、それを追うように戸口を抜けて行った。

第一章　波のみなもと

一

波の音が、あり続けている。

陸が海を抱き込んだような川内《かわち》浦《うら》の入り江に、大小の船が静かに錨《いかり》を降ろしていた。揺れる水面《みなも》には陽光が跳ねて眩《まぶ》しい。

福松《ふくまつ》は、砂の光る浜から海を見つめていた。来月、年が明ければやっと七歳になる小さな背には、北西《いぬい》からの冬の風が強く吹きつけている。寒さよりも、身体の芯から湧く熱を感じていた。

「七左衛門《しちざえもん》どの」

「なんじゃな」

呼ぶと、鷹揚《おうよう》な声が返ってきた。福松を養ってくれている老人、田川《たがわ》七左衛門のその声が、福松は好きだった。

「船は、どこから来るのでしょう」

七左衛門翁は、ゆっくり腕を上げて指差した。

「船は北のほう、この平戸《ひらど》の島の殿さまがおわす湊《みなと》で商いをする」

みなと。福松は首を傾《かし》げた。船が集まるところとは知っている。だが七左衛門が皺だらけの指で示す方角には、濃緑の丘しか見えない。もう少し背が伸びたら、丘の向こうまで見渡せるのだろうか。

「ただ、北の湊は少し手狭じゃ。ゆえに商いを終えた船のいくぶんかは、湊にほど近く、波風の穏やかなところに錨を降ろす」

七左衛門は指先を動かし、つられて福松も顔を巡らせた。入り江をぐるりと囲む砂浜の一角には、小舟を舫《もや》った桟橋が幾つも海に伸びている。

「この川内浦も、そのような船の溜《たま》り場《ば》のひとつ。また最も大きい。とくに唐国《からくに》の船は、古《いにしえ》より川内浦をよく使う」

「唐国」福松は確かめる。「母上のおられる国ですね」

「さよう」

七左衛門翁は頷《うなず》いてから、福松の顔を覗きこんだ。

「寂しいかえ」

再び、福松は首を傾げた。少し離れた水際では福松の弟、次郎左衛門《じろうざえもん》と、母代わりのおマツさんが遊んでいる。短い脚でよたよたと歩いて引く波を追い、寄せる波から逃げる弟の齢は、福松とひとつしか変わらない。育ちが少し遅いらしい。

福松は手を振った。七左衛門翁に似た丸っこい顔を上げたおマツさんが、笑いかけてくれたからだ。

「寂しくありません」

なお手を振りながら、福松は答えた。

福松と弟の母は、おマツさんと同じ音で松という。この川内浦で生まれ育ち、中国人の父と出会った。父は早くに亡くなり、母は七左衛門とおマツさんに子ふたりの養育を頼み、自身は唐国にいる。

そのような話を福松は聞いている。「詳しいことはおいおい」と七左衛門翁がいうから、待てばよいと思っていた。七左衛門翁が福松を裏切ったことは、ただの一度もない。

一度だけ、中国から帰ってきた母に福松は会っているそうだ。中国で産んだ次郎左衛門を連れてきたときだという。何も覚えていないが、それほど気にもならなかった。福松は腹をすかせたことはないし、きちんとした小袖と袴も着せてもらっている。いまの四人での暮らしのほか、福松に望むものはない。寂しい、という感覚をそもそも知らなかった。

「そろそろ帰りましょうか」

波音に混じって声が聞こえた。次郎左衛門の手を引いたおマツさんが、こちらへ足を向けていた。そうじゃの、と七左衛門が応じる。

福松の胸は高鳴った。大人ふたりが支度をしている間、弟とじゃれあったり喧嘩しながら、待つ。やがて芳しい香りが鼻をくすぐり、腹を満たしたあとは夜明けを楽しみにしながら眠る。それは福松にとって、かけがえのないひとときだった。

二日後、仕える松浦《まつら》家の役所へ年内最後の出仕をした七左衛門は、男ふたりが担ぐ戸板の上に横たわって帰ってきた。掛けられていた筵《むしろ》を剝がすと、福々しかった顔は蒼褪《あおざ》め、乾いた血がこびりついていた。

役務上の不正を糾《ただ》され、ひとり腹を切ったのだという。

「ほんとうは上役さまが、中国との商いの利を盗んでいたのよ」

おマツさんが口を開いた。誰も来ない葬儀を終え、正月が素通りして数日後のことだった。

「けれど、上役さまは殿さまのご一門に娘を嫁がせていて、責めれば殿さまにも非が及ぶから」

福松と次郎左衛門が座らされた居間には、冬の柔らかい陽が差し込んでいる。だが、どれだけ光が入ってもここは島のどこよりも暗いのだろう。大人の話に理解が追いつかない福松なりに、そう考えた。次郎左衛門はじっとできず、座ったまま手をばたつかせている。

「代わりに、なにもしていない七左衛門おじさんが罪を着せられたんだって」

ぽつぽつと言葉を落とすおマツさんの顔はいつものように丸く、けれど真っ白だった。

どうやら何か大きな、そして理不尽な力が七左衛門を殺《あや》めたようだった。

「お禄《ろく》は、少しだけど貰えるみたい。子供ふたりと女ひとりだけど、何とかやっていけそう」

殿さまのほうでも理がない裁断と承知しており、捨扶持《すてぶち》を貰えることになったのだという。福松と次郎左衛門、どちらかを養子として、長ずれば田川家を継がせよとのことらしい。

「よかったです」

話が呑み込めないまま福松が言えたのは、母代わりの女性の顔に僅かだが安堵《あんど》の色が射したからだ。

「私は、いい子でおります。おマツさんの手を煩わせることはしません」

端座《たんざ》したまま、福松は宣言した。もともと手伝いを雇えるほどの身代でもなかった田川家の家事は、働き者のおマツさんでも手に余った。偉ぶらない七左衛門翁も手伝ってようやく営んでいた家だ。禄も人手も減った田川家を、福松なりに支えたかった。

「お手伝いできることがあれば、なんでも申しつけてください」

そう言ったとき、次郎左衛門がぐずりはじめた。それまでの重い雰囲気を、やっと感じ取ったらしい。

弟がしっかりするまで自分が頑張らねば、と福松は決意していたが、おマツさんが次郎左衛門を抱きかかえたとき、なぜか胸が苦しくなった。

「お手伝い、何をいたしましょう」

気を利かせたつもりだったが、返ってきた声にはどこか、戸惑うような色があった。

「どうして怒っているの？」

あれ、と福松は思った。地が失せたような心細さがあった。寂しいかえ、という七左衛門の問いが胸をよぎった。

「今は何もしなくていいわよ。まず次郎左衛門に落ち着いてもらわないと」

あやすように身体を揺するおマツさんの視線は、抱いた次郎左衛門に注がれている。

「なら、出かけてきます」

「どちらへお出かけ？」

「海へ」

とっさの答えが、なぜだか、しっくりきた。「ふしぎね」とおマツさんは首を傾げる。

「お母上と同じことを言うのね」

母上とやらに、福松は会ったことがない。福松はぞんざいに一礼すると立ち上がった。

裸足《はだし》のまま、庭と呼ぶだけ呼んでいる畑に飛び降りた。七左衛門が丹念に手入れしていた槙の生垣の切れ目を抜けて右に曲がると、海がもう見えている。

坂の一本道を駆け降り、潮の香りが濃い砂浜を突っ切る。打ち寄せる波を数歩踏んだところで、濡れた袴が重くなり、足を止めた。

静かに波打つ川内浦に、大きな船が数隻、蹲っていた。一隻は三色に塗り分けられたオランダの旗を掲げていて、残りは船首に目玉を描いた中国の船だった。春と秋には北東《うしとら》の風が風向きは季節で変わると教えてくれたのは七左衛門翁だった。春と秋には北東の風が船を送りだし、夏は南《うま》の風が吹いて船を連れてくる。

どんな風が立っても、七左衛門翁は帰ってこない。おマツさんの意が、手の掛かる次郎左衛門を離れて福松に向くことも、しばらくないだろう。

振り返る。白い浜に、ぽつぽつと黒い小石が落ちている。遠くには石の親のような黒い巌《いわお》があって、いつも一緒に遊んでいた子供たちが攀《よ》じ登って声を上げている。福松は誘われたような気になって、そちらへ歩いた。

巌の前で、福松は立ち止まった。子供たちが向けてきた目が、いつもと違ったからだ。互いに言葉が出ず、黙って睨み合うような形になった。

「咎人《とがにん》の家の子だ」

ひとつの声が合図になったようで、子供たちは口々に囃《はや》し立てた。

「父《てて》無し子だ」

「母《かか》もいないぞ」

自分はそんなふうに見られていたのか、と福松は動揺した。同時に、死んだ老人の大きさも思い知った。「川内浦のおとなで、儂《わし》の世話にならなんだ者はおらんよ」と胸を張っていた七左衛門翁の威が福松を守ってくれていたらしい。無邪気な罵声が福松を叩き続ける。

「母上は、いる」

喚《わめ》くと、騒ぎがぴたりと収まった。

「中国に、私の母上はいる」

「なら、捨て子だ」

誰かが甲高い声を上げ、罵声はより激しくなった。

「あいの子」

その言葉には耐えられなかった。福松は飛びかかったが、すぐに無数の手が伸びてきた。引き剝がされ、突き飛ばされる。転んだ拍子に触れた、黒い石を夢中で摑んだ。立ち上がると、手近にいた子の頭を殴った。

わっ、と子供たちは逃げ出した。殴りつけてやった子はへたり込み、額から血を流して泣き喚いている。

「ごめん、許して。ごめん」

福松は石を投げ棄てた。

「行けよ」そう言ってやった。「私はもう何もしない」

その子は福松に脇目もふらず、逃げていった。

福松は歩いた。水際を踏む。肌寒い季節なのに、あるいはそうだからか、素足を洗う波は温かく感じた。そのまま、ざぶざぶと音を立てて海へ分け入る。

膝まで水につかり、そこで歩みを止めた。このまま進めば身体が沈むと知っている。どこまでも平坦な海が、自分を閉じ込める壁のようにも感じられた。

遠くで、帆を張った大きな船が、ゆっくりと入り江の口へ向かっていた。

二

喧嘩は、大事にならなかった。

幸い、福松が石で殴った子は、額にひどい擦り傷ができた程度で済み、傷もすぐに塞がった。親たちにも七左衛門翁への敬意が幾許《いくばく》か残っていて、さらにはおマツさんが必死に詫びてくれた。

こうして福松は咎められずに済んだが、話せる友垣もまた、失った。

家にいても、することがない。手伝うと宣言したものの、幼い福松にはなにもできない。喧嘩のことをおマツさんに謝りたかったが、家事に目まぐるしい姿を見ると、自分だけの用で声をかけるのはためらわれた。

もし自分がいなければ、おマツさんにも面倒をかけずに済むのだろう。

そんなことを考えているうちに、いつのまにか、海に毎日来るようになっていた。

朝餉《あさげ》のあと家を出て、浜に座ったり波に触れて時を過ごす。陽の端が背後の山に触れたころ、帰る。ほとんど誰とも話さず、ひとりで波の音に耳を傾ける日々が続いた。

やがて、夏が来た。川内浦は旗や幟《のぼり》をなびかせた船が次々に入り、陸《おか》には衣服も言葉もまちまちの人々が溢れた。

福松は汗ばみながら、やはり裸足で浜を歩いていた。

砂が、熱い。頭上には海の色をとかしたような薄い青色が広がっていた。

袖で額の汗を拭ってから、波に足を浸す。冬と違い、清涼な感触が足を洗ってくれた。

「つめたい！」

心地よさが声になった。ふと期待めいた感覚を抱き、周囲を見渡す。誰もいない。数本の桟橋もちょうど無人だった。遠くの巌にはいつかのように子供たちが群れているが、彼らが福松に注意を払うことは、もうない。福松の声はどこへも届かない。

唇を噛んでから、福松は目を転じた。出入りする船と波の表情は見ていて飽きない。いつもどおり海を眺めていれば、やがて日が傾き、食べて寝るだけの家に帰る頃合いとなる。

やがて入り江の口に、黒一色に塗られた船が現れた。船首に目玉を描いているから唐国の船だろう。三本の柱には帆を張らず、櫂《かい》でゆっくり進んでいる。

黒い船は入り江の端で錨を投げた。続いて降ろされた小舟を使って、ふたりが桟橋へ上がった。遠くてわからないが、先を行く細身の人が懐かしげに左右を見回しながら歩き、その後ろに侍のような、帯びた二刀と袴の膨らみのある人影がついている。

「あ――」

福松は身体が強張った。細身の人と目が合ったように感じたからだ。気のせいと思ったが、その人は砂浜へ降り立つと真っ直ぐこちらへ向かってきた。

徐々に姿がはっきりしてくる。乗ってきた船のように黒い衣は膝まで覆い、対して袖はなく、両腕を露わにしていた。颯爽《さっそう》とした足取りで、ぐんぐん近付く。

やがて、その人は福松の前に立った。淡い褐色に灼けた細面《ほそおもて》は刃のように鋭い。丸く結った髷《まげ》を頭巾に包む、唐国の男性のような頭をしていた。

「福松か？」

問うてきた声は少し掠《かす》れていたが、確かに女性のものだった。顔にはちっとも覚えがない。だが唐国で福松を知る女性は、たぶんひとりしかいない。

「母上、なのですか」

おそるおそる問う。相手は微動だにせず口だけ開いた。

「お前が福松なら、そうだ」

「私は、福松です。けれど母上の顔を覚えていません」

「あたしは覚えている」

そっけない言葉だが、福松の胸が痛いほど大きく鳴った。

「久しぶりだな」

母は言い、その右の掌が福松の頬を撫でた。厚い皮がごつごつしていて、けれどどこか柔らかい。身体を洗ってくれる波のような感触があった。

「どうして泣いていた」

問われて、福松は自分がどうなっていたか知った。

母はじっと見つめてくる。そうされるのは福松にとって久しぶりだった。

「どうやら私は、ここにいたくないのです」

つかえながら答えると、母は僅かに目をすがめた。

「なら、どこにいたい」

「分かりません」

答えたとたん、さっき温かさが撫でていった頰を張られた。たまらず、福松は倒れる。

急いで上体を起こした。海水で沁みた目をこすり、慌てて顔を上げる。

「あたしを、敵だと思え。お前はどうする」

母だと名乗った女性は、すでにすさまじい殺気を放っていた。

逃げねばならない。

福松は夢中で立ち上がり、見渡した。そこには陸と、海しかない。陸にはもう、福松が心を残すべき何もないと知っている。海へ行けば、おぼれ死ぬだろう。だがその向こうに何があるか知らない。

福松は駆けだした。海に向かって。足でざぶざぶと水面を踏みぬく。来た波に押し倒される。立ち上がり、また歩む。寄せる波に耐え、引く波に合わせて進む。水面が腰の辺りまでせりあがったとき、ひときわ大きな波が寄せて来た。小さな身体は吞まれ、海中へ引き摺り込まれる。塩辛い水が口にあふれた。必死にあがくが、何にも引っかからないまま体力だけが削られる。

遠くにも感じられる水面に、白と青の光が入り交じって揺らいでいた。静謐《せいひつ》の底で、こうこうという低く小さな音が響く。

死ぬ。

予感とは逆に、押し上げられるような力を感じた。頭が水面を突き抜ける。眩しい。淀んだ息を吐き出し、思い切り吸う。腕で水を掻くと、浮いた身体が前に進んだ。ずっと先には陸地を断ち切ったような入り江の口があり、海が続いている。いつかのように、船が外海へ向かっている。

その船に、追いつけそうに思った。力が湧いた。なお水を掻いたとき、後ろの襟首を摑まれた。引き摺られ、砂浜に投げ出された。

「福松」

声のほうを見上げた。頭上に日を戴《いただ》いた母の顔は、影になって見えない。

「お前、泳げたのか」

「いえ」

四つん這いになり、荒い息をつきながら答える。

「けど、海ならば、どこまでも行けると思いました」

ホオ、と母は言った。唐国の〝好《ホオ》〟という語であると後で知った。

三

「松ちゃん！」

母と連れ立って家に帰ると、庭の畑を手入れしていたおマツさんが声を上げた。

「お久しぶりです」

福松の母、松はまるで男のような仕草で頭を下げた。

おマツさんは松に駆け寄り、それから「あれえ」と笑った。

「ふたりともずぶ濡れね。海に落っこちでもしたの」

「まあ、そんなところです」

答えた松とその傍らにいた福松は、生垣と家が視線を遮る一角に引っ張りこまれた。

「身体を洗いなさい。その間にお着替えを持ってきますから」

おマツさんは井戸を指差して言うと、ぱたぱたと走っていった。

松は、懐かし気にゆっくり見回したあと、福松へ目を向けた。どうしたものか、と戸惑うような声色で呟いたあと、母は福松の衣服を袴から脱がせはじめた。

自分でできます、と言いかけてやめた。福松にも分かるほど不慣れな母の手つきに、何かを手繰り寄せるようなものを感じたからだ。素っ裸になると、井戸から汲んだ冷たい水と母の手で、ざぶざぶと洗われた。

福松の身体を洗い終えた松は黒衣を、次いで黒い革の靴、白い唐国の風の袴を脱ぎ捨てた。その背と右の腿に太く伸びる傷跡があり、びっくりしてしまった。

その間におマツさんが手拭いと替えの衣服、大きな盥《たらい》を持ってきた。

「着替えたら上がっていらっしゃい。ちょうどお湯を沸かしていたから、よかったら」

おマツさんはそう言うと、母子が脱いだばかりの衣服を盥で洗いはじめた。松と福松は言われたとおり身体を拭い、帷子《かたびら》に袖を通して帯を結んだ。

「次郎左衛門は奥の間でお昼寝しているわよ」

という声を聞きながら、福松と松は薄暗い土間に回った。松に付き従っていた若い侍が、居間の框《かまち》に座って湯をすすっていた。きれいに月代《さかやき》を剃った侍は松を見て目を丸くし、それから慌てて椀を置いて跪《ひざまず》いた。

「おマツさまがここで待てとの仰せで」

「なら、それでいい」

松は素っ気なく告げた。それから自分の家のように棚から椀をふたつ取り、湯気の立つ釜から湯を汲んで框を上がった。

縁側を通って入った板敷の奥の間には、夜着を掛けられた次郎左衛門が寝ていた。その傍に松は横座りに座った。

福松は母の隣に腰を下ろし、薄い湯気の立つ椀を両手で持ち上げた。口にした湯は少しぬるく、洗われて冷えた身体にちょうどよかった。松は椀に手を付けず、次郎左衛門と福松を交互に見つめた。

開け放した障子から、夏の日が短く差し込んでいた。

「ここは静かだな」

松がぽつりと呟き、庭を見た。山から沁みる蟬の声、海でやまない波の音、次郎左衛門のかすかな寝息が重なる。福松にも無音より静かに感じられた。

「あたしがここで世話になっていたのは、半年あるかないかだ。けど、生きているうちで最も穏やかな時だった。お前も次郎左衛門も、よいところで育った」

福松は頷いた。ただ福松の知る「よいところ」は、もうない。

「お待たせねえ。今日はよいお天気だから、お召し物はすぐ乾くと思うわよ」

賑やかな雰囲気とともに、おマツさんが現れ、眠る次郎左衛門を挟んで座った。

「いつ唐国から来たの？　元気だった？」

「さっき着きました。おかげさまで元気です」

松が答えると、横たわっていた次郎左衛門がぴくりと動き、次いで跳ね起きた。左右を見渡し、「だれ」と松に問うた。その後ろからおマツさんがにじり寄って次郎左衛門を起《た》たせ、背を押した。

「お母上よ」

言われた次郎左衛門は承知したようにとことこと歩き、松の膝の上にすぽんと収まった。こういう真似が福松にはできない。

「ははうえ、こんにちは」

舌足らずだがそつない挨拶をした次郎左衛門を、松は手を回して抱きかかえた。

「おマツさんに預けたとき、次郎左衛門はまだ赤子でした。福松も大きくなった。本当にありがとうございます」

「ふたりとも、いい子よ。病気はしないし、ごはんもたくさん食べる。福松なんて自分の身の回りのこと、ほとんど自分でやってしまうの」

その言葉が、福松は少し寂しく感じた。褒めてくれたようだが、自分でやるように心がけたのは理由がある。

「ところで、七左衛門どののこと、聞きました。あの件、きっかけはあたしにあります」

おマツさんは口元に微笑みを残したまま、小首を傾げた。

「七左衛門どのを死なせた上役は、唐国の李《リー》という海賊と組んでいました。李の船が平戸で商いをするさい、松浦家へ上納すべき銀《かね》を上役が抜き、李と折半していた。ところが李が死んだので、上役は七左衛門どのに罪を押し付け、危うい話を終わりにした。そういうことのようです」

母の話が福松には理解できなかったが、幼子を抱いて言うには生々しいように感じた。

「それがどうして松ちゃんのせいなの」

おマツさんが問うと、松の顔に悔いるような色が浮かんだ。

「李と争い、これを殺したのは、あたしです。上役の盗みの話は李の手下から、七左衛門どののことは商いで平戸と行き来しているあたしの手下から聞きました」

殺した、と聞いた福松は身体を硬くした。

「それに松浦家との付き合いは、李より〝鄭芝龍《テエチーリヨン》〟のほうがずっと深いのです。あたしが早く気付いて手を回していれば、七左衛門どのを助けられたかもしれない」

鄭芝龍、とは誰だろう。福松は黙っているしかできない。

「ぜんぶ背負わなくてもいいのよ」

ややあって、おマツさんが言った。

「それより、しばらく平戸にいるのでしょう。泊っていかれる？」

「いえ、風を待ってすぐ発《た》ちます。七左衛門どのにお詫びを申しにきただけですから。それと」

松は、福松の肩に掌を乗せた。

「福松を連れて行きます」

「松ちゃんの跡を継がせるの」

「この子が望めば。望まずとも、海には出してやりたいのです」

海。聞いて福松の胸は高鳴った。

「いいの、福松？」

改めて問われると、心が揺れた。後れ毛の張り付いたおマツさんの頬が前より少し削《そ》げたように見えた。このまま島にいれば、福松は孤独で干からびる。もしくはこの母代わりの人が苦労に耐えかねて死んでしまうと思った。

「はい。私は母上とともに、海へ行きます」

様々な思いを振り払って答える。「そう」と応じたおマツさんの顔は優しかったが、瞬間だけ差した安堵の色を、福松は見逃さなかった。

四

黒い船は、川内浦の口へ向かって二艘の曳船に曳かれていく。

甲板の上では、錨を上げたばかりの水夫《かこ》たちが休まず駆けまわっていた。言葉も衣服もさまざまだ。中国人が多かったが日本人もいたし、青い目の者もいた。足音や怒鳴り声が騒々しい。

船尾のあたりは一段高く作られていて、見晴らしがよい。舵取りや何かの役に就いているらしい大人たちが、やはり忙しそうにしている。

松は、船頭らしい頰の削げた男と並んで腕を組んでいた。山裾の墓地にある七左衛門翁の墓で手を合わせたとき、顔を歪《ゆが》ませ幾筋かの涙を流していたが、今は冷ややかで鋭い表情に戻っている。着ている黒衣は、まだ生乾きのはずだ。

福松は赤く塗られた船尾の欄干に摑まり、離れる陸地を見つめていた。

おマツさんと次郎左衛門がいるはずの栈橋は、もう小さい。人影は見えるが表情は分からない。

川内浦を出ると、曳船が離れた。黒い船は三本の柱に帆を掲げ、左に平戸の島、右に九州の陸地を眺めて自走をはじめる。

「ああっ」

感じた心地よさが、そのまま福松の口から洩れた。

舳先《へさき》が割った波は白く泡立ちながら舷側を流れ、そこら中に張られた綱が小気味よく軋《きし》む。風が鳴っている。目に映るもの耳に入るもの、すべてが新鮮だった。福松は飽かず見とれ、聞きほれた。

「故郷《ふるさと》を離れて、お寂しくはありませぬか」

ふいに声をかけられた。振り向くと、綺麗な月代を作った若者が跪いていた。母に、ずっとついていた人だ。腰に差した二刀が物々しく、袴は折り目正しい。

「島津《しまづ》甚五郎《じんごろう》と申します。こたびの船旅で御曹司《おんぞうし》のお世話をつかまつるよう〝カーレ〟から仰せつかっております。お見知りおきくだされ」

「誰の。誰から」

福松が首を傾げると、若侍は「これは失礼を」と実直に言った。

「御曹司とは福松さま、あなたさまのこと。そして甲螺《カーレ》とは頭《かしら》のこと。吾ら鄭《テエ》家の甲螺は他ならぬ、御曹司のお母上でござる」

鄭家とは何だろうか。説明されるとかえって、訊きたいことが出てきた。福松なりに考え、まず話す相手について尋ねることにした。

「島津さまのようなお侍が、どうして私の世話などをしてくださるのですか」

ややこしい大人のしきたりは理解していないが、七左衛門翁の身分が低いことは福松も知っていた。その養い子である自分が、遥かに格上に見える立派な侍に敬われるのは、どうにもおかしく思えた。

島津甚五郎は、跪いたまま答えた。

「手前は御曹司のお母上にお仕えする身。ゆえ、お話しぶりもそのように願います」

「では、しま、いや、甚五郎どの」

「甚五郎、と」

「甚五郎」

「はい。何でございましょう」

「聞きたいことは同じだ。侍の甚五郎がなぜ、私の世話を」

慣れない物言いにつかえながら言いきると、甚五郎は照れたような微笑みを浮かべた。

「手前について申せば、このような恰好《なり》をしておりますが、侍かどうか怪しいところで。亡くなった両親が侍と申しておりましたゆえ、とりあえず二刀だけは手挟《たばさ》んでおります」

「ご両親はどちらのご家中だったのだ」

「家中と申しますか、薩州《さつしゅう》島津家の一門と父は申しておりました」

薩州島津家といえば、九州の南を領する偉い大名だ。慄《おのの》く福松に「だから怪しいのですよ」と甚五郎は笑った。

「証《あかし》は何もございませぬ。おおかた陸《おか》で食い詰め、海で生きるにあたって箔をつけたかったのでしょう」

「では、鄭家とは何だろう」

問うと、甚五郎は窺《うかが》うような目をした。

「ご存じないのですか」

「ない。そういえば私は、母上が唐国で何をしておられるのかも知らない」

ふいに船が傾いた。福松は慌てて欄干を摑みなおす。

「船は曲がるときに傾きまする」

そう言ってから、甚五郎は続けた。

「船は平戸で商いをしてから中国へ参ります。いまご下問《かもん》のことは、お母上から直にお聞きくだされ」

その実直な声には、これ以上の問いを塞ぐような迫力があった。

川内浦を出て一刻（二時間）ほどして、黒い船は平戸の湊の沖で錨を降ろした。二階建ての商家が立ち並ぶ岸から、待っていたかのように無数の小舟が寄ってきた。

「この船には、明国《みんこく》の生糸を積んでおります」

船尾から荷下ろしを眺める福松に、傍らで甚五郎が教えてくれる。

「日本は銀を産し、明の生糸を強く欲しております。商いが盛んな明では、銭となる銀が常に足りませぬ。両国の需《もと》めを結べば、利は大きゅうござる」

わかったような顔で頷き、福松は甲板へ目を移した。川内浦を出て以来、まだ言葉を交わせていない母が、荷の上げ下ろしを指揮していた。

作業が終わると、すぐ船は錨を上げた。甚五郎によると母は働きもので、無為の時を嫌う。七左衛門の墓参のための今回の船旅でも、せっかくだからと売り物の生糸を積んできたのだという。

「働かされる吾らにすれば、たまったものではありませんがな」

真顔で言ってから、甚五郎は笑った。

外海は、風が強かった。黒い船は大きく上下に揺れながら、みるみる速度を上げる。海、風、雲、波。それだけしかない中を、船は矢のような速さで進む。福松はやはり欄干にしがみつき、陸《おか》と全く違う簡潔な世界を眺めていた。

「この船は小振りゆえ、吾らの船では最も船足が速く、小回りも利きます」

甚五郎の言葉をしおらしく聞いていると、身体が勝手に仰《の》け反《ぞ》った。たまらず欄干を摑む。口から溢れた嘔吐物が、海に落ちていった。薄い兆しのあった頭痛と眩暈《めまい》が、福松を揺さぶる。

「船に酔いましたか。なに、すぐに慣れまする」

こともなげに甚五郎は言うと、吐くものも気にせず福松を抱き上げてくれた。

五

福松は異臭のする船倉《せんそう》に寝かされた。

酔いが落ち着くまで数日かかり、そのあとは熱が出た。甚五郎が甲斐甲斐しく世話をしてくれたから不便はなかった。

横たわる福松の視界の隅に、小ぶりな仏壇のような棚がある。鮮やかな衣服を着せられた女性の像が、そこで柔らかく微笑んでいる。時おり水夫たちがやってきて、拝んでゆく。

像は媽祖《マーツオ》という。海の女神《おんながみ》であり、また母のふたつ名であると甚五郎は教えてくれた。唐国の船はたいてい、祭壇を設けて像を置いている。

母は毎日、様子を見に来てくれた。ただし、女神とはとても思えぬ鋭い目つきで「調子はどうだ」としか言わない。心配をかけたくない福松は決まって「よいです」と答え、毎度それだけで話は終わってしまう。訊きたいことは何も訊けなかったが、動かず物言わぬ像より、母のほうがずっと女神に近く思えた。

十日ほどして、久しぶりに意識が澄んだ。揺れに足を取られながら薄暗い船倉を歩き、急な階段を登りきると、つい目を細めた。

甲板には光、それと熱気があふれていた。遥か遠くまで来たと感じながら周囲を見回す。水夫たちは右の舷側に張り付いて、口々に何かを言い立てていた。

船尾へ上がると、甚五郎が駆け寄ってくる。母は、取り巻きに囲まれながら遠眼鏡《とおめがね》を右に向けていた。

「吾らはいま、唐国の南海におります」

体調を気遣ってくれたあと、月代に汗を浮かべた甚五郎はそう言った。

「みな、どうしたのだろう。右のほうに何かあるのか」

「船が見えましてな」

手短な説明と甚五郎の硬い顔が、福松には理解できなかった。

松が、遠眼鏡を降ろした。甲板を見下ろす位置まで足早に歩くと、水夫たちに叫んだ。

「戦《ツェンチン》さだ!」

その声に、福松の身体が震えた。知らない言葉の意味がなぜか分かった。

物々しい喧騒が始まった。剣や銃が甲板に運ばれ、大砲《おおづつ》が引き出される。綱が軋み、帆が動く。平戸で積んだ荷は惜しげもなく海に捨てられた。黒い船は加速しながら右へ回頭する。

船尾では松に代わり、船頭らしき頰の削げた人がてきぱきと指示を飛ばす。そのたびに舵と帆が動き、波や風に揺れる進路を調整する。

「どうして戦さになるのか」

訊ねてから気付いた。いままでになかった生気が甚五郎の顔に漲《みなぎ》っていた。

「この海では、吾らが許し、その証に与えた旗を掲げた船のほかは通れませぬ。あの船は」

甚五郎が船首のほうを指差す。ずっと遠くの海に浮かぶ黒い点が福松にも見えた。

「旗がなかったのでしょう。ゆえに甲螺《カーレ》は戦さと決心なされた」

「勝てるのか」

「さて、どうでしょうな」

話しているうちにも黒い点はみるみる膨らみ、帆を張った船の形に変わっていく。

「ふむ」と甚五郎は唸《うな》った。

「あの船は、こちらより二回りほど大きゅうござるな。そのぶん人数も多い。勝敗はそれこそ、やってみねばわかりませぬ」

「敗けるかもしれぬのに、なぜ戦うのだ」

「舐《な》められたら終わり。死んだらそれまで」

向いてきた甚五郎の顔に、福松は怯えた。その造作は変わらない。だが今までの実直さは消し飛び、酷薄《こくはく》な陰影があった。

「それが、吾らの稼業です」

「分からない！」

福松は、もうたまらなかった。

「何も分からない。稼業とは何だ。母上はなにをしておられるのだ」

「甚五郎」

声に振り向く。母がいた。その左肩から柄を覗かせる背負いの太刀は、福松より長い。

「お前は戦さに出なくていい。福松についていてくれ。それと福松はこれを持っておけ」

母は手にしていた棒のようなものを掲げた。鉄砲だとはわかるが、猟師が山へ担いでいくものよりずいぶん短く、母は片手で取り回していた。

「撃ったことはあるか」

もちろんない。福松が首を振ると、母は「見ておけ」と筒先を前に向け、短い鉄砲を握り込んでいた食指《ひとさしゆび》を動かした。火炎と轟音が噴きだし、欄干の一角が微塵に砕けた。

「いざというときは、これで自分の身を守れ」

松は素っ気なく命じ、懐《ふところ》から細い紙筒を取り出した。その一端に歯を立てて嚙みちぎり、中に入っていた黒い粉を筒先から注ぐ。

「火縄でなく燧石《ひうちいし》を使うから、水がしぶく船の上でも使いやすい。撃ったことがなくても、剣が届く間合いなら外すことはない。弾は一発だけ。使いどころは間違えるな」

銃から抜いた細い棒で弾を突きこみながら、松は淡々と話す。

「当たれば」福松の声は震えていた。「人が死ぬのではないですか」

「殺せ。でなければ、死ぬのはお前だ」

福松はまじまじと見返した。これが母なのだろうか。

「いいか福松。お前が出たいと望んだ海は、こういうところだ。陸よりずっと自由で、そして陸よりはるかに過酷だ」

「母上は、なにをしているのですか」

母はしゃがんで片膝を突いた。その眼の高さを福松と等しくしてから、弾を込めた鉄砲の持ち手を差し出してきた。

「海賊のかしらだ」

福松は息を呑み、母は続けた。

「死んだお前の父、鄭芝龍《テェチーリョン》の名前を騙《かた》って、中国で手下を率いている」

「父上は、どうやって死んだのですか」

「あたしが殺した」

轟音がふたつ、爆《は》ぜた。海面から水が柱のごとく迫りあがり、黒い船にしぶきを散らした。思い思いの武器を携えて甲板に群れる水夫たちが、荒々しくも楽しげに笑う。

「あちらは大砲をうまく使えぬようですな。もう当たってもよい近さですが」

様子を見守っていた甚五郎が静かに告げる。

「どうして父上を殺したのですか」

問うと、松の目に複雑な光が宿った。

「鄭芝龍は、あたしの仲間たちをだまして海を乗っ取ろうとした。だが、海は誰のものでもない。陸にいられない者が行き着く場所だ」

私もだ、と福松は思った。大名の一門だとうそぶきながら信じていない甚五郎も、いま甲板で騒いでいる男たちもみな、何かの事情で陸にはいられなかったのだろう。

母は、子の目の前に銃を掲げた。

「選べ、福松。生きるか、死ぬか」

おそるおそる、福松は手を伸ばした。受け取った銃は重い。撃ったばかりのためか、それとも別の理由か、わずかな熱を持っていた。

「また、お話ししてくれますか。私と」

「ああ」

母は、頷いてくれた。「また話そう。お互い生きていたら」

ごつごつした母の掌が福松の頰を撫でていった。

「だいぶ敵に近付いて参りました。そろそろですかな」

甚五郎がささやく。母は踵《きびす》を返し、手下たちが待つ甲板へ消えていった。

幾つも上がる砲声と水柱の中を黒い船は突っ切り、転舵《てんだ》を繰り返す。やがて左に並んだ敵船は、黒い船よりずっと大きかった。甲板には様々な形の刀を携えた男たちが集まり、気勢を上げている。

黒い船のほうも、水夫の姿をかなぐり捨てた海賊たちが船首に集まっている。

「始まります。お気をつけを」

甚五郎の言葉と同時に、松の鋭い号令が聞こえた。

　黒い船は思い切り左に回頭する。爪の付いた縄が幾つも投じられ、また一斉に放たれた銃弾が敵船の甲板を薙《な》いだ。

　両船は激しく衝突する。福松は思わず足を滑らせた。ぐるりと回る視界の隅に、長大な太刀を振りかぶって跳躍する母が確かに見えた。

「媽祖！」

　母のふたつ名を口々に叫び、海賊たちも敵船に乗り移っていく。敵船の甲板で、松は太刀を軽々と振り回し、道を拓《ひら》くように進んでゆく。喊声《かんせい》と悲鳴が湧き、血がしぶく。

「存外にだらしない」

　敵について、甚五郎は言ったらしい。

「吾らの勝ちでしょうな。まあ、手が掛からぬのはよいことです」

　ゆったりした声には口惜しさが混じっている。戦いたかったようだ。

　福松は腰の帯に突っ込んだ鉄砲にそっと触れ、撃たずに済んだと安堵した。人気《ひとけ》の絶えたはずの黒い船の甲板で、どたばたと足音が聞こえた。

　白刃を手にした男が三人、船尾へ上がってきた。見たことがない顔。どうやら敵だ。早々に追いつめられ、自分たちを襲ってきた船にしか逃げる先がなかったらしい。みな怯えきった目をしていたが、福松と甚五郎に気付くと、なりふり構わぬ様子で襲いかかってきた。

「お下がりあれ、御曹司」

甚五郎が素早く踏み込んだ。抜き打ちざまにひとりを斬り、そのまま次の敵に打ちかかる。すごい、と感嘆する間もなく、もうひとりが福松の眼前に躍りでた。その手に握られた刀はまだ血に濡れておらず、白く輝いている。

「ああ――」

目が合うだけで、福松は腰が抜けた。そのまま、すとんと尻餅をつく。

「御曹司、すぐ参ります。お逃げ下され」

甚五郎の叫びに、目の前の男が「へえ」と顔を歪めた。

「どこの餓鬼か知らねえが、いい人質になりそうだ」

福松に分かる語《ことば》で話す、日本人らしき男がにじり寄ってくる。福松は這って逃げるが、すぐに手が欄干に触れた。振り向くと、男は嗜虐《しぎゃく》的な笑みを浮かべていた。

震える身体を必死で動かし、男に向き合う。鉄砲を抜く。筒先は腕ごと揺れて定まらない。喉が引き攣《つ》り、切れ切れの裏声が洩れる。歯の根が合わず、視界が滲む。

「慣れねえことはするもんじゃねえぞ、御曹司さま」

男は笑いながら、左手を伸ばして福松の襟を摑んだ。

「陸でどんなご身分だったか知らねえが、海じゃ何の役にも立たねえ」

男の言葉が、福松に気付かせた。

海。そこで生きていくと決めたはずだ。潮が引くように震えが止まった。身体は指先まで、再び福松の意志に服した。

「離せ。でないと撃つ」

出た声は、自分でも驚くほど落ち着いていた。

「うるせえ餓鬼。おとなしくしてろ」

残念だ。男の答えに、そんな思いがよぎった。

「残念だ」

声に出してつぶやき、福松は引き金を引いた。燧石が盛大に散らした火花の先で、鬼は嘲笑《あざわら》った顔のまま目を大きく見開いていた。轟音と断末魔の悲鳴が福松の耳を塞いだ。

第二章　陸《おか》を呑む

一

火と黒煙が、海を覆っていた。

合わせて二百を超える船が砲火を交わし、接舷して斬り合っている。燃える船から人が次々と飛び降り、船材の欠片《かけら》や樽にしがみついて波に漂う。運が悪い者は火薬の誘爆に巻き込まれ、乗る船ごと微塵に砕ける。

大明国《だいみんこく》の南部、福建《ふっけん》の沿岸。数多《あまた》の海賊が興亡したこの海域で、また船戦さが続いていた。

発端は半年前、李魁奇《リーコエキー》なる大海賊が官軍の討伐を受けたことに遡る。李は処刑されたが、逃げた残党が集まって暴れ出した。

再度の討伐を命じられたのは前回と同じく、遊撃将軍の鄭芝龍《テエチーリヨン》という。もとは大海賊で、鎮圧に手を焼いた大明国が懐柔《かいじゅう》のため、将軍職に任じた経緯がある。

李魁奇残党は五十隻に満たない。海賊としては数が多いほうだが、これを攻める鄭芝龍の海賊船と官軍の戦艦はぴったり百隻ずつ。戦さは一方的な展開になっている。

その様子を遠目に眺める位置に、さらに五十隻ほどの軍艦が待機していた。その中央には、三層の楼閣を載せた、ひときわ大きな艦がある。兵と水手《かこ》あわせて五百人ほどが乗り組む、鄭芝龍の旗艦だ。

「李のとこの残り滓《かす》も、なかなかしぶといな」

見晴らしのよい楼閣の上で、望遠鏡を覗いていた大男が磊落《らいらく》に笑った。周囲は端正な軍装の官軍の幕僚と、伊達か怠惰で衣服を着崩した海賊たちが居並んでいる。

大男は、周囲から鄭芝龍と呼ばれている。南海随一の海賊の甲螺《カーレ》と官の将軍を兼ね、その勢威《せいい》は中国の海では並びない。両の立場を合わせたような、派手な刺繍を施した鎧《よろい》を纏っていた。

「二度目の討伐で後がないと恐れておるのでしょう。窮鼠《きゅうそ》ほど厄介なものはない」

鄭芝龍が望遠鏡を降ろすと、傍らに立つ秘書官の施大宣《シータイソワン》が謹厳な顔で言った。

「ただし、逃がすわけにもいきませぬ。そろそろ使いまするか」

施大宣が目で、温存してあった周囲の艦を示した。戦場に突っ込ませれば、すぐに勝敗は決するだろう。

「俺も多少は賢くなったようだ。先生と同じことを考えていた」

教養と智にすぐれる施大宣を、鄭芝龍は何かと頼りにしていた。それに応えて甲斐甲斐しく献策してくれる施大宣は、いまもそっと顔を近付けてきた。

「なるべく鮮やかに勝つべきです。こたびの戦さ、甲螺と鄭家の者どもは蛟《カウ》どのの才覚を計っておりましょう」

施大宣の囁《ささや》きは、他の誰にも聞こえていない。

「俺もそろそろ鄭芝龍らしくなりてえと思っていた」

事情を知る者には蛟と呼ばれている大男は、笑いながら囁いた。とっくに死んでいる鄭芝龍の役を人前で演じ、もう数年が経つ。

蛟に役を命じた鄭家の真の甲螺は、李魁奇の処刑を見届けたあと、日本へ発《た》った。ちょうど残党が動きを見せた時期だったが、甲螺は蛟に討伐を一任した。

李魁奇残党を放置し、寄り集まってきたところへ鄭家の全ての船を率いて叩き潰す。蛟は施大宣の献策通りにし、いま勝利を得ようとしている。

「では一日も早く、鄭芝龍にお成りあそばせ。そして腐った明に代わる、清新な国家を」

蛟は頷《うなず》いてから、幕僚と海賊たちに向き直った。

「残りの艦も戦さに入れる。一気に勝負を決めるぞ。それと」

誰もが鄭芝龍のそれと信じている大音声が、旗艦の甲板に響き渡った。

「俺も行く」

甲板は騒がしくなる。合図の旗が掲げられ、次いで帆が揚がった。きびきびした皆の働きぶりを眺めながら、蛟は別のことを考えた。

中国を二百六十年にわたって統治する大明国は腐敗と弛緩《しかん》を極め、万民は苦難の中にある。施大宣は天下を憂い、新たな国家を建てる望みを持っている。そのためには力がいる。ゆえ、施大宣は蛟に仕え、盛り立てようとしていた。

蛟は、天下のことなどどうでもよかった。

大明国とやらを、叶うことなら粉々に砕きたい。それだけを思っていた。


蛟の記憶は、流木より朽ちて見える舟がひしめく河の岸から始まる。

舟の大きさはまちまちだが、大きなものでも十人も乗れば精一杯なくらいだ。いずれも小屋のような丸い屋根を載せ、船上に佇《たたず》む人は襤褸《ぼろ》と変わらぬ上衣をひっかけるか、吹きつける潮風に諸肌《もろはだ》をさらしていた。

彼らは、蛋《ラン》と呼ばれていた。船を家として海や河に生きる民だ。

虫を入れて作る字は、人を蔑《べっ》するときに使われる。蛋も例外ではない。農を重んじ、華やかな中国の文明を築いたと自負する漢人にとって、水辺で貧しく暮らし、字も知らぬ蛋の人々は野卑そのものと映ったらしい。

蛟は、その蛋に生まれた。当時の名は交《カウ》といった。福建の地を流れる大河、閩江《びんこう》を漂泊しながら魚を取り、流域の村や街の人に売って暮らした。両親は温厚で、貧しさを苦にしない人だった。後から考えると、より豊かな人の存在を知りつつも自分たちが貧しいとは思っていないようだった。

交は、長じるまで自分の名の音しか知らなかった。字を教えてくれたのは、教養と博愛の為人《ひととなり》で土地の人にも慕われていた篤志家の漢人だった。蛋、それと虫の字も、謂《いわ》れとともにその人から教えられた。

交が生きる閩江は、大明国という国の中にあった。豊かな国だというが、蛋の人々にその分け前が寄こされることはほとんどなかった。交の一家は明国の中で、その豊かさを見上げるような暮らしを続けた。

行く先々で、不穏な噂に触れた。難しい話が分からぬ交から見ても大明国は政治がめちゃくちゃで、蛋の商売相手だった農村はだいたい荒廃していた。食い詰めた農民たちはたびたび乱を起こし、そのたび官軍に鎮圧された。軍費は増税で賄《まかな》われ、ために乱は沸きたつ泡のごとく弾けては現れ、尽きなかった。

久しぶりに立ち寄った川べりの村で、交の一家は農民の叛乱に遭遇した。義を唱えて決起を扇動したのは、いつか交に字を教えてくれた漢人だった。だが農民たちは例によって官兵の討伐で追い詰められ、興奮と自棄に煽《あお》られた暴徒と化した。眠たいお題目を説く扇動者を恨んで殺し、役所や富豪の家を襲い、ついでに交たちの船を焼いた。

交の船はなんとか逃れたが、暴徒たちが上ずった笑いを上げながら放つ銃弾や矢に当たって両親は死んでしまった。

ふたつの亡骸《なきがら》をそのままに、交はひたすら艪を漕いだ。難を逃れたあとは疲労に襲われ、倒れるように眠った。ゆるやかな閩江の流れに任せ、河口近くにある福建の省都、福州《ふくしゅう》のあたりまで来た。塔がそびえ甍《いらか》が波打つ大都市は、同じ国とは思えなかった。

その福州にほど近い岸で、交は両親の遺体ごと船を焼いた。交なりに愛していた両親にできる最大限の見送りだった。

泣きながら、顔を上げた。日差しが強い夏の日で、福州の街をおおう瑠璃瓦《るりがわら》が光っていた。交は臓腑が灼けるような憎しみを覚えた。

湿った船はうまく燃えなかった。交は焦げた肉塊になった両親を燃え殻ごと砕き、穴を掘って埋めた。それから、考えも何もなく河沿いを歩いた。海に出たとき、広い、と思った。小さな海賊に拾われて数年を身過ぎ世過ぎしていたが、より大きな海賊と争って敗れた。

敗れた相手は、鄭芝龍といった。台湾に根城を置くオランダ人の後ろ盾と日本交易で大きくなった、売り出し中の海賊と聞いていた。手下どもは海賊のくせに、そこいらの官軍より遥かに規律も統制もすぐれ、交たちがかなう相手ではなかった。

そう思い知ったとき、交はすでに鄭芝龍一党の黒い船の上で、後ろ手に縛られていた。眼前では仲間たちが次々に首を刎《は》ねられていた。

自分はもうすぐ死ぬらしい、と他人事《ひとごと》のように考えながら様子を眺めていると、腕を露わにした黒衣の女と目が合った。莫迦《ばか》みたいに長い刀を背負っている。妙なやつもいるものだ、と思っていると、女がすたすたと歩み寄ってきた。

「迫力のある面《つら》だな。身体もでかい」

引っ張り込まれた小さな船室で、女は交に言い、背の刀を抜いた。ほかに人はいない。

「そりゃどうも。お褒めにあずかり光栄でさ」

答えた交の肩に、白く光る刃が置かれた。

「お前も、本当なら生かしてはおけない」

女の妙な言い回しに交は目をすがめた。

「お前、鄭芝龍になる気はないか」

「話が見えませんな」

「鄭芝龍など、端《はな》からいない。あたしたちはその名前を使って海賊をやっているが、それだけではまずくなった」

そういえば、と交は思い当たった。鄭芝龍は名こそ知られていたが、顔は誰も知らない。もう死んだだろう交の甲螺も、鬼《おばけ》について語るようにそのことを言っていた。

「こんど、鄭芝龍は官軍の将に任ぜられる」

「そりゃあ、すげえ」

日々の糧《かて》のほか興味のない交も、さすがに驚いた。鄭芝龍一党は他の海賊に隔絶した大勢力になりつつあるようだった。

「そうなれば」

女は続けた。「さすがに鄭芝龍にも生身《なまみ》が必要になってくる。辞令くらいは貰ってこなければならないからな。だから、いかにも海賊らしい見てくれのやつを探していた」

「それが俺ですかい」

「いまはな。お前の返事次第では、また探すことになるかもしれないが」

「賊が将軍さまになるとは、世も末ですな」

「ならず者に官職を与えて懐柔できるくらいには、明という国は豊かで余裕もあるらしい」

明、と聞いたとたん、いつか抱いた憎悪が再び沸騰した。為政のことなど知ったことではないが、交からすべてを奪った国家が安閑と存在していることが耐えがたかった。

「鄭芝龍になりおおせたら、俺は殺されずに済むんですかい」

「あたしの言うことを聞いているうちはな」

「そう言うあんたが、鄭家の本当の甲螺」

「そうだ。不服か」

「それはいま考えてるとこですが」

交は肩を竦《すく》めた。「さっき斬られた俺の甲螺より、あんたのほうがましでしょうな」

「で、どうだ。鄭芝龍になるか。死ぬか」

命を惜しむほど、たいそうな人生ではなかった。ただ将軍になれれば、明なる国の内に入り込める。その臓腑のひとつやふたつ、食いちぎってやれるかもしれない、と淡い希望を抱いた。

「俺も死にたかねえ。やりやしょう」

言葉に出しては、そう承諾した。女は頷き、長い太刀をゆっくり降ろした。

「お前、名は」

「音は交。字は、虫に交と書きやす」

そんな字があるか知らない。思い付きで言ってから、思いのほか気に入った。別人になってしまっても、自分が蛋に生まれた交であったことは忘れたくなかった。

あとから、蛟《みずち》という龍の成り損ねのような霊獣がいると知った。


台湾で旗揚げした鄭芝龍一党はこのとき、福建の入り江に根城を移していた。

真の甲螺があの女だと知る者は、女が乗る黒い船の水手たちと、幹部である二十名ほどだけだった。幹部は複数の海賊船を預かり、船主を指す「船戸《ツンホー》」の語で通称され、また日本人らしいあの女は本名をもじった「媽祖《マーツオ》」と呼ばれていた。

蛟は、その媽祖の命で船戸の端くれに名を連ねることとなった。

「粗忽《そこつ》ものですが、これから万事万端、よろしくお頼み申しやす」

しおらしく挨拶すると、ほかの船戸たちは気さくに歓迎してくれた。突然やってきた余所者《よそもの》へ胡乱《うろん》な目を向ける者はいなかった。

また彼らは、自分たち鄭芝龍一党を「鄭家」と、血族のごとく通称していた。名乗りがてらで身の上を話すと、船戸たちは誰もが同情してくれた。紐帯《ちゅうたい》というべきか、強さの理由を垣間見たように蛟には思えた。

海賊の出自が多様であることはどこでも同じだが、鄭家の船戸から下っ端まで、蛟が知る以上にばらばらだった。その生まれは明、日本、朝鮮、あるいは蛟の知らない国。出身の階層も蛟のような極貧の賤民から商人や武官など、さまざまだった。

船戸たちへの挨拶のあと、与えられた部屋の牀《しょう》（寝台兼長椅子）で寝転んでいると、ひとりの男が現れた。

施大宣、と名乗った男の身なりは質素だが整っていて、とても海賊とは思えなかった。将軍に必要な読み書きや礼儀を蛟に授ける教師になるのだという。

「郷紳《きょうしん》。ああ、白蟻ですかい」

寝転んだまま、蛟は施大宣なる男の出身階層を莫迦にした。

郷紳とは在地の官人をいう。地方に知識人を育んで国家を支える反面、職権を通じて利殖に励み、支えるべき国家を食い荒らしていた。海賊の跋扈《ばっこ》が已《や》まぬのは郷紳の後援があるからで、民衆の叛乱が終わらないのは郷紳の横暴があるからだった。

「白蟻とは、言い得て妙」

施大宣は笑った。聞けば、でたらめな為政に憤慨した施大宣は農民を率いて決起したが、官兵に敗れたという。蛟は、両親が死んだ日をふと思い起こした。

「そこで死すべきでしたが」

話す施大宣の顔は、穏やかなままだった。

「農民たちはそれがしに後事を託し、討たれました。彼らのために、生き延びたそれが

し は成さねばなりませぬ。清新な国を造るという大業を」

海賊は自由なものだ、と蛟は感心した。死罪もありえる大逆の陰謀を堂々と口にできる。

「俺は難しいことなぞ分かりやせんが、ちっと話が大きくないですかい」

施大宣の壮烈な決意を敬して丸めた言い方をしたが、内心では妄想だと思った。国家の片隅でやっと生きていられる海賊に飼われる身で、どれだけ腐っても倒壊しない大明国をどうやって倒すというのか。

「それがしはいちど死んだ身。命を失った抜け殻ゆえ、痴夢《ちむ》も大望もいくらでも入ります る」

虚ろに、施大宣は笑った。

「不肖それがし、至らぬながらも多少の智恵がございます。それをもって、あなたをお支えいたしましょう。あなたには、私の痴夢か大望を、叶えていただきたい」

「なぜ、俺を選んだ」

「あなたの身の上は聞いています。もう守るべきものがない。そうでしょう」

さらりと言う施大宣に、蛟は爽快さを感じた。

「先生よ」

蛟は施大宣の呼び方を決めて、身体を起こした。

「俺はどうしたらいい」

「力が必要です。まずは本物の鄭芝龍にお成りくだされ」

「媽祖を裏切れ、と」

「鄭家を乗っ取るのです。裏切るも、納得のうえでお引きいただくも、その時次第でよろしいでしょう」

一か月ほど後、鄭芝龍の顔で福建の省都、福州へ登った蛟は、政庁で任官の辞令を受け取った。将軍の衣服を纏って帰る大船から、かつて家だった襤褸船と両親を焼いた岸が見えた。

以後、鄭家は大小の海賊を倒し、あるいは吸収し、急速に拡大した。根城にしていた福建の集落は二重の城壁と将軍旗を掲げた城市になった。その過程で、たくさんの者が命を落とした。

蛟は運よく生き延びた。船戸としては末席のままだったが、施大宣の補佐を受けて功を立て続けた。預かる海賊船も増え、また官の海軍の指揮を任されるようになった。

媽祖が単身、日本へ行ったのは、長く争っていた大海賊、李魁奇を捕殺《ほさつ》してすぐのことだった。

二

船の上で、福松《ふくまつ》は飽かず景色を見つめている。

藍色の海は、蒸気を含んだ暑気の中にある。鮮やかな緑色が続く陸地には、大きな港が至る所にあり、船を集めていた。

唐国《からくに》、そこに住まう人が中国と誇らしげに自称する国の、福建なる地だという。

「見えてきました」

傍《かたわ》らに侍する島津《しまづ》甚五郎《じんごろう》が指差すほうへ、福松は目を転じる。

「あれが吾らの本拠、安平《あんぺい》城でござる」

洞《ほら》のような細い入り江の口があった。片方の岸は緩やかな丘になっていて、街ひとつは入りそうな長大な城壁が巡らされている。

「母上は、城持ちの大名なのか」

驚いて訊くと、甚五郎は力強く頷いた。

「正しくは鄭芝龍《テエチーリヨン》が、ですな。鄭芝龍は強きゆえ、その制圧を諦めた大明国から将軍の職を賜りました。任官とあわせて海賊の根城にしていた地を正式に拝領し、城にしたのです」

「強きゆえ」

もらったばかりの言葉を、福松は繰り返した。その両手には、二日前に撃った鉄砲の感触がまだ残っている。あの戦さのあと、死んだ者や助からない者は海に捨てられた。奪った敵船と生き残った敵は売り飛ばすことになり、黒い船から何人かが乗り移って別れた。

甲板が騒がしくなった。海賊たちが走り回り、少しずつ帆を降ろしていく。ゆっくり減速する黒い船は、入り江の口あたりまで出てきた二艘の曳き舟に綱を投げ渡した。

ひしめく大小の船をすり抜けて黒い船は入り江に入り、錨《いかり》を降ろした。水手たちは休まず停泊の準備を始めるが、どこかほぐれたような明るさがあった。

「疲れたかね」

することもなく船尾に突っ立っていた福松に、船頭が日本の音で話しかけてきた。名を楊天生《イウテンシン》というらしい。細い目と削《そ》げた頰が冷たい印象だったが、声は穏やかだった。

「すこし、疲れました。船旅も戦さもはじめてでしたから」

答えると、「正直でいい」と船頭が笑った。

「俺は、きみの母親が海賊になったころから知っているが、あれはちっとも弱音を吐かない。たまには休むように、きみから言ってくれ」

「ひょっとして船頭どのは、私の父もご存じなのですか」

「知っている。俺から言えることはそれほどないが」

船頭は少し考えるような顔をした。

「あいつも、あいつなりに海で生きていこうと思っていたのだろうな。そら、行きな」

船頭が背を押してくれた。艫《とも》から一段下がった甲板では、甚五郎が手を振っている。

母はもう舷墻《げんしょう》を乗り越え、縄梯子を降りはじめていた。

群れる船の向こうに港があり、濃灰色の城壁がそびえる。大きな門は開かれていて、上に真っ赤な二層の楼閣を載せている。暑気が、強い潮の香りを蒸れ立たせていた。

これから、ここで暮らす。そう思いながら、福松は駆けた。

日暮れに始まった夕餉《ゆうげ》は、戦さより喧《かまびす》しかった。

安平城の広間では老若問わず五十名ほどの男女が集《つど》い、箸を動かしている。その中で厳つい風体《ふうてい》の男たちは酒精の濃い焼酒を水のように飲み、湯気と強い匂いが立った料理を襲いかかるような勢いで片っ端から平らげていた。

「ここにいるのはみな、鄭家の親分衆とその家族です。親分は船戸《ツンホー》と呼んでおります」

左から甚五郎が教えてくれる。

「船戸はそれぞれ数十の船と、それに見合う手下を抱えております」

福松は右を仰ぎ見た。母が、背もたれの高い椅《いす》に身体を預けて船戸たちの様子を眺めていた。あまり食べないほうらしく、小ぶりな饅頭をふたつほど素早く呑み込んだあとは、焦げ色の酒を注いだ小さな瑠璃の器をずっと舐めている。

「吾ら鄭家の夕餉は、船戸とその家族が集まって摂るしきたりなのです。家中の紐帯《ちゅうたい》を強めたいという甲螺《カーレ》の思《おぼ》し召《め》しにて。さ、お召し上がりくだされ」

甚五郎の勧めに、福松は困った。

目の前には、料理を載せた小皿が並んでいる。煮たり揚げたりした魚や獣肉、貝、蟹、卵。比べてはるかに簡素な日本の食事に慣れた福松には、どうも食べにくい。

「ありがとう」

　礼を言いつつ粥だけすすっていると、酒で顔を真っ赤にした船戸たちが集まってきた。挨拶に来てくれたらしい。立ち上がり、甚五郎の通事を頼りに、がなりたてるような挨拶を聞いてゆく。

「私はチンギス・カンの末裔《まつえい》だ」

　浅黒い肌と二重瞼《ふたえまぶた》の大きな目を持った男の説明を訳したとき、甚五郎が苦笑した。

「彼は天竺《てんじく》の産でござる。チンギス・カンは遥か西の果てまで征服した蒙古《モンゴル》の大王。ちなみに明のひとつ前、中国に大元《だいげん》国なる王朝を建てしフビライはその孫にて」

「ええと」

　知識の外の話に、福松の頭が追いつかない。ともかく甚五郎の言葉だけを追うと、いま天竺の中部以北を領するムガルという国がある。国名も蒙古に由来してムガルと呼ばれている。その王家は女系でチンギス・カンの血筋を受け継いでいて、当代のムガル王の落胤《らくいん》だという。そして福松の前で胸を張った男は、当代のムガル王の落胤だという。

「島津を名乗る手前が申すのもなんですが、落胤なる話は誰も真《まこと》とは思っておりませぬ」

　甚五郎は遠慮がない。

「なぜ中国に」

「本人曰く、天竺に港を置くポルトガルに海で敗れて逃れてきたと。それは嘘ではなさそうです。まあ海賊であれば、誰しも訳《わけ》はございます」

福松は、甚五郎の説明と別のところで合点した。海はひと続きなのだろう。そう思いながら見上げた先で、蒙古の大王の末裔は口髭を動かした。

「テムジン」

男の声は、やはり誇らしげだった。それは彼の綽名《あだな》で、またチンギス・カンの初名であるという。

そのテムジンの何人かあとに、穏やかな風貌の男が現れた。陽気さのまじった気取らない口調にほっとしたが、

「鄭鴻逵《テエホンクイ》。ほんとの鄭芝龍の弟だ」

甚五郎の通訳を聞いて思わず緊張した。鄭鴻逵は人なつこく笑った。

「なに、いまさら媽祖《マーツオ》を、いや公子《コンツウ》の母を恨んじゃいない。兄は海でやっていくには運か才が足りなかった。そんな兄を持った俺は、いま媽祖のおかげでいい目を見させてもらっている。それだけさ」

公子、とは福松のことらしい。

福松の母をふたつ名で呼んだ鴻逵の左に、別の男が立った。紺の寛衣《かんい》と黒の帽子、端正に口髭を整えた細面《ほそおもて》の風貌は、海賊というより文人を思わせる落ち着いた佇《たたず》まいだった。

話しはじめたとき、その口辺に赤い唾が溜っているのが見えた。陶然《とうぜん》とした口調で、何事かを説いている。

「彼は鄭羽良《テエウーリヨン》と申します」

訳す必要がないと思ったのか、甚五郎は代わりに自ら説明した。

「鄭芝龍の又従兄弟《またいとこ》です。船戸の席次は鴻逵どのが筆頭ですが、率いる船は羽良どののほうが多い。この安平城から船で半日ほどの、廈門《あもい》という島を任されています」

赤い唾は檳榔《びんろう》という、噛んで楽しむ南国の嗜好品によるものだという。

「羽良どのは、何とおっしゃっているのか」

「御曹司の無事のご来着を、これぞ仏恩《ぶっとん》と喜んでおります。羽良どのは隠元《いんげん》さまなる高僧に深く帰依《きえ》しておられますゆえ、何かと仏道の話をされ――」

急に甚五郎が口ごもった。鄭羽良はやはり話し続けているが、その眼は福松ではなくどこか遠くへ向いている。

「どうした。羽良どのは何と」

「野卑な〝イー〟にも御仏は大慈大悲を垂れたまうものだ、と」

「イーとは」

「夷《えびす》さ」

背後から、椅に座ったままの母が教えてくれた。

「明人が、他の国のやつを馬鹿にして言う。学のあるやつ、学に憧れるやつほど、夷であるかないかの区別にうるさい。羽良は憧れているほうのくちだ」

「私が、その夷だと」

平戸《ひらど》で「あいの子」と呼ばれたときと同じ寒々しさが、蘇ってきた。

「あたしもだ。甚五郎もな」

気にしなくていい、と母は続けた。

「羽良のような手合いに、お前はこれから何度も出会うだろう」

気にせずにいられるだろうか、と思いつつ福松は曖昧に頷いた。

そこへ、五人ほどの男たちが入ってきた。ほとんどが海賊らしい恰好だったが、大柄なひとりだけは、福松が見たことのない様式の鎧を纏っていた。男たちは誇らしげに室内を歩き、松の前に跪《ひざまず》いた。

鎧の男が太い声で何ごとかを述べる。松も応じ、中国語の会話がはじまる。甚五郎は逐一を訳さなかったが、彼らは敵対する海賊の残党をやっつけて帰還したばかりで、その報告をしているという。話が終わると男たちは立ち上がり、他の者と同じように福松に挨拶をしていった。

最後に、鎧の男が福松の前に立った。そびえる巌《いわお》のような体格は迫力があったが、大ぶりな目鼻にはどこか愛嬌があった。

「鄭芝龍です。以後、お見知りおきを」

甚五郎の通訳を聞いて、福松は面食らった。

「偽物さ」

亡父の名を騙《かた》る男について、母が表情も変えずに言う。

「名前だけだが、私たちの甲螺は今も鄭芝龍だからな」

蛟《カウ》、というのが偽の鄭芝龍の名前だと言う。

「見知らぬ俺を父と仰ぐのはお嫌かもしれませんが、人前だけのことでございやす」

甚五郎の言葉を介してなお、蛟の言葉は明るく隔意がない。大将、あるいは親分らしい風格とはこういうものか、と福松なりに感心した。

「一家と媽祖のためと思ってひとつ、堪《こら》えておくんなまし」

ふふ、とつい頰が緩んだ。生真面目な顔で、訳にわざわざ荒々しい言葉を使う甚五郎が、なんだか可笑《おか》しく思えた。日本人の海賊から、そういう言葉を覚えたのだろうか。

ほお、と蛟が楽しげに唸《うな》った。

「笑っていなさるほうが、俺も気張らなくて済むんで助かります。ま、俺も鄭芝龍の真似を止めりゃあ、ただ身体がごついだけの男です。向後、なにとぞよろしく願います」

山が動くような大仰《おおぎょう》さで、蛟は深々と腰を折った。

それからまた、何人かの挨拶が続いた。気のいい者ばかりで、話を聞いているだけでも心が軽くなったように福松は感じた。

「ここにいるやつらは」

挨拶が途切れ、福松が椅に攀《よ》じ登って座りなおしたところで松が言った。

「ほとんど台湾から一緒だった。平戸でお前の誕生を喜んでくれたやつも、台湾で産んだ次郎左衛門をあやしてくれたやつもいる。血の繫がりなどないが、あたしにとっては家族みたいなものだ」

「家族」

福松は、押し戴《いただ》くように繰り返した。

「あたしも含めて皆、海に出るしかなかったやつらだ。だから寄り集まって、何とか生きてきた。だが」

母は、瑠璃の杯をもてあそんでいる。硬い杯の形を変えようとしているようにも、杯が抗《あらが》えぬ何かに揺さぶられているようにも、福松には見えた。

「あたしたちは海賊しかできなかった」

広間は、変わらず騒々しい。楽しそうだとしか思っていなかったその声が、複雑な陰影を帯びたように福松は感じた。

「あたしは昔、奴《やっ》隷《こ》だったが、顔思斉《ガンスーツエ》という海賊が海に出してくれた。顔思斉は飛黄《フイホン》、お前の父に殺され、あたしは飛黄を殺した。あたしもいつか、誰かに殺されるかもしれない。飛黄だって別の生き方があっただろうし、顔思斉は居場所を求めていただけだった。だが海賊である限り、今日は無事でも、明日は分からない」

福松は頷く。その両の掌には、銃を撃った感触がまだ残っている。

「どこにもいられなかったやつが、あさってくらいまでは生きていられる場所がないものか、あたしなりにずっと探している」

「それが」福松は言った。「鄭家ではないのですか」

松は杯を置いた。

「そうありたいと思っている」

その鄭家に、自分はやってきたのだと福松は思った。

三

安平城の外では、爆竹が盛大に鳴らされていた。城内にも音が届き、かまびすしい。

「正月でございますから」

身の回りを世話してくれる下女はそう言うと、朝食を卓に並べて下がった。

「ありがとう《トーシア》」

福松は、中国の語《ことば》で礼を言った。次の仕事へ急ぐ下女には聞こえなかったのか、返事はなかった。

椅《いす》に攀じ登り、匙を取る。魚と椎茸、葱が入った粥。甘辛い汁で煮た骨付きの豚肉。凝《こご》りきらないうちにすくった豆腐。運ばれた食事をゆっくり口に運ぶ。

中国に渡って一年と半分ほどが経つ。食べ物にはすっかり慣れてきた。言葉も日常の用には支障がない。

「おいしい《ホーチャ》――」

言ってみるが、やはり返事はない。寝起きしている母の居館には、福松しかいなかった。

松は、自身が甲螺《カーレ》と知られていないのをいいことに自ら忙しく働く。商用や抗争に出かけ、城には月に十日もいない。なにくれとなく気にかけてくれる島津甚五郎も、今は日本へ行っている。

福松は中国へ来て以来、ただ食べて寝て起き、暮らした。並の家よりはるかに満ち足りた衣食、自分を甲螺の公子《コンツウ》と仰ぐ海賊や下男下女に囲まれながら、何もない砂浜にぽつねんと佇んでいるような日々が続いていた。

開けた窓から、温《ぬる》い福建《ふっけん》の風に乗って爆ぜた火薬の臭いが部屋に入ってきた。ここに人がいなくても、どこかにはいるらしい。

部屋の隅に気配があった。目を遣ると、鼠がとことこと這っていた。母が放し飼いと称して駆除せず放置しているやつで、不思議な匂いと尖った鼻を持っている。親子で数珠つなぎになっていることが多いが、今日は一匹だけだった。

福松は椅から降りた。部屋を出た廊下では、さっきの下女がせかせかと箒を使っていた。

「出かけてきます」

海に飛び込むような、船で漕ぎ出すような気持ちで告げると、下女は心得たように肯《うなず》いた。

「甲螺に言付かっております。外の城壁からは、出られませんように」

母らしい、となんとなく思いながら福松は駆け出した。

物々しい建物を過ぎ、門をくぐって市街に出る。重厚な磚《せん》や土の壁でできた家々には、めでたい文句を書き付けた赤い紙が貼られ、赤い提灯が吊るされていた。盛大に爆竹が爆ぜ、作り物の竜がうねる。人出も多い。立ち込める煙と人の群れをくぐって、福松は街をゆく。思いつくままに見つけた路地へ入り、曲がり、歩く。

やがて道は細く、薄暗くなり、人気《ひとけ》も途絶えた。帰路はすぐに見失った。行くあては、もとからなかった。

遠くから、賑やかな音楽と歓声が聞こえた。誘われるように足が速くなる。

ぐるりと角を曲がる。広場があり、据えられた真っ赤な楼閣の模型の前に老若男女が集まっていた。模型の周囲では楽人たちが小さな銅鑼《どら》を盛んに打ち、唐人笛《とうじんぶえ》を伸びやかに吹き鳴らしている。

福松は人込みの後ろに立つ。何も見えない。背を伸ばしたり飛び跳ねたりしていると、群衆から手が伸びて引っ張り込まれた。子供だ、前で見せてやっておくれ、子供に福を分けてあげておくれ。そんな声とともにもみくちゃにされる。

――我は玄徳《げんとく》！

朗々たる声が聞こえたとき、福松の小さな身体は最前列に投げ出された。背後から拍手と声が上がる。慌てて身をかがめ、最前列の子供たちが空けてくれた小さな隙間に尻を押し込む。

——天下を乱せし逆賊董卓《とうたく》、いまこそ討たん。

楼閣の中ほどから人形が飛び出した。大人が掌を広げたくらいの大きさで、両手に持った一対の剣を振りながら、舞台の端から端までくるくる動き回っている。

——兄上ひとりを死地には行かせじ。我、張飛《ちょうひ》もお供せん。

槍を持った髭面の人形が新たに飛び出す。また歓声。

——頼もし、翼徳《よくとく》。雲長《うんちょう》はいずこ。

最初に出てきた玄徳という名らしい人形が、話すように体を前後に揺らす。

——兄上。関《かん》雲長は常よりお側にあり。ともに死なんという兄弟の誓い、お忘れか。

拍手と歓声が大きくなり、三体目の人形が飛び出した。赤く塗られた顔から長い髭を胸まで垂らし、大きな薙刀《なぎなた》を携えている。

関雲長は福松も知っている。平戸島でも、寄港する中国人たちが堂を建てて赤ら顔の像を拝んでいた。

かくして始まった人形たちの物語に、福松は夢中になった。皇帝家の血を引く玄徳、その義兄弟の関雲長と張翼徳は、国政をほしいままにする董卓なる奸臣《かんしん》を討とうとする。董卓は配下の将、呂布《りょふ》を派遣してこれに当たらせる。呂布は勇猛で、斬りかかる三兄弟を軽々といなし、寄せつけない。

人形たちが躍動するたび、群衆は歓声を上げ溜息をつき、手を叩き地団駄を踏む。きらびやかな楽器の音が感情をあおり、物語を彩る。福松には分からない台詞《せりふ》も少なくなかったが、声色や音楽、そして人形の動きが、筋を見失わせなかった。そのうちに兄弟は呂布を撃退し、劇は喝采とともに終わった。

大人たちは興奮冷めやらぬ様子で舞台に集まり、用意された箱に銭を投げ込んでいく。子供たちが集まり、見たばかりの三兄弟や呂布を演じ始める。音楽は劇の余韻のように、ずっと奏でられている。

あ、と福松は気付いた。

笑いあう大人、はしゃぐ子供たちに囲まれて、福松はまたひとりに戻った。

帰ろう。そう思った。城には母か甚五郎が帰っているかもしれない。道はわからないが、あてどなく歩いていれば、いつかたどり着くだろう。熱くなった身体が急速に冷めていく。歩き出そうと持ち上げた足は、思いのほか重かった。

おい、と背後で声が聞こえた。福松はそう呼ばれたことがない。これからもずっとないかもしれない。

「おいったら」

足音がして、後ろから肩をつかまれた。とっさに振り向くと、自分より少し齢かさに見える男児が二人立っている。

「董卓、やってくれねえか」

二人のうち、大柄なほうが言う。

「見てたろ、布袋戯《ポーテーヒー》」

布袋戯とは、いまの人形劇のことらしい。

「俺たち二人しかいねえからよ」

何のことかと福松は訝《いぶか》る。もうひとりが口を開いた。

「順を追って説明すると、布袋戯の真似ごとをして遊びたいんだ。俺は関羽がやりたい」

賢そうな口ぶりで説く男児は、そばかすの浮いた優しげな白面《はくめん》で、赤ら顔だった関羽とは似ても似つかない。

「俺は呂布。なにせいちばん強えからな。三兄弟が束になっても敵《かな》わねえ」

最初に話しかけてきたほうが胸を張る。その大きい身体は、確かに呂布らしい勇ましさがあった。

「で、だ」白面が言う。「呂布をやりたがるこいつが、主人の董卓も必要だって言ってきかない」

「主人じゃねえぞ、義理の父親だ」

「どちらでもいい。で、どうだ。やってくれないか」

「さっきの劇を、やるの？」

福松が恐る恐る聞くと、二人は同時に頷いた。

「みんな、関雲長とか玄徳とか翼徳とかをやりたがるんだよ」

ふたりはまじまじと福松を見つめてくる。覚えがある限りでは、一度も向けられたことがない視線だった。

「我は、董卓――」

劇の台詞を思い出しながら、福松は探るようにそっと口にした。とたんに二つの顔がぱっと明るくなる。誘われるように福松は声を張った。

「かの三兄弟を放ってはおけぬ。これ、呂布」

言い終わったときには呂布役がうれしそうな顔で妙な姿勢を取っている。

「呂布にてそうろう。董相国《しょうこく》の御前にござい」

「よう来た呂布や、きっときゃつらを討ち果たせ」

福松は命じるように呂布役を指差す。

「ははあ。畏《おそ》れ多くも帝を、ええと、悪さを皇帝にごまかしてもらってる董卓さまに逆らう莫迦兄弟――」

「そんな台詞じゃねえよ」白面が悲鳴を上げる。「帝を奉《たてまつ》る董相国に仇《あだ》なす三兄弟、だ。ちゃんとやれよ」

「ならお前もやってみろよ！」

「まだ関雲長の出番じゃねえだろ！」

「これこれ呂布」

福松が董卓になり切って口を挟むと、呂布役は大きな身体を折り曲げて「ははあ」と平伏する。真剣らしい仕草がかえっておかしくて、つい吹き出してしまった。

「早ういってまいれ。途中は端折《はしょ》ってよい」

董卓さまがそういうなら、と呂布役はしぶしぶ白面の少年に向き合う。

「関雲長、このやろう。ちびってんじゃねえぞ」

「だからちゃんと台詞言えよ！」

「覚えられるか、あんな長いの！」

「呂布、はようせよ。できるだけちゃんとせよ」

それから三人は役になり切り、忘れた台詞を継ぎ足し、夢中で演じた。

「おれは甘輝《カンフィ》。親は、鄭《テエ》将軍の軍で厨師《ちゅうし》をやってる」

遊び疲れて車座に座り込むと、呂布役が言った。もう布袋戯の舞台も片付けられ、広場の人もまばらになっていた。

福松は少し考え、「鄭将軍」とは蛟《カウ》のことかと合点した。

「こっちは施郎《シーロン》だ。親父は学者さんで、鄭将軍の軍師みたいになってる。だからこいつも賢い」

「そんな立派な立場じゃない」

遠慮なく指差された施郎は、白い顔をしかめた。

「ただ鄭将軍は学問を修める機会がずっとなかったから、父の知識を頼ってくださっているらしい」

「おとなみてえな物言いだな。まだ俺と同じ十二なのに」

甘輝がからかう。齢のことを言ったらしい。福松よりみっつ上だ。

「そうなんだよな」施郎が呟《つぶや》く。「もう十二歳なんだよな、俺」

「お勉強は進んでるのか」

「ちっとも。論語なんてつまらない」

「だから俺とつるんで、ほっつき歩いてるんだよな。いつもお前が言ってるの、なんだっけか」

言った甘輝が、だらしなく後ろ手をついたまま見上げた。福松もつられて顔を上げると、施郎は毅然と立ち上がっていた。

「多算勝《トースンシン》、少算不勝《ショースンプッシン》！」

施郎が叫ぶ。甘輝が「それだそれだ」と嬉しがる。

「いまのは何？」

福松が聞くと、二つの声が「孫子！」と答えた。

「施郎は学者じゃなくて将軍になりたいんだよ。だから兵学に凝ってる」

「ちょっと違うぞ、関雲長のような大将軍だ」

甘輝は楽しそうに身体を揺する。「笑うな」と咎める施郎も、怒ってはいない様子だった。ふたりは仲が良いらしい。福松は羨望めいた感覚を抱きながらその様子をしばらく見つめた。それから、

「甘輝は」

と呼んでみた。たいそう勇気が必要だったが、呼んだ相手は「おう」と隔意ないまなざしを向けてくれた。

「甘輝は、大人になったら何になるの」

「俺はたぶん、親と同じ厨師だろうな。ところでお前、名前は？」

「家は何をやってる？」

問いに、施郎も加わってきた。やはり福松は戸惑う。

「私は」

福松は言い淀んだ。夷《イー》という言葉が、名乗ることをためらわせた。二対の無邪気な視線がじっと福松に注がれた。

「ふくまつ」

意を決して口にした。目の前のふたりは不思議そうに首を傾《かし》げる。短い沈黙が、恐ろしく長く感じられた。

「日本人か？」

訊いてきた甘輝に、福松は頷く。

「日本では中国と同じ字を使うんだろ。どう書くんだ」

施郎に問われ、福松は踏み固められた白っぽい地面を指でなぞった。書ける数少ない字のうちふたつが、微かに跡を残した。「読めねえ」と甘輝が悲し気に首を振る。施郎は「福と松か」ともっともらしい顔で頷き、「けどフクマツは呼びにくいな」と続けた。

「なら福児《ホッジィ》がいい」

甘輝が大人のような厳かさで綽名を提案した。

「福松《ホクション》でもいいだろ」

「それはだめだ」甘輝は首を振った。「こいつの名前はフクマツだ。字だけ捉まえて別の呼び方をしちまえば、名前そのものが変わっちまう」

「字が同じなのに、どうして名前が変わることになるんだ」

「変わるだろ」甘輝は強情だった。

「字が名前を決めるんなら、字を読めねえ親に生まれたやつは名前がねえのか」

「じゃあフクマツと呼ぶか」

「それだと舌がからまっちまう。言いやすい綽名がいるんだ」

施郎は呆れと同意を示すように肩を竦める。甘輝の理屈が福松には理解できなかったが、福松を気遣ってくれているとは分かった。

「福児」

福松は嚙み締めるように繰り返した。胸に暖かい感触が灯《とも》った。

「で、福児の家は何をやってるんだ？」

兵隊なら俺の親父が作る飯の評判を聞きてえ、と甘輝は続けた。

「何というか」

福松は考えた。ぴたりとあてはまる言葉も、驚かせずに告げる方法も思いつかなかった。けれど、綽名をくれたふたりに隠すつもりはなかった。

「父は鄭芝龍《テエチーリヨン》。私は日本で育って、一昨年に中国へ来た」

答えると、向いていた四つの目が丸くなった。

「すげえ！」

甘輝が唸りながら上体を起こした。

「息子を日本から呼んだとは聞いてたけど、お前だったのか」

施郎の白面にも興奮したような赤みが差している。

それから、福松は質問攻めにあった。日々の暮らしや住まいの様子、日本のこと。近い歳の子供と話すのは久しぶりで、気持ちが高ぶってくる。「鄭将軍って、どんな人なんだ」と聞かれたときは困ったが、「立派な人だよ」とだけ答えて逃れた。

「母親は日本にいるんだってな。会いたくならねえか？」

甘輝の問いに「そうだね」とだけ答えた。世間に向けてはそのように説明されていると福松は聞いている。つまりおマツさんが、福松の母親だ。本当の母は存在すら知られていない。

全てを話せないことを申し訳ないと思いつつ、福松は嬉しさも感じていた。ふたりとも、福松が鄭芝龍の子と聞いて驚きこそすれ、態度を変えることがなかった。

陽が傾いてきたころ、残念そうに施郎が立ち上がった。「お前んちは厳しいもんな」と甘輝も腰を上げ、つられて福松も立った。

「またな、甘輝、福児」

「ああ、またな」

また会える。知り合ったばかりのふたりの何気ない別れの挨拶が、胸に沁みた。

四

連合東インド会社の商務社員レオ・コープは、イベリア半島の西端、ポルトガルの小さな漁村で生まれ育った。

家は表向きだけキリスト教に改宗しつつ、ひそかにユダヤの教えを守り続けていた。そのころ両親が最も恐れていたのは、異端審問官だった。

審問の被疑者になると、有無を言わせず財産を教会に没収され、審理という名の拷問で廃人か死人にされた。その処刑は民衆の貴重な娯楽となった。

レオが満十五歳になった年、審問官が隣町にやってきた。村の、コープ家と同じく密かにユダヤの教えを奉じていた人たちは観念した。十人乗ればいっぱいという船に五家族ちょうど三十人が乗り込み、月夜に出航した。

「オランダへ――」

船に乗る人々は、目的地の通称を唱え続けた。そこはイスパニアの属領だがカトリックに抗議する宗派の信者が多く、数十年にわたって独立戦争を続けている。商工業が栄え、なにより信仰の自由があるという。属領全体はネーデルラントといい、オランダは本来その主要地域を指すが、ポルトガルではひっくるめてオランダと呼んでいた。

欧州のほとんどの国で、ユダヤ教徒は追放されるか、殺される。ユダヤ人が改宗せずに生きられる地はあと、遥か東のポーランドしかない。そこまでは行けない。

出航して十日目、嵐に遭った。二十人が船とともに海に沈み、十人がイスパニアの北岸に打ち上げられた。主《しゅ》はこのときコープを十人のほうに、他の家族を二十人のほうに選《よ》り分けたもうた。それからは巡礼のクリスチャンを装い、陸路を進んだ。

半年をかけ、餓死寸前のところで、無数の風車が回る平原に辿り着いた。安堵《あんど》に号泣しながらさらに数日を歩き、一行はアムステルダムで旅を終えた。金融と海上交易で栄える街はまた、新しい思想と世界の富が集まる場所でもあった。

そして噂通り、自由だった。

すでにたくさんのユダヤ教徒たちが街に住んでおり、「オランダのエルサレム」などと呼ぶ者さえいた。いっぽうでアムステルダムのユダヤ教徒を宗教的、社会的に指導する師《ラビ》たちは、街の自由と豊かさが同胞たちの信仰を「堕落」させると警戒していた。

コープは同い年のピントなる若者が住まう集合住宅の一室に住むこととなった。ピントは信仰心が厚く、医業を学びながら、師を志《こころざ》して学塾に通っていた。コープは連合東インド会社なる商社に小間使いの職を得た。

瞬く間に八年が過ぎた。コープは二十三歳となり、小間使いから書記になっていた。

ピントは、人という存在を賛美し、その自由意志を尊重する人文主義に傾倒していたが、アムステルダムの師たちはこれを「堕落」と責め、親友に破門を言い渡した。主へ背を向けたことを認めれば許すという。認めることこそ主への裏切りとなると考えたピントは見るからに失望し、また憔悴《しょうすい》していった。

そんな一日、いつもどおり仕事を終えて帰宅したコープを、親友の縊死体《いしたい》が出迎えた。傍らの小さなテーブルには、殴り書きの文字が書かれた紙片が置かれていた。

——主が造りたまいし世界のどこで、僕は生きるべきだったのか。

手短に過ぎる遺言状を折りたたみながら、コープは室内を見渡した。床には燭台《メノラー》が投げ棄てられたように転がっていて、アムステルダムの街の喧騒が薄く部屋に届いていた。自殺は、主が固く禁じている。信仰の厚かった親友をそこまで追い込んだのはほかならぬユダヤの師たちだ。短い遺書は、親友がひとりでは這いあがれぬ絶望の淵に、ほかならぬ同胞たちによって突き落とされたことを雄弁に物語っていた。

「主は、きみが求めていた場所をきっと用意してくださっている」

コープは語りかけた。

「きみの代わりに、私が探そう」

誓った拍子に、ひとすじの涙が零《こぼ》れた。

「東インド海域へ行きます」

翌日、コープは勤め先の上司に志願した。友人が探していた場所は、少なくとも欧州にはないと思った。

コープが勤めていた連合東インド会社は、略称をＶＯＣという。ユダヤ教徒を含む出資者の資金と十七人の理事会の決定に従う純然たる私企業で、オランダの議会から東インド海域、すなわち喜望峰から東での貿易の独占を認められていた。あわせて軍の編成、貨幣鋳造、東インド各国との条約締結も許されていた。

国家に等しい権限を持ち、また国家ほども体裁を気にしなくてよいＶＯＣは、貪欲な「営業活動」で急速に業績を拡大した。東インド各国を虐殺と軍隊で脅迫して拠点を築き、メキシコから銀を積んでくるイスパニア船を襲い、ポルトガルを支えていた香辛料貿易を食い荒らした。後発のイギリス東インド会社は、その参入の最初から圧倒し続けた。

反面、社員の死亡率は五割を超えた。長い航海中には壊血病と脚気が、辿り着いた任地では風土病と慣れぬ水、そして戦闘が人命を奪った。

社へ人材を供給するのは人口が少ないオランダ本国ではなく、欧州の戦争だった。中欧ボヘミアで起こったカトリックと抗議派の争いは、信仰心と周辺国の野心が連鎖して、大小の国々を巻き込む大戦争となっていた。動員された軍隊は補給と称して各地で容赦ない略奪を繰り返し、さらには信仰心が稀に見る大虐殺を引き起こしていた。生き残った者はあてどなくさまようしかない。また軍のたいていは傭兵で、隊長が死ぬか金払いが滞れば、躊躇なく敵に「転職」するか逃げ出していた。

命を懸けるほか命を繋げない人間が欧州では大量に発生していて、金払いがよいＶＯＣは、いわばその受け皿となっていた。見方を変えれば、欧州で行き場を失った人々の命を東インドで換金することが、社の主たる事業だった。

コープは東インド海域のほぼ中心にあるバタヴィア総督府に、書記官として着任した。遠いオランダ本国の理事会からたいていの事項の決裁を任されている総督府は、現場の社員たちから「本社」と俗称されていた。

コープの着任時、本社は次なる事業目標である中国市場の開拓にとりかかっていた。ただし中国はオランダとの貿易を承諾せず、本社は常套手段にしていた軍事力での脅迫を決心した。福建沿岸の澎湖島《ペスカドール》に築いた要塞を拠点に海賊行為を繰り返し、数多の船を沈めた。そのような事業展開を横目に見ながら、コープは一年ほど中国についての調査と報告に従事した。

「美しい」

心の底からそう思ったのは、澎湖島のすぐ東、フォルモサという島へ実地調査に出向いたときだった。ポルトガル人が「麗しき島《イラ・フォルモサ》！」と称えたことが名の由来だという。付近の海で活動する中国人海賊たちは「台湾《タイオワン》」と呼んでいた。鬱蒼と繁る熱帯の密林に原住民が、平地に中国から逃れた民が住みつつ、広さに比して人口は過少。中国は、ＶＯＣが占拠している澎湖島までを自国と見做し、台湾島は版図《はんと》外としていた。

コープは数か所に上陸し、農耕に適した平地や河川の存在、港湾の候補地を確かめた。

帰りの船から台湾島を再び眺め、コープはアムステルダムで縊死した親友の名を呼んだ。

「ピントよ」

「主はやはり、ご用意くだされていた。私たちが住まうべき地を」

それからすぐ、ＶＯＣは澎湖島を放棄した。海を埋め尽くすほどの中国海軍にたびたび攻められ、押し敗けた恰好だった。

代わって、台湾の南西端に新たな商館を築くこととなった。この決定にどれほど関わったか分からない報告書を出した後、コープ自身は日本へ異動となった。

着任した平戸の商館は、風が交易船を送ってくる時期こそ忙しかったが、ふだんは静かで過ごしやすかった。

その平戸を占拠するという危うい提案を、鄭飛黄《テエフイホン》なる男が持ちかけてきた。コープは訝《いぶか》ったが、中国での失態を挽回しようと焦っていた本社は、これに乗ると決めた。

「君らが企《たく》みを仕損じたらフォルモサ、台湾島へ来たまえ」

鄭飛黄が求める銃と、彼らに奪われた商品を引き換えた夜の海で、コープは口にした。思いつきだが、言ってから悪くない考えだと思った。コープ自身は身一つだから、何をするにも仲間が必要になる。負け犬だって一噛みする牙くらい持っているものだ。助けてやれば、いずれ飼い主に恩を返してくれるであろう。

そのときの、飛黄に並んでいた女の目がコープには忘れられなかった。

「台湾にも、もう人が住んでるだろ。その土地を奪うのか」

ごくまっとうな指摘だ。コープは答えられなかった。だが志を翻《ひるがえ》すつもりはなかった。

「海はいい」

そう答えた。もし約束の地が海であったなら、苦悩は少なかったかもしれないと思った。

その仕事を最後に、コープはまだ工事の続く台湾の、商館と称される要塞へ移った。くだんの鄭飛黄は、一年かけて準備した平戸の占拠に失敗した。ただし台湾へ逃げてきた一隻のジャンクを率いていたのは飛黄ではなく、連れ添っていたあの女だった。

飛黄は重傷を負って船倉に寝ているが命に別状はない。女は検分で乗船してきた台湾商館の社員たちに告げたあと、コープだけを呼んでそっと言った。

「飛黄は平戸で死んだ。あたしが殺した」

女曰く、飛黄は平戸での叛乱にわざと失敗して邪魔者をすべて殺し、自分が頭領になろうとしていたという。

「あたしが飛黄に成り代わって、海賊を続ける。あんたはそれを手伝え」

コープは眉をひそめた。

「私は下っ端の書記官だ。そんな権限はない」

「説得しろ。手伝ってくれれば恩は返す」

った。代わりにあたしたちがその利を握る」

「飛黄は松浦《まつら》家とつるみ、李旦《リータン》が独占していた中国と日本との交易を引き継ぐつもりだった。代わりにあたしたちがその利を握る」

「どう返すのだ」


平戸の事情を思い返すのに、数瞬かかった。李旦なる大海賊が、中国と日本の交易を握っていた。その第一等の手下に顔思斉《ガンスーツェ》がいて、李旦一家の客分、飛黄を預かっていた。

この女は聡《さと》い、とコープは直感した。台湾に落ち着いたVOCは結局、中国市場に参入できていない。どれほど縮小するかは未知数だが、李旦が持っていた貿易の利を継ぐ者と組めれば、悪い話ではない。

「ひとつ、いいかね」

コープが見据えた先で、背の高い女の短い髪が潮風になびいていた。

「私は、台湾が欲しい。協力してくれるか」

女は少し考え、答えた。

「海は誰にとっても自由だ」

女は台湾商館のほど近くに拠点を置き、飛黄の本名、鄭芝龍《テチーリヨン》を名乗って旗揚げした。台湾商館は彼らが日本との交易を再開するための資金を援助し、交易が軌道に乗ると投資を回収した。鄭芝龍一家は交易の利と団結で並みいる海賊たちを倒し、たちまち膨れ上がった。並行して、台湾商館は鄭家やほかの海賊に仲介させて中国での密貿易を開始した。仲介料は馬鹿にならなかったが、商館の存続ぎりぎりくらいの売り上げは稼ぐことができた。

その間にも鄭家はますます大きくなった。鄭芝龍の替え玉を立て、中国の将軍職を得て拠点を福建《ふっけん》に移した。

李魁奇《リーコエキー》なる大海賊を倒し、鄭家は名実ともに福建の海で第一等の勢力となった。台湾商館は戦勝を祝う名目で、仲介料の交渉のため新しい覇者へ使節団を送った。

「将軍として今後、皇帝陛下がお許しあそばされぬ密貿易に手は貸せぬ」

鄭家の新しい本拠、福建は安平城の広間で傲然《ごうぜん》と言い放ったのは、鄭芝龍の替え玉の男だった。VOCの社員たちは文字通り仰天した。隅にいるコープも、いちおう驚く顔を作った。

玉座より大袈裟な椅子に身を沈める鄭芝龍の背後に、鄭家の幹部たちが居並んでいる。その隅にあの女、松《まつ》がいた。

「ただし朝廷に、正式な交易の許可を願うことはできる。それで勘弁してくれ」

話を聞きながら、コープは松と視線を交わした。

「知っての通り中国の官界は賄賂で動く」

鄭芝龍の言葉、つまり松の意向を解して、コープは苦笑した。

「鄭将軍は、銀《かね》がいると」

使節団を率いてきた副商館長が、飾らぬ言葉で確認した。

「戦さ続きで苦しくてね」

苦しいどころか皇帝より派手であろう衣服を揺らして、鄭芝龍は笑った。

台湾商館は、しぶしぶだが鄭芝龍に銀を払いはじめた。それから四年が経ち、支払いだけが増え続け、交易はいっこうに許可されなかった。詫びのつもりか鄭芝龍は多少の密貿易を許したが、台湾商館の収支は悪化するばかりだった。

「本社の莫迦どもめ。こっちの苦労も知らずに好き勝手言いおって」

バタヴィアに呼びつけられ、こってり絞られた帰りの船上で、台湾商館長は遠慮なく悪態をついた。もと傭兵だったそうで、広い肩幅と粗野な言動を個性としていた。

片付けられた甲板の一角には、真っ白いクロスが掛けられたテーブルが据えられている。朝に焼かせたばかりのパンやシチュー、チーズが並び、商館長と副商館長、秘書官、そして中国方面に赴任して長いだけの平社員コープが昼食のテーブルを囲んでいた。

「社員を愛する気が本社にはないのか。理事会の使いっ走りどもめ」

悪態をつく商館長の背後を、水夫たちが青白い顔で通り過ぎていった。暑い南海でせめてもの涼を求めて甲板での昼食を希望したのは商館長だが、ふだん腐った肉と饐《す》えたビールしか口にできない船員たちに豪勢な料理を見せつけていると気付かないくらいには、商館長も社員への愛が薄い。

「まあ、いいではありませんか。商館長」

コープは顔面の皮だけで微笑んだ。

「本社も軍艦の派遣を認めてくれました。鄭芝龍だって怪我はしたくないはず。交渉もうまくゆくでしょう」

旗揚げを助けてやった恩を忘れた悪辣《あくらつ》な海賊兼将軍の尻を、砲弾で叩いてやる、と商館長は決心していた。本社は、商館長に左遷をちらつかせて脅したあとで、その提案を承諾した。

「うまくいくかどうかは、きみ次第だ」

商館長はコープをじろりと睨んできた。

「鄭芝龍との交渉、きみに行ってもらうぞ。彼への肩入れを提案した責任を取れ」

「微力を尽くします」

コープはしおらしく頷いた。自分が失敗しても痛くも痒くもない。台湾からＶＯＣを追い出して鄭芝龍に占拠させ、自分はその下で台湾総督となる。コープはそのような密約を、あの女と結んでいた。

五

夏を迎えたばかりの一日、安平城が見下ろす入り江に、大きな船が入ってきた。

「オランダ船だね。ここでは珍しい」

港の岸壁から伸びる桟橋のたもとで福松は言った。波を切るように尖った船首、横木と綱を幾つも渡した三本の帆柱、彫刻がびっしり施された船尾と掲げる旗を、福松は平戸で何度も見ていた。

安平城へ来て三年、福松は十歳になり、それなりに中国の事情も呑み込めてきた。オランダは中国との交易が許されておらず、ほとんど船を寄こさない。

「あいつらの船は帆をたくさん張るから、外海での足が速い。大砲をたくさん積んでいて戦さでも強い。中国の船は河に乗り入れることが多いから小回りが利き、多少の浸水にも耐えられるようにできている」

施郎《シーロン》が、福松に知識で張り合うように早口で言う。

「どんな飯を食ってるんだろうな」

甘輝《カンフィ》が、いかにも彼らしい興味を口にした。

「そういうお前はどんな飯を作るんだ」

「福州へ来たら、目を剝くようなのを食わせてやるよ」

施郎に言い返し、甘輝は大人のように肩を竦めた。

厨師をしている甘輝の両親が、福州にある鄭芝龍《テエチーリヨン》将軍の兵舎で働くこととなった。甘輝もともに移り住み、親の元で厨師の修業をはじめるという。福松と施郎は、別れを告げに港までやってきた。

船へ乗る人がぞろぞろと歩いてゆく桟橋に向かって、甘輝が手を振った。人の好さそうな男女はともに背が高く、大柄な甘輝の両親であることは一目瞭然だった。

「施郎は本当に武挙《ぶきょ》を受けるのか」

訊きながら、甘輝は荷物を背負った。

「ああ」施郎は頷いた。「父上も許してくれた」

「もったいねえ。お前の頭なら科挙《かきょ》だって通りそうなものを」

ふたりは官吏登用試験について話している。

この国では、文武の官は万民から、試験によって取り立てられる。武官の試験を武挙、文官のそれを文挙《ぶんきょ》といい、併せて科挙と呼ばれる。ただし武官は家柄や才覚でも登用されるため、武挙は軽んじられている。ほとんどの者は文官を志すこともあり、世人が科挙といえば、ほぼ文挙を指した。

「福児《ホッジイ》は家を継ぐのか」

甘輝は、周囲に福松の立場を知られない言葉で問うてから、「先に乗ってて」と両親へ手を振った。

「どうだろう。私には分からない」

福松は正直に答えた。周囲が自分を鄭芝龍の後継者と見做していることは肌で感じているが、母からは何も言われていない。いちおう読み書きは習わされているが、甲螺《カーレ》なり将軍なりになる準備は何もしていなかった。あの屈強な船戸《ツンホー》たちの上に立てるなど、思いもよらなかった。

ただ、母が「家族みたいなもの」と見つめる船戸たちのような、鄭家の一員になりたいとは漠然と感じていた。

「いいな、福児は」甘輝は妙なことを言った。

「俺は親と同じ厨師しか目指せるものがなかった。うちの親父はかっこいいからよかったけど、選べるってのはうらやましい」

母が何も言ってこない理由が、福松には分かったような気がした。甘輝はなにかと荒っぽいが、相手が胸に抱える澱《おり》をそっとすくい上げるような物言いをすることがある。

「じゃあ、行く」

甘輝が桟橋に足を掛けた。

「またな」施郎が手を挙げる。

「またな」甘輝は笑って応じた。

「じゃあ、また」

福松も頷く。ふたりと出会って一年と少し。その間に、何度言ったか分からない。いつかまた再会し、同じ言葉を言いあうのだろう。

甘輝の船を見えなくなるまで見送り、陽が山裾に触れるまで施郎と話し込み、それから福松は城へ帰った。

門番や擦れ違う人々の丁寧な挨拶を受けながら、蔵や政庁が立ち並ぶ一帯を抜ける。城壁にくっついた小振りな館が、そう言われなければ誰も気付かない甲螺の居館だった。

福松も寝起きしている母の私室、客間、厨房、あと何にも使っていない二間だけがある。

福松は館へ入ると、母の部屋ではなく話し声がする客間へ向かった。「ただいま帰りました」と言って戸を開けると、茶が置かれた小さな円卓を挟んで母と向きあい、黒ずくめの衣服を着た男が椅《いす》に座っていた。

「きみが鄭飛黄《テエフィホン》の子か」

初めて会った男の流暢《りゆうちよう》な中国の音には、どこか懐《なつ》かしむような色があった。

「父の面影がある。齢はいくつかね」

剃り落とした髭の跡で青白く見える顔の男を、福松は凝視した。

「十歳です」

「私はレオ・コープ。台湾に住んでいる。きみの両親の古い友人だ。はじめまして」

男は立ち上がり、優雅な動作で一礼した。福松もぺこりと頭を下げた。空いていた椅に急いで攀じ登っていると、コープが先回りするように口を開いた。

「友人と言ったが、きみの父上についてはそれほど詳しくない。誰にとっても父親は大切なものだが、あまりこだわり過ぎない方がいい。きみはきみなのだから」

「私は、私」

訊きたかった質問に対する思いがけない答えに、福松は戸惑った。

「で、あたしに相談したいこととはなんだ」

松が促すと、コープは探るように首を傾げた。

「話してもらって構わない。福松はあたしの子だ」

ならば、とコープは頷いた。

「VOCの意志は、さっき謁見の広間で私の上司が鄭将軍に話した通りだ。中国政府に貿易を認めてもらうための交渉、そろそろ結論を出してもらいたい。否、もしくはこれ以上の遅延があれば、実力を行使する。きみもその場で、下っ端の幹部の顔をして聞いていたな」

「それで」

「もし戦争となれば、はっきり言って鄭家は不利だ。中国の船は鈍重で、吾らの船を捕捉できない。船数で遥かに劣る吾らが決定的な勝利を収めることはないが、嫌がらせの襲撃はずっと続けられる」

そこでコープは、茶をすすった。

「本社も台湾商館も、今回は中国政府が音《ね》を上げるまでやるつもりだ。対して鄭将軍の敵は吾らだけではない」

「そうさな」松の声はいつも通り淡々としていたが、僅かに苦みがあった。

「へまをすればあたしたちの鄭芝龍は、将軍でいられなくなる」

そうだろう、とコープは強く言った。

「首を繫いでおくためには、任免権を持っている官僚に莫大な賄賂が必要になる。戦争に勝てない鄭将軍は、言い値を払い続けるしかない」

官僚とはそれほど偉いのか、と福松は感心した。同時に、武挙を受ける施郎に甘輝が「もったいねえ」と言った理由と、官僚が鄭家の敵に等しいことを知った。

「コープ。そろそろ、あんたの話を聞きたい」

「密貿易をもう少し許してやれ。オランダの理事会に対して本社と台湾商館の顔が立ち、だがさほど利益が残らない程度に。それで当面は戦争が避けられるし、時間はかかるが台湾商館はいずれ廃されるだろう」

「で、がら空きになった台湾を、あたしたち鄭家が占拠する」

「そうだ。そのとき私を約束通り、鄭家の台湾総督に」

コープは品の良い大人の素振りのまま、目だけにぎらぎらした光を宿した。

「ところで吾が社が渡している銀、何に使っているのだ」

「官僚への賄賂だ。半分は鄭芝龍に将軍を続けさせるために。もう半分は、あんたらとの交易を認めさせないために」

「痛快だな」コープは笑った。

「VOCは自ら首を絞めていたわけか。それにしても中国は不思議な国だ。これほど政府が腐敗し、各地で民衆の叛乱が続いているのに、小動《こゆるぎ》もしない」

「レオ」

松は、コープを親しく呼んだ。

「約束を破るつもりはない。だがあんたの提案には、乗らない」

「どうする気なのだ」

「何もしない。このままだ。VOCから銀をもらい、あたしたちだけのために使う」

「戦争になるのだぞ」

「そうなるよう、仕向ける。そして勝つ。商売敵《がたき》は少ないほうがいい」

「勝てるものか」コープは唸った。「きみらが敗ければ、私が困る」

「敗けない。あたしたちはずっと敗けなかった」

コープは根負けしたように苦笑した。

「私は、役職も戦艦の指揮権もない商務社員だ。戦争となれば、手打ちの機会を逃さず進言するしかできないが、構わないか」

「充分だ」

それから少しの雑談をすませてコープが辞去したころ、明り取りの小さな窓は夜空を切り取っていた。月も星もない、闇一色だった。

六

七月、秋といいながらまだ暑気が濃い福建《ふっけん》の沿岸を、大小十隻ほどの船が進んでいる。

その先頭では、鄭芝龍《テェチーリョン》の巨艦が将軍旗を翻していた。艦隊は福建の首府、福州から安平城への帰路にあった。

「堅物も困るな」

旗艦の船尾、楼閣を背後にした甲板で蛟《カウ》は苦笑した。上官にあたる福建巡撫《じゅんぶ》に軍務の報告を行った帰りだった。傍らに控える施大宣《シータイソワン》が、「そうですな」と応じた。

「ただ、悪いことばかりではない。巡撫閣下は身ぎれいなようで、賄賂が要りませぬ」

「あと一年も持たねえだろうがな」

予想を、蛟は確信している。

巡撫は一地方で政軍の全権を持つ、皇帝直属の大官だ。利得は大きく、その職を望む者は多い。清廉《せいれん》な者が襲職《しゅうしょく》すれば、とたんに讒言《ざんげん》が湧き冤罪を着せられ、まず続かない。ただ腐った官僚どもも、自分たちが宿る樹が朽ちぬようには気を配っている。変乱や外寇《がいこう》、あるいはその気配があれば、有能な士を適職に任じて害を除かせ、平穏に戻れば最も賄賂を使った者に職を売る。蛟が見上げてきた大明国とは、そうやって生き永らえてきた。

福建には、いま不穏の兆しがある。これまで鄭芝龍が討伐した数々の海賊の残党どもが、オランダ人の招きに応じて台湾へ集結していた。

「それにしても、なかなか仕掛けてこねえな」

オランダ人たちについて、蛟は言った。

三か月前、台湾からの使者が安平城へやってきた。中国との交易はいつ許可される、という督促だった。引き続き努力する、と答えて追い返したが、それを境にオランダ人は鄭家への銀の支払いを止めた。

これを受けて媽祖《マーツオ》は、オランダ人とは手を切り、撃滅すると船戸《ツンホー》たちに宣言した。

ただし台湾は中国の領域外、またオランダは外つ国《とくに》であるから、将軍の権では戦端を開けない。向こうから仕掛けてもらう必要があった。ために丸裸の交易船をこれ見よがしに台湾近海へ送ったが、その挑発にオランダ人は乗ってこなかった。

戦さでも平穏でもない奇妙な静寂が、福建一帯に居座り続けていた。

「急ぐ用はねえ。殼山《かくざん》へ寄ってから帰る」

蛟は艦を指揮する出海《ツッハイ》に命じた。殼山は蛟が作った風待ちの港だ。安平城と福州の間にあり、売買する品を納める蔵も置いてある。蛟は怪我で海賊稼業ができなくなった手下、夫や父を失ったその家族を殼山に住まわせ、生業《なりわい》を与えていた。

人は、衣食では生きられない。働き、その対価を得ることを通じて、生きるための誇りを守っている。蛟を生み育ててくれた蛋民たちが、貧しさと蔑視の中で胸を張っていられたのも、漁撈《ぎょろう》などの生業があったからだ。

抗争によって拡大した鄭家は、反面で程度がさまざまな怪我人や寡婦、孤児を作り続けた。それを彼らの責任として放り出すのはどうしても納得がいかなかった蛟は媽祖に掛けあい、殼山を作った。名に使った殼の字は、卵の字義もある蛋にひっかけただけだが、内で生じる新しいものを守る殼になればいいと思った。

「きょうは風に恵まれません。殼山に着くのは、明日になりそうですな」

出海の言葉の通り、船足は遅い。艦隊は薄い風を捉まえてゆるゆると南下し、日暮れ前に岸を見ながら投錨した。夜の海は暑く、水夫たちは僅かな涼を求めて甲板で夕餉を取った。蛟が飲酒を許したため、篝火《かがりび》を焚いた船上は明るく、賑やかだった。

「殼山でも泊っていこう」

水夫たちと大いに呑んだあと、蛟は決め、出海に命じた。安平城に帰れば、船戸の端くれに戻る。自分を甲螺だ将軍だと信じて慕ってくれる手下たちと、もう少し騒いでいたかった。

夜が明けると、いい風が立っていた。艦隊は帆を上げ、高い波を割って海を滑りだす。突き出た岬をぐるりと回り、景色が拓《ひら》けたところで、甲板は騒《ざわ》めきはじめた。緩い弧を描く湾の隅が赤く光り、黒煙が立ち上っていた。殼山の港と街だ。火事という規模ではない。炎は殼山のすべてを覆っているようだった。

「左に船が見えます」

誰かが怒鳴った。蛟は水平線がある左舷へ走った。遠くの海上に、みっつの影が揺らめいている。望遠鏡でやっと視認できる旗は赤、白、青に塗り分けられていた。

海賊稼業が長い蛟は、すぐに悟った。

誰も起き出さない払暁《ふつぎょう》、殼山はオランダ人の襲撃を受けた。火の大きさを見れば、略奪に過剰な破壊が伴っていたことは間違いない。死人も大勢出ているだろう。

「戦旗を揚げろ。追え、絶対に追いつけ」

蛟の叫びに、水夫たちは弾けるような機敏さで動きはじめた。将旗《しょうき》の下に赤い旗を掲げた旗艦は、左に傾きながら舳先《へさき》を水平線へ向ける。その周囲の艦も続いた。

「オランダ人ども、絶対に許さん。皮を剝いでやる。舌を抜き手足を捥《も》いで糞壺に叩き込んでやる。身体の九穴《きゅうけつ》から煮えた銀を流し込んでやる。生きたまま骨を割って脳の髄を引きずり出してやる。目の前で家族を殺してやる」

大事に温めてきた卵の殻が無残に砕かれた。沸騰する蛟の激情はそのまま言葉になった。

だが、その怒りは届かなかった。睨みつける先で、オランダの艦隊は水平線に融けて消えた。中国の船は、浸水への耐性と小回りに重きを置く。そのぶん船足が出ない。

「ちくしょう！」

蛟は拳を振り下ろす。何度も殴られ続けた欄干がついに折れた。舌打ちしてから、蛟は追撃を断念した。足の速い船を選んで福州、安平城へ報せに出し、残った艦の人員を連れて上陸する。焼けた建物と死体の塊に変わっていた殻山の周囲を捜索し、井戸の中や丘の繁みで震えていた数名ほどの生存者を収容して翌日、安平城へ帰還した。

「もう遠慮はいらねえ、我慢もならねえ。今すぐ台湾を攻めやしょう」

早速持たれた会議で、蛟は吠えた。他の船戸たちも、ほとんど同意見だった。

「そりゃあ難しいだろう」

唸ったのはよりにもよって、船戸第一等の鄭鴻逵《テエホンクイ》だった。

「オランダ人どもが台湾に構えた商館は、ただの館じゃなく、城だ。壁を巡らして砲を並べ、安平城より守りが堅い」

砲の打ち合いとなれば、数も精度も優れる陸側が圧倒的に有利だ。海を埋め尽くすほどの船を用意しても敵わない。そんなことは蛟も知っている。

「上陸すりゃあいいでしょう。人間同士なら負けやせん」

「やつら自慢の戦艦に兵站《へいたん》を断たれたら、おしまいだ」

「鴻逵の哥《あに》い」蛟は嚙みついた。

「こいつは面子の話です。手下がやられっぱなしじゃあ海賊の名がすたる。街を襲わせたままじゃあ将軍の威は地に堕ちる」

「落ち着け！」

鴻逵は鋭く一喝し、それから表情を緩めた。

「悔しいのは俺だって同じだ。だが俺たちが下手を打って、さらに人死にを出すわけにはいかねえんだ」

納得のいかない鴻逵の言葉は、正論でもあった。蛟は歯を割れんばかりに食い縛って耐え、椅《い す》に身体を投げ出した。立ち上がっていたことにも気付かなかった。

「それにしても、当てが外れた」

鄭鴻逵は声色を改め、居並ぶ船戸たちに言った。

「台湾あたりへ挑発に出した交易の船でなく、わざわざ海を越えて陸を襲ってくるとはな。媽祖よ、どうするかね」

一同の視線の先で、真の甲螺《カーレ》は足を卓に投げ出したまま答えた。

「あたしたちは官軍だ。動くには兵符《へいふ》がいる。勝手をすれば海賊同士の私戦とみなされ、国家の後ろ盾を失う。それまでは我慢するしかない」

兵符、つまり兵を動かす許可がいるという。煮え切らぬ話に蛟はなお苛立《いらだ》ったが、これも正論だ。蛟は耐えるしかなかった。

二日後、福建巡撫からの使者がやってきた。それまでにさらに三か所の漁村や港が襲撃を受けていた。

「紅毛番、畏れ多くも天朝に戦さを宣せり。曰く、通商を許さざれば福建の都鄙《とひ》悉《ことごと》く寇掠《こうりゃく》せんと」

応接の間で、使者は鄭家の面々を跪かせ、福建巡撫の書を朗々と読み上げた。紅毛とはオランダ人、番は蛮と同様で、中華の外に住まう民を蔑するときに使う。

「皇帝陛下より親しく任ぜられし本職、その権を以て海防遊撃将軍鄭芝龍に兵符を授く。紅毛番とこれに与《くみ》する逆徒を討ち、福建安寧の責を全うすべし。――鄭将軍、これへ」

使者は蛟に書を渡し、次に黒い小箱を持ち上げて蓋を開けた。虎を象《かたど》った青銅の像が入っている。兵符だ。頭からまっぷたつに割った左側を、将軍就職の際に渡されている。右半分は巡撫が持ち、これを授けることで将軍の出動が官命であることの証《あかし》とする。見えるようには恭《うやうや》しく、見せぬ内心では莫迦らしく思いながら、蛟は小箱を受け取る。

無意味な形式と虚礼に興じている間にも、オランダ人はどこかを襲っているかもしれない。

「巡撫閣下は」使者が、まるで自分が巡撫であるかのような尊大さで言った。「福建の海軍すべてを鄭将軍の指揮下に置くとの仰せ。また軍費、糧食に不安あらば、いつでも申せとのことである」

ははっ、としおらしく答えながら、蛟の肌は粟立った。戦さに回せる人も船も倍ほどに膨れ、オランダ人と海賊の連合軍を遥かに上回る。一気に台湾へ上陸して決すべきだと信じた。

「台湾へは行かない」

使者が帰った後の軍議で、媽祖は宣言した。

「なぜです」蛟は声を荒らげた。「一気に台湾を占領すればことは終わります」

「動けない台湾など放っておけばいい。あいつらの船を潰さねば、戦争は終わらない」

「船戦さを挑むってんですかい。ですが、あっちのほうが足は速いんだ。追いかけっこになりゃあ、それこそ取り逃がしちまう」

他の船戸たちは妙案も挟む口もないのか、押し黙っている。

「機を待つ」

と媽祖は言う。

「そりゃあ、いつのことですかい」

「分かれば苦労はしない」

「なら、逃げない台湾を叩くのが先でしょう」

「蛟」

声に、思わず気圧されてしまった。

「甲螺はあたしだ。それを忘れるな」

そっけない言葉のあと、松は散会を命じた。船戸たちはがやがやと話しながら、思い思いに立ち上がる。

蛟はひとり、椅に身体を預けていた。

七

暦だけは冬、十月になった。福建ではまだ蒸し暑さが残っている。

その日、安平城は朝から激しい風雨に叩かれていた。

高波が人を攫《さら》い、船をひっくり返す。そのたびに城から人が出て救助に当たった。海辺に住む者は城内へ収容することとなり、その誘導や受け入れの準備でまた忙しい。

光のない昼が終わり、夜になっても喧騒は続いた。船戸《ツンホー》と家族が集う慣例の夕餉も、いつもの半分くらいしか集まらず始まったが、何か報せが入るたびに誰かが出てゆき、ずぶ濡れの誰かがあわただしく入ってくるという始末だった。人気のない城の広間は、ごうごうという風の音だけがやかましい。

「おいしいです」

福松は湿気た揚げ餅を飲み下してから言った。

いつもは豪勢な料理が並ぶ卓も今日は、饅頭や薄い餅で巻いた豚肉など、すぐに食べられるものしか出されなかった。

「紅毛人に勝てるのですか、母上」

つい問うた。戦さが始まって三か月ほど経つ。夕餉のたびに話題になるから、福松も推移は知っている。福建の海辺は数日おきに、オランダ人の寇掠に遭う。そのたびに安平城から夥《おびただ》しい船が出てゆくが、いつも逃げられてしまう。

「わからないな」

卓上に足を投げ出していた母は、正直だった。

「ここまで苦しめられるとは、正直思っていなかった」

耳に入った答えは、胸で痛みに変わった。

「母上は、勝ちます」

願いをこめて言うと、母は福松を凝視した。

「そうだな、勝とう」

返ってきた声は、だが細かった。つらくなった福松は饅頭をとろうと手を伸ばした。

数人が出てゆき、広間はさらに寂しくなった。福松と松のほかは、鄭鴻逵《テエホンクイ》と蛟《カウ》がそれぞれ離れたところで酒らしき杯を苦い顔で舐《な》めていた。

「たいへんだ！」

布袋戯《ポーテーヒー》のような芝居がかった言葉とともに広間へ転がり込んできたのは天竺人の船戸、テムジンだった。

「厦門がオランダ人に襲われた」

「いつだっ」

鴻逵がいらだって問う。

「今日の払暁だと。で、嵐が来る前に引き上げたそうだ」

「ここから目と鼻の先じゃねえか。なめやがって」

鴻逵が吐き捨てるのを待ってから、テムジンは「通すぞ」と告げた。松が卓から足を降ろして甲螺《カーレ》らしい威厳を消すと、鎧姿の武官が広間へ入ってきた。嵐の中、厦門から船と馬で駆け通してきたらしい、とテムジンが説明した。

「羽良《ウーリヨン》はどうした。損害は」

鴻逵が立て続けに問うた。厦門は船戸のひとり、鄭羽良が預かっている。

「羽良さまは住民を山へ逃がし、また嵐も来ましたので、人や街への被害はそれほどでも。ただ、物はあらかた」

「奪われたか」

鄭鴻逵は補い、「住民を死なせなかったのは救いだ。羽良もよくやった」と自らを慰めるように言った。次いで蛟が口を開いた。

「敵はどれくらいだ」

「おおよそですがオランダ船が二十隻、従う海賊船は百隻ほど、と」

武官が出てゆくと、手の空いたらしい船戸たちが、毒のない悪態をつきながら入ってきた。場が、小さな火を灯したように少しだけ明るくなる。

「廈門を襲ったのはおそらく、媽祖がお待ちかねだった全軍でしょうな」

蛟は、挑発的な目で松を顧《かえり》みた。

「集まったところを一気に叩く好機です。ただし嵐じゃ手出しできねえ」

「福松――」

空虚な喧騒の中、母の声ははっきり聞こえた。

「あたしは勝つと、そう言ったな」

「はい」

福松は思わず背筋を正した。

「ならば、勝ってこよう」

松はやにわに、太刀で薙《な》ぐように鋭く右手を払った。盛大な音を立てて卓の皿やら碗やらが砕ける。騒いでいた面々は一斉に松を見た。

「集まれ。地図を持ってこい」

声に弾かれるように船戸たちは椅《い》子《す》を蹴り、がやがやと集まってくる。

「このあたりから台湾まで、船で一日以上かかる。嵐を突っ切って渡れる距離じゃあない。オランダ人どもは沿岸にひそんで嵐をやり過ごしているはず。いまなら叩ける」

「出るのか。この嵐の中を」

鴻逵の問いに、松は答えず身を乗り出した。

「ここが厦門」

広げられた地図に描かれた、陸地に寄り添うような位置の島に松は指を置いた。

「どこかに停泊しているとして、大陸の目の前に潜むほどオランダ人どもも間抜けじゃあないだろう」

指が地図上を動き、厦門島の東、腰のようなくびれを持った島で止まる。

「金門島《きんもんとう》、ですな」

蛟の探るような声に、松は「そうだ」と頷いた。

「あたしたちは二手に分かれ、金門島の沿岸をすすむ。どちらかがオランダ人どもに出くわせば、もう片方がくるまで足止めに専念し、挟み撃ちにする」

「嵐が、俺たちの姿を隠してくれる」鴻逵は興奮していた。

「錨を下ろして動けねえオランダ人どもを、不意打ちにできる」

「嵐の中を突っ切れば」蛟が不遜な顔で問う。

「沈む船も出るでしょう。そんでもって当てが外れたら、つまり敵がいなければ、どうします」

「そのとき、あたしは甲螺じゃあいられないだろう」

福松は身体を硬くした。蛟はにやりと笑った。

「そのお覚悟でしたら、しのごのは言いやせん」

「蛟。お前に任せてある官軍の船、どれくらいで出られる」

「一刻。いや、その半分」

「鴻逵、海賊たちはどうだ」

「餓鬼のころからの船乗りばかりだ。官兵なんぞに負けるかよ」

鴻逵は豪快に笑った。

「では決まりだ。支度にかかれ」

松は宣言する。

「この海は、あたしたちのものだ。誰にも渡すな」

荒々しい雄叫《おたけ》びが上がり、我先に広間を飛び出していった。

「母上」

船戸たちの背を見つめる松に向かって、福松は叫んだ。

「私もお供させてください。足手まといにはなりません」

邪魔にならないわけがない。だがこの一戦が鄭家の明暗を分ける。置いていかれるのは無性に寂しかった。

「死ぬかもしれないぞ」

「構いませぬ」

母がいる戦さで死ぬ気がしなかった。もし死ぬときは、たぶん母も死んでいる。そんな世界にはいたくもないと思った。

八

闇が吠え、うねっている。風が吹き荒れ、海は沸き立っていた。

数年前、福松を平戸から福建へ運んでくれた黒い船に、福松は乗っている。

あのとき一隻だけだった黒い船はいま、百を遥かに超える海賊船を引き連れている。

二百名ほどを乗せた他よりやや小ぶりな船体は波に叩かれ、張った三枚の帆は裂《さ》けそうなほど膨らんでいた。出海《ツッハイ》の指示と水手たちの献身で、船は何度も大きく傾きつつ、跳ね返るように復元する。そうやって、嵐の海を這うように進んでいる。

幸い、雨だけは弱まった。油を焚いた篝火は時おり風に吹き消されるが、すぐに灯し直され、甲板に薄い光を送っていた。

広い艫には出海の楊天生《イウテンシン》と舵を持つ舵工《だこう》、松、それと福松しかいない。小さな身体は、縄で縛って艫の欄干と結ばれている。帯にはあの短い銃と、いざというときに縄を切るための短刀を突っ込んでいた。

「大事ないか」

どれだけ船が揺れても、腕を組んで立ちっぱなしでいる母が問うてくる。

「大丈夫です」

暴風の唸りに負けじと、福松は声を張った。

「高波」

水手たちが口々に叫ぶ。眼前で、漆黒が壁のごとく立ち上がっていた。

「乗り越えるぞ。舳先を波に立てろ」

出海が怒鳴る。船体を軋ませながら船が方向を変えたとたん、足元がせりあがってきた。福松は慌てて欄干にしがみつく。船は安平城の城壁より高く持ち上がり、突き落とされる。舳先が波間に突き刺さり、次には海を掘り返すように上を向く。

「海に落っこちたやつはいないか」

大丈夫です、と言う声が甲板から幾つも上がる。

「この船の出海は腕がいい。安心していろ」

母はよほど出海を信頼しているらしい。なら福松も信じるしかない。震えはじめた全身に力を込めて耐えながら、「はい」と叫んだ。

上下する波の間にぽつぽつと光が見える。鄭《テエ》家の船だ。総勢三百隻ほどで、荒天に慣れた海賊からなる前軍を鄭鴻逵《テエホンクィ》が率い、官軍を指揮する蛟《カウ》が後軍を預かっている。

松は前軍にいるが、指揮をしない。座上《ざじょう》する黒い船も出海の楊天生に任せている。会《かい》敵《てき》すれば黒い船が突出し、松を先頭に乗り移って斬り込む。それが鄭家の定石だという。

「月が――」

福松の口から勝手に声が出た。頭上はるか遠くに、強い光が現れて海を照らした。水手たちも騒めく。周囲に、同じ海を征く船影が幾つも浮かび上がってきた。

「倭刀《オエトー》よ」

出海が振り返った。母を、彼はそう呼んでいるらしい。

「ついてきたな。この戦さ、勝てるかもしれない」

薄く注ぐ月明かりに、出海の顔が浮かんだ。海賊の酷薄な面をかたどったような削げた頬が、微笑むように歪んでいる。

「まだ波も風もきつい。船は頼むぞ、天生」

「任せろ。俺の船に乗ってさえいれば、思斉は死なずに済んだ」

「同感だ」

福松は、古い友人らしい二人を交互に見上げた。

「陸《おか》です。陸」

帆柱の先っぽに身体を縛りつけていた健気《けなげ》な亜班《みはり》が報告する。前方右寄りに、黒々と影が横たわっていた。金門島だ。先を行く、鄭鴻逵の船の篝火が左へ動いた。

「ちょい左舵《とりかじ》。手が空いたやつは戦さの支度だ」

出海が命じ、船上の喧騒は質が変わる。黒い船は左へ傾き、島に添う進路を取る。右舷で、たくさんの船影が小さくなってゆく。逆方向から回り込む手はずの、蛟の艦隊だ。

いる。福松は確信している。鄭家の艦隊の行く先に、敵は必ずいる。

そして、母は勝つのだ。


「初めから、戦争を選べばよかったのだ」

ランタンの光があふれる旗艦アルネモイデン号の提督食堂で、丸い頰に赤髯をたくわえた提督は満足げに言ってグラスを掲げた。

「乾杯。連合東インド会社の栄光に」

集まった士官たちもグラスを掲げて唱和し、飲み干す。マラッカ人だろうか、淡い褐色の肌を持った従者が、新たなワインを注いで回った。

「それにしても惜しかった」

大袈裟に提督は首を振った。

「もう少し好天が続けば、厦門の街を完全に破壊することができたものを」

十分だろう、とレオ・コープは思った。市民はほとんど逃げ出していたが、戦って捕らえた鄭家の海賊はみな殺し、街にあった財貨はあるだけ奪ってきた。

戦闘、殺戮、それと掠奪《りゃくだつ》に酔ったような目をしていた提督は、それでも戦機には鋭敏だったらしく、嵐の兆しが見えると遅滞なく撤退を命じた。ほど近い金門島に到達したころには海は荒れ狂い、台湾までの航海は困難と思われた。島の外周に沿って進むと波を避けるのに好適な岬があり、艦隊はその陰に錨を降ろした。

「明日には海も落ち着こう。台湾へ帰ったら商務社員ども、どんな顔をするか見ものだな」

太った身体を豪奢《ごうしゃ》な椅子に沈め、軍事部門に所属する提督は嫌味たらしく笑った。厦門で得た財貨は莫大なもので、とくに絹織物と生糸は台湾商館が一年で取り扱う量を遥かに超えている。提督の驕慢《きょうまん》も、わからないでもない。

コープは従者からワインが満たされた新しいグラスを受け取り、据え付けのベンチに腰掛けた。

悪寒が胸にせりあがり、何とか耐える。酒は嫌いではないが、どうやって作られたか分からないものを口に入れるのは、飲食物の禁忌が多いユダヤ教徒にとってはつらかった。だが船にはあと、飲めば身体を害するしかなさそうな、いやな臭いのする古い水しかない。渇きを癒すために仕方なく得体の知れない酒を飲む。

「商務社員どもがのんきに商売をしていられるのは、吾ら軍事部門が血を流したからだ。それを忘れてもらっては困る」

提督にじろりと睨まれたコープは、自分に観戦を命じた上司を呪った。

「今回の皆さんの働きは、正確に報告させていただきます」

「そうだ」提督は顎の下を膨らませた。頷いたらしい。「正確にな」

それから、提督は軍事部門の献身と自らの戦績を語りはじめた。諂《へつら》うように肯く士官たちにうんざりして顔を背ける。月が窓のガラス越しに見えた。

しばらく待ったが、戦勝の宴は終わる気配がない。コープは形だけ慇懃《いんぎん》に礼をしてから提督食堂を辞去した。

扉を閉める。薄い壁板一枚の向こうは暗く、そして臭い。

アルネモイデン号は純然たる戦闘艦で、交易品を積み込める大きな船倉はない。代わりに、天井の低い甲板を二層設けて、ぎっしりと砲を並べている。船員たちは砲の間に吊るしたハンモックで眠りこけていた。

波に揺れるランタンの明かりが仄かに沁みた砲甲板を歩き、与えられた狭い個室の寝台に潜り込む。静かな夜だった。提督食堂から漏れ聞こえる驕《おご》った笑い声が、よく聞こえる。あれほど喧《かまびす》しかった雨も風も、今はすっかりおさまっていた。

「まさかな」

コープはひとり呟き、抱いたばかりの疑念をかき消した。目を閉じると、厦門で見た凄惨《せいさん》な景色が瞼の裏を巡る。明日は平穏でありますようにと願っているうち、眠りに落ちた。


「砲戦用意、砲戦用意」

平穏を願ったはずの日は、掌砲長《しょうほうちょう》の怒号で始まった。跳ね起きたコープが上衣に袖を通しながら個室を出ると、薄暗い砲甲板は騒然としていた。舷側の砲門が次々とはね上げられ、差し込む朝日に思わず目を細める。

号鐘《ごうしょう》の乱打がやかましい上甲板へ出る。帆を広げようと船員たちが攀じ登っているマストを通り過ぎ、突き飛ばすような潮風によろめき、行き交う人を避け、船尾楼を登る。辿り着いた後甲板は、アルネモイデン号の士官と艦隊幕僚でごったがえしていた。

「錨を揚げる暇はない。綱を切れ。早く」

艦長がわめいている。提督は、脛《すね》を剝き出しにした真っ白な夜着のまま舷墻《げんしょう》から身を乗り出し、海を凝視していた。威厳は欠片《かけら》もなかったが、変事に身なりを気にするよりは好もしいと思いつつ、コープはその右に並んだ。

「いったい何事です、提督」

訊いた瞬間、愚問だと気付いた。

小振りな黒い船が、旗を掲げて猛然とこちらへ向かってきている。その後ろには夥しい数の船が続いている。

「鄭芝龍《テェチーリョン》の海賊船ですな。あの嵐を突っ切ってきたのでしょうか」

昨夜の予感を思い起こしながらコープは言った。

「ふん」

提督は勇ましさのかけらもない夜着のまま、獰猛に鼻を鳴らした。

「東インドの猿どもには、博奕《ばくち》と戦略の区別もつかぬらしい」

「不意を打たれたことは確かです」

商務社員として、嫌味の一つでも言ってやりたかった。

「錨を切って帆が風を捉まえるまで、軍艦も寝そべった豚と変わりません。苦しい戦いになりそうですな」

言いながら、コープは覚悟を固めようとした。鄭家を率いる古い友人は、コープがこの艦に乗っているとは知らない。自分が生き残るには、運と軍事部門の力量に頼るしかない。

「信号旗を揚げろ。吾に従うの要なし、各個に台湾へ帰還せよ」

提督が叫ぶ。艦隊幕僚のひとりが慌てて駆け寄ってきた。

「中国の海賊どもは信号旗を解しません。なんとしますか」

「彼らには別の命がある。首領の船に使いの短艇を出し、吾らの船を守れば報酬は弾むと伝えろ」

幕僚はあわただしくその場を離れる。コープが命令の果断さと酷薄さに感心しているうちに、提督は艦長を呼び寄せていた。

「貴官に命令を達する。アルネモイデン号は味方の離脱を最後まで援護し、それから台湾へ帰還せよ。仔細は艦を預かる艦長のよきように」

「おまかせを」

信頼を感じたらしく頰を上気させて去る艦長を目だけで見送った提督は、続いて「コープくん」と呼んできた。

「一つ頼みがある。聞いてくれるか」

「報告書のことでしょうか」

「それもあるが」

首を振る提督は、左の小指の付け根にくびれを作っている細い指輪を、揉むように触っていた。癖だろうか。意外と繊細な為人《ひととなり》かもしれない。

「私の従卒に、服を持ってくるよう伝えてもらえるか。戦闘中に立派な服でふんぞり返るのも、提督の大事な仕事でね」

否む理由はない。コープは承諾して走り出した。提督寝室へ続く上級者専用の階段を駆け下りる途中、最初の砲声が聞こえた。

九

海は、静かに凪いでいた。

昨日の嵐もさっきまでの戦さも、福松には嘘か夢だったように思えた。

浜には、降伏の証として乗り上げた敵の船がひしめいている。黒い船は帆を降ろし、穏やかな波の上を漂っていた。

「勝った」

福松の小さな身体に湧き上がる歓喜が、言葉となって洩れた。

「怖かったかね」

母を倭刀《オエトー》と呼ぶ出海《ツッハイ》、楊天生《イウテンシン》が、福松の身体と欄干を結んでいた縄を切ってくれた。

「怖かったです。とても」

「それでいい」出海は褒めてくれた。「怖さを知らないやつは、長生きしない」

「楊どのは、怖かったのですか」

「ああ。巡り合わせで海賊なんぞやっていたが、ずっと怖かった。だから福建に帰ったら船を降りる」

降りるとは海賊をやめるということだろうか。海賊らしい短い剣を鞘に収めた出海は、自分の右の腿を指差した。きつく縛った布が血塗れになっている。当たった砲弾がまき散らした木片にやられたのを福松は見ていた。

「傷が治っても、うまく歩けないだろう。潮時だな。今日まで死なずに済んだし、最後にいい戦さもできた。心残りはない」

促すように楊天生が背を押してくれた。福松は駆け出し、人を掻き分けてゆく。甲板の一角に黒衣の母がいて、顔と両腕に浴びた血を布切れで拭《ぬぐ》っていた。

「ご戦勝、おめでとうございます。母上」

松が振り向いた。まだ血がこびりついているその顔は、福松にとってかけがえのないものだった。

「あたしたちは、勝った」

ああ、と福松は悟った。母だけではない。出海もほかの鄭《テエ》家の者たちも、みなで嵐を乗り越え、戦い、勝った。「あたしたち」が勝った。

同時に、まだ幼い自分が歯がゆかった。寂しくもあった。「あたしたち」に、まだ幼い福松は入っていない。

「お前は、お前にできることをすればいい」

見透かしたように、母はそう言ってくれた。

轟音が上がり、思わず福松は身体を竦《すく》めた。浜で燃やされていた船から、爆《は》ぜた直後のような光と煙が膨らんでいる。積みっぱなしの火薬に火が回ったらしい。

オランダ船は一隻も逃さなかった。四隻は沈め、浜へ乗り上げた残り十七隻は、鄭鴻《テエホン》逵《クイ》が指揮して燃やしている。

そういう頃合いなのか、浜から次々と爆音が上がる。その音に勝利を祝ってもらっているように感じながら、福松は松に連れられて蛟《カウ》の艦に乗り移った。

松は船戸《ツンホー》の端くれの顔で蛟に挨拶し、ふたりきりで少し話した。続いて蛟が人を集め、指示を飛ばした。

ややあって、中国人海賊の頭目が甲板に連れてこられた。全部で十名ほど。鄭家にとっては裏切り者だ。泣きながら謝罪する者、傲然と胸を張る者、さまざまだったが、残らず首を刎ねられた。官軍の法なら捕らえた賊は後送して裁きにかけねばならないが、海賊の掟として裏切りには死で報いる必要があった。

「ただし、下っ端どもは許す。欲しいのはけじめであり、命じゃあない」

松から言いつかったであろうことを、蛟は鄭芝龍《テエチーリヨン》の振る舞いで宣言した。

続いて周囲から人を払い、母と蛟でオランダ人の幹部をひとりずつ尋問する。個々の話は断片的だったが、彼らは動かせる船をほとんど失ったようだった。

合間に、鄭家の側の損害を細切れで知らされた。チンギス・カンの末裔、鄭家のテムジンは砲弾に斃《たお》れたという。報告してきた者の悲しげな顔に、福松は悼みながらも安堵した。故郷の天竺を遠く離れ、嘘をついてまで生きていた海で、テムジンは愛されていたようだった。

「これ以上、戦争に船を抽出すれば、交易に支障をきたす。バタヴィアの本社が継戦を望んでも、本国の理事会が許さないだろう」

最後に引き出されたレオ・コープが、まとめるような答えを寄こしてきた。その顔は煤だらけだった。

「私も含め、ＶＯＣの社員たちはどうなる。殺されるか」

「殺さない」

答えたのは松だった。コープとの関係を承知しているらしく、蛟は口を閉ざしていた。

「あたしたちが潰したかったのは、あんたたちの船だ。だから殺さない。しばらくは捕虜として福建にいてもらうことにはなるが」

「賢明だ。もし皆殺しになれば、ＶＯＣも態度を硬化させるしかないからな。和平の条件があれば、私から伝えてもよいが」

「あんたらと中国との交易は、あたしたちの言い値でよければ、鄭家が仲介してやる」

「寛大なことだ。呑まぬ理由はないだろう」

伝えよう、と添えて踵を返そうとしたコープを、松は呼び止めた。

「あんた、指輪なんかしてたか」

振り向いたついでのように、コープは首を振った。

「私は運よく生き残ったが、さいきん得た知己に運の悪い人がいてね。流れ弾に当たって死んでしまった。形見くらいは家族に届けたい。無くすとまずいから、とりあえずつけている」

「優しいな」

「好きな為人ではなかったが、同じ海で生きていたからな」

松が肯き、蛟が命じる。ふたりの官兵がコープを連れて行った。

「今さらですが媽祖《マーツォ》」

将軍らしく床几《しょうぎ》に座っていた蛟が、立ち上がりざまに口を開いた。

「俺が鄭芝龍でよかったんですかい」

「そう思っていたいが、お前はどうだ」

「俺も、そう思っていたい。今後ともよろしく頼みます」

幕僚たちのもとへ戻る直前、蛟は福松へ目を向けた。得体の知れない光が目の底にあった。

「母上」

黒い船に戻る途中の小舟で、福松は櫓を漕ぐ水手に聞こえない声で母を呼んだ。

「私は、官僚になりたいと思います。科挙を受けます」

ずっと思っていたことを、福松は話した。

「オランダ人を倒しても、官僚という敵がいるのでしょう。もし私が官僚になって鄭芝龍を守れば、どうでしょう。私だって鄭家の者です。今日戦った皆のように、私も鄭家の、母上のお役に立ちたい」

松はすぐに答えず、考えるように目を落とした。

「私が中国へ来た日、母上はおっしゃいました。どこにもいられなかったやつが、あってくらいまでは生きていられる場所を探している、と。鄭家がそうありたいと。私も、そのお手伝いがしたいのです」

松はなにかを小声でつぶやいた。「好《ホオ》」と言ってくれたように思った。

その年の暮れ、和平が成った。オランダ人は台湾に留まり、鄭家を仲介として貿易を行うこととなった。鄭芝龍は討伐の功により都督《ととく》に昇進、福建の全官軍を指揮する身となった。まつろわぬ海賊の一部は廃業し、残りは鄭家に従った。

南海の富と武力、そして暴力は、鄭家が独占するところとなった。

第三章　天命のゆくえ

一

福松《ふくまつ》は目を見張っていた。

海の続きのような大河、長江《ちょうこう》の南岸には、大小の船がひしめいていた。無数に伸びた桟橋のひとつから陸《おか》に上がれば、商家と蔵が重厚な壁を並べている。間に詰め込んだように屋台が軒を連ね、道は人と物であふれる。安平《あんぺい》城が幾つも入りそうな長大な城壁の向こうには、殿宇や塔の瑠璃瓦《るりがわら》がきらきらと輝いていた。

「ここ南京《なんけい》は、かつて大明国《だいみんこく》の帝都でありました。北の蒙古の脅威に備えて帝都が北京《ほっけい》に移ったいまも副都の扱いを受け、街の繁栄は北京を上回ります。皇宮はそのまま残され、初代洪武帝《たいそこうぶ》の陵墓もほど近くにありまする」

母以外の声で久しぶりに日本の語《ことば》を聞いた。連れ立って歩く島津甚五郎《しまづじんごろう》があれこれ説明してくれるが、福松の耳を通り抜けてしまう。同時に、数年ぶりの感覚を懐かしんでいた。

「寒い」

感じたままの言葉は、湯気のような白い吐息とともに抜けていった。甚五郎は微笑んだ。

「年中温《ぬく》い福建《ふっけん》で暮らしておられましたからな。南京は雪も降りまする。ただし夏は、繁栄と並んで天下第一と評されるほどの酷暑です」

甚五郎は日本との交易に従事していて、なかなか安平城にはいない。年をまたいだ三か月前に行われたオランダ人との決戦にも参加できず、今回の南京行きには無理やり同行してきた。

「遅れるな」

松《まつ》が、いつも通り供も連れず早足で歩いている。ついていくのに時おり駆けねばならなかった。

大きな城門をくぐり、世界の喧騒《けんそう》を圧《お》し固めたような南京市街を突っ切り、また城門を出る。広がる田園や荒地を走る道をさらに行くと、景色が一変した。

清らかな河を小舟が漂い、樹木の深緑を戴いて険しい岩肌が屹立《きつりつ》している。そのすべてが、静寂と霧に霞んでいた。

「まるで山水画でござるな」

甚五郎がぽつりとつぶやき、松は黙々と歩く。

官僚になる。福松のその志を母は容《い》れた。そのためには学問を修め、科挙《かきょ》なる試験に登第《とうだい》せねばならない。母はほうぼうへ人を遣り、教師を探した。

ほどなく、適任であろうという人が見つかった。名を銭謙益《チイキャムイク》という。科挙に第三位の探花《たんか》で登第した秀才で、尚書《しょうしょ》(大臣)に次ぐ侍郎《じろう》の職まで出世したが政争に敗れて二度、野《や》に下った。いまは南京の郊外に庵《いおり》を結んで隠棲《いんせい》し、学者、また文人としても名高い。

「いきなり訪れて、入門が許されるものでしょうか」

甚五郎の言う画の中で、福松は抱いていた不安を口にした。決めれば何事も性急な松は、銭謙益に面会を乞う書を送ると、返事も待たずに南京へ来た。

「礼の作法で許す許さぬを決めるような相手なら、師には足りない」

振り向きもせず、松は端的に答えた。

そういうものかと思っているうちに、画の片隅に一筆で置かれたような小さな庵に着いた。応対に出た老僕に来意と銀を渡す。少し待たされてから通された一室は、これまた簡素だった。調度はくすんだ飴色の書架と小ぶりな書机《しょき》、二脚の椅《い す》子のみ。土を荒く塗った壁には丸い窓があり、そこから覗く外界だけに仄《ほの》かな色彩があった。

ふしぎなほど枯淡な空間に、およそ似つかわしくない人がいた。

「銭謙益である」

名乗った人は地味な灰色の衣に黒い方巾《ほうきん》という出で立ちで、それだけは隠者らしい。だが膨らんで脂ぎった顔、艶やかで豊かな眉と顎髭には、隠しきれぬ俗っぽい精力が溢れていた。

「おぬしが鄭芝龍《テエチーリヨン》の使いか」

「さようです」

松の短い答えに、今日はそういう体裁なのだな、と福松は納得した。

「これなるは福建都督《ととく》、鄭芝龍の長子。幼いながらいたいけにも王佐《おうさ》の志を立て科挙登第を目指しております。名高き銭どのに、学をお授け願いたい」

面会のお礼です、と松は、銀が詰まった掌に乗るくらいの袋を渡した。

「賊の子などに教えられるか」

銭謙益は吐き捨て、ただし袋は「これは会ってやった礼なのだな」と手元に引き寄せた。

「無礼を申されますな」

甚五郎が抗議する。いかにも日本人らしいその出で立ちを銭謙益はしげしげと眺めた。

「夷《い》が」

吐き捨てるように言った銭謙益は、今度は福松を指差した。

「鄭芝龍の噂は聞いておる。その妻は夷であろう。夷の子に学を授けるほど、儂《わし》は落ちぶれておらぬ」

「勘違いしておられませんか」

福松は動じなかった。すでに二度、戦さの中にいた。口先で罵られるくらい、何ほどのこととも思わなかった。

「あなたを怪しんでいるのは、こちらです。いまお渡しした銀に釣り合うほどのお力が、あなたにあるのですか」

舌打ちした銭謙益の前に、母が銀の袋をもう一つ置いた。銭謙益の頬が艶を増した。

「この子を、必ず科挙に登第させていただきたい。礼の銀は、あなたごときの欲では使いきれぬほど差し上げる」

銭謙益は僅かに身を乗り出し、松が袋をさらに二つ置くと、下卑た笑いを浮かべた。

「官界には伝手《つて》がある。こわっぱ一人登第させるくらい、わけはない」

「ずるは、しません」

福松は言い放った。

「私は大官になりたいのです。最初からずるをしていては、登第しても続かず、小役人で終わってしまう。必要なら、ずるでも何でもやりますが、それは今ではありません」

続いて松の手から五つ目の袋がどんと置かれた。銭謙益は唸《うな》り、脂の光る髭をひとしきり捏《こ》ね、それから福松に目を向けた。

「おぬし、華と夷の違いが分かるか」

唐突な質問に、福松は首を傾《かし》げた。華は中華ともいう。中国のことだ。夷は華の外にある国や人のことだが、改めて違いを考えると、分からない。

「生まれ、でしょうか」

「否」

　銭謙益は首を振った。

「華と夷を分かつはただひとつ、華の文（文化学芸）を修めるか否かよ」

　続けて銭謙益は説いた。いにしえ、堯《ぎょう》、舜《しゅん》という二人の王の時代を、中国では理想が行われた聖代としている。堯は能《よ》く世を治めたが、その子には天下を統《す》べる徳がなかった。ゆえに堯はすでに功績のあった東夷の人、舜に位を譲り、舜もまたその期待に応えた。また時代が下り、周《しゅう》の武《ぶ》王が暴虐な殷《いん》王朝を倒して聖代を再興した。その武王の父、文《ぶん》王は西方の、これも夷であったという。

「王ですら、かくあるのだ。いわんや民に於《お》いてをや。華夷を分かつものは生まれに非ず。おぬしも文を修めれば、華の人となる」

　どうやら、銭謙益は歩み寄ってきてくれているらしい。

「文を修めれば、王にもなれるのですか」

「王は天が選ぶ」

　銭謙益は、まるで自らが天であるかのような尊大な顔をしていた。

「天は、人の中より有徳の人を選び、天下を統べよと命ずる。これすなわち天命。天命は血脈によって継がれるが、もし徳を喪《うしな》えば、天は別の人に命を下す。天命の革《あらた》まるを革命という。堯は賢明ゆえ、天命の舜に革まりしを知り王位を譲った。殷の王家は天命を喪い、周の王家に革まった。中国は数多《あまた》の王朝が興り滅びたが、これ全て天命の遷《うつ》りしによる」

福松は無礼と知りつつ、つい円い窓に目を向けてしまう。

澄んだ青色が抜けていた。あんな空っぽのどこに、命ずる意思が宿っているのだろうか。

これは、虚ろだ。

福松はそう直感した。数多の王朝が興亡したと銭謙益は言った。つまりは、成り上がりが天下を統べる名分を求めて、天命吾に降《くだ》れりと称するのであろう。

「天命を奉ずる王、つまり皇帝を佐《たす》けるのが士。科挙は民から士を選ぶ」

その言葉に福松は納得した。科挙が選ぶ士とは、天命なる虚ろを支える人のことらしい。

「お尋ねします」

福松は銭謙益に向き直った。

「もし私が天命を享《う》ければ、銭謙益どのはなんとしますか」

問うた相手が、目を見開いた。構わず続ける。

「舜は夷、文王も夷。ならば夷の子である私も、文を修め天命を享ければ中華の皇帝になれます」

試しに訊いただけで、別に野心などはなかった。ただ、福松は鄭家を守るために官僚を志している。皇帝になれるのなら、その臣にすぎない官僚に拘《こだわ》る理由はない。

頭上から小さな「好《ホオ》」という声が聞こえ、目の前で激しく書机を叩く音が続いた。

「ありえぬ！」

銭謙益は、獣のように吠えた。

「いま、天命は吾が大明国にある。決して革まらぬ。とくと覚えておけ」

「ですがいまのお話だと」

「まだいうか。大明の士である儂に向かって」

福松の口を塞ごうとする銭謙益の口をさらに、三つ立て続けに投げ出された銀の袋が塞いだ。銭謙益は飛びつくような目を袋に向け、次に舌打ちし、そのうち怒り顔が自嘲《じちよう》するように歪《ゆが》み、深く息を吸い、長く吐いた。

「儂は朝廷に戻らねばならぬ。そのためには銀がいる」

絞り出すような声だった。賄賂《まいない》を使って官界に返り咲くつもりらしい。

「あとひとつ」

銭謙益は卓を指で叩いた。その顔にはもう脂ぎった艶が戻っている。

「九の音は久に通ずる。縁起がよい」

松が九個目の袋を卓に置くと、銭謙益は満足げに頷《うなず》いた。

「そなたに、儂の全てを授けよう。あとはそなた次第じゃ」

「それは良かったです」

賢《さか》しらに聞こえそうなことを、あえて福松は言った。

己《おのれ》の器量次第なら、海と同じだ。辿り着くまで、ただ進めばいい。

二

街を丸ごと壁でくるんだ南京の城外、長江に面した北側は、広大な港湾になっている。鄭《テエ》家はその一角に商館を設け、まっとうな商売から地生えのならず者とのいざこざまでを行っていた。福松は、その商館に住まうこととなった。

毎日、日の出前には家を出る。南京の城壁に沿って歩き、山水画の中にある師匠の庵へ行く。最初こそ付き添いの者がいたが、道を覚えてからはひとりで通った。

「科挙こそは中華の基《もとい》である」

銭謙益《チィキャムイク》の講義は、説明から始まった。

科挙は千年ほど前から続く制度であり、万民を対象に試験のみで人を選ぶ。大明国の科挙では予備試験にあたる学校試、本試験の科挙試の二段階に分かれる。ともに三年おきに催され、年齢の制限も親の地位による特典もない。

学校試は服喪中か特定の賤業でない男子であれば誰でも応試でき、登第すれば国家の設立する学校に学ぶ生員《せいいん》の身分を得る。科挙試は生員を対象に行われ、これの合格者は進士《しんし》と呼ばれる。進士は皇帝自ら出題する最終試験により席次を決め、晴れて任官となる。

大明国の人口六千万のうち、男子はほぼ半分。そこからたった三百名、多くても四百名の合格者を選抜する科挙は、ごく狭き門だ。学校試からすでに難関で、老いてやっと生員となり、それを人生の有終とする者も少なくない。

講義はだいたい、正午前に終わる。福松はふつうの科挙志望者より勉学の開始が遅いため、師が許す限り庵にとどまって復習し、商館へ帰っても寝る間を削って励んだ。

銭謙益は、時を無駄にしない人だった。講義のほかはたいてい詩や画を書き、また他人の作を眺めて過ごした。名望を慕って美術品の鑑定や賛、刊行物の序文などなどの依頼が絶えないらしいが、これは官僚のころに培ったという事務能力でてきぱきと片付けてしまう。

その礼銀で、三日にあげず、南京市街にある妓楼《ぎろう》へ通う。妓女《ぎじょ》との交歓は中国の文人の嗜《たしな》みらしかったが、銭謙益はその伝統を一身で体現するように遊ぶ。後から知ったが、師が書く詩のたいていは妓女の美しさを讃えたものだった。

鄭家からの銀は、どうやらほとんどが賄賂に消えていた。北京の大官に官界への復帰を訴える手紙を書き、銀を添えてせっせと送り続けた。

いっぽうで銭謙益は、師としてもなかなかのものだった。福松の勉学はみるみる進み、いつのまにか、何かを見れば相当する経典《けいてん》の句が勝手に口を衝《つ》き、「ゆえに世界はしかじかである」などと考えるまでもなく説き、きちんと韻を踏んだ詩まで紡げるようになっていた。

講義は、ときに政論となる。科挙試でも時勢を論ぜよという出題が必ずあり、また銭謙益が経世《けいせい》の実学を志向するためでもあった。

「吾が大明こそ世界の中心、また豊かさにおいて世界に隔絶しておる」

この世には天命を享けた皇帝が直轄し文明栄える中国と、その周囲を囲む夷しかないという観念を、銭謙益は強固に持っていた。ただ、

「華と夷を峻厳に別《わか》つようになったのは宋《そう》王朝のころ。中国の北半分を夷たる金《きん》や蒙古に奪われてからじゃ」

とも説く俯瞰《ふかん》的な目線もあった。

「蒙古は宋を滅ぼし、中国に元《げん》なる国を建てた。これを倒し、華の文を伝える漢人の王朝を再興したのが吾が大明国である」

大明国はここ南京で創業し、中国を回復した。もたらされた太平により商工業が発展し、その豊かさはたくさんの人や物を集め続けている。鄭家に繋がる海賊たちの源流である倭寇、また鄭家が破ったオランダ人のように実力を行使する者、あるいは貿易の利を求めて大明国に服属する国が、数多あった。

「その豊かさが、国家を滅ぼそうとしておる」

というのが、銭謙益から見た大明国の姿だった。

官僚たちの士風は頽廃《たいはい》し、横領と売官、政争に夢中になっている。地方を支えるべき郷紳《きようしん》は特権を生かして利殖に励む。政《まつりごと》は停滞し、矛盾は民衆に集まった。

国の外からも脅威が已《や》まない。北の故地へ帰った蒙古はたびたび中国を荒らし、関酋《かんしゅう》などと悪しざまに呼ばれる豊臣秀吉との朝鮮国での戦争は、足かけ七年の長きに亘った。おそろしく軍費が嵩《かさ》み、ために無定見な増税が続いた。だが官僚や宦官《かんがん》たちが片っ端から横領してしまい、国庫は潤うどころかますます貧しくなる。民衆の困窮も深くなる。

「儂が科挙に登第したころは、ひどいありさまであった」

当時は皇帝自ら奢侈《しゃし》に溺れ売官に励んでいたという。銭謙益は順調に出世しつつ、増税と腐敗を改めんとする一派の指導者格ともなったが、死者まで出した政争に敗れて官を免ぜられた。

崇禎《すうてい》の元号を定めて即位した当代の皇帝は、英邁《えいまい》な為人《ひととなり》で周囲の期待を集めていた。だが折悪しく即位の年に大飢饉が起こった。

ついに民衆は蜂起する。官軍が何度鎮圧しても叛乱は尽きない。

いっぽう長城の外では、脅威の質が変わっていた。それまで大明に服属していた女真《じょしん》族が後金《こうきん》なる国を建て、自立した。彼らは蒙古を併呑《へいどん》して長城外をまるまる版図《はんと》に収めると、国号を改めた。

大清国《だいしんこく》という。その主は独自の元号を立て皇帝を称し、つまりは天命を得たと宣言していた。精強な軍をもってたびたび大明軍を破り、また長城の綻《ほころ》びから幾度も中国を荒らしていた。

「儂は一刻も早く、朝廷に帰らねばならぬ」

師の声は、いつの間にか苦みを帯びていた。官界復帰のための賄賂は、彼にとって必要悪であるらしかった。

福松が南京へ来て四年目の暮れ、雪が降った。ちらつく程度なら毎年あったが、積もるほどの雪を見たのは初めてだった。

庵は澄んだ白色と、そして捕吏《ほり》に囲まれた。

――書画の値付けを偽り、不正な対価を得られし疑義あり。出て参られよ。

庵の内に捕吏の声が届く。福松には冤罪としか思えなかった。師は呆れるほどの俗物だが、国家と妓女、そして風雅への至情《しじょう》は偽りがない。

銭謙益は平然と、講義を続けた。窓を開け放した部屋は雪のにおいがする冷気が張り詰め、師の説く道理や学識は白い吐息となって揺らめいた。

今日はこれまで、と経典を閉じた師に、福松はそっと尋ねた。

「捕吏のいうこと、本当なのですか」

福松は切り出してから、自分の声も大人びてきたものだと思った。師は寂し気に苦笑してから、いつも憎々し気に呼ぶ政敵の名を口にした。

「儂の賄賂が目に余り、しかし罪する端緒を摑めなかったのであろうな。莫迦《ばか》は欲を持つと、見境いがなくなるものじゃ」

「朝廷への復帰を諦めるか、もうすこし時を掛けるおつもりはなかったのですか」

「ない」短く師は答えた。「なぜなら国家に時がない」

——出てこられよ。

また声がした。雪の中だ、寒くて仕方ないだろうなと思う。

「年が明ければ元服であるな」

「はい。そして学校試に臨みます」

強さを意識して答えた福松に、師は頷いた。

「面構えもしっかりしてきたの。妓女にちやほやされるというほどでもないが、妻を娶《めと》るに苦労することはあるまい。あとはもう少し太るとよい」

好き勝手言われて、福松はつい苦笑した。容姿は十人並みよりややまし、ふくよかな風貌が徳として貴ばれる中国では線が細い、ということらしい。

それから師は、じっと弟子を見つめた。逮捕を目前にして、太い眉はなお艶やかだった。

「では、参る。達者での」

毅然《きぜん》とした衣擦《きぬず》れの音を立て、師は立ち上がった。福松は目礼し、次いで静かに椅《い》子《す》から立ち上がり、両膝を床に突いて額《ぬか》ずいた。

「お元気で。師父」

気配が、厳かに部屋を出て行った。どたばたという足音があり、放せ、今さら抗わぬ、儂を誰だと思っておる、などと狷介《けんかい》な叱り声が続いた。

翌日、福松は南京の港から鄭家の用船に乗った。両岸を雪に白く覆われた長江から海を南行する。十日ほど経つと海風は春のように温く、陸を被う緑は夏のように瑞々しくなった。

船が盛んに出入りする入り江の口、海を見下ろす小高い丘に建つ城塞。家というにはあまりに物々しい福松の実家、安平城へ着いたのは、年が明ける数日前だった。南京へ出て、はじめて帰る。

桟橋を渡り、海賊や兵でひしめく港を抜け、城壁に設けられた門をくぐった。年越しの活気と赤い張り紙にあふれる街を過ぎ、また城門をくぐり、政庁の殿宇や城塔が並ぶ片隅、小振りな館へ入る。

「――母上」

母の部屋の前で言う。日本の音を使ったのは久しぶりだった。

「福松です。よろしいですか」

ああ、とだけ返事があった。

扉を開けたとたん、澄んだ藍色が目に飛び込んできた。大きくとられた窓が、船を浮かべた海の姿と、波の音を室内に届けていた。

母、松はいつもどおりの袖のない黒衣姿で、椅《いす》に片膝を立てて座っている。どうやら海を眺めていたようだった。小さな卓には焦げ色の酒を満たした瑠璃の杯があり、鼻の尖った鼠が脚元を這っていた。

「年が明ければ、元服します。そして学校試を受けます」

久しぶりの再会に、挨拶もなにもない。松が虚礼を嫌うことを知っている福松は、用件だけを述べた。

「なら、大人の名がいるな」

海を見つめたまま、松はぽつりと言った。

「はい。森《しん》、としたく思います」

ある日にふと思いつき、すぐに決めた名だ。今の名に含まれる木の字を三つ重ねた字。福を得て繁り、殖《ふ》えるようにありたいと思った。

松が確かめるように「しん」と呟いたとき、福松はすこし得意げな気分になった。

「お前が決めたのなら、それでいいだろう」

松は立ち上がり、使っていた椅を指差した。

「そこへ座りな」

言われたまま、母の体温が残る椅に腰を降ろす。松は棚から櫛と黒い網の頭巾を持ってきた。

「背筋を伸ばせ。じっとしてろ」

後ろへ回った母は、息子の髪をゆっくりと梳《くしけず》っていく。静かな部屋の中、母の指の感触と、穏やかな波の音だけがあった。

「あっ」

ぐいと髪を引っ張られた拍子に、思わず声を出してしまった。きりきりと髷《まげ》が編まれ、根元がきつく縛られる。

「立ってこっちを向け」

言われたとおりにする。母は福松の頭と顔を交互に見つめた後、網巾《もうきん》を被せた。その手は離れず少しずつ降り、福松の両の頬をひと撫でしてから去った。

「ひょっとしてこれが、私の元服ですか」

福松は可笑《おか》しくなった。

「そうだ」松は頷く。「決めているなら、早いほうがいいだろう」

元服にまつわるしきたりを福松は知らなかったが、正式なものよりずっと簡素であろうことは想像できた。人が聞けば元服とは言わないかもしれない。

だが、どんなに盛大な式よりも晴れがましい時の中にいると福松は思った。

「年明けのつもりだったのですが」

「そのころには、あたしはいない。明日から出掛ける」

忙しい人だ、と福松は感心した。

そして年が明け、学校試となった。三度の試験を経て福松は最優等、国家から食費を支給される廩生《りんせい》として合格する。官学の使丁《してい》が安平城に届けた合格通知には、

――鄭森

と名が記されていた。

三

いつか島津甚五郎が言ったとおり、南京の夏は、ひどく暑い。接する長江から吹きこむ清涼な風は、街を囲む長大な城壁が遮ってしまう。塔や堂宇の瑠璃瓦は、熱に色が付いたような夕陽に灼かれて、ぎらぎらと輝いていた。

「まるで蒸籠《せいろ》だ。いや、蒸籠のほうがまだましだ」

街の大路を歩く福松は、雑踏の中で思わずこぼした。齢《とし》は十八になり、それなりに手足も伸びた。相変わらず肉付きは細く頼りないが、勉学には不便がない。行き交う人馬、遠慮なく道にはみ出した屋台を、福松はすいすいと抜けてゆく。

やがて河に出た。往来の人も、早めに灯《とも》された灯りも、妙な艶っぽさを帯びている。河の名は秦淮《しんわい》といい、始皇帝が掘削《くっさく》した運河であるという伝承に由来する。一帯も秦淮と呼ばれ、唐《とう》王朝のころから続く花街《かがい》だった。

色鮮やかな画舫《こぶね》が行き交い、両岸には妓楼が立ち並ぶ。管弦の音、酒食と脂粉《しふん》の濃密な匂いは数百年にわたって絶えず、架《か》けられた無数の石橋は常に賑わっている。

その秦淮の岸を歩く福松へ、すれ違う人々は奇異の目を向ける。

困った、と思いながら、福松は自分の衣服を恨めしく眺めた。白地に黒襟の衣、黒い帯。見えていないが、頭にはこれも黒の方形の頭巾をかぶっている。学校試をくぐりぬけ、国家から将来を嘱望《しょくぼう》される生員の衣服を、福松は纏っている。身分をひけらかすような恰好を福松は好まなかったが、大明の初代洪武帝が直々に定めた服制ゆえ破ることもできず、仕方なく着ている。

やがて赤く塗った塀を巡らせた妓楼を見つけると、福松は額の汗をぬぐった。

「や、大官人《だんな》。ようこそのおでましで」

門前の下男が陽気に声をかけてくる。何度も通ううちに、すっかり顔見知りになっていた。

「私の師は、おられるかな」

福松が尋ねると、下男は素直に頷いた。求めたとおりの答えを得られたが、なにやら腹が立ってくる。

「昨夜からいらっしゃってますな。今日もお泊りのご様子で」

「――ではいつものように、待たせてもらうよ」

一つ溜息をついてから、福松は言った。

悲運そのものといった様子で下獄《げごく》した銭謙益《チィキャムイク》は、一年ほどでしれっと釈放された。朝野《ちょうや》を問わず声望が厚く、また何より、それまでの賄賂が利いたらしい。

自由になればなったで、師は以前にもまして妓楼へ上がるようになった。福松は引き続き科挙試に向けて勉学に励まねばならなかったが、講義はもっぱら妓楼で行われるようになった。

女を頼まずとも、師を待つために妓楼で部屋を借りれば銀がかかる。実家は仕送りを惜しまずにいてくれたが、その元手は海賊たちが抗争や戦争やらで命を懸けて稼いでいるから、妓楼へ来るたびやりきれなくなる。

下男の案内で入った楼閣の内は、薄暗さが満ちた巨大な空間になっていた。琴《きん》と琵琶《びわ》、笛の音が流れ、吹き抜けの天井から吊られた無数の灯籠が、長い袖を振ってゆるゆると舞う女たちをぼんやり照らす。舞台を囲んで据えられた卓では客と女が舞をうっとりと見つめ、あるいは舞などそっちのけで互いの顔を近付けている。

――豊かさが、国家を滅ぼそうとしておる。

師の言葉を、ふと福松は思い起こした。かく言った師も妓楼にいるわけではあるが、揺るがぬ国家の繁栄、揺らぎに気付かぬ弛緩が同居しているように福松には見えた。

長城の外では、清がますます盛んとなっている。朝廷は、農民叛乱を追いつめていた官軍を東北へ転進させて防がせたが、ために鎮圧目前だった叛乱軍の再起を許した。大都市の洛陽《らくよう》と襄陽《じょうよう》が相次いで叛乱軍の手に落ちた。明では、皇統の保持のため主な皇族に王号を与えて全土に封じていたが、叛乱軍の格好の標的となった。洛陽では福《ふく》王、襄陽では襄《じょう》王という皇族が捕殺された。

自分が登第するころ、世はどうなっているだろうか。ふとよぎった不安を、妓楼に横《おう》溢《いつ》する温い太平の感触が拭《ぬぐ》っていく。

「たまにはどうです、大官人」下男がそっとささやいてきた。「いい子が何人か入って来やしてね。顔は好き好きでしょうが、みんな足がちんまり小さい。なんならお部屋へよこしますが」

「いい、いい」福松は手を振った。「師に会いに来ただけだから」

「ならせめて、お食事でもいかがです。宮廷秘伝の蛙料理を最近はじめました。蛙の腿《もも》と鮑《あわび》、海老と豚の蹄《ひづめ》を三日かけて炊《た》きまして」

「お茶だけもらえるかな」

ぼんやりとした明かりに、下男のあからさまに残念そうな顔が浮かんだが、仕方ない。腹は減ってないし、なにより福松は蛙が苦手だった。

「あと紙と墨ですかな、いつものように」

「そうだね、頼むよ」

「妓楼でご勉学に励む人は、大官人だけでしょうな」

下男は客に対するぎりぎりの態度で、呆れて見せた。

階段を登り、一階を見下ろすように巡る回廊を歩いていると、腕を組んだ男女とすれ違った。だらしない表情の男はともかく、女は妙な足取りでゆっくり歩いている。その理由を福松は知っている。

纏足《てんそく》だ。

中国では小さい足が美しいとされていて、良家の子女や美を売る妓女などは、幼いころから足をぎゅうぎゅうに縛られる。小さな足のまま女性は長じ、日常の用にも不便をきたす。歩き方も摺《す》り足めいた独特なものになり、そのさまがまた男に好まれる。踵《かかと》が高く先の尖った靴で小ささをより強調した足は、花弁にたとえた「金蓮《きんれん》」という美称で呼ばれる。

人生の半分以上を中国で過ごした福松も、この纏足の風習には慣れなかった。

「では、こちらで」

下男が腰を折って一室を示す。並の客なら意中の女と酒食を愉しんだままにもろとも倒れ込むであろう牀《しょう》に、福松はひとりで腰掛け、去る下男の足音を聞きながら懐から紙を取り出した。

「悪くはないが、いま一つでもあるか」

師に命ぜられた策題《さくだい》（論文）の答案を読み返し、つぶやいた。きょうの明け方までかかって仕上げ、そのときは達成感に包まれながら床に倒れ込んだが、いま読み返すと論旨にぶれがある。

福松が唸っていると、さっきの下男がお茶と水差し、螺鈿《らでん》が這った漆《うるし》の箱を置いて下がった。答案に目を落としたまま茶碗を持ち上げる。差し込んできた清涼な香りに、ひとり顔をしかめた。

「このぶんも支払うのかな」

茶には、何の気遣いか蜜漬けの金柑《きんかん》が沈んでいる。たいした値ではないだろうが気になった。そもそも今日は暑くて仕方がない。考えはじめるとすべてに腹が立ってきた。

だから、たっぷり一刻ほどあとに女連れで銭謙益が現れると、思い切り睨みつけてしまった。

「なんだ、その顔は」

冷やかすように師はいって、福松が譲った牀に腰掛けた。

「ご講評ください。なるべく早く、そして手短かに」

向かって椅《いす》に座りなおした福松は、書き直した答案をずいと押しやった。師は怖気《おじけ》だつような声色で「おそろしいのう、どうしたのかのう」などと隣に座らせた妓女の手を握って甘える。この老狗《やろう》、という罵声を必死で呑み込む福松の顔を、銭謙益はぴしりと指差した。

「おぬし、妻を取れ。儂が良縁を見つけてきた」

唐突な話に、福松は「は？」としか答えられなかった。

曰く、銭謙益が科挙の考官《こうかん》（試験官）であった時の進士に、十九歳の娘がいる。そろそろ行き遅れといわれる歳だから不憫《ふびん》なのだという。

考官と進士は、師と弟子の交わりを結ぶのが慣例だ。ただし結婚の世話までするものか福松は知らない。

「父親は董颺先《タンヤンセン》といい、南京で侍郎《じろう》をしておる。実直ゆえ党派に偏せず、危うげもない」

副都である南京には、帝都北京と同じ名称、組織体系の官庁が置かれている。侍郎といえば上は尚書と皇帝しかいない大官だ。まず良縁とはいえた。

「官界はひとりでは生きてゆけぬ。手を取りあう相手は多いほど良い」

閨閥《けいばつ》めいたものを作っておけ、ということらしい。

「董颺先は出自でなく人品を見る。その上、儂が取り持つのだ。安堵《あんど》せよ」

むしろ出自を蔑むような師の物言いがまた福松の癇《かん》に障ったが、悪気がないとも知っているから責めようがない。

「しかし急には決められません」

戸惑いを、福松は正直に口にした。

生員が妻を娶ることは何も珍しくない。いつ登第できるかわからないし、登第せずとも家は継いでいかねばならないからだ。

ただ、福松は結婚など全く考えていなかった。そんな暇はない、というつもりだったが、ややこしい生《お》い立《た》ちのせいか、家という観念が並の人より希薄なのかもしれない。

「待てというなら、一刻ほどなら待てるが」

「そういうことではありません」

「まあ一度会ってみよ。颺先には都合を聞いておく」

師としても、銀ではなびかぬ官僚に別の恩を売っておきたいのかもしれない。容易に引き下がるまいと思った福松は、曖昧に頷いてから答案を再び押しやった。

「ご講評ください」

師はフンと鼻を鳴らした。漆の箱から摘み上げた細筆を読むより早く走らせ、「ほれ」と答案を返してくる。

「悪くない。来年には、登第が十のうち三分ほどにはなっておろう。引き続き励め」

めずらしく師が褒めた。福松が十九歳になる来年、科挙試がある。もし二十歳を待たず登第できれば、周りには奇跡としか見えないであろう。だが改めて十のうち三と言われると、福松は落胆を隠せなかった。返された答案に目だけを落として読まず考え、そして決心した。

「応試《おうし》、その次にしようと思うのですが」

口にすると、銭謙益はこともなげに「やはりそう思うたか」と頷き返してきた。

「出頭したいのならば、そのほうがよかろうな」

師は、福松の心中を見透かしていた。

登第後の出頭は、科挙での席次がものをいう。第一等の状元《じょうげん》、次いで榜眼《ぼうがん》、探花。総称して三元《さんげん》と呼ばれる席次であれば、詔勅《しょうちょく》の作成などを司り皇帝に間近い翰林院《かんりんいん》に配属され、順風に帆を張るように昇進してゆく。それ以下はどうなるか分からないが、たいていは地方官を拝命する。中央に戻るにはか細い運を摑むか、生まれ変わるしかない。

登第が三分しかない実力であれば、もし進士になれても席次は下の上くらいがせいぜいであろう。若い進士はもてはやされるであろうし、地方官は蓄財には有利だが、福松はそのために官僚を志したのではない。

　ちなみに銭謙益の科挙登第は二十九歳、第三等の探花だった。翰林院を振り出しにして順調に出頭、政争による免職を挟んで帝都の侍郎まで陞《のぼ》った。その経歴を、福松は範としている。

「次の次の科挙は四年後。家を持つ余裕ができたというものだな」

「そういうことではありません」

　さっきと同じ言葉を使ってから、福松は顔をしかめた。

四

「それにしても、座主《ざしゅ》がお弟子を取られるとは思いませなんだ」

　深い皺が刻まれた顔に薄い髭を這わせた男、董颺先《タンヤンセン》は、感心した素振りで福松を見つめてくる。歳は銭謙益《チィキャムイク》と同じくらいだろうか。

　座主とは師を意味し、進士が自分の考官を敬して使う呼び方だ。なお進士のほうは門生、つまり弟子を自称する。

　妓楼での話から十日ほどのち、福松は董颺先の邸宅に招かれた。やはり気が進まなかったが、「儂の顔を潰す気か」と手前勝手な叱り方をしてくる銭謙益に押され、行くだけ行くことにした。

　南京城内、官僚が多く住む一角にある董颺先の邸宅は、構えこそ立派だったが官位に比べれば慎ましかった。調度に乏しい客間で董颺先と妻、娘に迎えられ、煩瑣《はんさ》な礼を交わした後、五人で大きな円卓を囲んだ。蟹を中心とした料理は立派なものだったが、これも贅を尽くすというにはほど遠かった。使用人の数も少なく、奥方はときおり立ち上がって給仕を手伝う。

堅実な暮らしぶりを思わせる会食で、福松は半刻ほど好青年らしく振舞っている。ただし頭の中は、結婚だけはどうにかして断らねばならぬという思案でいっぱいだった。

「儂も弟子を取るつもりはなかったが、どうしてもとせがまれての」

ぬけぬけと言う銭謙益の両手は、貪り食った蟹の煮汁でぐっしょり濡れていた。長江の蟹は秋が旬だが、違った味わいのある夏のものも南京の人々に愛好されている。

「こやつに見どころがあったのは確かだが、稟生になれたのは儂の教えのおかげよ」

呆れながら師の話を聞いていた福松は、ふと視線を感じた。

ちょうど向かい合う席から、若い女性がじっと福松を見つめていた。高く結い上げた髪には花をかたどった金の簪《かんざし》を斜めに刺し、白麻の上衣に袖のない藍の上着を羽織り、いまは見えないが腰から下は紅色の裙子《くんし》で覆っている。挨拶のおりに裙子の裾から、花弁のように小さい纏足の靴が垣間見えた。服飾に疎い福松にも、油断なく着飾っていることは分かった。

「いや、ははは。おいしいね、これ」

手元の蟹の甲羅を指差すと、女性は会釈するようにちょっと目を伏せた。

友《ユウ》、と名乗っていた。董颺先の末娘で兄と姉がいるという。目を惹くような容姿ではないが、婚期を逃すほどとも福松には見えなかった。

初対面の男女が親しく話すのは、はしたない。その嗜みを利用して福松はなるべく友と話さないようにしていた。友から話しかけてくることもないが、代わりに書画の鑑定をするときの銭謙益に似た目を何度も向けてくる。

「颺先、庭で月を眺めて詩でも競おうか。よければ奥方も」

通り雨より唐突に銭謙益はいい、がたがたと椅《い》子《す》を引いて立ちあがった。福松が何か言う前に、師と董夫妻はそそくさと出て行ってしまった。

福松は思わず見回す。心得たものか使用人も姿を消している。残った人数に比べて大きすぎる円卓の上には、肉をほじくり返された蟹の殻が堆《うずたか》く積み上げられていた。

友は、焦げ色をした酒の小さな杯を傾けている。両親がいなくなったからか、身振りにしおらしさがなくなったように見えた。

「まあ、顔の造作は悪くないわね」

杯を置いた友の言葉に、福松は驚いた。最初の挨拶の後はずっと話さなかったが、まさかこんな口ぶりを使うとは思わなかった。

「私が、かね」

確かめるような口調になった。友は「他に誰がいるの」などと返してくる。

断る予定をしている福松としては、褒められても困ってしまう。

「あんたのことは聞いてる。勉学ができて、実家は海賊だけど、いまは改心して裕福な将軍さまになってるって」

「それはどうも」

訂正する気も起こらない。なるべく素っ気なく聞こえるように、福松は応じた。

「あたしは気立てがいい。父さまに詩と学問は一通り学んだし、母さまが教えてくれた女工だってなかなかのもの」

女工とは裁縫と機織《はたお》り。ともに明では女性の嗜みとされる。纏足と合わせて、世間なら娶る相手としては申し分ないほどに、友は女を磨いているようだった。

「だから、あたしを娶りなさい。後悔はさせないから」

さすがに福松は面食らったが、目の前の女性が良縁に恵まれない理由が分かってきた。この友とやらはどこか、まっとうな感覚とずれている。

そんな相手の事情など知らぬように友は立ち上がる。数歩歩んで福松に正対する場所に立ち、足元を指差した。

「なにより、あたしは美しい」

纏足のことをいっているらしい。

「私のどこが気にいったのだ」

「実家のお銀《かね》。それとあんたの将来」

予想より遥かにあけすけな答えが返ってきた。

「きみのお父上は押しも押されもせぬ大官であられる。心配ないはずだろう」

「官なんて、明日には馘《くび》になってるかもしれないだろ。見ての通り、あたしの家には大した財産がない」

目の前の女性の心配が杞憂《きゆう》ではないとは、福松にもわかる。官僚は政争が激しく、なにより皇帝には逆らえない。左遷、下野《げや》、そして賜死《しし》、さらにはその巻き添えまで、皇帝の気分一つで突然決まってしまう。海賊だって儚《はかな》いものだが、器量さえあればとつぜん凋落《ちょうらく》することはない。髪一本ほどの差でしかないが、大官より海賊のほうが安定している。

とはいえ「なるほど」とは口が裂けても言えない。できれば納得ずくで結婚を諦めてほしい。出口を探るべく、福松は別の話をした。

「菫どのにはきみのほか、二人のお子がいると聞いたが、どうされているのだ」

友は溜息交じりに答えた。曰く、北京で学ぶ兄は四十歳に近いがずっと生員どまりで、登第しても見込みがない。姉は、父以上に生真面目な官僚に嫁いで地方にいるらしく、これも見込みがないという。

「だから何かあれば、父さまと母さまはあたしが面倒を見なきゃならない」

「それで」福松はつい確認するような口調になった。

「きみは私と結婚したいのか」

「そう。あんたなら心配ない」

友は真顔で頷いた。親に尽くす孝は、人倫《じんりん》の基《もとい》かつ究《きわ》みとして中国では貴ばれる。立派な心掛けだと福松は素直に感心し、その実践はいささか性急すぎるとも思った。

「妙な仮定で申し訳ないが、いざとなれば、きみが働きに出ればいい。女工は得意なんだろ」

「商売になるほどじゃない。あたしは、あたしにできることをする」

「いい嫁ぎ先を見つける、ということか」

「そう。話が早いね」

早いどころか、肝心なところで話が通じていない。福松は数瞬ためらったのち、はっきり宣告することにした。

「私はきみと結婚しない。私はいま、それどころではない」

「分からない男だな。あたしほどの女が言い寄っているのに」

友は憤然とした顔で吐き捨て、摺り足で卓に戻った。酒瓶《しゆへい》を傾け、

「ない」

賊の子の福松が呆れるくらいの粗暴さで呟いた。そのまま酒瓶の首を摑み、また摺り足で厨《くりや》へ向かう。

「その足、不便ではないのか」

ふと福松は訊ねた。気まずく終わった問答を取り繕いたい気持ちがあった。

「あんたには関係ない」

友は振り向きもせず答えた。用があれば自分の都合を押し付け、なくなれば相手を人とも思わぬ態度に、さすがに福松はむっとした。

「わざわざ足を小さくする必要などないだろう。元の足のままでも、見る人が見ればじゅうぶん美しいのではないか」

「言ったな」

友はぐるりと身体を福松のほうへ向け、空いている手で裙子をぐいと引っ張った。ふしぎなほど小さな靴が露《あら》わになり、福松は思わず目を背けた。纏足は、女にとっては秘するもので、男にとっては淫靡《いんび》な興奮の対象とされている。じろじろ見てよいものではない。

「見ろ」

鞭で打たれたように福松は感じた。見ろ、と友は再び叫んだ。

「あたしは、きれいになったんだ。足を縛って、泣きながら痛みに耐えて、毎日洗って、骨を曲げて。そうやってあたしは、この足を手に入れたんだ」

「それがおかしいのだ」

福松は明確な、だが矛先の分からない怒りを覚えた。

「どうして女だけが、体の形を変えねばならないのか。天与の我が身のままで、才や能を走らせ、錬磨し、生きていく。それでこそ人ではないか。夷の私も、女のきみも、どうして生まれたままではいけないのだ」

考えずに紡いだ言葉が、怒りの理由を福松に教えてくれた。

「そうだ、生まれたままでいいのだ。そうさせぬ世はおかしい。正さねばならぬ」

それが私の使命だ、とまで言いそうになった。目の前の女性も、この使命を共に奉じるべきだとすら思った。

「偉そうなこと言ってんじゃないよ」

正義めいたものに酔った福松の横っ面を張り飛ばすように、友が叫んだ。

「あたしの身体は、あたしのものだ。あたしが好きにして何が悪い。世がおかしいってんなら、おかしくしてるのはあんたみたいな、勝手な考えを他人に押し付けるやつらだ」

いいか、と友はさらに声を荒らげる。

「あたしがどうするかは、あたしが決めるんだ。誰にも文句は言わせない」

「私が勝手なのではない。きみの運がよかったのだ」

福松は反論する。

「たまたま纏足が、きみのお気に召しただけのことだ。もし望まぬことを強いられたらどうするのだ」

「死ぬさ。殺されたも同然だから」

本当に死んでしまいそうな迫力に、福松は思わず気圧《けお》された。

「あたしの命だ。終わらせ方は自分で決める」

万事が極端な友に、さすがに福松は呆れた。同時に、感慨を抱いた。

「ひとつ、気付いたことがある」

「なんだ」

「私はきみを死なせたくない」

「はあ？」

「きみがなんと言おうと、世は理不尽だ。ひとりの命や誇りなんていくらでも砕く。けど、きみをむざと砕かせるのは、嫌だとおもった」

「嫌？」

「ああ。嫌だ」

福松は座ったまま、友を見据えた。

「やはり私は、勝手かな」

「そうだね」

答えに、斬りつけるような迫力があった。だが福松はもう、ひるまなかった。

「勝手のついでだ。きみに言いたいことがある」

福松は立ち上がった。それまで見上げていた友の顔が、こんどは福松を見上げた。

「私は、きみと結婚する。きみがいまどう思っているか知らないが、私はそう望んでいる」

「あのな――」

友は苛立たし気にいう。

「男女の話には順番があるんだよ」

どちらも勝手なのだな。そう思った福松はつい笑った。

五

秋分が間近い晴れた一日、安平城で盛大な宴が催された。

会場である内城の門が開け放たれると、ふるまいの酒食を求めて貴賤の別なくたくさんの人々がなだれ込んだ。人々はひたすら食い、飲んだ。

庭の中央には席が設けられていて、一組の若い男女がにこやかな顔で座っている。男のほうは安平城の主、鄭芝龍《テエチーリヨン》の長子にして南安《なんあん》県学の生員、鄭森《テエシン》。女は南京礼部《れいぶ》侍郎の次女、董友《タンユウ》。

今日は、ふたりの結婚の宴だった。

挨拶の機会を求めて入れ代わり立ち代わり現れる人に、福松はむりやり笑顔を作り続けていた。友は優雅な話しぶりでそつなく応対する。傲岸《ごうがん》にも思えた新妻の知らない一面に福松は驚きっぱなしだった。

宴の場に銭謙益《チイキヤムイク》はいない。もちろん招いたが、「秦淮から離れることはできぬ」と孤城を守備する将軍のような顔で断ってきた。

友の両親は、少し離れたところに与えられた席で端然《たんぜん》と座っている。さすがに現役の大官夫妻は、じっとしているだけでも隙がない。

「息子と嫁を、よろしく頼む」

緋色《ひいろ》の袍衣《ほうい》を着た大柄な男が、そう言いながら歩き回っている。世間で鄭芝龍と呼ばれている男、蛟《カウ》だ。衣の前と後には官位を示す獅子の刺繡を着けている。磊落《らいらく》な為人が福松は嫌いではなかったが、実父として振舞われるたび複雑な気分になった。

「公子《コンツウ》」

福松と友の席の前に、ふたりの若者が現れた。ともに拱手《きょうしゅ》して礼儀正しく俯《うつむ》いている。片方は鎧《よろ》った軍装で、もう片方は簡素だがいかにも清潔な衣服を着ていた。

「手前は本日、お城の隅っこの警護を任されております。遅ればせながら、一言くらいお祝いとご挨拶申し上げたく、警護を抜けて参りました」

「今日のご馳走の幾らかを作らせていただきやした厨師《ちゅうし》です。魚はだいたい俺ですんで、うまかったんなら褒めていただきたく思いやして」

福松はふたりの顔を交互に見つめ、何と言おうか考え、そうしているうちにこらえきれなくなり、ついには声を上げて笑ってしまった。

「おかしくなっちまったか、福児《ホッジィ》は」

かつてより声がずいぶん太くなった甘輝《カンフィ》が眉をひそめた。

「俺も多少だが学問してたから、よく分かる。あれは根《こん》を詰めすぎるとよくない」

軍装がよく似合う施郎《シーロン》が、そっと言った。

「おかしいに決まってるじゃないか」

福松は笑いが収まらないまま、立ち上がった。前に会ったのは学校試のため福松が安平城へ帰ったときだから、三年ぶりの再会だった。施郎は無事に武挙《ぶきょ》に登第して福建《ふっけん》官軍、つまり鄭芝龍都督の配下で下級の軍官を拝命している。甘輝は独り立ちし、各地の鄭家の商館で厨師をしていた。

「施郎と甘輝。私の友人だ」

紹介すると、友は優雅に微笑んで目礼した。

綺麗じゃないか、と施郎は白面をほんのり赤くして福松に囁《ささや》き、甘輝は「魚、どうでした」と友に質問していた。話したいことは山ほどあったが、新夫婦に挨拶したそうな人々が集まり始めたため、施郎と甘輝は手を振って離れていった。

「動きにくいったらありゃしねえよ」

挨拶の人が途切れた時、見計らったように鄭鴻逵《テエホンクイ》がやってきた。彼もいまや副総兵という官職にあり、蛟と同じ緋の袍衣に、こちらは豹の刺繍をつけている。動きにくいとは、ゆったりした広袖の袍衣についてらしい。

「羽良《ウーリヨン》の莫迦は挨拶に来たか」

鴻逵が、もう叱りそうな口調で親類の名を上げた。

「もうすぐ来てくれると思いますよ」

福松は苦笑しながら、やんわりと答えた。当の羽良は視界の隅、遠くのほうで仏僧と楽しげに話していた。

「あいつなりに、祝ってくれてるみたいだぞ」

叔父はそっと言った。

夷《えびす》。明で福松を初めてそう呼んだのが羽良だった。遥か昔のことにこだわるつもりはないが、今もひっかかっていることは確かだ。そのしこりのようなものを、鄭鴻逵はほぐそうとしてくれているらしい。

「それにしてもお前、平気なのか。昨日あれだけ飲んだのに」

もう家族のような親し気な口調で、鴻逵は友にいった。叔父は人間のできた人で、なにくれとなく新妻に声をかけてくれる。

「まあ、あれくらいなら」

友はこともなげに答える。昨夜、鄭家の幹部が集まる前祝いの場が持たれた。夜更けまで終わらず、友は海賊たちが注ぐ酒を何度も飲み干し、そのたびに歓声を受けていた。

「たいしたもんだな。俺は水しか喉を通らねえ」

まあ無理はすんなよ、と添えて鄭鴻逵は去っていった。その背を見送ったまま、福松はゆっくり周囲を見渡した。母がいない。表向きの場に出ることがないのはいつも通りなのだが、大事な何かが欠けているような違和感が、やはりぬぐえない。

安平城へ向かう船の中、福松は家族のことをすべて話した。本当の父は死に、母が人目を避けて甲螺《カーレ》の座にあること、世間に対しては母と説明している養母がわりの女性が、日本に弟と住んでいること。

「わかった。だいたい理解した」

不思議な答えを寄こしてきた友は、今日の宴では感心するほど器用にふるまっている。人前では蛟を父と敬い、遠い日本にいると説明されている福松の母については「いつかきっとお目にかかりたい」などと決意交じりに嘆いた。

ただし、友がほんとうの福松の母、松に会ったときは悶着があった。

安平城についてすぐ、福松は友を連れて松の居館を訪れた。結婚についてはもちろん許しを得ていたが、手紙のやりとりのみだったから、福松は緊張していた。

そのとき松は椅《いす》に体を預け、瑠璃の杯で酒を飲んでいた。例のごとく海を見ていたらしい。

「お母さまですね、董友でございます」

仄かに潮の香りがする部屋で、友は名乗った。

「どうかわたくしの挨拶をお受けになってください」

油断なく中国の婦女らしくふるまって膝を折ろうとする友に、

「いらない」

松はそっけなくいった。

「結婚はもう許してある。あたしの機嫌を取る必要はないだろう」

母もどうやら、けっこうずれている。福松はやっと気付いた。

「それにあたしは賊で、夷だ。中国の礼など分からない」

松は無駄を嫌い、口を開けば用件しかいわない。煩瑣に過ぎる中国の礼は不要だといったのかもしれない。福松が言葉を足そうと口を開きかけたとき、友は憤然と抗議した。

「礼を知らぬのはあなたのご事情で、あたしには関係ありません。勝手に挨拶しますから、黙ってお受けなされませ。娘ができるのがお嫌なら、あたしを叩き出せばよろしい」

「友っ」

福松は思わず割り込もうとし、松の手に制止された。しばらく二人は、黙って睨み合う。波のさざめきだけが薄く聞こえる。

やがて、松が僅かに顎先を動かした。友は見惚《みほ》れるほど優雅な所作で片膝ずつ床につけ、紗《しゃ》をふわりと落としたような動きで上体を何度も折り、叩頭《こうとう》した。挨拶を終えて立ち上がった友に、松は座ったまま瑠璃の杯を掲げた。酒の焦げ色が揺れる杯を、友は両手で捧げ持つと一息に飲み干した。

「ごちそうさまでした。――お母さま」

松は空の杯を受け取り、頷いた。キイ、という鼠の鳴き声が部屋の隅から聞こえた。

六

夫婦の新居は、これまで福松が住んでいた南京商館の二階の一室となった。

決めたのは福松だ。別に家を買うか建てるかを勧められたが、浪費と考えて断った。部屋は二人で寝起きしても多少持て余すくらいの広さがもともとあり、不便はなかった。いちおう友《ユウ》に諮《はか》ると、「ここでいい」という答えだった。質素を旨とする董《タン》家で育てられたからか、妻は常にぜいたくを欲しなかった。

始まった新婚生活は、地味なものだった。福松はひたすら勉学に励み、数日おきに出かけて妓楼か庵で銭謙益《チィキャムイク》を捕まえ、教えを受ける。

友はといえば朝から晩まで、商館に住む海賊たちの衣服を繕《つくろ》っている。何かの話のはずみで一度誰かの服を繕ってやったところ、襤褸《ぼろ》きれのような衣服を握りしめた海賊たちの列ができてしまった。友は快く、というほど人懐こい表情はしなかったが嫌がりもせず受け取り、仕立て直すくらい手を入れて返す。合間に簡便な腰機《こしばた》で布を織り、これも繕いに使う。女工が得意という本人の言葉は、嘘ではなかった。

海賊は見た目こそ厳ついが、寂し気な欠落を抱えた者が多く、友の仕事はたいそう喜ばれた。友は言葉以上の礼を受けなかったが、これも何かのはずみで菓子を受け取ってしまって以来、海賊たちは餅やらなにやらを買ってくるようになった。

そんなわけで福松が勉学に精を出している間、傍らで友は日がな一日、もぐもぐと菓子をほおばり、ちくちくと針を動かし、ことことと布を織った。

友は、福松に何を強いることもなかった。ただ勉学を放り出そうとすると「なまけるな」と睨み付けてきた。そのたびに福松は怯えたが、沁みいるような感覚も覚えた。

翌年の一月、大軍を率いて長城の外に出撃していた明の将軍が、清に敗れて降伏した。明軍はすぐに再編され、長城東端の山海関《さんかいかん》で清軍と対峙《たいじ》を続けた。叛乱軍も勢力圏を拡げていた。南京では戒厳と称して城門の警備が厳しくなったが、すぐに元の平穏さを取り戻した。

福松が受けぬと決めた科挙は、予定通り全土で始まった。内外に戦乱がありつつ天命を保持して揺るがぬ大明国の片隅で、福松には大きな変化が起こっていた。といっても福松自身の変化ではない。

友が、懐妊した。

みるみる膨らむ妻の腹を見るたび、福松の胸にはさまざまな感情の波が押し寄せた。安産への強い願いが連れてくる不安。自分がどうやら親になるらしいという戸惑い。そして適当な名が見つからない、飛び跳ねたくなるような衝動。ただ、戸惑いはどうしようもないし、呼び方すらわからない衝動には向き合いようもない。

分からないまま、乞うて人をひとり南京商館に呼んだ。

「魚、うまかったろ」

定期の用船で南京にやってきた甘輝《カンフィ》は、呼ばれて当然とでも言いたげな面持ちだった。実際、結婚の宴での魚料理はうまかった。火加減と淡い味付けは福松が持っていた魚料理の観念を変えてくれた。

「この商館は人夫と海賊が多いから、どうしても脂と塩がきつくなる。私はともかく、身重の妻と腹の子には、もっと適した料理があるとも思うのだ」

夫婦の部屋で福松が率直に相談すると、甘輝は「なるほど」と頷いた。

「まず、福児《ホッジィ》はすっこんでなきゃいけねえ。こういうことは本人が一番分かってるもんだ」

そういうものか、と思って妻に訊くと、

「肉」

と端的な答えが返ってきた。ここは魚では、と福松が心配すると、

「よろしい」

武官の施郎《シーロン》より勇ましそうな返事が返ってきた。

「食べる人が食べたいものこそ、厨師がもっとも得意とするところだ。奥方におかれましては、ぜひこの甘輝にお任せあれ」

翌朝から、さっそく甘輝は働きはじめた。夫婦の部屋に運ばれる料理は確かに肉が主体であったが、肉の風味や香りを効かせた野菜もあり、また全てがうまい。幼馴染《おさななじみ》の技に福松は日に三度も驚嘆することとなった。友も食事のたび、表情は変えずともしきりに頷いていた。

また甘輝は不思議なことに、ひと月を待たずして南京商館の厨房の主となった。もとからいた四人の厨師を手足のように掌握し、百人以上が詰める商館の食事を一手に賄《まかな》う。食材は自ら仕入れつつ、必要に応じて経理役に掛け合う。商館の人夫も海賊も、日に三

度は幸せそうな顔をするようになった。

「女工は少し休んだらどうか」

食事の心配が解消された福松は次の不安に取り組んだが、

「手だけを動かして、腹になんの障《さわ》りがあるのか」

仏頂面で妻に言われると、引っ込むしかなかった。

九月、菊を愛でる重陽《ちようよう》節の日がやってきた。南京の街は菊で溢れ、酒店では菊を浮かべた酒を求める列ができた。丘へ行楽へ出かける習わしだが、高ければどこでもよいらしく、郊外の丘から街中の塔まで人出が溢れた。友も「出かける」と言いだして聞かなかったが、腹ははちきれんばかりの大きさになっている。さすがに福松も折れず、なんとか諦めてもらった。

十月の朔日《ついたち》、厨房から運ばれた朝餉《あさげ》を友は取らなかった。甘輝が話を聞きに来るかも、という福松の心配はすぐに消し飛んだ。友が苦しみはじめた。福松は粥を掬《すく》ったばかりの匙《さじ》を放り投げて部屋を飛び出した。

産婆が呼ばれ、叫びと呻《うめ》き、励ましの声が続いた。福松は一階のだだっぴろい食堂で、自分より心配げな顔をした海賊たちとともに、ただ待った。つんざくような泣き声が聞こえたとき、夜を通り越して翌日の陽が昇っていた。

生まれたのは男子だった。福松は友の手を握って思いつく限りの言葉でねぎらい、産婆が湯で洗ってくれた赤子を抱いた。

「私は、父を知らない」

産婆が立ち去り、妻と子だけになると、福松は確かめるようにいった。

「母もずっと知らなかった。日本では、誰かと心を通わせる時がなかった。私は、自分の家族が欲しかったのだと思う」

例の、名すら分からぬ衝動の正体が、やっとわかった。それは歓喜だった。

「よかったわね」

初産《ういざん》を終えた友は、百戦をくぐり抜けた老将のような顔をしている。ただ、その頬が僅かに歪んだ。笑ってくれたらしい。

錦《ギム》、と子に名付けた。生まれる前、布を織り針を使う妻を見て何となく字が浮かび、もうほかの名が思い付かなかった。妻の女工の腕なら、見事な錦を織り、あでやかな衣に仕立てるのであろう。男でも女でも、錦にすると決めていた。妻も異論なく賛成してくれた。

数日たつと、友は女工を再開しようとした。福松はつい「ひと月はだめだ」と禁じるような言い方をしてしまった。あれだけ人に強いられるのを嫌がっていた友は福松の顔を眺めたあと、「そうね」と拍子抜けするほど素直に従ってくれた。自分がどんな顔をしていたのか、福松はふと気になった。

錦は昼夜を問わず泣く。やかましくはあったが、ふしぎと勉学の妨げにはならず、むしろ気力が湧いた。友は産後からぴったり一か月で、簡単な針仕事から徐々に再開した。

もう福松は何も言わなかった。

同じころ、華北では数度目の清軍の侵入を許していた。清軍は魯王《ろ》ほか数名の皇族を殺し、三十万を超える民衆を連行して引き上げた。

翌年の四月、科挙が滞りなく終了し、大明国は四百名の登第者を得た。十月には長江中流の要衝《ようしょう》である武昌《ぶしょう》、幾多の王朝が都した古都西安《せいあん》が叛乱軍に占拠された。

登第したのちは忙しくなりそうだ、と福松は思った。内の乱も外からの侵入も、大明という国がまともになれば、たちまち収まるのだ。鄭家の地位を保証できるほどの大官に陞《のぼ》るまでは、真面目に働く必要がありそうだった。

年が明け、大明崇禎十七年（一六四四年）となった。

七

四月、始まったばかりの夏はことのほか暑かった。南京が街ごと溶けてしまうのではないかと海賊たちは噂していた。

「なんでかなあ――」

雄大な長江を眺める草原で、福松は首を傾げた。拍子に、乗っていた馬がぶるりと震えて嘶《いなな》いた。振り落とされそうになり、思わず首にしがみつく。

こいつ、と憎らしく思うが声に出しては「なあ、頼むよ」と下手に出た。

福松は乗馬が苦手だった。乗馬はかつて科挙でもその腕を問われ、いまでも士の嗜みであるから、たまには乗ることにしている。ただ内心、自分は南海の大海賊の息子なのだぞという僻い自負があり、また土地柄をいう南船北馬なる言葉もあり、なんとなく馬に親しめなかった。その性根を見透かしているのか、馬も福松に親しまない。腹を蹴っても走らないし、手綱を思い切り引いても、止まらずぽくぽくと歩き続ける。

今日はもうよそう。そう思って手綱を動かすと、今度は心得たように馬は首を巡らせる。よほど帰りたかったのか、とさらに馬を憎らしく思いながら、福松は揺られるに任せた。

行く手はやがて道となった。人出が増え、軽食や果物を売る屋台がぽつぽつと出はじめた。右手に現れた南京の城壁は、広大な街を覆う瑠璃瓦が陽光を跳ね返していて、内から発光しているように見えた。左を流れる長江では大小の船が緩い風に帆を張り、あるいは艣《ろ》櫂《かい》で行き来していた。

「おっと」

福松の体がつんのめった。馬が不意に立ち止まった。

往来の少し先に、民衆が集まって騒いでいた。兵卒たちが「帰れ、帰れ」と怒鳴っている。

「戒厳のお達しである。みな家へ帰れ。戒厳であるぞ」

軍官らしき者が上ずった声を張り上げると、抗議の声が上がる。

——急に言われたって帰れるもんか。

——商売はどうしてくれる。

——ひっこめ莫迦。

——盗んだ税を返せ。

騒ぎを馬上から眺めた福松は、抗議に交じる罵声や無関係な指摘に苦笑しかけて、そのまま顔が強張《こわば》った。

戒厳とはその名の通り、民衆に厳重な警戒を求める布告だ。戦火や争乱が近付いたときに出される。太平のただなかにあった南京では一昨年に一度あったきりだ。

見回す。周囲でわめく人々に、事情を知る者はいなそうだった。前方で民衆と揉み合っている兵卒たちは残らず殺気立っていて、とても話など聞けそうにない。

福松は手綱を引き、馬の腹を蹴った。馬も事態を知りたいのか、すいすいと器用に人を避けて進み、細い脇道に入ると歩速《ほそく》を上げた。

たどり着いた鄭《テエ》家の商館も、今朝出たときと様子が違っていた。日中は開け放されている門がぴたりと閉じられて、抜いた大刀を握りしめた海賊がふたり、硬い顔で番をしていた。

「おかえりなさいやし、公子《コンツゥ》。ご無事でよかった」

ひとりがいって、大きな門扉を数度叩いた。開いた扉の隙間から滑り込むように内へ入る。馬から下り、駆け寄ってきた男に手綱を預けて庭のほうを振り返る。

飛び込んできた光景に、目を見開いた。

中庭に刀剣やら銃が次々と運び出され、駆け寄る海賊たちが受け取っている。うすのろを叱り飛ばす罵声がそこかしこで上がり、東側にある厨房の窓からは煮炊きの煙や湯気がもうもうと噴き出していた。

「戦さではないか、まるで」

思わずつぶやく。厨房から数人が出てきた。大柄な若者を先頭に、湯気の洩れる木箱をいくつも重ね、庭へ運び出そうとしている。

「これはいったい、どうしたことだ」

福松が駆け寄ると、「おう、ちょっと待て」と言う甘輝《カンフィ》の返事があった。いつも通りの太い声に、どこか張り詰めた感触があった。

「飯だ。いまのうちに食っておけ。そら飯だぞ」

すっかり商館に馴染んでいる甘輝が呼ばわると、暑さと興奮で汗みずくの男たちがわらわらと寄り集まり、湯気に手を突っ込んで大きな饅頭を摑みとっていく。

「どうしたのだ」

しびれを切らして福松は再び訊ねる。甘輝は次々と手を伸ばされる木箱を持ったまま振り向いてきた。

「去年に西安まで進んだ叛乱軍がいたろ。李自成《リーツウシン》ってやつが率いてる」

ああ、と福松は答えて額の汗を拭った。それにしても今日は暑い。

「その軍が北京を攻め落としたんだってよ。皇帝は首くくって死んじまったんだと」

福松は、幾度か瞬きした。それから「なるほど」と合点した。

秩序を主宰する皇帝、国家という箍《たが》を失った中国の全土は、きっと荒れる。この商館がため込んでいる品も銀も、とりあえずは自分たちで守らねばならない。だから戦さのような備えをはじめているらしい。

ゆっくり振り返る。足音や武器の軋みに交じって聞こえる「一か月だ」という声は、それまで籠城を耐え抜けということだろう。安平城へ使いの船を出し、援けの船が帰ってくるまで、早ければそれくらいだろう。

細い剣を佩《は》き、あるいは大刀を背負った男たちが、汗まみれで忙しく働いている。門扉の前には卓やら椅《い》子《す》やらが積まれ、庭には防火のためか、水を張った桶やら盥《たらい》やらがそこかしこに置かれている。

「あれ？」

思わず声が出た。ぼんやり眺めていた光景が、ぐにゃりと歪んだからだ。熱暑で立った陽炎《かげろう》かと思った。

「皇帝が、死んだ。京師《みやこ》が陥ちた」

確かめるように口にする。歪んだのは、おそらく自分の心だ。

「大明は、天命を喪ったのか？」

実感の追い付かない言葉だけが、ただこぼれた。

第四章　国姓爺

一

雲一つない天に、白い太陽がぎらついていた。

南京《なんけい》の鄭《テエ》家商館は、張り詰めた静寂の中にある。海賊たちは不測の事態に備え、剣や大刀を携えて中庭に屯《たむろ》していて、物々しい。

帝都北京《ほっけい》が陥落し、皇帝が死んだ。その報せを受けた南京の商館では、不測の事態に備えながら、ほうぼうへ人を走らせて確かめた。華北《かほく》の事態を見聞きした人が船や陸路で続々と南京に辿り着いていて、話に間違いないことが分かった。

西安《せいあん》で大順《だいじゅん》なる国を建てた李自成《リーツウシン》率いる叛乱軍が北京に達した。将兵は逃げ出し、官僚は登城せず息をひそめ、宦官《かんがん》が城門を開いた。進退窮まった皇帝は家族を殺したあと、京師《みやこ》を見下ろす小さな山の上で首を吊った。十五日ほど前、崇禎《すうてい》十七年三月十九日のことだという。

大明国《だいみんこく》は突如、滅びた。三百年近くに亘《わた》って続いた王朝の最後は、ごくあっけなかった。

福松《ふくまつ》は正房《おもや》の二階にある居室で、椅《いす》に身体を投げ出していた。

――自分の志は、終わった。

凪の海原に放り出されたような無力感が、全身に絡み付いて離れない。

国家に忠義を尽くすつもりはなかったが、国家の大官たらんと志した将来を絶たれ、そのために費やした年月も決意も、無駄となった。

「どうなるの、これから」

卓子を挟んで座る、妻の友《ユウ》が訊いてきた。いつもどおり表情に乏しいが、膝の上に乗せた子の錦《ギム》をしっかと抱き込んでいる。

「どうなるのかな。さっぱり分からないな」

福松は、ぼんやり見上げたまま、答えた。中空に投げ出された天命に、野心ある者たちが次々と手を伸ばすのだろう。大動乱が、これから始まる。ちっぽけなひとりの生員《せいいん》でしかない福松の人生は、波に浮く片板《いたきれ》のごとく流されていく。

「分からないな」

再び呟《つぶや》いてから、目を見開いた。ひとつ、分かることがあった。

――鄭家が危うい。

神憑《かみがか》りでも直感でもない。考えれば自明のことだった。同時に、福松が守りたかったものの危機だった。

鄭家の強さの根源はふたつ。大明国の将軍職と、日本交易の利だ。明がなくなれば、鄭家は将軍職を失う。水面の光より離合集散が激しい海で、その地位はもはや盤石《ばんじゃく》ではなくなる。まつろわぬ海賊たちに大連合を組まれてしまえば勝てるか分からない。握っている交易の利も遠慮なく蚕食《さんしょく》されるだろう。

「大明国は、継続されねばならぬ」

福松は気付き、立ち上がった。

「どうすればいい。考えろ。考えろ、考えろ」

部屋を歩き回りながら、今の世界のありようを思い描く。

明がある。北には長城が走り、東から南へかけて海が広がっている。北は、蒙古を併呑《へいどん》した清《しん》の領域に蔽《おお》われている。だが清は、明軍が固守する長城をすぐに越えることはできないはずだ。当面は無視してよい。

国内には大小の叛乱軍が割拠《かっきょ》している。北京を占領した李自成がいっとう抜きん出ているが、勢力圏は広大な明のごく一部でしかない。ほかの叛乱軍は大したことがなく、まともな国家と真面目な軍隊があれば、ひと撫でで討伐できるだろう。

「中国は、その大半が明のままか」

よくよく考えてみれば、明は領土のごく一部と、皇帝ひとりと朝廷を失ったに過ぎない。さらには皇族が、各地に散らばっている。

おそらく、各地で野心家が動き出す。手が届く場所にいる皇族を皇帝に擁立し、国家の継続を宣言するだろう。

「新しい皇帝と朝廷は、鄭家をそのままにしておくだろうか」

新たな疑問が生じた。鄭家が持つ交易の利が狙われないとは限らない。そうならぬよう、新しい皇帝とその後ろ盾には、誼《よしみ》を通じておかねばなるまい。

では、誰が皇帝を立てるか。明は皇帝独裁が徹底していて、それほどの兵と財を併せ持つ者は数えるほどしかいない。

「鄭家も、そのひとつだ」

思い至った瞬間、福松の肌が粟立った。

「明が継続されねばならない。だが新しい明は、むしろ鄭家を潰しにかかるかもしれない。安泰のための最善の手は――吾ら鄭家が、皇帝を立てる」

福松は振り払うように頭を振った。話が大きすぎる。志を失った生員くずれの机上の妄想ではないのか。

窓辺に歩み寄り、見上げた。

天なるものが、蒼く広がっている。いくつか雲を浮かべているが、ただ大きいだけの虚ろにしか見えない。皇帝たれと誰かに命ずる意志などあるはずがない。

人が、命ずるのだ。自らなり、傀儡《くぐつ》なりに。

正しい理は、凡百の直感を裏切る。直感は往々にして、ただの思い込みだ。

「出かける」

福松は部屋を飛び出した。

「皇帝陛下が崩《ほう》じあそばしたと――」

南京の郊外にある枯淡な庵《いおり》の一室で、銭謙益《チイキャムイク》は瞠目した。

「ご存じなかったのですか」

福松が問うと、長年の師は「知らぬ」と絞り出すように答えた。

「数日、庵に籠っておった」

師の丸い顔から、いつもの俗っぽい艶が一気に失せたように見えた。

二人が向き合って座る書机《しょき》には、試し刷りを束ねたらしい粗い製本の書籍や書画が散らばっている。たまっていた序やら賛やら鑑定の依頼を片付けていたのだろう。珍しく妓楼へは上がっていなかったらしい。

「お話が」

口を開いた福松は、続きを述べることができなかった。

銭謙益の口から押し殺した呻《うめ》きが零《こぼ》れ、目鼻から汁が落ちてゆく。福松がそっと書机の上を片付けていると、雄叫《おたけ》びより騒々しい慟哭《どうこく》が始まった。

喧《やかま》しさに閉口しつつ、福松なりに同情した。銭謙益は立っても座っても俗物でしかなかったが、忠心も厚く、国家の士たる強烈な自負に溢れていた。官界に復帰して国政を正さんと熱望し、そのために惜しまず賄賂を使う人だった。

だが、時がない。福松は構わず声を張った。

「天命、いまなお大明国の上に有り。私はそう思います」

師が、ぴたりと押し黙った。涙と鼻水が止まらないままの顔が福松のほうを向いた。

「清は長城を越えられず、叛乱軍の手に落ちた地域はごくわずか。中国の過半は大明のままです。畏《おそ》れ多くも皇帝陛下はかくおなり遊ばしましたが、皇族がたがおられます。治めるべき地があり、皇統も絶えておりません。これを天命と言わずして、なんと申しましょう」

銭謙益の眼に、輪郭を持った光が宿りはじめた。福松は身を乗り出す。

「幸い、中国の南は無傷です。天下の需《もと》めを満たす江南《こうなん》を擁し、その中心である南京は今日も栄えております」

中国は、淮河《わいが》という大河を境に北と南へ分かれる。北は中華文明の故地であり、北京もここにあるが、天候と地質のため農の収穫に劣る。端的に言って貧しい。

対して南は、とくに江南と呼ばれる長江《ちょうこう》下流が穀倉地帯となっていて、その実りは中国全土を支えている。手工業も発展し、それらを背景に商業も盛んだ。さらに南へ下った福建《ふっけん》、広東《こうとう》は貿易の富がある。数々の夷《えびす》が興亡した北半に対し、漢人の王朝が続いた南半は文化学芸でも栄えていた。

「また南京は副都として帝都同様に六部《りくぶ》（中央官庁）が置かれています。新しき皇帝陛下をお迎えすれば、すぐに国事を再開できましょう。そも大明国は、江南を平定あそばした太祖《たいそ》が南京で即位され、肇《はじ》まりました。その故事に倣うのがよいと考えます。南京に皇族をお迎えし、国家を再興すべきです」

福松はそこまで言い、息を吸った。

「そして吾が父、鄭芝龍《テエチーリヨン》は、その全力を以て新しき皇帝陛下と朝廷をお支えします」

嘘だ。

だが帝都の陥落からすでに十日以上が経っている。新帝擁立など誰でも考えつくだろうから、鋭敏な者はもう動き出しているはずだ。福建へ戻って鄭家の船戸《ツンホー》たちと相談するにも、往復でさらに時がかかる。暇《いとま》はない。なるべく早く、そこそこに求心力のある皇帝と朝廷を作らねばならない。でなければ中国は複数の皇帝が相争う内乱となり、鄭家が巻き込まれてしまう。

銭謙益は顔を、両袖でごしごしと擦《こす》った。

「聞くことがある。答えよ」

銭謙益が袖を降ろすと、別人のような顔が現れた。大明国の大官として務めた者の威厳がそこにあった。

「なぜ儂《わし》に申すのだ」

気圧《けお》されてはならぬ、と念じて福松は口を開いた。

「こたびの国難は師父が官界に戻る絶好の機会でもあります。あなたを野《や》に逐《お》い、獄に落とした朝廷の政敵どもは、京師ごと消えたのですから」

汗が噴きだす。暑さだけのせいではない。

「かたや南京の官僚は大半、京師で奉職できなかった無能。名望高き師父は難なく枢要に近い地位に復帰できましょう」

「儂は野におる。いかにして官界へ戻る」

「手土産は福建都督《ととく》、鄭芝龍の支持。他はご自分でお考え下さい。それすらできないのでしたら、鄭家が与《くみ》するに足りませぬ」

敢えて挑発するような言葉を選んだ。銭謙益は「言うわ」と楽しげに唸《うな》った。

「仔細はお任せいたします。速やかに官界へ戻り、皇帝にふさわしき方をお迎えくださ い。必要な銀《かね》も兵も、いくらでも手配しましょう」

「ふん」銭謙益は鼻を鳴らした。「この儂を買うか、鄭家は」

「お売りになりますか」

数瞬、睨み合う。

「売ろう。せいぜい高く買え」

破顔したのは銭謙益のほうだった。

「言い値で結構ですよ」

福松はそう言って庵を辞去し、乗ってきた馬に跨《また》がった。昨日まであれほど言うことを聞かなかった馬は、今や福松の身体よりも従順で、よく走った。

商館へ帰った福松は、出航間際だった用船に友と錦を連れて飛び乗った。風に恵まれず焦りを感じつつ、十日余りかけて安平城《あんぺい》に着くと旅の垢も落とさず広間へ行き、船戸たちに集まってもらった。

「京師陥落、皇帝自死。明の将軍であった鄭芝龍にとって、これは危機です」

福松は声を張った。長い卓に並んで座る船戸たちは一様に硬い顔をしている。北京の急変は、すでに安平城にも聞こえていた。

広間には南海の熱っぽい蒸気が充満している。話すたび、全身から汗が噴き出した。

「このままでは吾ら鄭家は海賊に逆戻り。それどころか、悪くすれば新たに中国を統一せんとする勢力に滅ぼされるかもしれません。ですが進めば、新たな道が啓《ひら》けます。我ら鄭家は南京で新帝を擁立し、その後ろ盾となって明を継続させるべきです」

場が騒《ざわ》めいた。福松はあえて言葉を継がず、見守る。やがてひとりが手を上げた。叔父、鄭鴻逵《テエホンクイ》だ。

「俺たちゃ所詮、海賊だ。皇帝を立てるなんてできるものかね」

遠慮がちな叔父に、福松は「できます」と強く答えた。

「鄭家が持つ海商の富、海賊の暴、海軍の武。これらはいささかも損なわれていない。中国の南で、吾らを超える者はおりません。今、鄭家は天下を左右する立場にあります」

ふむ、と鄭鴻逵が感心したように唸った。福松は続ける。

「私の学問の師、銭謙益に渡りをつけてあります。彼は官界に復帰し、新帝を迎える手はずです。銭謙益を通して吾らは新しき明に恩を売り、確固たる地位を占める」

「誰を皇帝にするんですかい」

野太い声で問うたのは鄭芝龍の替え玉、蛟《カウ》だ。

「誰でもよいのですよ」

答えてから、福松は自分の頬に歪《ゆが》みを感じた。おそらく笑っている。

「皇帝冠《べんかん》を被る頭さえついていれば、誰でも構わない。銭謙益は有能な男です。ぴったりの皇族を見つけてくるはず」

「少し、拙者が話してよろしいですか」

訛《なま》りがある中国語で発言を求めたのは、島津甚五郎《しまづじんごろう》だった。鄭家にも日本人は少なくないが、月代《さかやき》を作って袴《はかま》を穿き、二刀を帯びるという恰好を貫いているのは甚五郎くらいだった。

「日本では、徳川家が執政する体制が盤石となっております。服属した諸大名は様々な理由で取り潰され、汲々《きゆうきゆう》としておりまする」

鄭家の幹部がみな知っている話を、甚五郎は実直に説き始めた。

「外《と》つ国《くに》との交易も徳川がほぼ独占しております。古《いにしえ》より海賊や海商たちが盤踞《ばんきょ》し、甲螺《カーレ》とおんぞうし、いや公子《コンツゥ》がお生まれになった平戸《ひらど》も、もはや外つ国の船は立ち寄れませぬ。平戸の島主、松浦《まつら》家も利を失い、たいそう苦労しておる様子」

えってことか」

「家を潰されるか、利を奪われるか。うかうかしてると俺たちも、そうなるかもしれね

口を挟んだのは、鄭鴻逵だ。

「拙者には先を見通せるほどの知恵はございませぬが」

しおらしい言葉と目礼で発言を終えた甚五郎は、包むような表情を福松へ向けた。

「媽祖《マーツオ》――」

一座の意を引き取ったように、鄭鴻逵は呼んだ。

「公子はこう言ってる。あんたはどう思う」

福松はおそるおそる、長い卓を隔てて正対している女性に向きなおった。鄭家の甲螺であり福松の母、松《まつ》は少し首を傾《かし》げ、それから「ふくまつ」と口を開いた。

「聞いていいか」

ふたりきりの時しか使わない日本の音だったから、福松は戸惑った。

「銭謙益に渡りをつけたと言ったな。どうしてあたしに諮《はか》らず、勝手をした」

「時が」

出た声の弱々しさに福松は腹が立った。自らを励まして続ける。

「惜しいと思いました。誰かが新帝を立てれば、吾らは好機を逃すだけではない。潰され、滅ぼされてしまうかもしれないのです」

「あたしがだめだと言ったら、どうする」

「いかようにもご処断ください」

この問いには、迷わず答えた。安平城へ戻る船の中で、ずっと考えていたことだ。

「及ばずながら、私なりに鄭家を思ってしたこと。責めを受けても悔いはありませぬ」

松は、何も言わない。白刃を思わせる鋭い目だけを福松へ向けてくる。まるで斬り合っているように、福松は感じた。

「どうかね、媽祖」

日本語を解さない鴻逵が、中国語でそっと促した。松は福松から目を離し、場を見渡した。

「この件は、森《シン》に任せる」

座ったまま、松は宣言した。森とは、福松の諱《いみな》だ。

「あたしたちは皇帝を出す。皆、森に従え」

皆が一斉に立ち上り、福松に拱手《きょうしゅ》した。従うという意思の表明だ。これから福松は、万を遥かに超える海賊や兵を率いる彼らを使い、天に代わって皇帝を立てる。

そう思うと肌が粟立った。

二

甲螺《カーレ》の一任を得た福松は、忙しく働いた。

まず福建総兵官の管内に兵と軍船を出して治安を維持した。管外にも人を出して情勢を探らせ、また南京の商館には海陸の二路で毎日船と馬を往復させ、連絡が途切れないようにした。

数日の不眠不休でそれらを立案し実施に移すと、いずれ想定される南京へ送る軍の編成に着手した。主将は万事に危うげがない鄭鴻逵《テエホンクイ》、副将は厦門《あもい》を預かる鄭羽良《テエウーリヨン》とした。万一を考えて甲螺の松、鄭芝龍《テエチーリヨン》の身代わりである蛟《カウ》は福建にとどめる。

「俺は構わねえが、羽良はどうかな」

安平城内にある副総兵の官舎で話を聞いた鴻逵は、やんわり異を唱えた。

「あいつは表裏がわからねえ」

羽良は厦門を地盤に勢力を蓄え、今では鄭家の船の三分の一ほどを握っていた。それゆえか独断しがちで、安平城の甲螺にも何度か公然と盾突いたことがある。

「だからです、叔父上」

福松は自信を込めて答えた。

「この状況で羽良おじに、吾らの後背である厦門を任せてはいかにも危うい。南京まで連れて行ったほうが、却って安全です」

なるほど、と応じた鴻逵は言葉とは逆に、不審げに目をすがめた。

「公子《コンツウ》、お前さんも一緒に南京へ行くのか」

「無論です。甲螺に任された以上は、引っ込んで安穏とするつもりはありません」

答えると、鴻逵は「大きくなったな、公子」と破顔した。

南京商館を経由して、銭謙益《チィキャムイク》からも情勢を報せる書が届いた。

銭謙益はまず、南京で現役官だった福松の義父、董颺先《タンヤンセン》の伝手《つて》を使って官の職を得た。鄭家を当てにして賄賂の口約束をばらまき、また文人かつ元大官という名望を最大限に利用し、すぐに最高官の尚書へ陞《のぼ》った。

いっぽう南京の官界では、すでに新帝擁立に動いていて、銭謙益が尚書になった時点で候補はふたりに絞られていた。独自で皇族を立てることは諦めて勝ちそうな方に乗る、と銭謙益は書で言ってきた。

当てが外れたが、大きな問題とも福松は思わなかった。鄭家は新しい朝廷に尚書という最高官を送っているのだから、今後はいかようにもなる。

福《ふく》王なる皇族の即位が決まったと、二通目の書が知らせてきた。まず皇帝政務を代行する監国《かんこく》の地位に就き、周囲の反応を確かめてから登極《とうきょく》するという。

続いて書は鄭家に派兵を要請し、また主だった面々の新朝廷での待遇を伝えていた。新帝の即位をもって鄭芝龍は南安伯《なんあんはく》という爵位を賜る。鄭鴻逵は総兵官、鄭羽良は水師副将に任命される。

「爵位は、国家が貴なりと認めた証《あかし》。吾らはもはや、卑しい海賊ではありません」

会議の場で福松が告げると、場は響《どよ》めいた。爵位に何の価値もないが、皇帝自ら授ける称号であり、国法の外にいる海賊風情に与えられるものではない。

「まだ始まりです」

高揚を抑えながら、福松は言った。

「吾らを困窮に落とし、海に逐い、ただ賊なりと責めるしかしなかった国家を、今度は吾らが支えてやるのです。理不尽を正すでも、復讐でも、義でも欲でも誉れでも、目的はなんでもよろしい。賊であった吾らの足が踏むべきは宮城の内、皇帝の御前、朝廷です」

船戸《ツンホー》たちの野太い歓声が弾けた。皆一斉に卓を叩き、足を踏み鳴らす。興奮から醒めぬまま南京派兵の段取りを決めてゆく。軍は二日後の出航と決まった。

騒々しい会議が終わっても、福松はなかなか解放されなかった。幹部たちひとりひとりから労《ねぎら》いや称賛の言葉があり、細々した相談を済ませると、福松は先に広間を出ていた松の居室へ向かった。

許されて部屋に入ると、波の音と潮の香りがあった。松は椅《いす》に身体を預け、部屋の隅を這う鼠を眺めていた。

「ひとつ、お許しをいただきに参りました」

松は、促すように顎を動かした。

「今後、長い戦いになりましょう。鄭家からも軍を出しますが、兵は多いほどよろしい」

「そうだろうな」

「そこで、爵位を得た鄭芝龍の名で日本に援軍を求める使いを送りたいのです」

まさかこんなきっかけで、故郷を考える日が来るとは福松も思っていなかった。

徳川家が積極的に大名を取り潰したおかげで、日本には牢人《ろうにん》が溢れて治安を乱しているという。援軍の依頼は、その牢人を受け入れるという申し出に等しい。脈はあると福松は考えていた。


「お前に任せてある、好きにしろ」

いつも要件しか話さない松は、今日も素っ気ない。

「ではそうします。その際ですが――」

福松は少しためらい、勇を奮い起こすように言った。

「おマツさんと次郎左衛門《じろうざえもん》を、中国へ呼び寄せたいのです。いかがでしょうか」

弟の次郎左衛門はいま、七歳まで福松を育ててくれたおマツさんとともに長崎で、鄭家からの仕送りと二人それぞれの仕事で暮らしている。

「どうしてだ」

松は表情を変えず、目にだけ複雑な光を宿した。

「さっき皆の前で申した通り、鄭家はもはや卑しい海賊ではありません。これから動乱となりましょうが、南京で皇帝が立った以上は、遠からず治まるはず。ここらでその」

告げると決めていた言葉に、再び詰まる。

「家族で一緒に暮らしてみるのはいかがでしょうか」

「家族」

松は、初めて見る顔をしていた。戸惑っている。

「母上は時おり日本へ行かれますが、弟とおマツさんに会っているのですか」

「いや」松はうつむいた。「お前を連れてきたときが最後だ。おマツさんを困らせたくない」

「おマツさんを慕うべき次郎左衛門と、母上が会うのはよくないと」

「そうだ」

返事は短く、そしてとても寂し気だった。

「次郎左衛門ももう二十歳。分別はつきましょう。おマツさんはたしか日本に身寄りがない。福建へお招きして、今後は不自由なくお過ごしいただきましょう」

言ってから、福松の胸に微妙な感覚が過《よぎ》った。弟へ愛情を注いでいたおマツさんには、恨みこそないが歪みめいた思いが拭《ぬぐ》えない。いつか決着をつけねばならぬ。福松はそう思っていた。

「友《ユウ》を娶《めと》り、錦《ギム》が生まれ、気付いたのです。私たちなりの家族の形があるのではないかと。ありきたりとはとても言えませんが、それでも私たちは家族なのです。せめてともに暮らすくらいは――」

「なあ」

松が顔を上げた。

「あたしに、親の資格はあるのか。お前たちの父を殺し、育てることさえせずおマツさんに押し付け、海賊を続けたあたしに」

「母上っ」

思わず叫んだ。松の身体がびくりと震えた。

「次郎左衛門もきっとわかってくれます。世の母親が何をすべきか私は知りませんが、少なくとも母上は、私たちの母上でいようとしてくれた。充分です」

福松は松の前に跪《ひざまず》いた。

「私たちには、もはやできぬことがあります。だからせめて、やり直しましょう」

松は福松を凝視し続けた。それから微かに、けれど確かに、頷《うなず》いた。

三

その元号を定めた皇帝を失った大明の崇禎十七年、五月九日の払暁《ふつぎょう》。

三千の兵を乗せた大小四十隻余りの艦隊が安平城を発った。竜を描いた官軍の旗が風に力強く翻《ひるがえ》り、竜の群れが次々と飛翔するようにも見えた。

主将は新任の福建総兵官、鄭鴻逵《テエホンクイ》、副将は水師副将、鄭羽良《テエウーリヨン》。福建都督鄭芝龍《テエチーリヨン》の子にして南安県学の生員、鄭森《テエシン》も父の名代《みようだい》として同行する。

「御曹司と船に乗るのは、久方ぶりですな」

二刀を帯びた島津甚五郎が、鴻逵の船の甲板で楽しそうに言った。剣を能《よ》く使うから護衛にぴったりだ、と自薦して同行してきた。

「あの時は船酔いがきつかった。戦さにもなった。甚五郎がいてくれなければ、私はどうなっていたかわからないな」

潮風を背に受けながら、福松は笑った。南京に住んで以来、甚五郎と会う機会はほとんどなくなったのに、今でも隔意なく話せる。幼いころに頼った記憶がそうさせているのかもしれない。

「安平城では、ずっと忙しくしておられました。お疲れはございませぬか」

何気ないはずの甚五郎の言葉に、福松の胸は僅かに揺らいだ。

「少し」福松は素直に頷いた。「疲れたかもしれないな」

「御曹司はご立派です」

甚五郎は、波音に溶けてしまいそうなほど静かな声で言った。

「あなたを夷《えびす》と呼ぶ国で、蔑《さげす》まれるに甘んじることなく志を立てられ、いまや皇帝すら左右しておられる。中国へ渡られてから今日まで、よう走られましたな」

福松は言葉に詰まった。身体だけではない疲れが、ずっとあった。その理由がなにか自分でもわからなかったが、いま甚五郎に言い当てられたと思った。

「私は、生まれた国では『あいの子』だった。中国でなら、奸臣《かんしん》くらいにはなれようか」

湧き上がるさまざまな感情をごまかしたくて、下手な冗談を口にした。そういえば幼いころ、友人と興じた布袋戯《ポーテーヒー》の真似ごとで、福松は奸臣中の奸臣、董卓《とうたく》を演じていた。

夷の甚五郎は微笑んでくれた。

「海はよろしゅうござるな。どこへでも行けまする」

父とも兄ともつかぬ甚五郎の言葉が、妙に沁みた。

航海は好天と風に恵まれた。陸《おか》を左に眺めて突っ切るように北上して長江へ入り、出航から十三日後の正午前、南京を視界に収める直前あたりで錨を降ろした。

南京には、すでに新しい皇帝と朝廷がある。軍を見せつけて示威ととられてはつまらないと考えた福松は、鴻逵と甚五郎、ほか数名の護衛だけで、馬を駆って南京へ入った。

官衙と街を隔てる城門の前で甚五郎と護衛が待ち、一軍を率いる立場の鴻逵は兵部《へいぶ》尚書へ着到《ちゃくとう》の報告へ行く。福松はひとり、礼部《れいぶ》の殿宇に案内された。

「お久しゅうございます。銭謙益《チィキャムイク》どの」

通されただだっぴろい一室で、福松は慇懃《いんぎん》に言った。

螺鈿《らでん》細工が艶やかな書机があり、その奥には見慣れた脂ぎった顔の男が座っていた。緋《ひ》の袍衣《ほうい》に鶴の刺繍、黒い薄絹の烏紗帽《うさぼう》。はじめて見る大官らしい姿に、福松は思わず畏敬の念を抱いた。中国の礼式に則《のっと》って丁寧な挨拶をしようとすると、

「よい、こちらへ参れ」

と銭謙益は書机の前にある椅《い》子《す》を指差した。

「話は聞いておる。なぜ兵を三千しか連れてこなかった」

腰を下ろすや否や、詰問された。福松は苦笑しつつ答えた。

「南へ睨みを利かせるためです」

福松はさらりと応じた。

「吾らは北の敵と戦います。福建ががら空きになれば、後背にあたる南が安定しません。南京の皇帝陛下を支持する鄭芝龍、その軍の主力は福建にいる必要があります」

堂々と述べ終わると、銭謙益は頷いた。

「儂と同じ考えじゃ。もしおぬしが大軍で来《きた》れば追い返すつもりであった」

「私は、師父が分かってくれねばどうしようと思っておりました」

ふたりはしばらく真顔で見つめ合い、それから同時に笑った。

「いま、お味方の兵はいかほど集まっているのですか」

「ざっと百万を号する」

福松が瞠目すると、「ただし」と銭謙益は添えた。

「華北急変のため兵どもは乱れ、将どもも四分五裂し、全く統制が利かぬ。軍紀を正し、まともな軍に作り替えねばならぬ」

ゆえに近頃は忙しい、と銭謙益は愚痴をこぼした。

「あれほど通われていた秦淮《しんわい》にも、しばらく行かれてないのですか」

雑談のつもりで花街の名を口にすると、銭謙益の表情が消えた。

「皇帝陛下がの——その声はもう暗かった。「妓女を残らずお召しになった。ご即位あそばされて最初の勅《ちょく》がそれであった」

福松は思いきり眉をひそめた。

「残らずというと、千人は下りますまい」

「そうだの。陛下は並の者より少しばかり、色をお好みのようじゃ」

「ひとつ、気になっておりました」

誰もいないが、福松は声を潜めた。

「皇帝の候補はおふたりおられたはず。いかな経緯で決まったのでしょう」

それから聞いた話は、うんざりするものだった。

候補のひとりは潞《ろ》王、朱常淓《ツウシヨンホン》といった。数代前の神宗《しんそう》皇帝の甥で、まず英邁《えいまい》といってよい為人《ひととなり》だった。

もうひとりは福王、朱由崧《ツウユウシヨン》。神宗皇帝の孫であり、血脈は潞王より皇帝に近い。ただし貪欲、好色、不孝、酷薄、無学などの欠点があった。その父は放蕩を尽くして民に恨まれ、京師を陥《お》としたあの李自成の軍によって数年前に殺されている。親子そろって、中国の倫理では人でなく禽獣《けもの》に属する。

南京の官僚のうち清廉《せいれん》な者は潞王を、国政を壟断《ろうだん》しようとする輩《やから》は福王を推した。ただ潞王派は潔癖さが災いし、日陰で陰謀を食って育ったような福王派に敗れた。銭謙益は潞王派であったが、不利を見て福王派に鞍替えしたという。

「正しきを成すには、まず生き残らねばならぬ」

銭謙益の言葉はそれなりの重みがあったが、声には苦みが満ちていた。

「にしても、擁立すべき人を間違えてしまったのではないですか」

福松は遠慮なく詰問した。国家存亡の秋《とき》であるのに、最初の勅から悪行をなしている。また新帝は、正式な継承権を持つ皇太子ではない。身をもって即位の正統性を示さねばならない立場だ。あえて暗愚を選んだとしても、度が過ぎている。

「買われて入った妓楼におるより、お召しで後宮に上がるほうが、妓女たちもましな暮らしができよう」

銭謙益は目を合わせぬまま、答えにならぬことを口にした。風雅な遊興を嗜《たしな》む文人としても、国難に当たる大官としても、思うことは山ほどあるはずだ。

「颺先《ヤンセン》が、辞職を望みよった」

銭謙益は唐突に言った。福松の義父、董《タン》颺先は新帝と彼を取り巻く悪党どもに嫌気がさしたのだという。実直な性質《たち》で、不満があっても奉職してこそ忠と考える人だったから、よほど醜悪に感じたのだろう。

「義父上《ちちうえ》には、安平城にお移りいただきます。辞職はお止めくださいませぬよう」

幸いかもしれぬ、と福松は思った。後背にあたる福建にいてもらったほうが安全だ。

「それより華北の様子はどうなのです。李自成軍が南下する兆しはありましょうや」

銭謙益は考えるように顎をひと撫でした。

「すぐには攻めてこぬ。だがそれが吾が朝廷にとって幸いかどうかは、わからぬ」

「どういうことなのです」

「清が、長城を越えた」

「なんと間の悪い」福松は憚《はばか》らず舌打ちした。「いや聡《さと》いと申すべきでしょうか」

清はこれまでも、たびたび中国を荒らしては、帰っていった。その兵は精強で必ず明軍に勝つが、長城に阻まれるため、占領を維持できる規模の軍を送ることはできなかった。

「とはいえ今後、清に当たるのは李自成《リーツウシン》です。師父が幸いとおっしゃるのは、共倒れをお考えだからですか」

銭謙益は首を振った。

「李自成は負け、その軍は四散した。清軍はそのまま北京を占領した」

福松は耳を疑った。「儂も信じられなんだが、どうやら確かだ」と銭謙益は言った。

「ならばいますぐ、吾らも京師へ進軍すべきです」

福松は身を乗り出した。

「清軍強しといえども李自成との戦さで疲弊しているはず。こちらは百万の兵がありま す。清軍を長城外に叩きだし、京師を奪還しましょう」

「さっきも申したであろう。その百万はとても軍と呼べぬ。戦うどころか、命じても動かぬ」

「なら、軍の再建を急ぎましょう。朝廷は何をしているのです」

「いまは潞王殿下を推した者どもの処遇を議しておる。彼らには罪となる不正も失態もないが、朝廷に居られても困るゆえ、よい口を見つけて追い払わねばならぬ」

「師父！」

たまらず、福松は叫んだ。

「なにをおっしゃっているのです？」

睨みつけた先で、銭謙益は奇妙な顔をしていた。思いは判じがたかったが、顔の脂ぎった艶はすっかり失せていた。

「おぬしの申す通り、清は大戦《おおいくさ》の直後ゆえ、すぐには動けぬはず。この間に吾らは足元を固めるのだ」

「師父ご自身が、そうは思っておられないのでは」

「言うな」

制止する声は、か細かった。

四

「南京側の兵が百万ってことはないだろう。実数で七十万ほどじゃないかな」

施郎《シーロン》は率直に言った。夜更け、鄭《テエ》家の南京商館の厨房にはあと甘輝《カンフィ》と福松だけがいて、引き出した卓を囲んでいる。

福松の南京入りに半月ほど遅れて今日、商館警護の兵百名ほどが安平城から送られてきた。その長が施郎だった。何かと忙しく過ごしたあと、いまやっと再会の宴となっている。

甘輝が作った食事で腹を満たし、酒を片手に思い出話に興じていたが、いつのまにか話柄《わへい》は物々しいものになっていた。

「だが、数はそれだけで敵の動きを制約する。百万と言い張るのは正しい。それに江南《こうなん》は人口が多いから、兵も集めやすい。百万はあながち嘘でもない」

あとで拭くから、と甘輝に断って、施郎は老抽《しょうゆ》をつけた箸の先を卓に滑らせた。まず海岸線だけで中国を書き、その中に縦の線が東に寄った十字を描いた。

「横の線が長江、縦の線は運河だ」

運河は北京を始点として黄河《こうが》、長江を貫き、南の杭州《こうしゅう》という都市まで続く。中国内陸の物流を長く支えている。

「この線で中国を四つに割ると、清は北東を抑えている。その西は、逃げた李自成《リーツウシン》や叛乱軍がうろうろしている。南半分は南京に移った明。これだけ見れば、明が勝って当たり前なんだがな」

施郎は言いながら、長江の真ん中、運河と交わる点の北と南、みっつの点を打った。

「長江の中程に南京がある。そこから東、下流へ下り、運河と交わるところの北が揚州《ようしゅう》、南が鎮江《ちんこう》」

点について施郎は説明する。

「清が攻めてくるなら、兵站《へいたん》が容易な運河沿いを通るだろう。揚州は、南京を守る要《かなめ》になる。鎮江は、そのふたつの拠点の連絡を保つ要衝《ようしょう》だ」

その鎮江に、福松が連れてきた鄭軍は配されている。銭謙益《チィキャムイク》がそのように命じた。

「銭謙益って人の狙いはわかる。百万の明軍は頼りにならない。まともで、言うことも聞く軍は鄭芝龍《テエチーリヨン》の三千しかないってことだろ」

「そうなのだ」

施郎の見立てに感心した福松は素直に頷き、続けた。

「ただ、揚州はなんとかなりそうだ」

南京で新帝擁立に敗れた清廉な官僚たちは揚州に入り、ほとんど野盗のようになっていた周囲の兵二十万ほどをまとめ直している。その進捗《しんちょく》は順調で、蘇った軍の第一陣がもうすぐ、清との境界まで北進する予定であることを、福松は説明した。

「なら東側は安心だな。西はどうだ」

施郎は地図の南西、長江の上流南岸を箸の先で示した。

「よくない」福松は率直に答えた。「三十万ほどの兵を預かる将軍が駐屯しているが、南京の大臣たちと折り合いが悪い」

「その将軍を馘《くび》にできるかどうかが、俺たちの分かれ目だろうな」

「清は、どう出るか」

「まず西を攻めるだろう」施郎はよどみなく答える。「弱いところから攻めるのが上策だ。中身はともかく大軍を擁する南京朝廷でなく、西の叛乱軍どもを先に潰そうとするはずだ」

「いつ動く」

「そこまでは分からん」

施郎が苦笑しながら首を振ると、それまで黙っていた甘輝が、重々しく口を開いた。

「すぐには動かねえだろうな。清がこれから西へ行こうと南へ行こうと、奪ったばかりの北京が落ち着かなけりゃあ、戦さどころじゃねえだろう」

「確かに、そうだ」施郎は頷いた。「すぐに遠征するほど清が馬鹿なら、苦労はない。勝ちに奢ってすぐに動くか、我慢して足元を固められるか。それがあっちの分かれ目だ」

「どうして甘輝に分かったんだ」

不思議に思った福松が尋ねると、甘輝はここぞとばかりに胸を張った。

「料理は何より準備が肝心だ。世の中のたいていも同じだろうよ」


清軍は、動かなかった。

まず、首から木にぶら下がったままだった明の先帝を丁重に葬った。同時に、明の皇帝を弑《しい》した李自成は許されざる賊であり、時運つたなき明に代って清が仇《かたき》を討ったのだと喧伝した。

また漢人に従前の髪型を許した。清人は頭頂のほか髪を剃り落とし、残った髪を一筋に編む習俗があり、投降した漢人にも恭順《きようじゆん》の証として強いていた。これを剃髪令《ていはつれい》と呼び、北京にもいったんは布告したが、人心を得ることを優先して撤回した。増税の撤廃、罪人の赦免も行った。

明を奉《たてまつ》る姿勢と寛大な施政を目の当たりにした北京の民衆は、たちまち清になびいた。

また清は、明の官僚に地位の保全を約束して投降を呼びかけた。官僚たちは進んで剃髪し、編んだ髪を尻尾のように振って降った。

「夷ながら巧妙なことよ。民心と官、統治に必要なものを早々に得てしまった」

十日ほど遅れて北京の情勢が入るたび、銭謙益は嘆息する。

「それにしても、お仕事が多すぎやしませんか」

福松は、銭謙益の執務室で書類の束を選《よ》り分けながら、つい問うた。鄭家と南京朝廷の連絡役を兼ねて、銭謙益の私的な秘書を務めていた。

「師父は儀礼や文教を司る礼部の尚書であるのに――このあたりは兵事にまつわるものですね。こっちは徴税の、しかも現地で判断してよい些事《さじ》です。ほかに真面目な官僚はいないのですか」

「おるが、足りぬ」

「みな、揚州に追い出してしまったと」

休みなく筆を動かしながら、銭謙益は苦みが九分ほど混じった薄い笑みを漏らした。

「清は、着実にことを進めておる。一日も無駄にできぬ」

静かなその声には、明らかな焦りの色があった。

南京朝廷は長江の中流から下流の両岸、中華で最も豊かな一帯を押さえている。ただし各地の地方官が新帝を奉じる意向をあきらかにしたのみで、掌握には程遠い。銭謙益は孤軍奮闘を地で行くような働きぶりで猛然と事務を片付け、刻限になるとせかせかと朝議《ちょうぎ》へ向かう。戻ると常に不機嫌そうな顔で茶を一杯だけ喫し、また筆を執る。

冬がはじまる十月朔日《ついたち》。

清が奉じる七歳の幼帝は北京郊外で天地を祀《まつ》り、中華の皇帝に即位したことを宣言した。国号はそれまでと同じ大清国、元号は順治《じゅんち》。大明国を中華の正統とし、その天命を継承した体裁を取った。

同時にふたつの軍を起こした。一軍は逆賊、李自成の討伐を呼号《こごう》して西へ進撃し、もう一軍は南下した。

清の南征軍に対し、揚州の兵が迎撃に当たった。南京からは援軍も、糧食も軍費も送らなかった。

「揚州で敗れれば、それを罪として潞王殿下を推した者どもを一掃できるゆえな」

朝議の決定について、銭謙益は汚物を語るような口調で意を解いた。不正が横行していたため出納《すいとう》の管理がなっておらず、おかげで銭謙益は多少の物資を揚州へ送ることができたが、そこまでだった。

激戦の末、清軍は撤退した。施郎の見立て通り清の主攻は西にあり、南征の軍は様子見であったらしい。南京朝廷は戦勝を祝ったあと、財物と女性を集めるため各地に官吏を派遣した。孤立無援で戦った揚州の兵や官僚には、何の沙汰もなかった。

駆け下りるように寒さが増してゆく。雪が降り、白に覆われた郊外の丘で梅の花がほころび、国庫の帳簿に記されない財貨が南京に集まりはじめたころ、年が明けた。

この年、南京では弘光《こうこう》元年となる。北京周辺は清の順治二年、誰が使うか定かでないが李自成軍では永昌《えいしょう》二年、また別の叛乱軍の占領地では大順《だいじゅん》二年でもある。天命を享《う》けるただひとりにだけ制定を許される元号は、いまや乱立していた。

福松が呆れるほど贅を尽くした新年の宴が南京の宮廷で一段落したころ、西方を預かっていた将軍が朝廷に叛した。もっともらしい名分を唱えたその軍は、道々を略奪しながら南京へ迫った。

南京朝廷は驚愕し、揚州の兵を躊躇なく西へ移動させた。この叛乱は首謀者の急死もあって間もなく鎮圧されたが、がら空きになった北から清軍が急進した。

このときまでに南京朝廷の軍は内乱による多少の戦死、それ以前からの膨大な逃亡のため、百万を号した兵はすっかり消え失せていた。

包囲された揚州は十日ほど粘ったが、清軍の総攻撃で陥落した。南京では民衆が続々と避難をはじめ、官吏は次々と逃亡していった。

五月、新帝即位から一年が経ち、また酷暑の季節がやってきた。南京の街は白く輝く日に焙《あぶ》られながら、凍えるような静けさに沈んでいた。新帝は一年をかけて、丁寧に大明国の余命を縮めたようなものだった。

「ここ数日――」

朝議から戻ってきた銭謙益が福松に言った。何かを読み上げるような、感情や抑揚を欠いた声だった。

「遷都《せんと》の議が幾度《いくたび》も上がっておる」

執務室は息苦しい暑さが充満していた。

「なら福建へ参られませ」

福松は必死で説いた。

「無傷の福建に蒙塵《みやこおち》し、再起をはかられませ。そのために鄭家は三千を超えて兵を出さず、福建と周囲を確保していたのです」

「遷都はない」銭謙益は断言した。「都を移せる先など、ない。移したとたん人心を失う」

この人も自棄《やけ》になったか、という疑念はすぐに捨てた。銭謙益の目には、凜然《りんぜん》とした光があった。

「儂は誓って、都を南京から動かさぬ。国家に仕える士として、国を亡ぼすわけにはいかぬ」

「南京におわし続けるは、座して亡国を待つことではありませぬか」

さにあらず、と銭謙益は首を振った。

「たとえ清が南京を奪っても、まだ中華の過半に及ばぬ。だがもし南京で大明国の誉れに瑕《きず》がつけば、国家の再興はもはや能《あた》わぬ。それこそ亡国よ」

銭謙益は朗々と説いた。

「おぬしはうまくやれ。暗君を擁する奸臣でしかなかった吾らに、もう付き合うことはない」

南京朝廷の礼部尚書は、どうやら別れを告げたらしかった。福松は何も言えず、ただ深々と礼をした。執務室から出るときに振り向くと、銭謙益は黙して目を閉じていた。

外は、閑散としていた。天にも人にも見放された高い城壁、巨大な殿宇、波打つ甍《いらか》。壮大な抜け殻の中を、福松は歩いた。城門を潜ると、番の兵さえいない門前で、島津甚五郎がいつものように待ってくれていた。

「今日もお勤め、お疲れでございましたな」

何気ない甚五郎の言葉に、ただ唇を噛んだ。

五

南京の商館へ帰った福松は、詰める者たちに安平城へ帰るように命じた。日を措《お》かず南京は清軍に占領される。鄭芝龍《テエチーリヨン》が南京朝廷に従っていることは知られているから、放っておけば商館の者たちの身が危うい。

「お前は帰らないのか」

撤収の騒ぎの中で尋ねてきた施郎《シーロン》に、「ああ」と福松は頷いた。

「私は鎮江へ行く」

そこには、三千の鄭《テェ》軍が駐屯している。彼らを置いてひとりだけ安全な場所へ逃げるような真似はしたくなかった。

「なら俺も同行する。なにせ護衛で南京に来たんだからな」

と言い張る施郎に福松は、「その護衛の兵をひとりも欠かさずに安平城へ連れ帰ってほしいのだ」と頼み、無理やり船に乗せた。

閑散とした南京の港には、鄭家の用船が二隻あった。ただし百人を超える商館詰めの人数には足りず、十人ほどがあぶれてしまった。

「俺が陸路で連れて帰ろう」

甘輝《カンフィ》が、こともなげに申し出た。福松はもちろんためらったが、甘輝を慕う者は少なくない。また慕われる程度には甘輝も面倒見がよく、目端《めはし》が利いた。厨師《ちゅうし》より将軍のほうが向いている、と思いながら、福松は甘輝の申し出を受けることにした。

「拙者は何と言われても付いてまいりますぞ」

という甚五郎と馬で急ぎ、鎮江に着いたころには、夜になっていた。

空をおおって星も月も隠した雲は、北のあたりで底が赤く光っている。清軍が陥《お》とした揚州のあたりだ。おそらく、街が燃えている。

鄭軍の野営地は昼のように明るく、騒がしい。そこかしこで火が焚かれ、煤《すす》や血のこびりついた流民《るみん》たちが身を寄せ合い、膝を抱えて蹲《うずくま》っていた。食事の炊き出しや怪我の手当てで、兵たちはせわしなく働いている。

「揚州で、清軍が人を片っ端から殺して回ってるんだと。逃げてきたやつらの世話でここ数日、えらく忙しい」

出迎えてくれた鄭鴻逵《テエホンクイ》が、陣中を歩きながら説明してくれた。胴の鎧《よろい》だけ脱いだ軍装で、表情は膨大な殺人を厭《いと》うように歪んでいた。

「なぜそんなことを」

「逆らうやつは容赦しない、ということだろう」

連れ立って歩く鄭羽良《テエウーリヨン》が、福松に清軍の意を解いた。檳榔《びんろう》を嚙んでいるのか、飛ぶ唾は粒が大きく、赤い。

「従えば助けることは京師で示した。今度は歯向かえばどうなるかってのを、揚州から天下に見せつけてるのさ」

「清軍の兵は、その過半が降《くだ》った漢人と聞きます」

羽良の次に、甚五郎が言った。

「負け知らずといっても、戦えば清人も減る。少ない清人を温存するため、なるべく戦さは避けたいのでしょうな」

「そういうことだろうな。それと羽良、人前で檳榔はやめとけ」

軽く叱った鄭鴻逵は、番兵に手を上げてから大きな天幕へ入る。福松たちも続いた。西域《せいいき》風の模様が編まれた毛織の敷物、地図を置いた質素で頑丈そうな卓、せかせかと働く幕僚たち。いかにも将軍の本営といった雰囲気だった。鴻逵は労《いたわ》ってから人を追い出し、真っ先に卓に着いた。

「さて、公子《コンツゥ》の話を聞こう。今どうなっている。そして、これからどうなる」

福松は気力を振り絞り、立ったまま南京朝廷の様子を告げた。

「事ここに至れば、吾らも福建へ退くしかないと考えます。南京の商館も引き払って安平城へ逃げるよう、出掛けに命じてから参りました」

そこまで言ってから、福松はきつく唇を噛んだ。

「ここにいる三千ぽっちの兵で、できることはなにもねえ。帰るとするか」

鴻逵はあっさり撤退を決心し、「ところで公子」と続けた。

「お前さんも商館の連中と福建へ帰ればよかったのに、どうして来た。ここは清軍がいる揚州の目と鼻の先、危ねえだけだ」

「私には責任があります」

よろめくように福松は答えた。

「鄭家を南京の朝廷に肩入れさせたのは、私です。その結果、鄭家が使った莫大な銀が無駄になり、なにより、勢い盛んな清に抗う形勢になってしまった。私は鄭家の進む道を誤らせてしまいました」

言った途端、自責と悔悟《かいご》で胸が潰れそうになった。

「南京朝廷の無能を見抜けなかった非才は認めざるをえませんが、怯懦《きょうだ》ではありたくないのです」

鴻逵は黙って聞いてから、苦笑を浮かべた。

「運のめぐりは誰にもわからねえ、気にすんな」

歴戦の海賊は、些事のように短く片付けた。

「羽良、船はどうだ」

「いつでも出せます。ただ夜に河は行けませんな。暗くて岸や中州が見えぬ」

「なら夜明けに出発か」

「荷揚げだけ夜のうちに終わらせときましょう。よろしいか」

「そうしよう。流民どもはどうなってる」

「たいていは、飯食って一休みすればどこかへ行っちまいます。南京の新帝はよほど信頼されていないようで、それに従う鄭芝龍も頼るに足らずってとこでしょうか」

「仕方ねえな」鴻逵は苦笑した。「弱いと思われるのは面白くねえが、厄介払いができていい」

年嵩《としかさ》の二人は泰然と、そして無駄なく打ち合わせている。福松は自らの失態に激して何の役にも立てない自分の若さ、いや幼さを恥じ、さらに涙が溢れた。

「もちろん、居座るやつもいます。追い出しますか」

「無下《むげ》に追い出しちゃあ、鄭芝龍の外聞がよくねえな。――公子」

鴻逵に呼ばれ、福松は顔を上げた。

「どうするかね。甲螺《カーレ》に一件を任されたお前さんに、決めてもらいたい」

「私が、ですか」

失敗したこの私が、とまで言いそうになった時、咳払いがあった。

「たしかに、それが筋ですな」

甚五郎の声は、福松を叱咤《しった》するようにも、扶《たす》けるようにも聞こえた。杖で立ち上がるように福松はなんとか答える。

「叔父上のおっしゃる通り、見捨てるのはよろしくありません。流民たちを護《まも》り通せないことを正直に告げ、それでも残る者は福建まで連れて行きましょう」

「俺も公子に賛成だ。羽良、食い物はまだあったか」

「あと五日分ほどですかな。福建までは足りません」

「流民どもに気前よくくれてやったからな」

「なら」

福松は卓上の地図の一点に指を置いた。

「杭州へ行き、そこで買い入れましょう」

杭州は古《いにしえ》より物流の拠点として栄えた都市で、かつては宋王朝が都を置いた。鎮江からは運河と銭塘江《せんとうこう》で繋がっていて、船なら数日で着く。

「ここなら戦場からまだ遠い。物は豊富なはずです」

「決まりだ。やはり公子は知恵者だな」

鴻逵の声と手を叩く音が、少しだけ福松を慰めてくれた。

それから、野営地は忙しくなった。天幕が片付けられ、馬や大砲など大きな荷物が船に積まれた。福松は軍官たちとともに陣を歩き、流民たちに説いて回り、出発する者には松明《たいまつ》と多少の食糧を持たせて送り出した。

一通りの作業が終わると兵たちは、船旅を前に地の感触を惜しむように、地べたに転がって眠った。老若併せて数百の流民も、その中に混じっている。夜明け前に一斉に乗船し、日の出とともに出帆する手はずになっていた。


「騎兵が二百ほど、来ます。おそらく清兵！」

空が白んだころ、斥候《せっこう》の悲鳴が野営地に響いた。

兵と残った数百の流民たちは跳ね起き、ひっくり返ったように騒ぐ。二百であれば三千の鄭軍が恐れるべき数ではないが、騎兵と戦えそうな槍や砲は船に積んでしまっている。揚州で清の恐ろしさを目の当たりにした流民たちは、いっそう怯《おび》えていた。

福松と甚五郎は、残されていた将軍の天幕へ走った。その前には、すでに幕僚たちが集まっていた。

「さっさと逃げよう」

喧騒の中、天幕から出てきた鴻逵は冷静に宣言した。

「いつ河を渡ったか知らねえが、二百ぽっちなら向こうも斥候だ。戦う意味はねえ」

「斥候だとすると、もうすぐまとまった軍を渡してくるのでは」

羽良の推論に、鴻逵は鎧に腕を通しながら「そうだろうな」と頷いた。

「だから長居は無用だ。銃兵を百、それと俺の船一隻だけ残せ。他の船は兵と流民を乗せられるだけ乗せて順次出発しろ。杭州で落ち合う。いくら騎兵でも船はどうにもできねえから、乗せるほうはともかく落ち着け。乗るほうはせいぜい慌てろ」

鴻逵の意を受けた幕僚たちが散ってゆく。

「羽良。てめえは乗船を指揮しろ。一人も残すんじゃねえぞ」

「へへっ」鄭羽良が赤い唾を飛ばして笑った。「死なずに済んだ、礼を言いますよ」

「減らず口は杭州で聞く。早く行け。それと檳榔はやめろ。銃兵、集まったら並べ」

船へ走る兵と流民、銃を担いで集まる兵。あっちこっちの喧騒を越えた先に、低い丘がある。その稜線から騎兵が次々に飛び出し、砂塵を巻き上げてこちらへ向かっていた。掲げる軍旗と脛《すね》まで覆う鎧は藍、旗に描かれた竜と兜の房飾りは紅く、風に躍《おど》っている。

「ほお、恰好いいじゃねえか。あれが清軍か」

大明のそれと異なる軍装の騎兵を眺め、鴻逵は悠然としている。歴戦の海賊だからか、気ぜわしく他人を気遣う普段に比べると楽しそうですらある。

清兵は駆けながら、藍色の槍のごとく突入の陣形を整えた。その間に鴻逵は銃列を前進させ、逃げる他の兵たちの前に出た。

「騎兵だって銃には敵《かな》わねえ。一発殴ってやれば散るはずだ。よく引き付けろ」

まだ撃つなよ、と鴻逵が続けたとき、小さな銃声が上がった。怯えた誰かがつい引き金を引いてしまったらしい。つられて銃列から、ばらばらと火が噴きあがる。

「まだだって言ったろ！」

「叔父上っ」

福松は思わず指差した。正面の騎兵は猛然と速度を上げていた。狙いもつけない散発的な銃撃は、誰が見ても無駄弾でしかなかった。次の弾を込める前に清兵はこちらに到達するだろう。

「――逃げろ！」

躊躇なく鴻逵は命じ、ただし本人は剣を抜いて正面を向いた。列を作っていた兵たちは次々に銃を放り出し、逃げはじめる。

「だめです、御曹司」

鋭い日本語の制止とともに、福松は腕を摑まれた。気付かず、敵に向かって一歩踏み出していた。

「いま御曹司にできるのは、生き延びることだけです」

「だが甚五郎」耐えきれず、福松は叫んだ。「私は逃げたくない」

「それこそ、逃げるに等しゅうござる」

甚五郎は断言した。

「もし御曹司に鄭家を誤まらせた責がおありなら、正されるべきです。ここで死ねば、それこそ逃げです」

「生きる」

福松の声はついか細くなった。

「ここで幾人かの兵が死ぬ。生きて尽くせば、せめてもの償いになるだろうか」

「なりませぬ」

突き放すように、甚五郎は強く首を振った。

「他人の死は、誰にも償えませぬ。死んだ者は生き返らぬのですから」

「なら、私はどうしたらよいのだ」

「悔やんで、生きられませ。せめて次こそは、同じ過ちをせぬように」

聞こえる悲鳴の質が変わり、鉄のぶつかる音が混じった。

「生きるために、いまは敵から逃げるのです」

甚五郎が腕を引く。その力に抗いがたく、引き摺られるように福松は走り出した。背後では馬蹄《ばてい》の轟きが逃げ遅れた兵たちの悲鳴を圧《お》し潰している。清兵は鄭軍の群れを槍が貫くように抜けると、悠々と旋回しはじめた。

「また来るぞ、みんな船まで走れ、急げ」

ずっと後ろから、鄭鴻逵が叱咤する。清軍は鮮やかな動きで十騎ほどずつに分かれて広がる。槍から無数の矢に変じ、また迫ってくる。

——あれが、清か。

福松が慄《ふる》える間にも、鄭軍の兵士はただ蹂躙《じゅうりん》され、潰走《かいそう》する。並んでいた船が次々と岸を離れていく。馬の嘶《いなな》きが迫ってきたとき、福松は背中を突き飛ばされた。飛び出すように数歩よろめく。

振り返ると、髷《まげ》を結った侍が抜刀していた。

「生きて、過ちを正されませ」

背中越しに叫んだ甚五郎の姿は、逃げ惑《まど》う兵たちに埋もれた。すぐ先に、紅竜を描いた藍色の軍旗が翻っていた。

「生きて、正す。過ちを、正す」

福松は反芻《はんすう》しながら駆けだした。喧騒の中、岸にたどり着き、船の舷側に降ろされた網状の縄梯子を摑む。

「だが、どう正せばよいのか」

梯子をよじ登りながら、自問が口を衝く。

六

順次脱出した鄭《テエ》軍の艦は杭州の目と鼻の先、南北運河と銭塘江の交点で集結していた。

最後にやってきた鴻逵《ホンクイ》の船は歓声で迎えられた。

百ほどの兵が失われ、それに倍する負傷者があった。流民たちの被害は定かではないが、ここまでついてきたのは数十ほどだった。

島津甚五郎の姿は、なかった。清兵の槍に胸を貫かれていたという証言が、幾人かの兵から得られた。

「福建へ帰るぞ。まず食い物を買い入れよう。出航は明日。野営の準備をはじめろ」

鄭鴻逵が宣言した。その鎧を覆う刺繡が這った布地には、斬られた傷が二つあった。

目端の利く鄭羽良《テエウーリヨン》が糧食の手配を命じられ、馬で杭州の街へ行った。野営の支度で、残った者たちも忙しくなった。

「手が足りねえ。公子《コンツウ》は怪我人の手当てを手伝ってくれ」

羽良を行かせ、幕僚たちを走らせたあと、鴻逵は福松に命じた。それから、顔を近付けてきた。

「俺も長いこと海賊稼業をしてきたが、いっこうに慣れねえ。こんな時は忙しくして気を紛らわせるのが、いちばんんだ」

甚五郎のことを言ってくれているらしい。福松は力なく頷き、手当てにあたった。

心得がある兵から遠慮がちに教えてもらいながら、血を拭き、浅い傷を洗い、包帯を巻く。深い傷の縫合《ほうごう》まではさすがにできず、じっと見守った。

「公子、総兵官閣下がお呼びです」

幕僚に呼ばれたころには、日も暮れようとしていた。福松は用件を聞くほどの気も回らず、黙ってついていった。

「ああ、呼び立てて済まねえな」

流民たちを集めた一帯で、鄭鴻逵は軽く言って福松を迎えた。

「こいつらが、いや、この方々が、かな」

腕を組む鴻逵の前に、中年ほどの歳格好の夫婦が座っている、揃って顔は日に焼け、垢じみた衣服を纏っている。庶民の中でも暮らしの厳しいほうに見えた。

「皇族だって言うんだよ。ああ、仰《おっしゃ》るんだよ。俺には分からねえから、公子が確かめてみてくれねえか」

この大事の中でつまらぬ嘘を吐く夫婦に、福松は思わず不快を感じた。もうすこし酷薄な性格であれば直ちに斬首を進言しただろうとさえ思いながら、跪く。

「福建都督、鄭芝龍《テエチーリヨン》が子、鄭森《テエシン》でございます。南京にて礼部尚書、銭謙益《チイキヤムイク》さまにお仕えしておりました」

名乗ったが、仕えた銭謙益がいまどうしているかは定かでない。

「南京。由崧《ユウシヨン》がおったな」

男の、苦労が滲んだような掠れ声に福松は耳を疑った。由崧とは南京の皇帝の諱《いみな》だ。口にするだけでも死に値する不敬だった。

「失礼ではございますが、どなたでございますか」

「朱聿鍵《ツウウツケン》」

男は、少したどたどしい閩南《びんなん》の音で答えた。朱は国姓、つまり皇帝一族の姓だ。

「太祖九世の孫、唐定王《とうてい》朱桱《ツウキン》の裔《すえ》、王号は唐王《とう》。これなるは后である」

后と呼ばれた女性は、農村で機《はた》でも織っていそうなくたびれた顔をしていた。

ただ、男が口にした名に福松は聞き覚えがあった。南京朝廷が奢侈に明け暮れていたころ、新帝がひとつの勅を発した。北京で死んだ皇帝の猜疑《さいぎ》を得て庶人《しょじん》（平民）に落とされていた皇族について、その罪を許し冠と帯を賜うという勅だった。

「なにか、証はございますか」

男は小さく頷き、傍らの葛籠《つづら》から細長い漆の木箱を取り出す。福松が形だけは恭《うやうや》しく受け取った。蓋を開けると、巻かれた紙が入っている。なにがしかの由緒を記した書であろう。

取り出して広げ、そして目を見張った。

書は、南京新帝の勅だった。朱聿鍵の罪を許し唐王に復させ、広西《こうせい》省の平楽府《へいらくふ》に住居を与えると書いてある。

ただし、福松が驚いたのは、押された大きな印のほうだ。南京で銭謙益に仕えていた際に何度か見た、南京新帝の国璽《こくじ》そのものだった。

勅書は公布のため大量の写しが作られ、また印刷にも付されるから、文章はいくらでも真似ができる。だが印は偽造できない。勅書そのものを直に見る者は、ほとんどいないのだから。

福松は高鳴る鼓動を抑えながら、注意深く勅書を巻きなおし、箱に仕舞って返す。男は、ぞんざいに箱を受け取り、どこか疎《うと》ましげに葛籠に突っ込んだ。

「――余を」

男の話しぶりだけは皇族らしかった。

「即位した由崧は許してくれた。だが領地も財産も戻してくれなんだ。得た皇帝の権を弄《もてあそ》びたかったのであろうな」

男は、声に苦みが浮かんでもおかしくない話を淡々と述べた。

「広西の平楽府で暮らせと言われても、供も路銀もない。后と歩いてゆくしかなく、気が付けばここにおる」

福松は平楽府なる地を知らないが、広西は福建の遥か西、大越《だいえつ》（ベトナム）と境を接する山地だ。生身の足だけで行けるものではない。

「余を平楽府まで連れてゆけとは言わぬ。福建まで船で行けると聞いてそなたらについてきた。身を明かしたのは、せめて福建からの路銀を献じてくれまいかと思うたゆえ」

奥ゆかしい男だ、と福松は思った。「お待ちを」と告げて立ち上がり、鴻逵と連れ立って少し離れる。

「どうやら本物です。彼は明の皇族、唐王です」

声を潜めて国璽のことを告げると、鴻逵は「ほう」と唸った。

「夫婦ふたりなら、路銀どころか平楽府とやらへ送ってやっても手間はねえ。そうしてやるか」

「いや――」

福松は鴻逵から目を離した。疲れ切った夫婦が、草のまだらな地にぽつねんと座っている。

「考えが、あります」

自らの過ちを、正さねばならない。それのみを福松は念じていた。

鄭軍が安平城へ帰着した時、すでに南京朝廷の最期について報せが届いていた。

鄭軍が鎮江から逃れた数日後、新帝は皇城を出て清に降った。民衆の投石や罵声に見送られたという。

南京へ入城した清の大将軍は、残っていた南京朝廷の臣たちに降ったばかりの新帝を引き合わせた。反応はさまざまであったが、礼部尚書であった銭謙益は痛哭《つうこく》し自ら立つ能わざるほどであった。その後、十二人の官僚が自裁した。

それらのことを、清は逐一喧伝した。明を慕う民心を揺るがしたかったのであろうが、おかげで情勢を探るにも困らなかったという。

帰着の翌日、福松は鄭家の幹部に集まってもらった。

「南京朝廷は滅びました。清軍はいまや長江の域まで進出しています」

安平城の広間で、福松は一年前のように声を張った。

「鄭家を清に敵する立場にしたのは、ほかならぬ私です。まことに――」

福松は言い淀んだ。正面、遠くに鄭家の甲螺《カーレ》の姿がある。深々と椅《い》に背を預け、卓の上に投げ出した足を組んでいる。

「まことに申し訳なく思います。責めは甘んじてお受けいたします。ですがその前にひとつ、申すことをお許しください」

場を見据える。これからが本題だ。

「吾らは今、唐王なる皇族を保護しています」

杭州から連れてきた唐王は、安平城の一室に放り込んであった。船が苦手らしく、道中ではずっと嘔吐していて、いまも臥《ふ》せっている。器量はまだわからないが、多くを望まぬその為人《ひととなり》は南京の新帝よりはずっとましに思えた。

「ここは唐王を皇帝に擁立し、大明国を継続すべきです。今度は誰にも頼らず、吾ら自身で皇帝を立てるのです」

場が静まり返る。それはそうだろう。福松は失敗したことをまた提案している。だが、自責に駆られて怯んではいけない。

「南京朝廷の敗因はただひとつ、まとまりがなかったためです。官僚どもは政争に明け暮れ、将軍どもはいがみ合う。ひとりの皇帝を戴《いただ》く臣下ではなく、ひと切れの肉を取り合って獣が集まったに等しい。その点」

福松は思い切り卓を叩いた。

「鄭家はまさしく一家です。名もなき小さな海賊だったころからひとりの甲螺を戴き、揺るがず結束し、のし上がった。南京と同じ轍を踏むことはありません」

「いいですかい」

蛇が鎌首をもたげるように手が上がった。鄭芝龍の身代わり、蛟《カウ》だ。

「皇帝を立てるのは簡単でさ。派手な儀式でもやって皇帝でございって言やあいいんですから。だが、清に勝てる算段はあるんですかい」

「あります」

福松は断言した。

「清軍は、特に清人の騎兵が精強です。反面、船に慣れない。水戦に長じた吾らは長江を封鎖し、敵を分断できます。清軍が福建まで到達するのは容易ではない」

「陸《おか》じゃあ俺たちが敗けるんでしょう」

「馬より船の方がずっと足が速い。海さえ制していれば、進む清軍の背後を自在に衝くことができる。ぶつかって勝たずとも、ぶつからずに苦しめることができる」

場の潮目が変わってきた感触が、福松にはあった。皆、話を聞き始めている。

「忘れてならぬことがあります。清軍の半分以上は、その武を恐れて投降した漢人。慣れぬ剃髪を強いられ、夷に使われている。大明国がまっとうな姿で再興されれば、漢人たちはきっと吾らにつきます」

同じ夷の自分が、夷を蔑む。自嘲と痛みが綯《な》い交ぜになる。耐える。

「なるほど」蛟は唇の端を吊り上げた。「確かに、鄭芝龍は漢人ですな」

福松が説いたことと別の得心を、蛟はしたように見えた。

「誰か、ほかに質問のあるやつはいるか」

鄭鴻逵が促すと、いくつか手や声が上がる。福松はひとつひとつに答えてゆく。

「わざわざ明をやり直すなんて手間をかけずとも、清に鞍替えすればいいだけだろう。投降した漢人にも将軍や官僚はたくさんいるって聞くぜ」

手も上げずに問うてきたのは、鄭羽良だった。

「羽良おじなら、よそ者をそのまま放っておきますか」

「確かに、俺は前からお前が気に食わねえ」

「それと同じです」

福松は睨み付けながら答えた。羽良は、日本から来た松が甲螺であることに公然と反発していた。ゆえ福松にもあたりが強い。

「強くなければ生き残れないのです。羽良おじが甲螺に逆らえぬように」

羽良は舌打ちすると、檳榔の粒を自分の口に投げ入れた。続きを言うために福松は表情を改めた。

「鄭家も同じです。確かに清に降る道もある。だが諾々《だくだく》と降っては、いずれ潰される。後から降った吾らを清が生かしてくれる保証はありません。ゆえに鄭家は明を再興し、清に抗うべし。これが私の結論です」

みな、わかってくれ。福松は願うしかなかった。

「媽祖《マーツォ》。あんたはどうだ」

鴻逵から水を向けられた松の目に、白刃のような冷たい光が宿った。

「森《シン》。お前は」

中国語と、福松の中国での名を松は使った。

「どうして明にこだわる」

「こだわっているわけではありません。今申した通り、清が吾らをそのままにしてくれるとは限りません。私は、この鄭家を護りたいのです」

他の幹部たちは押し黙っている。松はじっと福松を見つめる。

「次郎左衛門とおマツさんのこと、覚えているか」

「――はい。お招きしたいと私が申しました」

唐突な問いに戸惑いながら、福松は頷いた。

「一年近くかかったが、長崎奉行とやらの許しが下りた。もうすぐ船に乗るそうだ」

福松が何か言う前に、松は「お前の妻と子はどうする気だ」と畳みかけた。

「海賊も、ここに集まっている船戸たちも、全部ひっくるめて一家だ。鄭家の甲螺《ツンホー》として、あたしは一家を護らねばならない」

松は卓から足を降ろした。

「北京が陥ちたとき、明にはまだまだ余力があった。だが、いまはない。これ以上、危ない橋は渡れない。お前はしばらく休め」

聞いた途端、福松は動けなくなった。松が立ち上がる。

「決めた。聴け」

潮錆びて、だがよく通る中国語が響いた。

「唐王を手土産に、清に降る」

聞いて、胴を両断されたように福松は感じた。

「唐王夫妻には悪いが、清のほうも明の皇族を悪く扱っていない。野心を起こさねば、死ぬまでの面倒くらい見てくれるだろうさ」

松の声が、福松には遠く聞こえた。

七

夕陽が、遠くの山の端に引っかかっている。

草のまばらな荒野を貫く街道を、五十ほどの騎兵が急いでいた。

「後悔はねえんですかい、公子《コンツゥ》」

先頭を行く蛟《カウ》が、野太い声で訊いてくる。

「ない」

轡《くつわ》を並べる福松は、断ち切るように答えた。いまも迷っている。やめられるものならやめてしまいたい。だが今さら戻れないだろう。

「蛟、あんたはどうだ。これでよかったか」

止めてほしい、とどこかで思っていた。だが蛟は「もちろんでさ」と心底の見えぬ笑みをひらめかせた。

「なにせ本物の鄭芝龍《テェチーリョン》になれるんですから。よろしく頼むぜ、息子よ」

口調を変えてきた蛟に福松は応じず、ただ唇を引き結んだ。

唐王夫妻は、松が鄭芝龍の名代として自ら連れてゆくこととなった。清と交渉になれば自ら決してくるつもりだ、と松は幹部たちに告げた。

「もしあたしが帰らなければ、幹部の中から合議で次の甲螺《カーレ》を出せ」

松はそう命じ、合議のまとめ役に鄭鴻逵《テェホンクィ》を指名した。

その翌朝、つまり今朝。より安全な地へお送りします、と偽って松は唐王を城から連れ出した。ただし船酔いを恐れた唐王は船を拒否した。仕方なく松は車駕《しゃが》に夫妻を押し込み、十名ほどの騎兵とともに安平城を発った。人数の少なさを鄭鴻逵が心配したが、その方が身軽だと松は答えた。

出発を城門で見送った後、福松は蛟を捕まえた。福松の考えに賛同してくれそうな者は他におるまいと思ったからだ。

「公子から話しかけてくるとは珍しい。何でございやしょう」

「お前、甲螺になりたがっていたろう」

周囲に人がいないことを確かめてから、福松は切り出した。

「何をおっしゃるかと思えば」

蛟は否定するように苦笑して肩をすくめた。福松は、かまわず続けた。

「唐王を奪還する。甲螺には、その位から退いていただく。手伝ってもらいたい」

告げた時、自分はどんな顔をしているのだろうと思った。だが甲螺は、母は間違っている。その確信は変わらなかった。清に降れば、鄭家の滅びはゆるやかに、だが確実に始まる。

「お手伝いすりゃあ俺を甲螺にしてくれる、と」

巨体のてっぺんから蛟が見下ろしてくる。

「そうだ。ただし政治向きのことは、私に任せてもらう」

言うと、蛟の目がぞっとするほど冷たく光った。

「よござんす。あんたに、俺を本物の鄭芝龍にしてもらいやしょう」

一声で万を超える兵を動かせる蛟は、身軽さが肝要と言って五十騎だけ選りすぐって追っ手とした。出発しても、福松の胸には靄《もや》のような感触は居座り続けた。

「見えたぞ」

蛟が叫び、福松は現実に引き戻された。荒野の前方で砂塵が膨らんでいる。

いまさら迷うな。自分は正しい。福松は佩剣《はいけん》を抜き放って振り向いた。

「手はず通りにやる。行くぞ」

手綱を引く。福松の馬は左に逸《そ》れ、速度を落とす。短銃を握った十騎ほどが続く。

「鄭芝龍に続け、遅れんじゃねえぞ」

蛟は怒鳴り、短槍《たんそう》を掲げた残り四十騎とともに加速した。唐王の車駕から見て蛟の隊の陰に隠れるよう、福松は慎重に馬を操る。

車駕は確か四頭立て。全力で走れば遅くはないが、それでも人ひとりしか乗せない騎兵には敵わない。案の定、みるみる距離が縮まる。

「突っ込め」

命じた蛟から飛びかかっていく。唐王を護衛していた騎兵が馬首《ばしゅ》を巡らせて蛟たちに立ちはだかる。車駕だけが先を急ぐ。

「行くぞ」

今度は福松が加速する。続く騎兵たちは右手を伸ばし、短銃を構える。車駕の左に並んだとき、福松は息を呑んだ。

傘を掲げた二輪の車駕、鞭を振り回す御者の背後に、鮮やかな衣服を着せられた唐王夫妻が座っている。その傍らに男、いや上背のある女が長大な刀を抜いて屹立《きつりつ》していた。

――母上。

福松は叫びかけた。声になったのは別の言葉だった。

「逆賊っ」

もう戻れない。そう気付いた端から思考が漂白されていく。

「唐王殿下を拐《かどわ》かすとは、赦されざる大罪。福建都督、鄭芝龍が許さぬ」

大袈裟に告げる。唐王には、誰が自分を助けたのか理解してもらわねばならない。

「撃て」

背後で短銃が一斉に放たれた。車駕を引く馬が体中から血を噴いて倒れ、車駕はつんのめって横へ滑る。右の車輪が砕け、車体は直に地面を擦って止まった。

「殿下をお助けせよ」

命じた福松の腹のあたりを、突風が薙《な》いだ。目を下ろした時には乗馬の太い首が無くなっていた。崩れ落ちる馬ごと福松は地に転がり、しぶく熱い血を浴びる。起き上がる。剣から手を放さなかったのは奇跡だと思った。

数度頭を振って前を向くと、母がいた。福松は唾を呑む。

母は斬った馬の血に濡れた刀をゆっくり振り上げ、獣のような叫びを上げて突っ込んできた。痺れるような衝撃とともに、福松は掲げた剣を折られ、その勢いのまま押し倒される。

死んだ。福松がそう思った瞬間、刃を持った鉄塊は左の耳を掠めて地にめり込んだ。

傷一つない福松の身体は、だが動かない。動かす心のほうが、もう限界だった。

夕陽に浮かんだ人影が、仰向けに倒れたままの福松を見下ろしている。母だ。その両手は戦意を失ったように、だらりと下がっていた。

「どうしてこんなことをした」

その声は不思議と、静かだった。

「答えは同じです、母上。私は鄭家を護りたかった」

茫然としたまま、福松は答えた。

「清に降れば、いずれ鄭家は潰されます。母上が護ってこられたものは失われます」

「護ってきたもの、か」

母はぽつりとつぶやいた。

「あさってくらいまでは生きていられる場所を探す。母上がおっしゃり、私もそうしたいと願ったことです。覚えておいでですか」

「ああ」松は言った。「覚えている」

「私なりに、ずっと探していました。そして、ついに見つけたと思った。だが失敗し、さらには母上に刃を向けてしまいました」

福松の目から涙が、口からは言葉が零れた。

「私はただ、皆で安らかに暮らしていたかった。ですが平戸にはいられず、次郎左衛門とおマツさんからは自ら別れ、いま母上に刃向かった。私はどこにもいられず、誰ともいられない。どうしてこうなってしまったのでしょう」

「あたしが――」

「違うのです」

福松は松を遮った。

「私のせいです。すべて、私が選んだのです。母上は常に、私に何も強いられなかった」

愚かだ、と福松は改めて自分について思った。

「海賊の甲螺は」母が呟いた。「歯向かった者に容赦できない」

ずるり、という音とともに、地にめり込んでいた刀が抜かれた。

「では」

福松の心は穏やかだった。いまさら惜しむものは何もなかった。

「私をお斬りになりますか」

「莫迦《ばか》を言うなっ！」

福松は弾けるように上体を起こした。怒鳴られたのは初めてだった。

「あたしは鄭家を去る。決して追うな」

母は声で、福松の耳を突き刺し、刀を背の鞘に納めた。

「お前が望んだ海ならば、最後まで航《わた》りきれ」

福松は凝視した。端正というには鋭すぎる目鼻。頬骨のあたりだけ僅かに赤い、潮焼けした顔。波の向こうから福松を迎えに来てくれた母。海を教えてくれた母。母らしくない、それでも福松には一人しかいない母が、福松に背を向けた。

福松はすがるように両手で地を摑む。

「母上っ」

呼んだ先で、背は振り返らず、そのままゆっくり遠ざかる。

「――ははうえっ」

福松は呼び、見つめることしかできなかった。

「これなるは鄭芝龍。唐王殿下はご無事か」

得意げな大音声が耳に飛び込んできた。

福松は深く息を吸い、吐いた。膨らみ、縮んだ胸に、脈打つような鼓動を感じた。巨大な何かを失った隙間に馬蹄の轟きが、蛟の喚《わめ》き声《ごえ》が、そして血潮が流れ込んでくる。それらはないまぜになり、寄せては返す波の音に変わった。

よろめきながら、立ち上がる。転がる車駕の向こうに人影が蠢《うごめ》いていた。覗くと唐王夫妻がいた。蹲って苦しげに呻く御者に、王妃は優しげな声をかけている。唐王は手当てに使うつもりか、与えてやった豪奢な衣服の袖を惜しげもなく裂き続けていた。

「鄭芝龍が長子、鄭森《テエシン》でございます」

福松は忙し気な唐王の傍らに跪いた。

「殿下をお助けすべく、父に従い、馳せ参じましてございます。『賊』は追い払いましたゆえ、どうぞご安心めされ」

うむ、と応じながら唐王は御者の手当てをやめない。

担ぐには、ちょうどよさそうだ。そう思った福松は俯《うつむ》き、そして笑った。

八

空には雲ひとつなかった。夏の暑熱が遠慮なく地を灼いている。

中華随一の貿易港を擁する福建の省都、福州《ふくしゅう》は、清との戦さが続く今も外つ国の船と産品が溢れ、栄えている。

その近郊、緑色に光る小高い丘は、礼装した百官《ひゃっかん》で埋め尽くされていた。丘の頂には、牛の頭やら餅やらを乗せた土盛りの祭壇がある。周りには極彩色の幟《のぼり》が幾つも立てまわされていた。

これから、新しい皇帝が天を祀る。天命の継承を告げる即位の儀式だ。登極するのは唐王朱聿鍵《ツウウッケン》。その下で開かれる新朝廷は、後ろ盾となった鄭芝龍《テエチーリヨン》に逆らえない。

「しばらく、退屈だな」

居並ぶ人の列の中、全てを準備した福松の口からは、遠慮ない悪態が衝いて出た。今日まで不眠不休で働いていたから、そろそろ寝たい。

「この丘は知らねえが、福州には少しばかり思い出がある」

呟くように隣で言ったのは蛟《カウ》だった。

「なんだ」

福松は短く応じた。つまらない話かと思っていたが、「河の岸で、両親《ふたおや》の死体を焼いた」と言われ、さすがに驚いた。

「大明国にいじめられて困った民が、民にいじめられる蛋《ラン》だった俺の両親を殺した。生き残った俺が、今や大明国の相国《しょうこく》さまだとよ。可笑《おか》しいと思わねえか」

即位に先立ち、新朝廷での人事が内定している。決めたのはやはり福松で、鄭芝龍は相国という職に任じられる。明では長らく置かれていなかった人臣の最高官だ。

「つまらねえ人生だったが、やっと面白くなってきた。新しい息子のおかげだ」

福松は、どうも蛟を好きになれないと気付きはじめている。かといって相手の込み入った事情を軽んじてよいとも思わなかった。結果、曖昧に頷いた。

「公子《コンツウ》、あんたは無官でよかったのか」

ありがたいことに、蛟は話を変えてくれた。

「私まで高位につけば、国家を私《わたくし》する奸臣と思われる」

「無欲なことだ」

「欲は深いさ。お前を通して朝廷も、皇帝も意のままにするつもりだからな」

ふん、と鼻を鳴らす蛟に、福松は「心配するな」と言ってやった。

「甲螺《カーレ》はお前だ。朝廷にまつわる話だけ、私の言うことを聞いてくれればいい」

言い終わらぬうちに、とうとう、あくびが洩れた。礼装の百官が厳粛な静寂を保つ中、福松は憚らず大口を開けた。

——甲螺は鄭家を捨て、唐王を手土産に自分ひとりで清に降ろうとした。

唐王夫妻を奪還したあと、福松は鄭家の船戸《ツンホー》たちにそう告げた。

もちろん誰も信じず、場は騒然となった。鄭鴻逵《テエホンクィ》が「一家を割っていい時じゃねえ」と怒鳴りつけて場を収め、日を改めて次の甲螺を選ぶこととなった。散会の間際、鴻逵から向けられた責めるような目を、福松は無視した。

——蛟は、その才覚は悪くないし、擁立する皇帝の覚えもめでたい。蛟を甲螺に立てれば鄭家の商売はもっとうまくいく。

そんな理屈と新しい地位、それと財貨をもって、福松は船戸たちを事前に説得した。甲螺選出には資格者の半数が欠席し、出てきた者は蛟を推した。

かくして甲螺は、蛟に決まった。新しい鄭家はそれまでの家族のような紐帯《ちゅうたい》を失い、ただ利が互いを結ぶ集団に変わった。

それから福松は目まぐるしく働いた。隠れていた明の官僚の生き残りを引っ張り出し、立派な朝服をくれてやった。即位の地を選び、資材を運び入れ、もろもろの準備をした。

「暑いな」

福州の丘の上で蛟が呟いた時、周囲を警固する兵士たちが騒《ざわ》めいた。指揮する福建総兵官、鄭鴻逵の叱責が聞こえる。

鴻逵は新しい鄭家に残りながら、去った松を慕う素振りを隠さなかった。彼なりに鄭家を良き方向に導こうとしているらしいが、このままでは家を割る要因になりかねない。いずれ身を退《ひ》いてもらわねば、と福松は考えている。

「跪《クイ》――」

福松が任命した式部官が叫び、みな一斉に両膝を突く。福松たちも倣う。

一団が現れ、しずしずと祭壇へ向かった。その中心に、華麗な刺繍を施した黒衣を纏った唐王がいる。頭に載せた冕冠《べんかん》からは連ねた宝玉が簾のように垂れさがり、その表情を隠していた。

唐王は祭壇の前に立ち、面倒な手順を黙々とこなす。参列する百官は折々で声を上げ、叩頭《こうとう》した。たっぷり時間をかけて儀式が終わると、黒衣の男は百官のほうへ向き直った。新しい皇帝の誕生を目の当たりにして、周囲は息を呑む。あくびを呑みこんでいるのは福松だけであろう。

やがて皇帝は静々と退出する。百官は微動すら許されず、膝立ちのまま首を垂れ、目を伏せた。

「鄭芝龍」

眠たげな声が傍らから聞こえた。俯いていて気付かなかったが、新しい皇帝は福松のすぐそばまで来ていた。

「朕《ちん》を救ってくれたそなたの忠節、決して忘れぬ。これからも尽くせ」

衣擦《きぬず》れの音が続いた。直答が許されていないから、蛟は身振りだけで応じたのだろう。

続いて、福松の視界に黒衣の裾が現れた。

「鄭森《テエシン》、と申したな。顔を上げよ。よく見たい」

福松は動かない。無位無官であるから、皇帝の顔を見上げてよい身分ではない。

「朕が許しておる。顔を上げよ」

仕方なく、言われた通りにした。冠から垂れる無数の宝玉の奥で、新帝の顔は判然としない。その背後には天なる虚ろが青々と広がっている。

「良き面構えをしておる」

声はなかなかに皇帝らしかった。

「もし朕に娘がいれば、きっとそなたに娶《めあ》わせたものを」

宝玉が、さも残念そうに左右に揺れた。

「そなたは朕の恩人。それが森なる地味な名ではいかにも寂しい。そうよな――」

拾ってやったやつに言われる筋合いはない、と福松は不快を覚えた。森の名は福松が自分で考え、気に入ってもいた。

「成功《シンコン》、はどうじゃ。佳《よ》き名と思うが」

なんの雅も膨らみもない。福松はまず呆れ、次に笑いだしそうになった。成り上がりの自分には、ぴったりの名かもしれぬと思った。

「娘の代わりに」新帝は続けた。「そなたを皇帝の娘婿、駙馬《ふば》として遇し、また朕が姓を授ける。今後は朱《ツウ》成功を名乗るがよい」

周囲の群臣が、禁を破って響《どよ》めく。新帝は物憂げに溜息をつき、福松に顔を近付けてきた。冠から垂れる宝玉が福松の頬を撫で、黒ずんで痩せた素顔が現れた。

「莫迦げたことよ。そう思わぬか」

新帝は言った。

「朕は自ら選べず、朱家に生まれた。庶民に落とされ、気まぐれで許され、取引の道具にされかけ、賊のそなたらによって皇帝にされた。朕は誰でもない、朕ですらない。その朕の一族をひとり増やし、国姓をくれてやっただけで、みな大騒ぎよ」

もう、たくさんじゃ。

そう続けた新帝の顔を、福松は見返した。宝玉を連ねた向こう、肉の薄い顔に埋め込まれたふたつの目は、背後の天と同じく虚ろだった。

「私もです」

誘われるように福松は答えた。皇帝に対する自称ではないが、気にならなかった。

「私は、ただ大事なものを護ろうとしただけでした。そのたびに邪魔が入り、うまくいかない。気付けば、より大事なものを失ってしまいました。もうたくさんです」

意志があるのか判然としない虚ろが、こちらを向いてきた。

「いま、わかりました。私に必要なものはきっと、天命です」

至った考えを福松は告げた。鄭家は海賊でなく、国家になるべきだ。そうすれば、誰にも邪魔されなくなる。

「朕から天命を奪うか」

「さよう。私が頂戴いたします。賊の、そして夷の子である私が。もう誰にも任せておけませぬ」

見つめ返す。新帝の双眸《そうぼう》は、虚ろなままだった。

「お譲りくださっても結構です。どちらにせよ、今しばらくは陛下にお預けいたします。私の言うことさえ聞いて下されば、悪いようには致しませぬ。天命、落とさぬようにしっかりお持ちください」

「それもよかろう」

まるで見透かしたように、新帝は呟いた。

「そもそも朕のものではないし、真《まこと》に天命であるかも朕は知らぬ」

新帝は顔を離し、今度は居並ぶ百官に聞こえる声で宣《のたも》うた。

「鄭森、いや朱成功よ。朕を扶け、国家を安んぜよ。よいな」

「誓って――」

福松の黒ずんだ野心が吐かせた言葉は、途中で詰まった。

別の感情が胸に溢れる。自分の周りには、誰もいない。中華の皇帝、数多の朝臣、蛟、鄭家の者たち。どれだけいても、ひとりだ。

ひとりで佇んだ平戸の海辺。あの時にそっくりだった。顔が引き攣《つ》り、涙が零れた。

「誓って、お尽くし申し上げます」

国姓爺《コクシンヤ》、鄭成功《テエシンコン》。

後にそう呼ばれる男はこの日、いつかのように、ただ泣いていた。

第五章　虚ろを奉じて

一

塼《せん》と瓦《かわら》が積み重なった街には、人馬がひしめいていた。

十月と思えぬほど蒸し暑い。だが街路には透き通った緑色を膨らませた樹木が並び、ほどよく陽光を遮ってくれている。

「これはすごい！」

田川次郎左衛門《たがわじろうざえもん》は、街の繁栄に驚いた。

大明国《だいみんこく》、福州《ふくしゅう》。長崎から十日ほどかかった船旅を経て辿り着いた福建《ふっけん》の大都市は、船と人と物で溢れていた。

「榕樹《ようじゅ》といいます」

並ぶ木々について、街を連れ立って歩く老人が教えてくれた。

「木陰が大きく、日除けによい。だから街中に植えられています。福州によく船を寄こしてくる琉球《りゅうきゅう》では、『ガジュマル』とも呼ぶそうで」

「老楊《ロオイウ》（楊さん）――」

田川次郎左衛門は、年長者を敬うつもりで言った。長崎では中国の語《ことば》や書を翻訳する通事として奉行所に仕えていたから、福建の語には不自由がないつもりだ。

「日本語で話しましょう」と先回りするように、楊が微笑んだ。

「私は海賊だったころ、一年の半分は平戸《ひらど》にいました。久しぶりに日本の語が使えて、うれしいのです」

冷たくも思わせる削《そ》げた頬に白い髯《ひげ》を這わせた楊の態度は、柔らかい。

「それに、おマツさまは日本の語しか話せませんでしょう」

楊は前方に目を転じた。連れ立って歩くふたりの数歩先に、四十半ばほどの歳格好の地味な小袖姿の女性がいる。忙《せわ》しく左右を見渡しながら「大きな御殿ねえ、おいしそうなご飯ねえ」などと見るもの全てについて無邪気に感嘆していた。次郎左衛門の養母、おマツさんと呼んでいる。

「これから慣れぬ異国でのお暮らしがはじまります。おマツさまの周りに日本語を話す者がいるだけでも、ご苦労が軽くなるかもしれぬと思いまして」

「そのようなお気遣いでしたか」

慌てて次郎左衛門は腰を折った。

「楊どののお気持ち、まこと痛み入りまする」

深々と頭を下げ、上げる。楊の背はすらりと伸びていて、二十一歳の次郎左衛門とほとんど変わらない。年少者から賢《さか》しらに労《いた》わられるような齢の取り方はしてないようだった。足が少し悪いらしいが、歩くぶんには支障ないようだった。

「珍しきものも多いでしょう。心行くまでご覧いただき、ゆっくり参りましょう」

「ありがとうございます。——あ、ちょっと。おマツさんっ」

思わず次郎左衛門は大きな声を出してしまった。

「あまり離れないでくだされ。この人込みですから、はぐれたら大変です」

行き交《か》う人に半ば埋もれて、おマツさんの手がひらひらと振られた。

「大丈夫ですよ」楊が言う。「ここ福州は大明の帝都、中国で最も安全な街の一つです。皇帝の側近中の側近であられる兄君にとっては庭のようなもの。もしおマツさまがはぐれても、すぐに見つかります」

「兄はそれほどの人なのですか」

次郎左衛門は驚いた。知っていたはずの話ではあるが、兄の庭だという街の偉容を目の当たりにしながら聞くと、全く別の印象がある。

「国姓爺《こくせんや》、と人は呼びます。皇帝からその姓を賜ったゆえのふたつ名ですな。官職は固辞されていますが皇帝の娘婿、駙馬《ふば》の待遇を受け、厚く遇されております」

「大きすぎる話です。もちろん嘘とは思いませぬが、なかなか信じられませぬ」

次郎左衛門の、それは偽らざる実感だった。

その兄に今晩、十五年ぶりに再会する。年月の隔たりもあり、肉親ではなく見知らぬ貴人に拝謁《はいえつ》するような緊張を覚えてしまう。

「兄は、私のことを覚えてくれているでしょうか」

ふと不安になった。生き別れたとき次郎左衛門は六歳、兄は七歳だった。

ふむ、と楊は一声唸《うな》った。

「兄君も、そうお思いかもしれません。自分を覚えていてくれているか、と。お互い同じ気持ちなら、打ち解《と》けて話せるかもしれませんな」

次郎左衛門は少し考え、それから笑った。

「正直に申して、兄に会うのは気が重かった。楊どののお言葉で気が楽になりました。お礼申し上げます」

「お役に立てたなら嬉しい。それにしても日本のお人は、なにかと礼をおっしゃいますな」

日本の人。改めてそう言われると不思議な気持ちになった。

次郎左衛門は、中国人の父と日本人の母の元に生まれた。両親はともに海賊だった。

父は、次郎左衛門が母の腹の中にいるうちに、その母が殺したという。養父代わりの老人、七左衛門《しちざえもん》が役目上のいざこざで腹を切らされ、兄は実母に連れられ中国へ渡った。

その後、他人同士であるはずの次郎左衛門とおマツさんは親子のように、ふたりきりで平戸で暮らした。

七左衛門の死と引き換えに松浦《まつら》家から下された捨扶持《すてぶち》、中国で海賊稼業が繁盛している実母からの仕送りがあり、生活は苦しくなかった。おマツさんの明るい性格もあり、幼いころの次郎左衛門の記憶に暗い感触はあまりない。

やがて日本では異国船の往来を長崎に限ることとなった。中国からの仕送りを受ける都合もあって次郎左衛門とおマツさんも長崎へ移り、同時に松浦家の捨扶持はなくなった。

このころから、次郎左衛門はおマツさんを、人前では「母上」と呼ぶようになった。中国では、おマツさんが兄の母であるということになっていて、それに合わせるためだと聞いた。次郎左衛門にとっては母同様の人だったから抵抗はなかったが、いっぽうでおマツさんが実の夫と子を天災で失ったことも知っていたから、複雑な気分だった。

また次郎左衛門は長じるにつれて、母上と呼ぶ人に孤独の翳《かげ》りを見るようになった。身寄りとなる親類がおらず、住む場所も変わる。人と諍《いさか》いを起こすことはもちろんなかったが、どこへ行っても馴染《なじ》めないまま寂しげに微笑んでいるように見えた。

十九歳になった一昨年、次郎左衛門は長崎奉行所の通事の職を得た。士分に準じる身分となり、それなりの言葉や礼儀を覚え、一本差しの刀の重みに慣れるのに四苦八苦していた去年、中国から使いが来た。楊《イウ》と名乗る老人だった。

楊は、まず「お久しゅうございます」と流れるような日本語で挨拶した。言われたおマツさんは覚えていないのか、軽く微笑んだだけだった。

続けて楊が言うには、中国の兄と実母が、次郎左衛門とおマツさんを招き、ともに暮らしたいと願っているのだという。

「中国はいま、乱れております。清《しん》が北京《ほっけい》に入り、大明に易《か》わろうとしております」

通事の役柄で、次郎左衛門も一通りのことは知っていた。日本でも、夷《えびす》が華《か》を倒そうとしているとして衝撃をもって受け止められていた。

「兄君は大明を再興し、新しい皇帝を立てようとしております」

それほどの権勢を持っているから中国の暮らしには不便がない、と楊は言いたかったらしい。だが、皇帝を立てるなど、倹《つま》しい暮らしをしていた次郎左衛門の理解を超えた。

また、中国への招きには大いに戸惑っていた。

通事の禄《ろく》があれば、ふたり分の衣食には困らない。動乱の国へ行く理由はなかった。

「福松《ふくまつ》はお元気かしら。松《まつ》ちゃんはどうしていますか」

答えあぐねる次郎左衛門の横から、おマツさんが身を乗り出してきた。兄と実母のことを掘り出すように何度も訊ね、答えを得るたびに喜び、あるいは悲しみ、納得していた。

「おマツさん」

話が途切れたのを見計らい、次郎左衛門はそっと言った。

「中国へ行きませんか」

養母がわりの女性の疲れと孤独が少しでも癒えるなら、行くべきだろうと思った。

「でも、せっかくあなたはお役目に就けたのよ。それもご公儀の」

心配してくれるおマツさんの姿に、次郎左衛門は決意を新たにした。苦労して自分を育ててくれたこの人を、自分は守らねばならない。食い扶持など、どこにいてもなんとかなる。なにより日本にいるだけで、おマツさんを孤独がむしばんでいくように思えた。

「行きましょうよ、せっかくですから。中国は食事がうまいとききます」

あえて軽く、次郎左衛門は言った。おマツさんは静かに頷《うなず》いた。

渡航には、それから一年がかかった。すでに日本では出国が禁じられていたからだ。願いを受理することすら渋る長崎奉行へけっこうな額の付け届けを渡し、その上役である老中から中国情勢を探る命令をもらい、やっと渡航が許された。


「ほう」

楊の声が、次郎左衛門の意識を福州の街路に引き戻した。

「兄君です。皇城《こうじょう》へお登りになるところのようですな」

通りの先に、極彩色の旗が幾《いく》つも揺れていた。大名のように行列を作っているのだろうか。通りに溢れていた人々は押しあい圧《へ》しあいしながら道を空けている。

「さすがにお声をかけるわけには参りませんな。いまは眺めるだけにしましょう」

楊がのんびりという。次郎左衛門は慌てて身体を伸ばし、群衆に埋もれそうになるおマツさんの肩を摑んだ。

「兄上だそうです。いまからこの道をお通りだとか」

振り向いてきたおマツさんは、まるで子供のように慌てた。

「どうしよう。なんて言ったらいいのかしら。久しぶりだから」

「いまはお話しできないそうです。落ち着いて」

なるべく柔らかく聞こえるように言う。「よかった」と安堵《あんど》の色を顔に浮かべたおマツさんを促し、楊と並んで人垣に紛れ込む。

「駙馬さまのお通りである。道を空けよ。道を空けよ——」

石で舗装された街路を馬蹄《ばてい》で叩きながら、先触れらしき騎兵が呼ばわる。その背後には、並んだ二騎がそれぞれ旗を掲げていた。旗のひとつには「鄭《テエ》」、もうひとつには「大将軍」という字が躍っている。さらに、物々しく鎧《よろ》った護衛らしき騎兵の群れが早足で通り過ぎたあと、豪奢《ごうしゃ》な傘蓋《さんがい》を掲げた二頭立ての馬車が現れた。

「兄君です」

楊の小声は、周囲の歓声に掻き消えた。

——国姓爺《コクシンヤ》！

民衆たちは口々に叫ぶ。華北《かほく》で動乱が始まって一年余り。その混乱から浮き上がってきた若い英雄は、大明国を慕う人々の熱狂を受けていた。

「あれが——」

震える声が聞こえた。おマツさんだ。

「あれが福松《ふくまつ》？」

黒い烏紗帽《うさぼう》、緑の袍衣《ほうい》という出で立ち。群衆の歓声に応える英雄らしい仕草。それが兄であるとは、次郎左衛門にはなかなか合点がいかなかった。

二

張り詰めた静寂の中を、福松はひとり歩いていた。

福州にある大明皇帝の行宮《あんぐう》(仮の宮廷)は、騒々しい市街と打って変わって、厳粛な気が満ちている。調度を省いた質朴《しっぼく》な殿宇《でんう》の内には塵ひとつなく、行き交う官僚たちの挙措《きょそ》にも驕慢《きょうまん》や弛緩の気配がない。

――まあ、悪くない。

自らが作りあげた朝廷の出来栄えに、福松は満足を覚えた。

前からやってきた数人の官僚たちが、回廊の脇に寄って拝跪《はいき》した。片手だけで応え、福松は控えの間へ入った。

これから、皇帝に謁《まみ》える。先日、清の南下に抗する策について皇帝から下問があり、今日はその答えを奉ずることになっていた。

「よお、息子よ。ひと月ぶりか」

大柄な身体を椅《いす》に沈めていた先客が、粗雑な声で出迎えてきた。表では鄭芝龍《テエチーリヨン》と呼ばれている男、蛟《カウ》だ。大海賊、鄭家の甲螺《カーレ》であり、福州の朝廷では人臣の最高位、太師《たいし》の職にある。福松が福州で朝廷を動かし、蛟は鄭家が生む様々な利を享受する。そのような分担となっていた。

「宮廷《ここ》では言葉を改めろ、蛟。お前は駙馬の父、皇帝の外戚にあたるのだぞ」

「おお、そうだったな」

福松が窘《たしな》めると、蛟はへらへらと笑った。権勢を確かめるように、蛟はことさら野卑な言葉を使う。

福松は窓辺に立った。眼下の街には榕樹と甍《いらか》が整然と並び、大河に面する港は船の帆に覆われている。中国随一の交易の街にも、福松の目指す秩序と繁栄が顕《あらわ》れているように見えた。

「さて、行こうか。待たされるのは好きじゃねえ」

蛟は言葉を改めようともせず、腰を上げた。

「呼ばれるまで待つんだ。皇帝は、人臣ごときが気軽に会える相手ではない」

福松が止めると、蛟は大袈裟に顔をしかめた。

「その皇帝を即位させてやったのは、俺たちだろうが」

「だからこそ、だ」

苛立《いらだ》ちを抑えるのに福松は苦労した。

「人臣である私たちが増長すれば、皇帝はその権威を失い、皇帝を立てた私たちに従う者もいなくなる。分かるか」

ふん、と蛟は不快げに鼻を鳴らした。福松は無視した。

「皇帝とは私が話す。お前はいつもどおり黙っていろ」

「大明国の太師、鄭芝龍は、国姓爺《コクシンヤ》さまが掛ける布袋戯《ポーテーヒー》の人形か」

「好きに取っていい。お前には鄭家の兵も財も任せてある。他に何が欲しい」

「別に」蛟は顔を背《そむ》けた。「楽しく長生きできりゃあ、それで結構」

「言うことを聞く限り、それは保証する」

へえ、と蛟は笑った。

「てめえの母《かか》あも、似たようなことを俺に言った。鄭芝龍の替え玉になるときに」

福松は答えなかった。

再び窓の方を向き、今度は見上げる。海を薄くとかしたような青色の天の隅に、陽が白く光っていた。

その天の下に広がる中国の過半は、清なる夷《えびす》の国が占拠している。二百七十年あまりに亘《わた》り天下の主であった大明国は福建以南でかろうじて命脈を保っていた。

ただし天下のほとんどは夷を厭《いと》い、大明国を思慕《しぼ》していると福松は見ている。現に福州で皇帝を立てると、周囲の民も官もこぞって服した。清に降《くだ》ったはずの地域からも、接触を図る密使が絶えない。

大明国を再興し、盤石《ばんじゃく》とする。その後、自らが皇帝に即位する。だが、母と別れてまで選んだ道だ。いまさら怯《ひる》んではいられない。

胸に秘めた企みを考えるたび、大それたことだと自嘲《じちょう》する。

「駙馬さま、太師さま――」

扉の外から呼ばれると、蛟が忌々しげに言った。

「お待ちかね、皇帝陛下のお召しだぜ」

行宮を囲む静かな官庁街の一角に、広大な敷地を擁した大将軍府はある。国姓爺はここで起居し、また執務を行っていた。

「母君と弟君がお着きになっております」

福松が将軍府の中庭で馬車を降りると、出迎えの家臣が告げた。

「楊天生《イウテンシン》は」

日本からふたりの身寄りを連れてきてくれた男について、福松は訊ねた。楊天生はかつて海賊船の出海《ツッハイ》として名を馳せ、足の怪我で船を降りてからは長く隠棲《いんせい》していた。複雑怪奇な福松の家の事情を知っているから、乞うて日本への使者になってもらった。

「私用とかで、早々に自宅へ帰られました」

「分かった。母上と弟には、夜に会う。それまで不便を掛けぬよう頼む」

ははは、と家臣は拱手《きょうしゅ》した。

それから福松は将軍府の殿宇に入った。擦れ違う文武の官から挨拶を受けながら歩き、執務の間の扉を開けた。

「おかえりなさいませ、国姓爺《コクシンヤ》」

「おかえりっす」

待っていたふたりの若者の生真面目な顔に、福松は思わず苦笑した。

「三人のときは、いつもの言葉遣いでいいよ。楽にしてくれ」

「そんなら遠慮なく」

鎧《よろい》姿の甘輝《カンフィ》が、小酒店《いざかや》の座に就くような仕草で高価な椅《いす》に腰を下ろした。

「待ちくたびれた。甘輝のつまらない話のおかげで退屈はしなかったが」

施郎《シーロン》も、椅に座り直した。こちらも軍装で、ただし鎧だけは脱いでいた。

「甘輝はそろそろ軍務に慣れたかな」

福松は問いながら、書机《しよき》を据えた自分の席に着く。

「慣れるもんかよ。鎧も剣も、じゃまで仕方ねえ」

「馬術は筋がいい。鎧も似合ってるし、遠目には立派な軍官に見える」

幼馴染《おさななじみ》ふたりのうち、厨師《ちゆうし》だったほうはふてくされ、それを白面《はくめん》のほうがからかい混じりに褒めた。

福松は福州に朝廷の機構を整えながら、自らの軍を養いはじめた。まず施郎を登用し、その施郎が「あいつは見込みがある」と甘輝を推薦した。

施郎は兵学を修めていて、また端役ながら軍官であったから実務にも長じ、すぐに福松の扶《たす》けとなった。甘輝は鎧を着せると様になったし、その為人《ひととなり》で預けた兵もすぐ手なずけたが、「人生を狂わされた」と愚痴も言うようになった。

「これから、忙しくなるぞ」

福松は、そう切り出した。

「いま皇帝に会ってきた。施郎が立てた策を上奏し、裁可してもらった」

施郎の白い顔に、誇らしげな赤みが差した。

福州朝廷は、まだ地盤が小さい。まずは去就さだかでない周辺地域を平定し、清に対抗する足がかりを強固にする。それが施郎の策の眼目だった。

「二手に分かれた軍のいっぽうを皇帝が親率《しんそつ》する。これを皇帝は気に入っていた。あの人は働き者だからな」

福松は敬称こそつけないが、皇帝となった唐王《とう》には好感を抱き、それなりに敬していた。

施郎の策では、福州朝廷軍は国姓爺、皇帝の二手に分かれる。国姓爺の軍は大きく北へ進み、山間《やまあい》の隘路《あいろ》となっている交通の要衝《ようしょう》、仙霞関《せんかかん》を確保して清を防ぐ。その間に皇帝軍は福州と仙霞関の間の地域を制圧する。皇帝親率としたのは、一軍を率いる才覚を備えた人材がいない苦しさのためでもあるが、皇帝の威があれば抵抗を最小限にできるとも思われた。また全軍の兵站《へいたん》は、後方の安平《あんぺい》城に留まる鄭芝龍が担う。

「出兵は五か月後、来年の三月だ。募兵、訓練、編成、進路の検討、補給の算段。やることは山ほどある」

施郎は力強く頷いた。

「俺も、やっぱり行くのかな」

そっと尋ねてきた甘輝に、福松は笑いかけた。

「私は何度か戦さに遭遇しているが、自分で兵を率いるのは初めてだ。甘輝がいてくれると心強い」

「厨師としてなら、なんぼでも、どこへでも行くぜ」

「私は外では国姓爺なんて言われているが、実際は成り上がり。信じて頼れる仲間がいないんだ」

卑下でなく、実際の話だ。甘輝は「分かった」と言いたげに大袈裟に肩を竦《すく》め、なにか思い出したような顔で言った。

「日本のおっ母さんが福州に来てるって聞いたぞ。もう会ったのか」

「まだだ。今晩、食事をともにすることになっている」

そう応じてから福松は少し考え、決心をした。

「福州に皇帝を迎えて初めての戦さだ。その前に、ふたりに言っておきたいことがある」

言うと、ふたりは居住まいを正した。できた友人を持てたと感じつつ福松は続けた。

「まず、日本から来た女性は私の実の母ではない。育ての親と言ったところだ」

それから福松は、吾が身にまつわる事々を話した。父は自分が生まれてすぐ、母が殺したこと。それから母が鄭家を甲螺として率いていたこと。いまの鄭芝龍は偽物であること、福松は唐王の擁立で対立した母を偽物の鄭芝龍と組んで襲い、そのため母がいずこかへ去ったこと。

友人ふたりは、目を見開きつつも黙って聞いてくれた。福松が話し終わると、まず施郎が口を開いた。

「俺の父も、そのことを知っているのか」

「すべて、知っているはずだ。偽物の鄭芝龍、蛟というのだが、あの男の腹心だから」

福松は頷き返した。

「私の母は海賊の鄭家という形で、陸《おか》から逐《お》われた者がいられる場所を守っていた。私は、その場所を確かなものにしたいのだ」

「だから、清とも戦うのか」

「そうだ」

施郎に、福松は再び頷いた。

「明でも清でも、弾かれる者は絶えないはずだ。そのために、私は戦う」

「待て。明でも、と言ったな。いま」

甘輝が眉をひそめた。

「明を再興するんじゃあ、なかったのか」

「名分は、その通りだ。だが私は」

告げると決めていたことに、福松はいまさらためらった。だが、言わねばならない。

自分はもう、行き先を決めて船を出している。

「いつか皇帝になるつもりだ」

「莫迦《ばか》らしい！」

遠慮なく吐き捨てたのは甘輝だった。

「お前は自分の野心のために戦さを続けるのか」

「違う」

福松は強く否《いな》んだ。

「鄭家はもともと、明日をも知れぬ海賊だった。明の将軍になっても、官僚どもの顔色を窺《うかが》わねば地位を保てなかった。南京《なんけい》で新帝の後ろ盾になっても、その朝廷の無能さで清に敗れた。国家の外にあっても、国家に倚《よ》りかかっても、だめだった。であれば自らの国家を建てるしかない」

「場所、と言ったな。福児《ホッジィ》」

施郎が割りこむ。

「所詮はお前以外の他人のための場所だ。そんなものになぜこだわる」

「私のためだ」

答えに、つい自嘲が混じった。

「私は、生まれ育った平戸にいられなかった。どこでなら安らかに生きられたか、ずっと考えていた。母も、そうだった。言ってみれば私たち母子《おやこ》の念願だ」

甘輝は天井を見上げ、次いで俯《うつむ》き、それからやっと福松に向き直った。

「俺には夢がある。皇帝の厨師になりたい。叶えてくれるか」

「はじめて聞いたな」

口を挟んだ施郎に、「いま決めたんだよ」と甘輝は叱るように応じた。

「お前はどうなんだよ」

「俺は」施郎は即答した。「どうやら皇帝の軍師になれそうだ。将来の皇帝陛下には、建国の功臣をせいぜい大事に扱ってもらいたい」

「うむ、それは大事だな」

屈託なく笑い合う友人たちの顔に、福松は数か月前のことを思い起こしていた。福州郊外の丘で、福松は新帝と百官に囲まれながら、ひとりだった。いまは違う。

「ありがとう。ふたりとも」

福松は素直に口にした。これから会う弟と育ての母にも、目を見て話せそうな気がした。

三

「次郎左衛門の言ったとおりね、中国の食べ物はおいしい」

おマッさんは忙しく箸と顎を動かしている。

甘辛く炊いた獣肉、脂で揚げた魚、蒸した蟹、粥。出てくる料理はみるみる減ってゆく。

「全くです。ああ、その揚げた鶏の最後のひとつ、おマッさんがどうぞ。こっちの豚を包んだ餅は私がいただきます」

次郎左衛門も異国の味に感心しながら、出される料理を平らげていった。漢人の多い長崎でも唐国《からくに》の料理は食べられるが、通事の身分でここまで豪勢なものは口にできない。

「十分でなくてよかったと初めて思いました」

次郎左衛門は陶器の匙《さじ》を淡色の汁に入れ、貝をごっそりと掬《すく》った。

日本では、質素が侍の美徳とされ始めていた。儒学を修めて倹《つま》しく暮らし、主君に尽くす。そんなありようが尊ばれている。窮屈だな、と次郎左衛門はいつも思っていた。

楊《イウ》の案内で福州見物を堪能《たんのう》し、大将軍府なる厳《おごそ》かな名が付いた兄の家に着いたころには、日もだいぶ傾いていた。やたらと立ち並んだ御殿の隅、小振りな一間に通されると、棗《なつめ》の浮いた茶と揚げた餅のようなものが出された。餅には、砂糖がふんだんにまぶされている。日本ではほとんど産せず、希少な輸入品だった。唐国の豊かさと兄の勢威に目を見張った。

引き下がる楊を丁寧に立礼して見送ったあと、次郎左衛門とおマッさんは猛然と茶をすすり、餅を平らげた。それから多少どころか目を剝くような美食が次々と供され、日本から来たばかりのふたりはひたすら食事を続けている。

そうしながら、次郎左衛門は別のことが気になっている。

部屋には五脚の椅《いす》に囲まれた円卓があり、うちみっつは、まだ空いている。兄には妻と、子がひとりいることは榻から聞いているが、その三人で椅は埋まってしまう。

母上は、どうしたのだろう。

何の手掛かりもないことを考えていると、飴色の扉が軋《きし》んだ。

黒い方巾《ほうきん》、灰色の寛衣《かんい》という質素な装いの若者が、現れた。傍らには金の簪《かんざし》と鮮やかな衣服で着飾った女性、それと幼子。

次郎左衛門が思わず凝視していると、若者は室内に入ってきた。ぐるりと円卓を回り、おマツさんの前に跪《ひざまず》いた。

「福松でございます。覚えておいでてしょうか」

流暢《りゆうちよう》な日本の音で、若者は言った。その顔には敬意めいた微笑が浮かんでいた。

「もちろんよ。よく覚えてる」

おマツさんは座ったまま、こちらは底意を感じさせない喜びをにじませて答えた。

「お昼に見たときは、誰かしらと思ったけど」

「お昼？」

福松と名乗った若者は、微笑みながら首を傾《かし》げた。次郎左衛門は立ち上がった。慌てていたのか、椅から思ったより大きな音が立った。

「お城へ登られる兄上を、道から見上げておりました」

他人に等しい兄を何と呼ぼうかずっと迷っていたのに、「兄上」という言葉がするりと出てきた。

ああ、そうだったか。兄はそう言うと、跪いたまま顔を動かした。

「次郎左衛門か。久しいな。覚えているか」

「実は」次郎左衛門は緊張を自覚した。「あまり覚えていません」

正直に言った。兄は怒るかもしれないと恐れたが、柔らかく笑ってくれた。

「ゆっくり思い出してくれればいい。あるいはこれから覚えてくれ」

過ぎたるも及ばざるもない、完璧な態度を兄は示した。ただ、それゆえに、どこか演技めいた感触を次郎左衛門は抱いた。

兄は手を広げ、妻と子を紹介してくれた。嫂《あによめ》に当たる人は中国の作法で慇懃《いんぎん》に礼をし、四歳だという子は「ぎむ、です！」と元気よく名乗ってくれた。

兄の家族が席に着くと、日本と中国の音が混じった和やかな食事が始まった。おマツさんはもうひとり分くらいを軽く平らげながら、兄と様々な話をしていた。嫂や子とも、身振りと日本の音でなんとか通じ合っているようだった。その楽しげな様子に、中国へ渡ってよかったと次郎左衛門は安堵した。

一刻ほどして、嫂は眠気を訴えた子を連れて退室した。

「福松はすごいわねえ。できた人を娶《めと》って、かわいい子もいて。立派なお役目にも就いて」

おマツさんが何度目か知れないことを言うと、兄は頷いた。ただそこで話が止まった。おマツさんは食事と話で疲れ、兄も新しい雑談の接《つ》ぎ穂《ほ》を考えているようだった。

「兄上」

意を決して、次郎左衛門は口を開いた。

「母上は、どうされたのですか。いつお会いできましょう」

ああ、と兄は言い、目を落とした。逡巡《しゅんじゅん》するように何度か瞬《またた》いたあと、顔を上げた。

「母上は鄭《テエ》家から、私の前から去られた」

兄はそう言った。「なぜ」と次郎左衛門が、「どこへ」とおマツさんが問う。

「私は、母上に刃向かった。言葉の話ではなく、本当に母上に刃を向けた。それゆえ母上は去られた。どこにおられるかは定かではない」

兄は手を伸ばした。焦げ色の酒を満たした小さな瑠璃《るり》の杯を摘《つま》み上げて一気に干す。ゆっくりと熱い息を吐き、話を続けた。

曰く、兄弟の母、松は、清に降って海賊の鄭家を存続させようとした。兄は大明の再興に手を貸してこそ運が拓けると考えた。保護した唐王なる皇族、いまの皇帝を連れて清軍の陣へ向かった母を、兄は襲った。唐王は取り返せたが、母は「追うな」とだけ言って、姿を消したという。

「清に抗する、という考えは間違っていないと私は今も思っている。だが、母上を追い出してしまったやり方が正しかったとは、思えない」

兄の顔から、端正な皮がぼろぼろと剝がれ落ちているように次郎左衛門には思えた。代わって現れたのは、無垢で敏感な子供だった。

「私は愚かだ」

兄は言った。

「やっとおマツさんと次郎左衛門を中国へ呼べたのに、母上を追い出してしまった」

言い終わると、兄は杯に酒を満たし、また一息に呷《あお》った。次郎左衛門は言葉が見つからなかった。

「松ちゃんは、生きてるのでしょう」

おマツさんの声が、暗い部屋にともった灯りのように聞こえた。

「はい」兄は、微《かす》かに頷いた。「おそらくは」

「なら、またどこかで会えるわよ」

「――そうかも、しれませんね」

嚙み締めるように、兄は答えた。

それから、次郎左衛門とおマツさんの福州での生活が始まった。といっても暖衣飽食《だんいほうしょく》するだけの日々で、それは兄なりの心遣いらしかった。

兄は年明けに出陣を控えているらしく、その準備や日々の政務に忙しかった。ときおり朝餉《あさげ》や夕餉を共にすることがあって、そのときはくつろいだ顔を見せていた。

年末に嫂と子、そして次郎左衛門とおマツさんはより南にある鄭家の本拠地、安平城へ船で移ることとなった。福州は清との境に近く、念のためだという。あの老楊も、世話役として同行した。

「ご不便はおかけしませぬ。どうぞごゆるりと」

安平城では、城の主だという大男が、兵や取り巻きなどたいそうな人数を引き連れて出迎えてくれた。表向き鄭芝龍を演じている者であると、傍らの楊がささやく。男の満面の笑みが、次郎左衛門にはどこか不気味に思えた。

四

福松が皇帝を立て国姓を賜った翌年、隆武《りゅうぶ》二年（一六四六年）三月。

福州の郊外に集結した三万五千の兵が、旌旗《せいき》を翻《ひるがえ》した。

「駙馬よ――」

居並ぶ将兵を前にして、金色の鎧を纏《まと》った皇帝は、福松を跪かせた。

「朕《ちん》が軍旅に先発して道を拓《ひら》き、まつろわぬ賊を悉《ことごと》く討ち果たすべし」

続いて式部《しきぶ》官が、金銀の象嵌《ぞうがん》に飾られた剣を捧げ持って進み出る。福松は恭《うやうや》しく剣を受け取り、皇帝と馬を並べて閲兵《えっぺい》を行った。

中国の南、福州に移った大明国は、満を持して軍を起こす。五千を率いた国姓爺《コクシンヤ》の軍が先発して仙霞関へ入り、三万を率いる皇帝軍が各地を平定する。

「少ないの」

しばし馬を進めてから、皇帝はつぶやいた。兵の数についてのことらしい。

「そのぶん、精鋭を選《よ》りすぐっております。烏合《うごう》の群れでは、かえって危ういものにて」

福松は、自信をもって奉答した。

「清軍は当面、長江《ちょうこう》一帯の掌握《しょうあく》に手間取るはず。多少の兵が来たっても本藩《わたくし》が北で防ぎまするゆえ、陛下は堂々と軍をお進めあそばせ。それだけで、国家再興の礎《いしずえ》は整いましょう」

「そして南京《なんけい》を奪還し、いずれ北京へ攻めのぼる」

「さようです」

「朕は、いつごろ用済みになろうかの」

「それはひとえに、陛下のお力次第」

さらりと言ってやった。豪胆なのか迂愚《うぐ》なのか、皇帝は顔色を変えぬまま、馬の腹を蹴って離れていった。福松も手綱を引き、自らの兵の前まで駆ける。

五千の兵が整列し、その前には軍官たちが騎乗していた。施郎《シーロン》と、すっかり馬に慣れた甘輝《カンフィ》もその中にいる。

「出立する」

賜ったばかりの剣を抜き、福松は馬上で叫んだ。

「今次の出陣は、国家再興の端緒《たんしょ》である。本藩に続き、勲功《いさおし》を上げよ」

はちきれるような喊声《かんせい》とともに、国姓爺の軍は出発した。並の足なら十五日はかかる道を十日足らずで踏破し、山間の緩い谷を塼の城壁で塞いだ仙霞関に到着した。関はがら空きで、大明国以外の天下を知らぬ十名ほどの老人が、武具を携えて寝泊まりしていた。

福松は仙霞関の確保を後方に報じつつ、兵たちには城壁の修築や防備の工事を命じた。また北へ斥候《せっこう》を頻繁に送り、情勢を確かめた。

清軍は南京に本営を置いて南下し、銭塘江《せんとうこう》北岸の杭州《こうしゅう》を攻めている。銭塘江の南では魯《ろ》王なる明の皇族が福州朝廷に従わず、自立している。そこから南西へ進むと仙霞関、さらに南へ下ると福州皇帝の軍が活動する一帯があり、福州へ至る。

清軍は、まだ遠い。仙霞関以南の平定はうまくいきそうだった。翌五月、清軍は杭州を陥《お》として銭塘江を渡り、魯王軍と戦端を開いた。並行して福州皇帝の軍も、順調に各地を平定していった。

六月、魯王軍が壊滅し、魯王は逃亡した。そろそろ清と一戦あるやも、と福松が決意を固めたころ、容易ならぬ事態が出来した。

「軍糧《ぐんりょう》が届かない」

相談しに来た施郎の白い顔は、青みがかっていた。

日を待たず、皇帝軍からも使者が来た。軍糧が不足し進軍できないという。

「大丈夫だ。案ずるな」

軍官たちとの定例の軍議で、福松は努めて鷹揚《おうよう》に言った。

「おおかた、船が天候のため遅れているのだろう。もうすぐ届く」

内心では、兵站を任せた蛟《カウ》の不手際への怒りで気を失いそうだった。

「このままでは、民から食い物を出させるしかありませぬ」

「ならぬ！」

軍官の指摘に、つい叫び返してしまった。福州朝廷は明を慕う民心に拠って立っている。略奪は吾が身を食らうに等しい。

「略奪は禁じている。違《たが》えば死罪である。兵どもにも再度周知させよ」

念を押し、また軍糧の不足は近隣の村落から適正な価で購《あがな》うよう命じ、福松は軍議を打ち切った。だが、いくら待っても軍糧は届かなかった。

そこへ清軍接近の報が届き、国姓爺軍は大いに動揺した。空腹では戦えぬ、勝っても飢えは変わらぬ。兵たちはそのように言い、逃亡や反抗が相次いだ。

米の収穫がある八月に入ると、軍の規律はいよいよ低下した。実った田を眺めるしかない鄭軍は、野盗の群れに変わろうとしていた。

安平城から使者がやってきたのは、その八月に入ってすぐだった。福松はひとりで使者と対面して鄭芝龍《テエチーリヨン》の、つまり蛟の、それも誰かに代筆させたらしい手紙を確かめる。

——清に降り、仙霞関の門を開けよ。渡りはつけてある。

手短な文章で、福松は全てを理解した。その狡猾《こうかつ》さを認めざるを得なかった。

蛟は清とひそかに通じていた。そのため軍糧を送らず、福州朝廷の軍を潰《つぶ》した。福松に降伏を勧めてきたのは、清への手土産をひとつ増やしたかったからだろう。だが降伏せずとも、福松の軍はもはや戦えない。福松は歯ぎしりするしかなかった。

「そなた、この書の中身を知っているのか」

尋ねると、使者は純朴な顔を左右に振った。どうやら蛟は裏切りを明らかにしていないようだ。吾が身を最も清に高く売れる機を見計らっているのだろう。その欲深さは半面で、福松に時を与えてくれている。

「お返事は私から改めて使いを出す」

福松はそう告げて使者を帰すと、施郎を呼んだ。

「鄭芝龍をやらせていた男が、裏切った。軍糧が来ないのはそのためだ」

「鄭太師が」

施郎の顔が、また蒼褪《あおざ》めていた。父の施大宣《シータイソワン》が蛟に長く仕えている施郎は、鄭芝龍が替え玉であると知った後も鄭太師と呼んで、蛟に敬意を払っていた。

「施郎。私はきみを疑ってはいない。疑わないという私を、どうか信じてほしい」

詮議も何もせず、先に決意を言った。施郎を信じられる証拠は何もない。だが友人を疑って生き延びるなら、信じて裏切られたほうがましだと思った。

「嫌な仮定を許してほしい。もし蛟がきみの父上の進言で裏切ったのだとしても、裏切りの罪を犯したのは蛟だ。血縁のほか何の関わりもない、きみを罰するようなことはしない」

施郎は何も言わず、福松の顔をじっと見据えている。

「福児《ホッジィ》」声は震えていた。「この恩は必ず返す。受けた信には必ず応える」

「そうしてくれると嬉しい」

自らを罰すると施郎が言うかもしれなかったから、福松は安堵した。

「さっそくだが、私はどうすべきか」

施郎は少し考え、もうひとりの幼馴染の同席を欲した。甘輝が来ると、施郎は自ら蛟の裏切りを話した。甘輝は施郎に向かって頷き、福松の目を見てから、

「施郎には策があるんだろ」

軽い口調で言って、にやりと笑った。こらえきれなかったらしく、施郎は声を上げて泣き出してしまった。

「俺たちの軍は五千の兵がいるが、飢えで士気は瓦解している。もう戦えない」

嗚咽《おえつ》交じりに、まず前提から施郎は話しはじめた。

「だが選り抜けば十分の一、五百くらいはついてきてくれる者もいるはずだ。この五百で、何ができるか、何をすべきか。策と言えるほどのものじゃない。すべきことはひとつだけ」

施郎は一つ息を吸ってから続けた。もう泣いていなかった。

「安平城を急襲し鄭太師、いや鄭芝龍を捕らえる。そして福児は甲螺《カーレ》の座に就き、鄭家の全権を掌握する」

福松は同意しつつ、だがためらった。

「きみの父上はいいのか」

「それは父が考えることだ。俺は俺の主である国姓爺に、友人である福松に尽くす」

「皇帝はどうする」甘輝が口を挟んだ。「あっちはいいのか」

「皇帝軍に必要なのは糧食で、俺たちの兵じゃない。うまくやってくれることを祈るしかない。担ぐ皇帝をもし失っても、俺たちは担ぐための足腰を先に取り返さなきゃいけない」

「決まりだ」

福松は宣言した。

「その手で行こう。施郎と甘輝は兵を集めてくれ」

博奕《ばくち》に近い。安平城の守りが固められていれば、あるいは蛟がすでに脱出していれば、失敗に終わる。だが事ここに及んでは、友人が父を捨ててまで考えた策に賭けるしかなかった。

福松は、軍を解散すると告げた。次いで、帰郷する兵の路銀や食い物の足しになればと、武具や不要な軍馬の分配を命じた。

ついてきてくれる兵は施郎の予想よりやや多く、歩兵が五百、騎兵が百ほどとなった。福松と施郎が騎兵で先行し、甘輝は歩兵を率いて追うこととなった。騎兵で襲撃が成功すればそれでよし、失敗すれば追いついた歩兵で攻城戦を行うか、ともにどこかへ落ち延びる。

「出発する」

騎兵の先頭に立って福松は叫んだ。月並みな言葉に、震えるほどの怒りと決意がこもった。

五日ほど山野を駆けに駆け、南方の暖気と潮の香りを突っ切って、安平城に辿り着く。

「いけるな」

隣で騎乗する施郎が怒鳴った。油断しているのか、城は門を開け放していて、警備もないに等しかった。

「鄭芝龍の子、成功《シンコン》である。道を空けよ」

福松は呼ばわり、門を駆け抜けた。垢と汗にまみれた百の騎兵が続く。福建の兵や海賊、城の住民たちは何も知らないらしく、甲螺の公子《コンツゥ》と奉り、国姓爺と呼ばれる若者の無事に歓声を上げつつも、その物々しい帰還に驚いているようだった。

殿宇が立ち並ぶ内城まで、一気に入った。下馬した福松は兵のうち半分を施郎に任せて外に待機させ、もう半分とともに足音高く殿宇に入る。すれ違う者たちの奇異の目を無視して進み、透かし彫りが施された大きな朱塗りの扉の前に立つ。ひとつ深い呼吸をして、福松は蹴破るような勢いで押し開いた。

「おお、成功か」

極彩色の調度がひしめく悪趣味な部屋の奥から、大柄な人影がゆらりと立ち上がった。

「よくぞ帰ってきた。心配しておったぞ」

両手を広げる蛟の周囲には、腹心らしき数名の男たちがいた。なにやら相談でもしていたらしい。

「鄭芝龍」

福松は怒鳴った。

「国家の軍は壊滅した。全ては、あなたが軍糧を送らなかったため。その罪は明白である。畏《おそ》れ多くも国姓を賜りし身として、許すわけにはゆかぬ」

捕らえよ、と福松は呼ばわる。兵たちは殺到し、たちまち蛟は組み敷かれた。

「先に聞くが、施大宣どのはどこにいる」

問うと、頬を床に押しつけられた蛟は「家じゃねえか」と無表情に答えた。

「あいつは何かと小うるさい。もう出仕するなと言ってやったら、本当に来なくなった」

愚かな男だ、と蛟について福松は思った。また施郎の父が裏切りに無関係と知って安堵した。

「それより息子よ。父に、こんな真似をしていいのか」

「もはやあなたを父とは思わぬ」

芝居は終わりだ、と告げたつもりだった。

「なあ公子。知ってるか」

蛟は、懐かしい呼び名で福松を見上げる。まるで見下ろすような、不遜な目だった。

「清はもう、すぐそばまで来てるぞ。仙霞関は抜かれ、福州にも迫っている。皇帝も清に捕まった」

「すべて、お前のせいだろうが！」

福松は叫んで剣を振り下ろした。切っ先は蛟の耳を掠《かす》めて石畳を叩き、火花が散った。

「どうして裏切った。明を慕う者はまだまだ多い。清と戦えるのだ。吾らはこれからだった」

「痴児《がき》め」

組み敷かれた姿勢で、蛟はせせら嗤《わら》った。

「明で生きていけなかった人間がいるってことを、考えたことはあるか」

「何の話だ」

「てめえは、食うに困るほど蔑《さげす》まれたことがあるか。戯れに親を殺されたことがあるか。国ってやつに踏みつけにされたことはあるか。明なんてものがあるから、俺はこうなった」

「恨むだけしかできないのか、お前は」

「そうかもしれねえな」

蛟に悪びれる様子はなかった。

「だが、てめえがやってることは、遊びだ。てめえが作った国は、そこで生きられるやつと無理なやつを選ぶ。どうしたって選ぶ」

「そんなことはない」

「なら、今の俺はなんだ。てめえが追い出した媽祖《マーツォ》は」

思わず福松は周囲を見回した。実の母のことも、その綽名《あだな》を知る者もいなかった。

「なら蛟。私を手伝え。私の元にお前のような者がいられるために」

「わかってねえな。痴児」

福松の言葉を遮った蛟の顔には、さっきよりずっと陰惨な影があった。

「その場所とやらに俺を従わせることができなかった悔いを、てめえは死ぬまで背負え。そうなれば、俺もここまで生きてきた甲斐があるってもんだ」

「なぜ、そこまで私を憎むのだ」

「てめえなんぞ、どうだっていい。俺が憎むのは人の世だ」

福松はやっと気付いた。この男は、悪意そのものだ。人という存在そのものを呪い、人の身である己《おのれ》すら、おそらく蛟は嫌悪している。だから己の生を使い捨ててまで、他人の生に拭《ぬぐ》えぬ汚れをつけようとしているのだ。

「連れていけ」

福松は怒鳴ったつもりだった。だがその声は、自分でも驚くほど弱々しかった。連行される蛟の背は、不気味なほど大きく見えた。

五

鄭芝龍《テエチーリヨン》を捕らえた国姓爺《コクシンヤ》は即日、甲螺《カーレ》の地位と軍権の継承を宣言した。

人事の刷新やら何やらで二か月ほど過ぎたあと、国姓爺は主だった者と今後を議することにした。安平城の広間に、海寇の頭目や軍官たちが集まった。

「先に、みなに紹介しておく」

兄の言葉に、田川次郎左衛門は緊張を覚えながら立ち上がった。

「本藩の弟、次郎左衛門だ。ずっと長崎に住んでいた。これからは日本との交易を任せようと思う。みな、よろしく頼む」

胡乱《うろん》げな視線を向けられ、それはそうだろう、と次郎左衛門は思った。巨大な利をもたらす日本との交易は鄭家の力の源泉であり、甲螺の身内であっても新参者に任されてよいものではない。

――蛟《カウ》という男は、まだ慕われているようだ。

同時に、そうも見て取った。だから兄もあの鄭芝龍の身代わりを殺せず、いまも牢にとどめている。

「弟には器量がある。若いといっても本藩と齢はひとつしか違わない。長く日本で暮していたから、かの地の事情にも精通している」

かばうように説明する兄が、次郎左衛門は痛ましく感じられた。この中国には、兄が信頼できる者が少ないのだ。そうでなければ、何の経験もない次郎左衛門が引っ張り出されるはずがない。

「それはそうと、これから俺たちはどうする」

問うたのは、苦労が染みついたような顔の男だった。確か鄭鴻逵《テエホンクイ》といい、次郎左衛門にとっても叔父にあたる人だ。安平城から海を隔《へだ》てた金門島《きんもんとう》に配されている。

福州で兄が立てた皇帝は清軍に捕らわれたのち、食を絶って餓死した。同月、大明の継承を宣言する皇族がふたりあらわれた。両者は争い、また清軍にも攻められた。片方は紹武《しょうぶ》の元号を定めてすぐ死に、もう片方の桂王《けいおう》なる皇族は永暦《えいれき》の元号とともに梧州《ごしゅう》へ逃れた。先んじて清に攻められた魯王は魯監国《かんこく》元年を宣言したまま流浪している。清は順治《じゅんち》、兄は福州の皇帝が立てた隆武で年を数えている。誰がいつまで使うか分からない元号だけが、天下に増え続けていた。

「愚かなことだ」

それらのことを説明した後、兄はさも悲しげに溜息をついた。

「手を取り合えば清にも抗せようものを、小さいまま諍《いさか》い、各個に討たれてしまう」

「で、どうするんだ」

鄭鴻逵の声は硬く、他の者たちは静まり返っている。

「吾らは当面、兵を練り態勢を整える」

「うまくいくものか」

吐き捨てたのは鄭羽良《テェウーリョン》。厦門《あもい》の地を任されている人だ。

「清は陸《おか》のうち、三分の二を攻め落としている。あと一分は明に未練のあるやつが、集まりもせず右往左往している。俺たち鄭家もいつのまにか、安平城のあたりと金門島、厦門あたりに縮んじまった」

「吾らは海を握っている」

兄の声は、いかにも才気走っている。聞くものによっては聡明にも、あるいは冷たくも聞こえるのだろう。

「海がもたらす富は羽良おじ、あなたもよくご存じのはずだ。それとも、清に降って交易の利をくれてやりますか」

独自に南の外《と》つ国《くに》と商売をしているらしい鄭羽良はしぶしぶ頷いた。

「まずは守りを固める。本藩は各地へ募兵に回る。その間、安平城は鴻逵叔父にお任せする」

兄の言葉で、散会となった。集まった者たちが雑談や時勢の話に興じはじめ、兄はひとりで退室していった。

その日の夜、次郎左衛門とおマツさんは兄から夕餉に招かれた。

「明日、発ちます。しばしのお別れを申したく」

波音が聞こえる部屋で出迎えてくれた兄からは、もう酒の芳香が漂っていた。

おマツさんは無邪気に目を輝かせながら箸を動かす。次郎左衛門は料理を取り分けてやりながら、ゆっくり食べる。兄は箸を使わず、ただ強い酒を呷り続けていた。

「ところで」

おマツさんと次郎左衛門が膨れた腹を撫でながら茶を喫しはじめたころ、兄が切り出した。

「私はいずれ、中国の皇帝になるつもりなのですが」

次郎左衛門は碗を取り落としそうになった。おマツさんが動じずに「うん」と応じたから、また驚いた。

「大明国を再興するのではないのですか」

「あれはもう、亡びている。三百年近くも天命なる虚《うつ》ろを奉じているうちに、国まで虚ろになってしまった」

問うた弟に、兄はこともなげに言った。

「ただ明はもうしばらく、旗印に必要だ。旧《ふる》い明にも新しい清にもいられぬ者の国が、天地のどこかに必要なのだ」

兄は瑠璃の器を置いた。

「鄭芝龍をやってもらっていた男に言われました。私が作る国は、そこで生きられる人と、そうでない人を選ぶと。実の母を追い出したのが、その証《あかし》だと」

「やってみないと、分からないいんじゃないかしら」

しごく簡単そうに、おマツさんは言った。その明るい声色に、次郎左衛門は小さな明かりを灯されたような感覚があった。

兄は、小さく頷いた。納得できたのか次郎左衛門には分からなかったが、いつもおマツさんと話すときと同じように、兄の目には満足げな光が湛《たた》えられていた。

翌日、鄭成功《テェシンコン》は船で安平城を発った。ひと月ほどかけて、領内で募兵と巡察を行う予定だという。

六

耳の長い二頭の驢《ろば》が、質素な車を曳《ひ》いていた。

「あったかくて、いい日和《ひより》ねえ。眠ってしまいそう」

ことこと揺れる車の上で、おマツさんがのんびりと言った。

「どうぞお眠りください。着いたら起こしますゆえ」

並んで座る次郎左衛門はそう応じたが、ずいぶん瞼《まぶた》が重くなっていた。

十一月になっても福建には冬の気配がない。車が行く草原だけが、季節を主張するような枯れた色に染まっている。暖気に加えてゆるやかな揺れが、なお眠気を誘う。

そういえば、次郎左衛門とおマツさんが福建へ来て、もう一年が経っている。夏は暑いが、他の季節はずっと暖かい。食べ物に慣れてしまえば、過ごしやすい土地だった。

「ときに老楊《ロウイウ》」

頭が下がってきたおマツさんを気遣いながら、次郎左衛門は訊いた。

「吾らに会いたいとおっしゃるのは、どなたなのですか」

それが誰とも告げず、楊がふたりを安平城から連れ出したのは一刻ほど前のことだった。

「お会いになればわかります」

楊は出立の時と同じ言葉を使ってから、遠くを指差した。緩《ゆる》い坂の上に、半ば崩れていると遠目にもわかる塀があった。

「あそこで、待っています」

楊が示した廃寺に着いたころには、おマツさんはすっかり眠っていた。次郎左衛門はそっと起こして、急がせず手を引いてやりながら車を降りた。

楊に誘われ、瓦礫《がれき》と紙一重の門を潜ると、ひび割れた堂の壁にもたれていた人影が、ゆっくり歩み寄ってきた。

「松ちゃん？」

目覚めたようなはっきりした声が聞こえた。

近付く人影は、腕を露わにした袖のない黒衣を纏っている。男と見まごう長身に背負った大きな太刀。細面《ほそおもて》は鋭く、だがどこか女性を思わせる曲線がある。

彼女が、母か。まるで記憶にないその姿を、次郎左衛門は凝視した。

「お久しぶりです。おマツさん。お元気でしたか」

確か松といったか、顔を知らない女性は口の端を歪《ゆが》めた。彼女なりに、微笑もうとしたらしい。

「生きてたのね、よかった。会えてうれしい」

おマツさんは痩せた腕を伸ばして、節くれだった松の両手を摑んだ。まあ、まあまあ、と言葉にならぬ声を上げ続けるおマツさんを見つめてから、潮焼けした細面が次郎左衛門を見据えた。

「お前は、次郎左衛門か」

「――はい」

考えてみれば不思議なことを、尋ねられた。

「あなたは、母上なのですか」

問うと小さく、だが強く頷かれた。

「大きくなったな。お前にもおマツさんにも辛苦《シンコォ》――いや、苦労を掛けた。すまないと思っている」

母の言葉に混じった福建の語は、日本を離れてからの長さを思わせた。

「どうしても、ふたりに会いたかった。だから天生《テンシン》に頼んで無理を言った」

「あんたの無理には慣れてる。手紙が来たときは驚いたがな」

ちょうど車から大きな籠を背負ってきた楊が、にやりと笑った。日本の音のままだったが、そんな話しかたをするのか、と次郎左衛門は驚いた。

名を天生という楊老人は敷物を広げ籠を降ろし、持ってきたらしい点心を並べていった。

「では、ごゆっくり。俺は表で待っている」

楊が去り、残った三人は敷物の上に腰を下ろした。

おマツさんが粽《ちまき》や饅頭を食べながら一方的に話し、松は酒を片手にぽつぽつと答えたり相槌を打つ。松が平戸に住んでいたころ、福松や次郎左衛門の幼いころの話など、他愛ない思い出話ばかりを、ふたりは嬉しそうに語らっている。

黙って様子を眺める次郎左衛門は、ふと気付いた。実母が酒を呑む仕草は、兄にそっくりだった。

「母上、ひとつよろしいですか」

実母と養母の会話が途切れたときを見計らって、次郎左衛門は口を挟んだ。

「母上はどうして、鄭家を出られたのですか」

見据えてきた松に、次郎左衛門は続けた。

「兄上は言っておられました。母上は兄上を止められたのに、止めなかったと。そして母上に歯向かったことを、いまも悔いておられます」

「福松は」松は答えた。「自分で考え、正しいと思うことを成したと言っていた。ならばあたしは身を引くべきだと思った」

「ほんとうに、兄上は正しかったのですか」

問うたことと別の疑問も、次郎左衛門は抱いている。母と兄の悩みは、似ている。

「あたしは夫を、お前の父を殺した」

唐突なことを実母は言った。

「天生や他の仲間たちと台湾へ渡り、海賊を続けた。数え切れぬほどの人間を追い詰め、その命や財を奪った。おマツさんに頼りきりで、お前と福松を育てなかった。そのあたしは正しいか」

「それは」次郎左衛門は口ごもった。「私には分かりませぬ」

「同じだ。これまでのあたし。あのときの福松。どちらがどれだけ正しかったのかは、あたしにも分からない。けれど福松は自分で考え、行った。それは自ら生きるということだ。それができれば、もう親はいらないだろう」

「だから、身を引かれたと」

「あたしはせめて、親でありたかった」

抑揚のない松の声が、次郎左衛門にとって泣かれるより悲痛に聞こえた。親であるとは、これほど至難なことなのであろうか。

「みな、悔いがあるわよ」

おマツさんが言った。

「やり直しましょう、いっしょに。あたしも、きちんと育ててあげられたとは思わない。自分のことで精いっぱいで、できなかったこともある」

「福松も」松の声は掠れていた。「そう言っていました。家族をやり直そうと」

「ほら、みんな考えていることは同じじょ」

「みんな」

顔を上げた松へ、おマツさんが微笑み返した。微風がそよいだ。

松が、黒衣を翻して立ち上がった。何か言うのかと思ったが、耳を澄ませるように俯《うつむ》いている。

「ちょっと待っていてください」

言い残して松は足早に門へ向かった。寝そべっていた車から飛び降りる楊天生が見えた。待てと言われたはずのおマツさんも立ち上がり、門の方へ行く。次郎左衛門も付き添う。

「あれは——」

坂とも呼べぬほど緩く傾斜した枯れ色の草原を、夥《おびただ》しい人数がこちらへ向かっていた。数はわからないが、軍勢であることは間違いなかった。

「隠れるかね」

楊の問いに、松は首を振った。

「もう見つかっているだろう。かえって怪しまれる。安平城に近いこのあたりの軍なら、鄭家かそれに近い側のはずだ。黙ってやり過ごそう」

楊は頷き、驢の轡《くつわ》を引いて車を道の端に寄せ直した。しばらくして軍勢の前を行く騎兵の群れがはっきり見えてくると、楊と松が同時に顔を硬くした。

「理由《わけ》は分かるか」

松が問い、楊は「知らねえ。まずいことになったってのはわかるがな」と応じた。すれ違いざま、騎兵の先頭にいた大柄な男が馬の上から珍し気な目を向けてきた。

「媽祖《マーツォ》ですかい。お久しぶりで」

粗野な中国語とともに、男は馬を降りた。「すぐ追いつく。先に行け」と背後の騎兵たちに命じて、歩み寄ってくる。やっと次郎左衛門にもわかった。

鄭芝龍《テェチーリョン》。いや、たしか蛟《カウ》と言ったか。捕らわれていたはずの男がそこにいた。

七

蛟の背の向こうで、鄭の字を記した旗を掲げた軍勢が通り過ぎてゆく。

「お前、なぜここにいる」

松が問うと、蛟はげらげらと笑った。

「俺も同じことを考えてましたよ。媽祖《マーツォ》に」

次郎左衛門は、中国の言葉を解さないおマツさんの傍らにそっと立ち、小声で通訳した。

「減らず口はいい。先に答えろ」

はん、と蛟はやはり笑う。

「どこで何をなすってたのか知りやせんが、あんたはもう甲螺《カーレ》じゃねえんですぜ」

「お互いにな」

蛟は楽しげに顎を撫でた。

「あんたのお子、国姓爺《コクシンヤ》とやらは所詮、痴児《がき》でさ。安平城にいる兵や海賊と一緒に苦労したのはあいつじゃあねえ、この俺です。牢から出してもらうことも、俺を慕うやつらを連れてって城を丸裸にすることも、わけない。ここが」

蛟は自分の頭を指先で叩いた。

「回りすぎると、足元が見えなくなるんでしょうな」

「いま出てきたのは、どうしてだ。そしてどこへ行く」

「清からの迎えが、今日やっと来てくれるんでさ」

「なぜ、そこまであたしに言う」

「なぜって。いまさらどうにもならねえからですよ。俺が兵どもを連れて出たから、安平城はがら空きだ。国姓爺もいねえ。清がどれだけの兵を寄こしてくるか知りませんが、まず城は陥ちる。——おっと媽祖。いけませんな」

蛟は動じず、芝居がかった動きで首を振る。松の手が背の大きな太刀に伸びていた。

「あんたにも目があるはずだ。俺を斬ったら日本からの客人も、その老狗《じじい》も、後ろを取っている兵たちが八つ裂きにしちまう」

それじゃ失礼しますぜ、と蛟は馬に跨《また》がり、去っていった。

「どうするの、松ちゃん」

次郎左衛門の通訳で事情を知ったおマツさんが尋ねる。

「もうすぐ、戦さになります」

松の声は硬かった。

「ここにいると危ない。おマツさんも次郎左衛門も、逃げたほうがいい」

「だめよ！」おマツさんが叫んだ。

「お城を取られたら、福松はどこへ帰ればいいのよ」

「どこ――」

今日会ったばかりだが、次郎左衛門の実母は意外な表情を見せた。戸惑っている。養母がその肩を摑み、「さっき言ったでしょ」と言う。

「悔いがあるなら、やり直しましょう。ね、松ちゃん。いまここに、みんないるのよ」

松は首を巡らせ、鋭い目を兵たちの隊列へ向けた。つられて次郎左衛門も見渡す。最後尾が緩い坂の底に見えていた。

松はおマツさんに向き直った。

「あたしは安平城へ帰り、福松が戻るまで城を守ります。おマツさんはやはり、次郎左衛門とどこかへ逃げてください。戦さは危ない」

おマツさんは少し考える素振りをしてから、ゆっくり首を振った。

「だめよ」

「次郎左衛門は」

さっきと同じ言葉が、今度は包むような柔らかさで使われた。松は頷いた。

「ご一緒します」

次郎左衛門は迷わず答えた。

八

安平城の内城の内は、騒然としていた。

訳の分からぬ海賊たちと、残った僅かな兵が右往左往している。

「落ち着け、落ち着かねえか」

赤い官服を着たまま怒鳴っている男がいる。次郎左衛門の実の叔父、鄭鴻逵《テエホンクィ》だ。松がそちらへ駆け、次郎左衛門たちも続いた。

「媽祖《マーツォ》――」

絶句する鴻逵に構わず、松は「久しぶりだな」とだけ挨拶した。

「兵はどれくらいいる」

鴻逵は戸惑うように目を丸くし、次いですがめ、最後に笑った。

「あんたがここにいるわけはともかく、助かるよ。手伝ってくれるんだろう」

母が頷き、叔父は「ありがてえ」と返す。追い出されたはずのかつての甲螺《カーレ》の復帰は、ただそれだけで終わったようだった。

「とにかく門を閉めさせろ。住民もいま出て行ったら清軍に襲われるかもしれない。そう説得して、出させるな」

「まさか」鴻逵は目を見張った。「戦うのかね。清軍と」

「これから決める。まず状況を確かめたい。望楼へ上がろう」

鴻逵は手で応じ、数名の軍官を呼んだ。松は楊《イウ》を振り返った。

「おマツさんと次郎左衛門を城内の安全な所へ」

「私は、母上と参ります」

次郎左衛門は叫んだ。武芸《へいほう》も知らぬ一本差しの通事が何の役に立つか分からないが、座してはおれなかった。

「では来い」

松はそれだけ言って踵《きびす》を返した。軍官たちに閉門の手配を命じ終えた鴻逵と、早足で丸太組みの望楼へ向かう。次郎左衛門は歴戦の海賊の無駄のない動きに感嘆しながら、ついてゆく。

梯子でよじ登った望楼から下界を見下ろした。足元に広がる安平城は、政庁や兵舎が並ぶ内城、市街地の外城それぞれを城壁で囲う構成になっている。ただし外城のひと隅には城壁がなく、港になっていた。また城外は、人の往来や練兵で踏み固められた荒野が広がっている。

「あれが清軍だな」

蛟《カウ》たちの兵馬が作る列が向かう先、整然と旌旗を掲げた方形の陣を、鴻逵が指差した。

「五千、そのうちお得意の騎兵は千てところか。船はねえようだな」

「少ないのですね」

次郎左衛門はつい口を挟んだ。長崎で読んだ中国の史書に出てくる軍隊は、十万や百万を数えていた。実際の戦争とは、それくらいの兵数なのだろうか。

「大軍を動かすのは、飯や下の世話で大変なのさ。まずは様子見ってとこなんだろう」

「なら、攻めてこないと」

「そりゃあねえな」鴻逵が苦笑した。「こっちの兵が少ねえことは向こうも知ってるはずだ。ひと当たりくらいはしてくる。で、抵抗が弱ければそのまま攻め陥とす」

「福松は募兵に出たと聞いた。いまどこにいる」

松が、清軍を睨みながら訊いた。鬢《びん》の後《おく》れ毛《げ》が微風になびいていた。

「ここへ帰ってくる途中だ。報せによれば明後日には金門島に着くってことだ。兵は五万ほど集まったんだと。遅れるとは聞いてねえ」

五万か、と次郎左衛門は歯嚙みした。それだけいれば、目の前の清軍はそのまま引き上げただろう。たった数日の差が運命を分けた。

松は言う。

「城を攻める五千の清軍は、福松の五万で簡単に蹴散らせる。だが城を取られれば、帰ってきた福松は清に渡った城と、すぐ来るだろう増援に挟撃《きょうげき》される」

「安平城を取られれば、鄭家《うち》は陸の足掛かりを失う。清には渡せねえ」

「なら、あたしたちは、城を守り抜くしかないな。金門島からここまでは、風が悪くても一日かからない。今日を入れて四日」

「俺たちゃ兵と海賊を合わせて千ほど。四日くらいならなんとか辛抱できるか」

「戦さは、兵だけでいい。海賊は船に回そう。住民たちを詰め込んで順次出航させる」

「おいおい」鴻逵が慌てた。「正気か、媽祖」

「蛟についていかなかった兵も海賊もおおかた、その家族は外城に住んでるんだろう」

松は市街地を指差した。敵の接近を知って慌てる人々が、まき散らした芥子粒のように動き回っていた。

「いまの人数では、どうせ外城は守れない。だが内城は小さく、住民全ては収容できない。兵と海賊だけ内城に引き上げたとして、目の前で家族を蹂躙《じゅうりん》されて戦えると思うか」

松が言い終わると、鄭鴻逵は降参するように両手を広げた。

「道理だ」

それから鴻逵は、いましがたの相談を整理した。

兵だけで外城の門を守り、その間に住民を船で避難させる。避難が終わり次第、内城に撤退する。なんとか三日目まで耐え抜き、鄭成功《テェシンコン》の軍を待つ。

「そうだ。あと真っ先に金門島へ使いの船を。友《ユウ》と錦《ギム》もいるだろう。その船で逃がしておけ」

そう言った松に「なあ」と鴻逵は言う。

「公子《コンツウ》が帰るまで、甲螺に戻るかね。あんたの指図だと俺もやりやすい」

「戻らない」

松は躊躇のそぶりも見せず、首を振った。

「あたしは、福松の家族を守らねばならない。城を守るあんたとは、戦う目的が違う」

「公子が帰ってきた後は、どうするんだ」

その問いに、松は答えなかった。

九

図太い砲声が轟《とどろ》いたのは、安平城の港から最初の船が岸壁を離れたときだった。

幾つかの砲弾が城壁を叩き、磚と土埃が爆ぜた。

「あれしきじゃあ壁も門も破れねえ。慌てんなって兵たちに伝えろ」

城門の上にそびえる楼閣から、鄭鴻逵《テエホンクィ》が命じた。軍官たちが数名、階段を駆け下りていく。

清軍は、もう近い。勇壮な太鼓や銅鑼《どら》に合わせて、足音が地を震わせて迫ってくる。ただ、清の旗を掲げて進む歩兵の軍装は大明のもので、つまり漢人らしい。清人は騎乗し、後方に控えていた。

「次郎《ツウロン》よ」

鎧姿の鄭鴻逵が振り向いてきた。慣れない呼ばれ方に戸惑いながら、次郎左衛門は「はい」と応じた。

戦さに際し、とりあえず襷《たすき》をかけて脚絆《きゃはん》を着けた。最前で防戦を指揮するという鴻逵の側に、次郎左衛門は願って付けてもらった。おマツさんは内城で炊き出しを手伝い、松は別の城門を受け持った。楊天生《イウテンシン》は鴻逵に乞われ、港で住民の避難を指揮している。

「お前さんは、どうやら兄に似ているな」

「兄、ですか」

やまない砲声に怯えながら首を傾げると、「ああ」と鴻逵は頷いた。

「なぜだか知らねえが、公子《コンツウ》も逃げたり引っ込んでたりってことをしねえ。俺は血筋ってのを信じねえほうなんだが、誰に似たのかね」

「母だと思います」

次郎左衛門は迷わず答えた。ただし、答えてから考え込んでしまった。

るが」

「ほう、媽祖《マーツォ》を覚えてたか。まあ俺は、台湾で生まれたばかりのお前さんの顔を見てい
「覚えていたというより」

胸によぎった様々な思いを、言葉に捉えようとした。だがそれは、すぐに散じて、あるいは弾けてしまう。欠片《かけら》のようなものを何とか掻き集める。

「何か欠けていたものを、今日、母に会って埋められたように思います」

結局、妙な答えになった。ふふん、という鴻逵の優し気な笑い声は、迫る清軍の喊声と怒号にかき消された。

「禅問答みたいな話し方も、兄にそっくりだな。さて、お前さんにも働いてもらおうか」

鴻逵は城壁の上で縮こまっている兵たちを指差し、伝令を頼んできた。頷き、楼閣を飛び出した次郎左衛門の視界が、轟音とともに真っ白になった。衝撃に突き倒され、あわてて跳ね起きる。耳が効かない。見上げると頭上で楼閣の隅が砲弾でえぐれていた。

足が震える。次郎左衛門は、歯を食いしばって走り出した。

一日目、砲撃と喊声以上に清軍は攻めてこず、それも日没をもって止んだ。城の内も外も盛大に篝火《かがりび》が焚かれた。城内では砲弾に崩された箇所の修復や食事に忙しい。港では夜を徹して出航が続いた。

二日目の朝、やはり砲撃で戦闘が再開された。住民の避難は予想より早く進み、正午を待たずに最後の船が纜《ともづな》を解いた。ただしそのころには、掛けられた夥しい梯子を清兵

が攀《よ》じ登り、城壁上で斬り合いが始まっていた。

「無理攻めはしねえはずだ。日没まで耐えろ」

鴻逵は怒鳴りながら、忙しく防戦を指揮した。

次郎左衛門はほうぼうへ伝令に走り、時おり石や瓦を城壁から落とした。転んだときの擦り傷以上の怪我を負うことはなく、また誰かに斬りつけることもなかった。伝令で立ち寄ったもう一つの城門では、松が長大な太刀を振るって駆け回っていた。

その日も、日没とともに攻撃は終わった。清軍の引き上げを見た鴻逵は、全ての兵を内城まで撤退させた。

「こりゃあ、どうかな」

内城、政庁の広間で、軍官たちに兵の数を報告させた鴻逵が唸った。

残った兵数は三百ほど、そのうち百は手負いで戦えないと分かった。

あと二日をしのぐのは、明らかに厳しい。鴻逵はそれを口に出さない。最低限の統率として、部下の前で弱音は吐かないつもりらしい。

奇妙なほど静かに、三日目の朝を迎えた。清軍は抵抗のなくなった外城の城門を破壊して市街地に侵入し、内城に攻めかかった。

金鼓《きんこ》が鳴らされ、喊声が上がる。砲声とともに鉄球が城門を叩き、銃弾や矢が放たれる。

「明日には公子が助けに来る。とにかく今日を耐えろ！」

鄭鴻逵は自らも剣を振るいながら督戦《とくせん》する。もはや伝令の必要はなく、次郎左衛門も蔵にあった日本の槍を持ち出して、梯子をよじ登る清兵を突き落としていた。

――いつのまに、私は。

ふと思う。

昨日、自分が落とした瓦に当たった清兵が梯子から落ちていく様を見て、心底から気持ち悪くなった。自分は戦さに向いていないとはっきり分かった。

だがいまは、自ら突いた槍の穂先が肉を貫く嫌な感触に、すっかり慣れてしまっている。怖くてしようがないことは変わらなかったが、うまくやったという快感を覚えることすらあった。母や兄も、こうやって生き方が変わっていったのだろうか。

「頑張ってる?」

戦場に似つかわしくない声がした。振り向くとおマツさんがいた。手押し車で石を運んできたらしい。城方《しろかた》は人数の余裕がなく、それぞれができる形で誰もが戦闘に参加していた。

はい、と次郎左衛門は頷いた。いまはのんびり内心を弄《もてあそ》んでいるときではない。

「よかった。怪我のないようにね」

やはり戦さのさなかとは思えぬ緩やかな言葉に、次郎左衛門は人らしい気持ちを取り戻せたように感じた。

――鄭成功《テェシンコン》の母は必ず捕らえよ!

そのとき、清軍の内を飛び交う号令が、はっきり聞こえた。次郎左衛門は戦慄《せんりつ》する。その鄭成功の母が城壁の上で石を運んでいるとは、清軍も知るはずがない。だが彼らの目的のひとつははっきりした。母を人質にして兄に降伏を促すつもりなのだろう。

「敵さんも忙しいわね」

中国の語を解さないおマツさんは、号令の剣呑《けんのん》な色だけをからかって持ち場へ戻っていった。

次郎左衛門は周囲に「ちょっと離れます」と断り、鄭鴻逵の下へ走った。

「それはまずいな」

次郎左衛門の話を聞いた鄭鴻逵は、血痕が跳ねた顔を歪めた。

「俺が許す。お前さんと媽祖は、マツさんだったか、あの人を連れて政庁に引っ込んでろ。戦さの続きは俺がやるから」

それから、と鴻逵は顔を近付けた。汗と埃、それと血の匂いが次郎左衛門の鼻を撫でた。

「もう、いくらも保《も》たねえ。何かあれば、お前さんたちは自分の判断で身を処せ」

次郎左衛門は思わず見返す。鴻逵は「それじゃあな」といって日本で育った甥の肩を叩き、戦闘の続く壁際に戻った。

敗ける。その自失から逃れるように次郎左衛門は走り出す。

松がいた。壁際に足を掛け、長大な太刀を振り回している。

八幡《ばはん》。その語をふと、次郎左衛門はふと思い出した。日本で尊崇厚い武の神であり、その旗を立てたことから海賊の異称ともなった。母は中国では、女神《おんながみ》である媽祖の名で呼ばれている。それほど神々しく見えたのだろう。

「母上っ」

次郎左衛門は叫んだ。松は梯子をよじ登った清兵をひとり斬ってから、駆け寄ってくる。おマツさんのことと鴻逵の話を伝えると、松の鋭い目に微妙な影が差した。

「まだ終わっていない」

松は言った。

「福松が思ったより早く帰ってくるかもしれない。行こう」

次郎左衛門は松の後に続く。駆け通しているから身体は限界に近かった。ずっと戦っていたはずの松は、海を渡る潮風より滑らかな足取りだった。

矢筒、石、銃弾と火薬の箱。それらを積み上げた一角が城壁上にある。そこにおマツさんはいた。ほかの女たちと手押し車に石を放り込んでいる。

「おマツさん!」

松が強い声で呼ぶと、おマツさんはぱたぱたと駆け寄ってきた。

「清は、おマツさんを捕らえようとしています。あたしと次郎左衛門が守りますから、後ろへ退きましょう」

戦さの喧騒《けんそう》の中、聞いたおマツさんは、きょとんとした顔で松を見上げ、それから俯いた。

「ひとつ言っておきます」

松が目を鋭く光らせた。

「自害は、いけません。もしそうなれば、福松は一生、悔やむ」

「でも松ちゃん」

おマツさんが見上げた。その眼は涙でいっぱいになっている。

「もしわたしが捕まってしまったら、それこそ福松が困るでしょう。わたしにだって意地があります。そんなことのために中国へ来たんじゃありません」

「分かっています」

「分かってない！」

おマツさんは叫んだ。

「血がつながっていなくても、わたしは福松の育ての親。だから親らしくありたいの」

「ならば」松は言った。

「清に捕らわれそうになれば、あたしがおマツさんを斬ります」

次郎左衛門は耳を疑った。松は血に濡れた両手を伸ばして、おマツさんの手を取った。

「お願いです。福松に、死を教えないでください。自ら死ぬな、何があっても生きよ。そう言ってやってください。それは、あの子を育てたおマツさんにしかできないのです」

「松ちゃんは、わたしを斬れるの？　いや、斬ってくれるの？」

聞いて次郎左衛門は、胸が潰れそうになった。

「斬れます」

松の答えは、まるで自らが斬られたような辛い声色だった。

「福松の、そしておマッさんのためなら、あたしは誰だって斬ります」

おマッさんは松をじっと見つめ、それから静かに頷いた。

「松ちゃん、わたしは生きます。何があっても生きて、福松に再び会います。清につかまりそうになれば、そのときは斬ってください。逃げ惑うと思うけど追いかけて、必ずわたしを斬って下さい。頼みます」

「必ず」松は頷いた。「ただしそのときまで、あたしが誓ってお守りします」

松が答えたとき、背後の喧騒が変わった。振り向き、次郎左衛門は思わず槍を構えた。梯子から降り立った清兵が、城壁の上に溢れだしていた。数が少ない城方の兵は押されている。

「次郎左衛門」

松が呼びながら、背負っていた太刀を抜き放った。

「逃げるぞ。お前はおマッさんを連れて先に行け」

松が指差す。五十歩ほど先に、下へ降りる階段がある。そこまで行けばひとまずは難を逃れられる。

次郎左衛門は城壁の内側に沿って走りだした。その後におマッさん、最後に松が続く。

左、城壁の外側からは次々と清兵が上がってくる。それを防ぎ、斃《たお》されてゆく兵たちに詫びながら次郎左衛門は足を動かす。矢が掠め、銃弾が足元で爆ぜる。怯《ひる》んで立ち止まってはいけない。ただ走る。

「海を」

誰かの叫びに、思わず目を転じた。そして、息を吞んだ。

遠くに見える水平線が膨らんでいる。大船団だとすぐわかった。商船ではありえない数だし、清にもあれほどの船団はないはずだ。

「国姓爺《コクシンヤ》だ！」

別の誰かの叫びに、歓声と悲鳴が同時に沸きあがる。

「母上、おマツさん」

次郎左衛門は振り向く。

「兄上です。兄上が――」

その声は、突如起こった銃声の束に掻き消された。

十

五万の兵を載せた鄭成功《テエシンコン》の艦隊は、上陸のため横一線に展開した。その姿が、安平城にいた次郎左衛門には海を蔽《おお》って見えた。後で聞いたが、大小あわせて三百隻ほどだったという。

艦隊は沖で錨と艀《はしけ》を降ろすなどという悠長なことをせず、海を突っ切って次々と浜に乗り上げた。鄭成功自ら集めた兵は練度も武装もまちまちだったが士気は高く、雄々しく喚《おめ》きながら船から飛び降り、城に殺到した。

「城を救え、清軍を追い返せ」

兵たちの先頭に立って城に突入した若き国姓爺《コクシンヤ》の声は、よく響いた。

ただしそのころには、清軍は潮が引くように撤退していた。城を陥落寸前まで追い込んでいたが、増援がないまま国姓爺の大軍と戦っては、奪った城を守り切れないと判断したようだった。

安平城は、守られた。

「兄上っ」

内城の城壁へ駆けあがってきた兄に、次郎左衛門は飛びついた。数歩もつれあい、二人は倒れた。次郎左衛門は馬乗りになって兄の、鉄板で裏打ちした布の鎧の襟首を摑んだ。

「どうしてもっと早くこられなかったのです。城を守ってたくさんの人が死にました。いや、そもそもどうして城を空けたのです。もう少し早ければ。本当にあと」

言葉に詰まる。だが言わねばならない。こみ上げる嗚咽《おえつ》に耐えて次郎左衛門は叫んだ。

「もう少しだったのです」

言うと、仰向《あおむ》けになったままの兄は、目を見開いた。

「もう少し、だったか」

「申し訳ありません」

次郎左衛門は詫びた。

「けど私は、兄上にこう申すしかないのです。守れなかったのは私の非力ゆえと思えば、兄上を叱る資格などあろうはずもない。けど、けれど、みな、兄上を待ち、お帰りになる場所を守っていたのです」

「守っていた。守れなかった――」

外《と》つ国《くに》の商人が持ち込んだ鸚鵡《おうむ》のように、兄は呟《つぶや》いた。

「そうか、私は遅かったのだな」

兄の声はか細く目も表情も動かなかった。それから、兄の手が次郎左衛門の腕を摑んだ。

「どけっ！」

次郎左衛門が身体を引く。兄はがばりと起き上がる。剝がすように兜《かぶと》を脱ぎ、そのまま捨てた。がらん、と乾いた空虚な音が立った。

「鴻逵《ホンクィ》叔父――」

兄は掠れ声で、城を任せていた将軍を呼んだ。生き残っていた兵たちと並んで突っ立っていた鄭《テエ》鴻逵が、顔を上げた。

「本藩の不在の間、城を死守してくださったこと、心よりお礼申し上げます」

兄はどうにかして、国姓爺であろうとしていた。だが気持ちが追い付かないようだった。勇戦を称《たた》えるはずの声は小さく、抑揚がない。

「すまねえ、公子《コンツウ》」

城を守り切ったはずの将軍は、沈痛な面持ちで詫びた。兄はそれに答えず、よろめくように歩きはじめた。次郎左衛門も付き従う。

やがて、兄は跪いた。胸を真っ赤に染めたおマツさんが寝転んでいて、その真青な右手を、蹲《うずくま》った松が握りしめている。その周囲を少し離れて、兵たちと鴻逵が囲んでいた。

マツは、退く間際の清兵が放った銃弾に斃れた。ほとんど即死だった。

「あたしは」

兄と、かろうじて次郎左衛門に聞こえるほどの声で、松が囁《ささや》いた。

「おマツさんとの約束を果たせなかった」

「どんな約束をされたのです、母上」

実母との再会について、兄はいちいち挨拶はしなかった。ただ、静かな声で訊ねた。

「清に捕らわれそうになったら、斬る。それまでは必ず守る、と」

「私のためですか」

兄はいつのまにか、国姓爺から福松に戻っていた。

「そうだ。だからあたしは、お前にも詫びねばならない」

「母上」

兄は、おマツさんの手を握る松の手を、さらに上から両手で包んだ。

「私は果報者です。みなまで事情は知りませぬが、母上が、おマツさんが、そして次郎左衛門が、ここで私を待ってくれていた。私には帰るところがあった。それが分かっただけで、もう充分です」

潮風が強い。予定より早く兄を運んでくれた風は、まだ止まないようだ。

「私は、諦めません」

兄の掌は母の手から離れた。

「皇帝が統べるべき陸《おか》も、皇帝を決めるという天も、悔いも過ちも、不運も悪意も何もかも、私の海に呑みこんでやります」

そして兄は、勢い良く立ち上がった。鎧と佩剣《はいけん》が勇ましく鳴った。

「みな、よく戦ってくれた。本藩、心より礼を申す」

血と汗に汚れた兵たちは、一斉に仰ぎ見た。兄、いや国姓爺を。

「天は斃れた者をきっと哀れみ、戦い抜いたものをしかと嘉《よみ》する。遺憾ながら時に利あらず、中華の三分の二は清の手中にある。だが本藩は、最後まで戦う」

兄は両手を広げた。

「汝《なんじ》ら吾に、国姓爺に続くべし。無窮《むきゅう》の天道に従い、悠久の大義に尽くすべし」

疲れ切っていたはずの兵たちから上がった爆ぜるような歓声を、兄は受けている。亡び、虚ろとなった国を奉じて。

その背が、次郎左衛門にはとても寂しく感じられた。

第六章　それがし、ひとりなり

一

艦上に、緊迫が走った。

風上の水平線から次々と船が現れていた。数と動きから、海軍であることは明らかだった。敵中深いこの海域で友軍と邂逅《かいこう》する可能性はほぼない。

「やっとおいでなすったか」

船尾で、甘輝《カンフィ》は呟《つぶや》く。幕僚《ばくりょう》が差し出した望遠鏡を覗くと、こちらに舳先《へさき》を向けて迫る艦隊は、いずれも煌《きら》びやかな旗を掲げている。

「清《しん》軍だ。戦闘用意。舵はそのまま」

命じる。幕僚たちがそれぞれの任に応じて号令を飛ばし、甲板が騒がしくなる。

「旗艦はなにか言ってきてるか」

訊くと、前方へ望遠鏡を向けていた幕僚から「いえ、まだです」という答えが返ってきた。

大明《だいみん》再興の旗を掲げる国姓爺《コクシンヤ》、鄭成功《テエシンコン》率いる二十隻の艦隊が出撃したのは十日ほど前。清の手に落ちた福建《ふっけん》沿岸の都市を立て続けに襲った。焼いた船、奪った糧食《りょうしょく》は数知れない。陸《おか》では精強な清も、その海軍は降《くだ》った漢人の船乗りを掻き集めた急造のもので、まとまった数を討伐に寄こすだけでも今日まで手間取ったらしい。

甘輝は、陸戦の指揮官として国姓爺の艦隊に加わっていた。海上では副将として十の艦を預かり、艦隊の後衛を担っている。

国姓爺軍は、槍のような縦一列で海上を進んでいる。その左、風上から清の艦隊は団子になって急速に接近してくる。

「旗艦に旗。〝捨てよ〟」

望遠鏡で旗艦を睨《にら》んでいた幕僚が叫んだ。海戦、あるいは遁走に備えて余計な物品を投棄せよ、という意味だ。

「もったいねえこった。苦労して奪ってきたのに」

甘輝は軽口を叩きながら手を挙げた。心得た幕僚たちの号令が飛び、糧食や銀が惜しげもなく海に放り出され、そのぶん船足がつく。

再び望遠鏡を使う。清軍の隻数は五十ほどで、こちらの倍を超えた。ここは撤退が上策だろう。

「旗艦、左へ回頭」

声に、甘輝の肌が粟立《あわだ》った。戦うつもりらしい。

「そのまま ついていけ。砲の用意はできてるか」

できてます、という声が複数、返ってきた。彼我《ひが》の距離はみるみる縮まっていく。

「知ってたつもりだが、やはり見事なもんだな」

艦隊を引っ張る旗艦の進路に、甘輝は感心する。風を受ける清軍と会敵《かいてき》するため、明《みん》軍は風上へ行かねばならない。真っ直ぐ前に進めず、うまく風を捉えて左右に向きを変えつつ進むしかないが、それを逆手に取って砲を並べた舷側を常に清軍に向け続ける。

対して清軍は、乱れた団子状のままでやみくもに接近している。練度は明らかに劣った。

「旗艦、発砲」

清軍を何度目かに右舷に捉えたとき、幕僚が上ずった声を上げた。遠くからの斉射《せいしゃ》の砲声が続く。

「撃て」甘輝は叫んだ。「撃ち続けろ」

直後に足元が揺れた。轟音が耳を叩き、並ぶ砲から噴きだした炎が視界を塞ぐ。甘輝は欄干を摑んで右舷を睨む。肉眼でもはっきり見える距離で、清軍は夥《おびただ》しい水柱に囲まれていた。

国姓爺軍は縦列を保ったまま巧みに舵を取り、砲撃を続けた。撃ちだされる鉄球に容赦なく叩かれ続ける清軍は、散発的に応射しながら個々に舵を取って逃れようとしている。もはや艦隊ではなく、右往左往する標的が寄り集まっただけの存在に変わっていた。砲撃で船はなかなか沈まない。ただし海面から上をめちゃくちゃに破壊することはできる。清の艦は次々に戦闘力を失い、櫛の歯が抜けるように離脱してゆく。

砲戦が有利に進むほど、甘輝の全身が強張《こわば》ってゆく。出番が近いという予感があった。

「旗艦に旗」

「読め」

砲声喧《やかま》しい中で、甘輝はつい性急に命じる。

「〝突撃せよ〟」

幕僚と兵が、じっと甘輝を見つめていた。

「面舵。殴り込みの用意をしろ」

艦上にあった慌ただしさの質が変わった。舵が軋《きし》み、帆は向きを変える。船体は右へ傾《かし》ぎ、清軍へ舳先を向けた。

他の艦も、次々に回頭を始めた。突撃の指令は、同時に艦隊運動の終了の合図でもある。あとは個々に敵を求め、接舷して斬り込む。

甘輝の艦はやや小ぶりで、それ以上に船体が細い。そのぶん船足があり、いつのまにか突撃の最前を走っていた。

武芸も兵学も、甘輝は知らない。普段から兵卒と親しく話し、戦さの時は段取りを告げ、行けと言われれば先頭に立って駆ける。ただそれだけを続けていた。

甘輝は佩剣《はいけん》を抜き、旗艦に立っているはずの男をそっと呼んだ。その傍らでは、施郎《シーロン》が艦隊を指揮しているはずだ。

「福児《ホッジイ》よう」

「天命を摑むまで、あきらめるんじゃねえぞ」

独り言の最後は、敵艦に衝突した轟音に掻き消えた。

福州の皇帝が斃《たお》れて鄭芝龍《テエチーリヨン》が清に降り、四年が経っていた。

清では、北京《ほっけい》入城の年を元年とする順治《じゅんち》の元号で七年、国姓爺が奉じる元号では永暦《えいれき》四年を迎えている。

安平《あんぺい》城を奇襲された国姓爺は、本拠を厦門《あもい》島の西、鼓浪嶼《ころうしょ》という小島へ移した。勢力圏はこの両島と間近の金門島《きんもんとう》、安平城の周辺一帯まで縮小している。

次いで人を集め、父の断罪と母への弔意、大明国再興のための継戦を宣言した。甘輝と施郎にだけは、福児の実の母が安平城戦に参加し、また去ったことが知らされた。

このとき国姓爺軍は、陸兵こそ少ないが精強な海軍を擁していた。ために勢力圏を鼓浪嶼、厦門、金門島、安平城の周辺一帯のみに縮小して防備を固めた。海軍力で交易の独占を維持し、その利で軍を増強しつつ、たびたびの清の来襲に耐えた。

施郎とともにいつのまにか、甘輝は軍の両翼となっていた。施郎が巧みな軍略と指揮で敵を翻弄《ほんろう》し、甘輝の突撃で勝負を決する。海陸で絶え間なく続く防戦の中で確立した国姓爺軍の定石は、清軍を寄せ付けなかった。

並行して国姓爺は広く人材を集めた。清の天下を潔《いさぎよ》しとしない忠臣、人事が硬直していた平時にくすぶっていた才人、あるいは食い詰めたごろつきなど、多くの者が大陸から馳《は》せ参じた。余裕がないから、という必然のために登用には才覚か功績のみを問うたが、結果的に人事は公平なものとなり、国姓爺は熱烈な忠誠を獲得した。

民衆も、国姓爺を支持している。小さな勢力圏に不釣り合いな海軍を養うため税は重かったが、民政は公平と清廉《せいれん》が旨《むね》とされたため、腐敗を極めた大明国の盛時よりむしろ暮らしやすくなった。

いっぽうで鄭家と総称される海賊は、若い甲螺《カーレ》を侮《あなど》り、ほとんどが面従腹背の姿勢を取った。国姓爺は交易の利で宥《なだ》め、ときには武力で脅しつけ、彼らの離反を防いだ。

こうして四年をかけて軍容を整えた国姓爺は今年、初めて出撃した。

練りに練った艦隊と施郎、甘輝の両将軍を率いて福建の沿岸八か所を襲い、また倍を超える清の艦隊を破って八月五日、出撃から二十日ほどで帰還した。攻勢での初勝利に、鼓浪嶼では留守居《るすい》の将兵から住民までこぞって帰還を祝い、戦勝を喜んだ。

簡素な造りの城では、盛大な祝宴が催された。

「卿らの働き、天は必ず見そなわしある」

宴の冒頭、声を張り上げた国姓爺はまだ二十七歳。長幼の順を重んじる中国では若輩といっていい歳だが、参集した老若の軍官と官僚は、等しく熱っぽい視線を福松《ふくまつ》に向けていた。

「吾らが奉ずる永暦皇帝陛下は遠く肇慶《ちょうけい》の地におられ、吾らも海上の小島にて命脈を保っている。だがいずれ、中華を恢復《かいふく》できる」

南京《なんけい》、福州《ふくしゅう》に次いで国姓爺が担いだ三人目の皇帝は、福建の西、広東省《こうとう》の肇慶にいる。もとは永明《えいめい》王なる王号を持つ皇族で、立てた元号を取って「永暦皇帝」と通称されている。

「抗清復明、吾ら必ずや大明国を再興せん。皇帝万歳」

国姓爺の声に雄々しい歓声が続いた。幾《いく》つもの杯が干される中、国姓爺は部下たちと親しく話し、労《ねぎら》い、励まし、居室に戻った。

呼ばれた甘輝が施郎を伴って現れたとき、国姓爺はひとり小さな瑠璃《るり》の杯を舐《な》めていた。

「今回の出撃の目的は、吾が軍の練度を計ることにあった」

国姓爺の顔から福児に戻った若者はそう言って、軍の柱とも礎《いしずえ》とも目されている友人ふたりに席を勧めた。

「私は、上々であったと思う。ふたりはどうか」

「悪くない。だがまだまだ鍛えられる」

施郎が先に答えた。白かったその顔はすっかり焼けて、ひりつくような赤みを持っていた。甘輝はふと、布袋戯《ポーテーヒー》の関羽《かんう》を思い起こした。

「施郎。きみが育てた艦隊の戦いぶりは見事だ」

手放しで福児は褒めた。船戦さに長《た》けるオランダやイギリスのやり方を取り入れ、砲力を生かす縦列の隊形と旗で命令を伝える戦術を発案し、たゆまぬ調練で国姓爺軍に叩き込んだのは、施郎だった。

「もっとうまくやれる」

施郎の声には確信と無邪気な悔悟《かいご》が混ざり合っている。

「今回も甘輝の突撃で決着をつけた。個人の力に頼るようでは、軍としてはまだまだだ」

言われた甘輝は「よせやい」と手を振った。

「俺はただの厨師《ちゅうし》だ。刃物を振り回すしか能がねえ」

料理はもっと繊細なものだが、先の祝宴で得た酔いといま覚えた照れが、つい大雑把な言い方をさせた。

「練度はまだ上げられるし、直に兵を動かす軍官も増やす必要がある」

軍略を語るとき、施郎の目は輝く。

「軍のことは施郎に任せてある。よきように」

頷《うなず》く福児は、堂々としている。三人で布袋戯の真似に興じていたころが、甘輝には近くにも遠くにも感じられた。

「四年かけてやっと、自分の軍ができたという確信が持てた。秋《とき》が来た、ということだろうな」

「動くか。そろそろ」

甘輝が問うと、福児は強く頷いた。

「まずは永暦皇帝がいる肇慶へ兵を進め、連絡を確保する」

肇慶は福建の西、広東の地にある。内陸にあるが海港の広州《こうしゅう》に近く、船を生かせば実質的な距離はそれほど遠くない。

だが、と福児はつけ加えた。

「その前に懸案を片付ける。正直に言うと、やっと決心がついた」

「廈門を奪うか」

かつてそれを意見した施郎に、福児は「ああ」と応じた。ただしその顔は、どこか硬い。

廈門島はすぐそばにあり、交易の要港でもある。海上交易で養った海軍力をもって戦う国姓爺軍にとっては、本拠にうってつけの島だった。対して今いる鼓浪嶼は小さく、手狭に過ぎる。

ただし廈門は、福児の親類に当たる鄭羽良《テエウーリヨン》なる人が長く地盤としている。鄭家の一員だが甲螺に反抗的で、明け渡せと言って素直に立ち退《たの》く相手ではない。

「羽良おじは、魯《ろ》王につこうとしている。これを名分に攻める」

福児は続けた。魯王は明皇族のひとりだ。国姓爺軍が奉ずる永暦皇帝と合流せず、しかし皇帝に即位するほどの度胸もなく、魯監国《かんこく》という中途半端な元号だけ立てて流浪している。政《まつりごと》に疎《うと》い甘輝から見ても、天命を喪《うしな》った明を体現するような、小さく哀れな存在だ。

「仕方がない」

親類に刃を向けるのをためらう福児に、甘輝は言ってやった。

「なるべく人死にを出さなけりゃあいい。そのための策は、もう施郎が考えてくれている。なあ」

「策というほど大袈裟なものじゃないが」

施郎が苦笑しながら応じたから、本当に考えていたのかと甘輝はびっくりしてしまった。

十日ほど後、八月十六日の払暁《ふつぎょう》。厦門島西岸に五百の騎兵が上陸した。国姓爺と甘輝を先頭に騎兵は駆け、鄭羽良の邸宅を急襲した。警備の兵も海賊も深夜まで続いた仲秋の酒宴で弛緩《しかん》しきっており、寝ぼけ眼《まなこ》で飛び出したかと思うと武器を投げ棄て降伏した。死人は数名に留まった。

女を侍《はべ》らせた寝室で捕らえられた鄭羽良は、その場で引退を強いられ、素直に従った。

――夷《イ》め。

引っ立てられる鄭羽良が吐き捨てた言葉を、甘輝は確かに聞いた。福児は兵たちに事後の指図をしていて、その顔は見えなかった。

二

国姓爺《コクシンヤ》は、厦門へ本拠地を移した。港と城を拡張する工事がすぐに始まり、そこかしこで槌音が響くようになった。

それまでの主だった鄭羽良《テエウーリヨン》の美学と虚栄心に基づいて建てられていた城から、国姓爺は動かせる調度だけ掃くように取っ払い、交易船に乗せて銀や軍需品に変えた。内装は、邪魔なものだけ撤去させつつ、邪魔でなければ替える手間のほうを惜しんで放置した。

国姓爺が住まいとした二階建ての楼閣は、そこかしこに彩色が施された、仏像を安置する堂のような建物だった。

「目にうるさい」

と国姓爺の妻、董友《タンユウ》は思っていた。仏国土の華麗さを写したらしいが、禁欲的な官僚の家で質実な生活をしていた友には、どうも落ち着かない。死んでからも安らげないなとさえ思う。

ただし三度の食事は、鼓浪嶼《ころうしよ》にいたころと変わらず、喧《かまびす》しい。

夫の妻は、いつの間にか七人に増えている。子も、友が生んだ長子の錦《ギム》を筆頭に四人になった。全員が集う食事の席で、女たちは料理の味をひとしきり褒めたあと、どこで仕入れてくるのかと呆れるほど様々な話に没頭する。子供たちは食べ終えると部屋を駆けまわる。

厦門に移って半年ほどが経った二月の今日も、昼餉《ひるげ》はやはり賑やかだった。

「おねえさま」

騒がしさの中、気弱な囁《ささや》きに、董友は顔を上げた。

「お口にあいましたかしら。あたし、奥方さまのような偉いお人のご飯なんて、ぜんぜん分からなくて」

一月ほど前に国姓爺の第七夫人になったばかりの許雪楼《コオソアツラウ》が、瘦せた顔を強張《こわば》らせていた。

国姓爺の一家では、夫人が交替で食事の手配をすることになっている。実際の調理は厨師が行うが、出す菜《おかず》とその味付けは当番の夫人が決める。

そのようなしきたりを作ったのは董友だ。国姓爺か何か知らないが、どんどん偉くなる夫に倚《よ》りかかって偉ぶるのは性に合わなかったし、他の夫人にも威張らせておく必要を認めなかった。貴なら貴なりの、貧なら貧なりの生活はあろうが、務めを疎《おろそ》かにしてよいとは友は考えなかった。

そして今日のこの昼餉は、許雪楼が初めて用意した食事だった。

「おいしいです」

友の右から先に答えたのは、息子の錦だった。もう十歳になっていて、小さな箸を器用に使っていた。

「ありがとうございます、公子《コンツウ》。あたし、育ちが貧しいものですから」

そう言うものの、許雪楼の表情は晴れない。友は見せつけるように箸を伸ばして鶏肉の欠片《かけら》を口に入れ、ゆっくり咀嚼《そしやく》した。

「あたしもおいしいと思うよ、七娘《チツニウ》」

呑み込んでから友は言った。七娘とは許雪楼のことだ。

どんな料理が出てもそう告げると董友は決めていたが、幸いなことに嘘をつかなくてよかった。粥、鶏と筍の炒め煮、豆腐と揚げ魚の汁。寛《くつろ》ぐ夕餉ならもっと菜があってよいが、やることが控えている昼にはちょうどよい。少し鹹《しお》が効きすぎている気がしたが、それは慣れればいい。そう思いつつ、友は「ただ」と付け加えた。

「味の決め手に欠けるかもしれないな」

なるべく優しく言ったつもりだったが、七娘は「なんでしょう。いったいどこが」と摑みかかりそうな勢いで身を乗り出してきた。

「顔だよ」

泣きそうになっている七娘の切実な顔を、友は指差した。

「堂々としていればいい。この味が分からないってことは、ほんとうのおいしさを知る機会がなかったんだなって憐れんでやるくらいでいい」

七娘は怯《おび》え、次に戸惑い、最後に少しだけだが、笑った。

「はい。では堂々としています」

言い終わると同時に、七娘は他の夫人たちに呼ばれて振り向いた。夫人たちは七娘の料理や衣服を褒め、他愛ない話を入れ代わり立ち代わり振る。七娘はその都度たどたどしく答えるが、少しずつ強張りがほぐれているようだった。

貧しい漁民の家に生まれて両親を手伝っていた、と七娘があらためて話したその生い立ちで、友は醎の加減に納得した。力仕事に精を出せば、汗で身体の醎が失われる。そういえば七娘は、結婚したばかりの夫を戦さで失ったとも聞いていた。何の拍子か国姓爺に見初められて夫人に迎えられたが、幸《さち》の多い人生とは言い難いだろう。

友の夫がふたりめの妻を取ったのは、安平城での戦さで日本の養母を失った少し後だった。以来、夫は戦場やら政務やらで見初めた女性を、夫人に上げるようになった。正妻を含め七人の妻は、いくらなんでも多い。ただ、夫は色に傾いたわけではなかったらしい。戦災、疫病、貧しさ。夫人たちは皆、それぞれの理由で天涯孤独となった者ばかりだった。

「偽善だ」

ある日、友は夫にそう言った。

「哀れな身の上の者など、世にいくらでもいる。全て自分の妻にするつもりか。きりがないとは言わないけれど」

このとき、董友は少し怒っていた。

「人を、勝手に憐れんで拾ってくるのはやめろ」

「そういうつもりではないのだが」

夫は済まなそうな顔をしつつ、抗弁した。

「家族が多いと食事が楽しいだろう」

どこか遠い過去を見るような目で、夫は言った。友は納得こそしなかったが、否《いな》むこともやめた。夫人と、次々生まれる子供が集《つど》っての食事は、確かに賑やかだった。夫は長く戦さに出てしまうこともあるし、そうでなくとも忙しく三日に一度くらいしか食事に現れなかったが、うれしそうに箸や匙《さじ》を使っていた。

その夫は今、やはり戦さに出ている。厦門に移ってひと月も待たず、広東の皇帝を迎えるために出撃した。

そのぶん厦門の防備は手薄になったが、清の海軍はいちど叩いており当面は厦門に手を出せまいと、夫に同行した施郎《シーロン》将軍が見立てていた。ほど近い金門島を預かる夫の叔父の鄭鴻逵《テェホンクイ》が、船を出して警戒に当たる手はずとなっていた。

「国姓爺は、いつお戻りでしょう」

昼餉の席で、ふと会話の途切れた拍子に誰かが言った。一瞬の沈黙のあと、ああだこうだと喧しい話が再開される。七人の妻を持つ夫でいるのも大変だな、と他人事《ひとごと》のように考えながら、友は目を転じた。食事を終えた七娘が席を立ち、部屋の隅で他の夫人たちの子供と遊んでいた。前の夫とは子を成せなかったらしく、思うところがあるのかもしれない。

いちばん年嵩《としかさ》の錦はその輪に入らず、窓辺から厦門の街と海を眺めていた。

「あ」その錦が声を上げた。「船がたくさん来ます」

まあ。お帰りだわ。よかった。夫人たちは口々に言いながら、どたばたと窓に駆け寄る。国姓爺の船団だと判断する根拠は何もないが、みなの気持ちは分からないでもない。友はゆっくり立ち上がり、遅れて窓辺に立った。

見下ろす下界も騒がしい。ただ、楼閣から飛び出す兵や官僚たちの声には、妙な緊張感があった。ややあって、「御免」という堅い声とともに、剣を佩《は》いた軍官が部屋に入ってきた。

「清の艦隊が現れました。戦って勝てる兵が厦門にはおりませぬゆえ、皆様には船で、鄭鴻逵さまのおられる金門島までお逃げいただきます」

お支度を、という軍官の声は夫人たちの悲鳴でかき消された。

友は海を睨んだ。風に恵まれているのか、清軍だという艦隊はみるみる迫っている。いまさら怖いとは思わなかったが、別の不安があった。

「清軍は近い。いまから船を出して逃げられるか」

問うと、軍官は恥じ入るような口調で答えた。

「軍艦が幾らか残っております。それで時を稼げば国姓爺のご家族だけはなんとかお逃げいただけるかと」

盾になった艦は捨て石だろう。干戈《かんか》を交えてしまえば、陸も攻められる。人数こそ多いがたった一組の家族を逃すために、人も死ぬ。

「清に降れ」

友は迷わず命じた。

「勝てない戦さなら、しないほうがましだ。あたしたちは山へ隠れ、援軍を待つ」

厦門島はほとんど平坦な地形だが、港の後背《こうはい》に深い山がある。

「それだけはなりませぬ。もし皆様がたが捕らえられれば、吾らの面目が立ちませぬ」

「それしかない」

軍官の制止を、友は撥ね返す。

「あたしたちが捕らえられるわけにはいかない。けど、面目なんてもので人死にが出てもいけない。国姓爺は、そのような国を再興するために戦っているんじゃない」

そのはずだ、と友は確信している。

「さ、行きなさい」

軍官を追い出すと、友は夫人たちのほうへ振り返った。

「聞いていたな、山へ行く。いいな」

夫人たちは一様に怯えている。「はい」と輪郭のしっかりした声で返事をしたのは、七娘だった。それがきっかけとなったのか、みなも頷いた。

「では、動ける衣服に着換えて下に集まれ。持ち物は、――いざというときの小刀だけに」

命じると、女たちは子を連れて足早に部屋を出ていく。それを見送ってから、友は

「錦」と呼んで跪《ひざまず》いた。息子はしっかりした足取りで歩き、友の前に立った。

「お前は天下に名高い国姓爺の子。もし何かあっても、軽々しい行動をとってはいけない」

「はい」錦は神妙に頷く。「見苦しい真似は決していたしません」

「違う」

友は首を振った。

「死んではいけない。父上の業を継ぎ、成すまで、お前は生きなさい」

「はい、承知しました」

答えがすんなり返ってきた。本当に分かってくれたか、確かめようとは思わなかった。ほかに言えることが今はないし、時が来れば分かる。

友は立ち上がり、錦の手を引いて部屋を出た。侍女と下男たちを集め、決して抵抗せぬこと、国姓爺は必ず助けに来ることを伝え、自室で自分と錦の衣服を改める。

階段を下りて楼閣を飛び出すと、国姓爺の妻子がもう揃っていた。

「これからしばらく、多少の難儀がある。皆で耐えよう」

そう告げ、足早に城を出る。城下の街は、上ずった騒がしさに満ちていた。友にできることはない。無事を祈りながら、人を掻き分けて進む。

山への道も、逃げる市民でごった返していた。

「あたしたちの素性は明かすな」

囁き声で、友は皆に伝えた。明かせば群衆はなお混乱すると思ったからだ。人の列に紛れ込む。やがて道は細くなり、深緑に覆われた薄暗い山となった。ふだん散策や山菜取りにしか使われない道が、いまは押し合いへし合いする人々で溢れている。

遠くから砲声が轟《とどろ》き、周囲で怯えと動揺が広がる。

「大丈夫だ、落ち着け」

つい、友は声を張ってしまった。顔を知っている者がいたのか、群衆の中から「奥方さま」という叫び声があった。周囲にたちまち人が集まってくる。仕方ない、と友は一歩前に出た。

「国姓爺の妻、董友です。あと数日で国姓爺の軍が助けに来ます。それまでこの山で耐え凌ぎましょう」

奥方らしい言いかたで思い切って名乗る。

「山頂まで行けば、清軍もすぐには来ないでしょう。声は立てぬように。行きましょう」

そう告げて、友は歩き出した。群衆は怯えと落ち着きが半々といった様子で、恐る恐るついてくる。その列を追い立てるように、下界では砲声がやかましい。

国姓爺の夫人たちは、いつのまにか七娘がまとめ役になっていた。人は分からないものだな、と妙に感心した。

それにしても、と何だか腹が立ってきた。

歩きにくい。山菜取りや狩りに行く人が踏み固めただけの道は、ただ草木がないというだけで均《なら》されていない。そのうえ、友の足は小さい。慣れているからふだんの生活には支障がないが、山道を登るのはやはりきつい。

「莫迦《ばか》にするなよ」

友は思わず見上げた。二月の今も夏のような濃密な緑色を膨らませる南国の木々の間から、青白い天が垣間見えている。

「全て、あたしが選んだ道だ」

母の勧めに頷いて足を縛ったのも、兵をもって攻められるような面倒を起こす夫を持ったのも、その夫と子を成したのも、いま山道を歩いているのも全部、友は自分が選んだと思っている。そしてそのことを、どこか誇りにしていた。

「見ていろ。あたしは歩ききる。この足で、この子と」

ただ見下ろすしかしない天とやらに宣言し、友は子の手を握り直した。


厦門の城塔に、清の旗が翻《ひるがえ》った。作りかけの城壁のほうぼうが艦隊の砲撃で砕けたが、大きな戦闘にはならなかった。山頂から見下ろす限り、市街でも大きな混乱はなかった。

山に登った市民は老若男女、三百人ほどで、ほとんど着の身着のままだったが、車に家財道具を積んで曳いてきた者もいた。友は山に詳しいものを探して、まず水場を確かめた。桶《おけ》になりそうなものと元気な男子を選び、交代で水を汲みに行かせた。

困ったのは食べ物だ。山にいるから山菜や茸《きのこ》には事欠かないが、生で食えるものはほとんどない。煙が立つとまずいため火も使えない。すぐ食べられる揚げた餅などを持参している者に頼み、小さくちぎって子供に分配すると、口に入れられるものはなくなってしまった。

「寝ましょう。寝ていればお腹は減りません」

夕日を背に、大雑把なことを友は言った。みな、おとなしく従い、思い思いにその場に寝っ転がってくれた。南方の厦門は、夜もそう寒くなかった。ただ虫が多く、また緊張もあり、なかなか寝付けなかった。下界の街や城は篝火《かがりび》が盛んに焚かれていた。

翌日、下界は朝から騒がしかった。略奪が始まったらしく、港には様々なものが積み木のように積まれていった。清軍なりの自制か、破壊や付け火、殺人はないようだった。

海は静かに凪いでいて、厦門が世界から孤立したように思えた。山では赤子が泣き、つられて幼児もぐずり始めた。大人たちは声を殺しながら必死であやし、なんとか下界に知られずに済んだ。

次の日、空腹に耐えかねた子供らはもう泣き止まなかった。大人たちも疲労が色濃い。戦争の緊張に悩みながら、火も食もなく山中で生きていられるほど人は強くないのだ、と友は改めて思い知った。

「見たところ、おとなしくしていれば清軍は手出ししないようです。あたしには止める権利もその気もありませんから、山を降りたい者は降りなさい」

そう諭《さと》した。しばらく誰も動かなかったが、子を連れた家族が山を下りたのが契機となり、半数ほどが去っていった。

国姓爺の妻子たちは、ひとりしか欠けることがなかった。七娘がいなくなっていた。人は分からないものだ。二日前と同じ言葉で、全く別の感慨を友は抱いた。

いつの間にか、友は錦の手を強く握りしめていた。下界に降りた人々がみな黙っていることはないだろう。居場所を明かしたも同然だ。帯に差した短剣の柄《つか》を、空いた手で握った。

陽が南天から少し下ったころ、山裾は清軍に囲まれた。

「国姓爺の妻と子はいるか」

数人の兵が、怒鳴りながら山道を登ってきた。

「誰も殺さぬ。出て参れ」

山頂、下界を見下ろせる繁みの隙間を背に、友は立ち上がった。周囲には残った者たちが怯えた顔で友を見上げている。殺さぬ、という清兵の言葉は鵜呑みにできない。せめて保証を取らねば。友は考え、他の妻子には「何があっても黙っていなさい」と囁き、それから息を吸った。

「国姓爺の妻、董友はここにいる。降伏を話し合う用意がある。将軍だけ来い」

友は叫んだ。次いで、手近にあった石の上に腰かけて錦を呼び、短剣を抜いた。

「いよいよこれまでだ。先にお前を殺し、返す刀で母は自分の喉を突く。いいか」

「自分でできます」

目の前に立った吾が子は、母の目を見返して言った。

「国姓爺の子として立派に死にます。終わればお返ししますから、剣をお貸しください」

友はためらったが、結局、剣を渡した。死の間際まで子は自ら育とうとしているらしい。止めてはならないと思った。

「ほう、勇ましいことだ」

からかうような男の声に、錦が振り向いた。友は座ったまま、その小さな背を抱き込んだ。

鎧《よろい》姿の武人が、嘲笑う形に顔を歪《ゆが》めていた。堂の中で拝まれる関羽や岳飛《がくひ》の像のような煌びやかな鎧を纏い、戦う意がないことを示すためか兜《かぶと》は小脇に抱えている。頭頂を残して剃り上げた頭からすると、清に降った漢人のようだった。

「将軍ひとりだけ、と言ったはずだ」

友は睨み返した。漢人はもうひとりの武人を伴っていた。こちらは足元まである藍一色の布で全身と顎元まで包んでいる。色こそ鮮やかだが、漢人に比べて質実に感じられた。友は初めて見るが、清人らしい。

「俺はアブカ。軍監として、こいつの軍に加わっている」

清人は流暢《りゅうちょう》な中国の語《ことば》を使ったが、その名には不思議な響きがあった。天下なるものは思っている以上に広い、などと友は考えた。名乗りもしなかった漢人の将軍が遠慮がちに後ずさる。

「奥方よ、降伏の条件があれば聞こう」

言われた友は、アブカを見据えた。

「ここにいる者たちに手出しをせず、家に帰せ」

「あなたとお子は」

「話が終われば自裁する。止めないでほしい」

「奥方」アブカは残念そうに首を振った。「あなたの勇を、俺は敬う。だが智が足りぬようだ」

清軍には民を殺す必要がない。友と錦には死なれてもいっこうに構わない。遥か北からやってきた清人はそのようなことを言った。

「あなた方が死んでも、死体をいくらでも辱《はずかし》められる。それを許した鄭成功《テイセイコウ》の名望が失墜するくらいにな。自裁されるなら見届けよう。仕損じれば止《とど》めもくれてやるし、言い残すことがあれば聞いてやる」

捕らえたほうがよいのでは、と口を挟んだ将軍を、アブカは睨んだ。一瞬のことだったが、将軍は口を噤《つぐ》んで俯《うつむ》いた。

「なら、死ぬ」迷わず友は答えた。「とどめは要らない。言い残したいことなんてない。国姓爺の妻子の死にざま、とくと見ていろ」

そこでアブカは、制するように手を挙げた。

「せっかくだ。自裁の前にひとつ問いたい」

「なんだ」

「天命は吾が大清国に遷《うつ》っている」

宣言するようにアブカは言った。

「明が国力なお盛んなまま民の叛乱を防げず、数に劣る吾らの入関《にゆうかん》を許したのは、そのなによりの証《あかし》。天命は覆《くつがえ》らぬ。なのになぜ、鄭成功は吾らに抗《あらが》う」

「知らない」

そうか、というアブカの返事は、なぜか寂しげだった。ふと友の胸に閃《ひらめ》くものがあった。

「夫は、天に抗っている。従えとしか言わぬ天に。海から」

「なぜかね」

「天に逐われた人のために」

アブカは精悍《せいかん》な顔を歪めた。笑ったらしい。次いで友の背後を覗きこむように目を上げた。広がる海を眺めているようだった。

「この山にいる民を救いたい。それが奥方の条件だったかな」

「そうだが、どうした」

「こちらからも条件を出してよいか」

アブカは、涼しげな顔をしている。その傍らで漢人の将軍が、海に向かって瞠目していた。

「吾らは厦門を放棄する。撤退に際して手を出さぬと約束してほしい。断れば今ここで、山の全員をふもとの兵で鏖殺《みなごろし》にする」

感慨深げにアブカは海を見つめている。友は振り返った。船影が海を蔽《おお》っていた。

三

福松は福建に西接する広東で戦っていた。

軍略は施郎《シーロン》、個々の戦闘は甘輝《カンフィ》に委ね、福松は政略に専念した。明を奉ずる各地の勢力と連絡を取り、軍の進む先を決める。必要な地点には守兵を残し、不要な地点は放棄し、進む。

五か月ほどの征旅《せいりょ》は順調に推移し、永暦皇帝がいる肇慶まで馬で二日の距離まで進出した。そこで廈門失陥《しっかん》の報に接した。

福松は数瞬だけ考え、自らの天幕に甘輝と施郎を呼んだ。

「済まない」

福松の天幕に入るなり、施郎が詫びた。

「清の海軍は動かないと言ったのは、俺だ。見誤った」

「その隙に全軍で広東を攻め、永暦の帝を迎えに行く。施郎が立てた作戦を裁可したのは私だ。気にしないでくれ」

福松はそう言った。施郎を責めるつもりはなかったが、広東で積み重ねた戦果が大きいだけに、無念もあった。

「退くか」

甘輝が問うた。

「兵の大半は厦門に家族がいる。このままでは戦えねえ」

厨師上がりの猛将は、軍略を説くことはない。ただ生来、人の機微については誰よりも聡《さと》かった。

「甘輝の言う通りだ。広東は惜しいが、いったん放棄するしかあるまい。ただ厦門を奪還したあとのことも、考えておきたい」

施郎の答えが欲しかったが、見るからに悄然《しょうぜん》としている。

「というと」

甘輝が、施郎に代わって訊《き》いてきた。

福松は座ったまま手を伸ばした。三人で囲む卓に広げられている中国全土の地図の上に指を置く。

「北京、南京、福州。清の主力は北から南へ進攻している。吾らは福州に間近い厦門を拠点に、南西へ進軍している。これにはふたつの不利がある。ひとつ、吾らは敵に背を向けて戦っているに等しい。ふたつ、今吾らが進む広東より西は貧しく、得ても実りが少ない。方針を根本から改めるべきだ」

吾らは、と福松は語気を強めた。

「形だけ永暦皇帝を奉じつつ、これとの合流は諦める。そして」

福松は地図の上で指を滑らせ、厦門の遥か北で止めた。

「南京、またその周囲の江南《こうなん》一帯を目指す。広東を得るより遥かに苦しい戦いとなるだろうが、そうするしかない。施郎、どうだ」

問うと、施郎は顔を上げた。白面《はくめん》はいつも通りだったが、蒼褪《あおざ》めた頰は興奮めいた赤色に染まりはじめていた。

「いまや清軍は巨大だ。まともにぶつかれば俺たちに勝ち目はない」

施郎は立ち上がり、地図を睨む。

「裏返せば、清は隙が多い。広大な占領地を維持するため兵を薄く広げねばならない。俺たちは海を自在に動ける。図体《ずうたい》のでかい清軍の隙を衝《つ》いて兵力を集中し、沿岸の要所を奪いながら北へ進む。長江まで進めば、南京はすぐそこだ」

「よろしい」

福松は頷いた。友人が息を吹き返したことが嬉しかった。

「では吾らは南京を目指す。施郎はそのための策を練ってくれ。いいな」

「もうひとつ、やることがある」

そう言った施郎は、いつも通りの才走った表情を取り戻していた。

「厦門がもぬけの殻であることは、秘中の秘だ。おそらく俺たちの軍中に、清に通じている裏切者がいる。何としても探し出す必要がある」

「分かっている」

はっきり答えたつもりだったが、声がつい弱くなるのを、福松は自覚していた。疑い出せば切りがなくなる。あらぬ疑いは、そのつもりがない者を裏切りに追い込む。だから福松は、自軍の内を探るような真似は避けたかった。だが本拠地まで清の侵攻を許してしまった以上、そんな甘いことは言っていられないとも分かっている。

「分かってはいるのだが」

ひとりになった天幕で、福松は呟いた。

国姓爺《コクシンヤ》軍が引き返した厦門には、すでに清軍はいなかった。すぐ近くの金門島を預かっていた海賊の船戸《ツンホー》、鄭鴻逵《テエホンクィ》が追い返したのだという。ただし清軍は鄭成功《テエシンコン》の妻子を人質にしており、その返還を条件に戦わず撤退した。

清軍が荒らす暇《いとま》もなかった城に、福松は入った。迎えた諸将を労い、城壁の復旧と市民への救恤《きゆうじゆつ》を命じ、夫人たちに元気な顔を見せ、友《ユウ》にこっぴどく叱られた後、政庁の一室に鄭鴻逵を呼んだ。

「叔父上のおかげで厦門を手放さずに済みました。礼を申します」

経緯を聞いたあと、福松は素直に頭を下げた。

「銀でも官位でも、お望みがあればなんでも仰ってください」

「そりゃありがたい。なら、頼みがある」

鴻逵は楽しげな顔で言う。

「俺を処罰しろ。いちどは厦門を占領されちまった責が、俺にはある」

福松は戸惑った。鄭家を掌握するためにいずれは身を引いてもらうつもりだったが、罰するつもりはさすがになかった。

「たとえ叔父上に失陥の責があっても、奪還の功はそれを補って余りあります」

「清の艦隊をみすみす見逃し、厦門を取り返すだけの兵を整えるのに三日もかかった。正直、油断していた。齢を取って焼きが回っちまったようだ」

鴻逵の顔には悔悟《かいご》がありありと浮かんでいた。南海随一の海賊の側近筆頭であり続けた身には、堪《こた》える失敗だったのだろう。

「まあ、引き際だ。俺ももう五十を過ぎた。手下と船に乗るのもきついが、陸《おか》で偉そうにふんぞり返ってるのも性に合わねえ。ここらで海賊も廃業したい」

「つまり、引退なされる、と」

鴻逵は頷く。叔父に心底を見透かされていたと福松は知った。

「でだ、せっかく引退するんだったら、最後に公子《コンツゥ》の役に立ちたくてな」

鴻逵は今も福松を公子と呼ぶ。

「それが、処罰せよということですか」

「そうだ。鄭家の海賊どもには、公子の言うことを聞かねえ年寄りが多いだろう」

「まあ、それは」

福松は言葉を濁した。媽祖《マーツオ》と呼ばれていた母、鄭芝龍《テエチーリヨン》の顔をした蛟《カウ》。曲がりなりにも海賊たちの信頼を得ていた甲螺《カーレ》ふたりを追い出したのは、福松だ。交易の利を細かくちぎって餌にすることで海賊たちを繋ぎとめているが、餌付けだけでは心服はとても得られない。

「海賊どもは大なり小なり、廈門失陥の責がある。責がなくとも、叩きゃあ埃がどっさり出てくる。功のあるらしい俺が罪を得れば、他のやつらは多少の難癖には抗弁すらできねえだろう。公子にとって邪魔なやつを、全員追い出せ」

福松は何も言えず、幼いころをつい思い返していた。毎晩、船戸たちが集まって騒がしい食事をしていた。みな福松をかわいがってくれ、そこには母もいた。そのような鄭家を守りたいとあがいているうちに、福松は鄭家そのものを潰しかけている。

「海は、甘かねえぞ」

そう言って鴻逵は福松の元を辞した。

数日後、福松は廈門の失陥、奪回にまつわる処分を行った。

鄭鴻逵には失陥の罪を問い、引退させた。ほかにも数十名を兵卒に落とし、あるいは追放した。奪回にまつわる功も積極的に賞し、取り立てた。

同時に福松は、綱紀粛正の名目で厳しい調査を行った。施郎の言う裏切者はなかなか見つからなかったが、横領なりなんなりで多数の人が検挙された。峻厳《しゅんげん》に過ぎるという怨嗟《えんさ》は、親族にあたる鄭鴻逵すら罰する国姓爺の、公平さへの称賛に掻き消えた。

迷いや後悔を胸の底に沈めながら密告を奨励し、裁きを決する日々を送っていたある日、施郎が北征の計画を携えて福松を訪れた。

福松は施郎を、庭園の四阿《あずまや》に招いた。季節は夏になっていて、厦門ではどこにいても暑かったが、葉の多い南国の木々に囲まれて屋根を掲げる四阿は、いくぶんかましだった。

しばらく、ふたりで黙って茉莉花《ジャスミン》の茶を喫した。茶の香りと流れる微風が、熱気と、近ごろ福松が抱いていたうつうつとした気分をいくらか和《やわ》らげてくれた。気遣ってくれているのか、施郎からは何も言いださなかった。

「では、聞こう」

茶が器の半分ほどになったところで福松が言うと、施郎は携えてきた地図を広げた。

計画は福松が示した南京攻略の方針に沿って、具体的な進路や日程を決めたものだった。海上交易が盛んな地を飛び石のごとく攻めて進み、長江南岸の穀倉地帯を奪取したあと、川を遡上《そじょう》して南京へ達する。

「おそらく、確保した拠点はすぐに清に奪還され、押しつ押されつの形で推移するだろう。あえてその形勢を取って清を揺さぶり、徐々に北へ進む。数年はかかるが、進退が自在な海さえ押さえていれば、勝ち目は俺たちにある」

施郎は、矢印や未来の日付をぎっしり書き込んだ地図を広げて説く。その目には彫ったような深い隈《くま》があった。勇壮な話を聞きながら、福松はどこか穏やかさも覚えていた。身内を疑って過ごす日々は、それほど福松を痛めつけていた。

「裁可する。この策で行こう」

二、三の質問をして満足のゆく答えを得ると、福松は言った。次いで労いの休暇を与えようとしたが、施郎は「一晩だけでいい」と断った。
「出撃に向けて、やることが多い。休んでいられない」

施郎の目はぎらぎらと輝いていた。

もろもろの準備を整え、出兵は年明けとなる。その日を、福松は待ち望んだ。

だが数日後、軍内の調査を命じていた官からの報告に福松は驚愕した。

「施郎の父上が」

誰からも「小さい」と言われる簡素な執務の間で、報告に来た監察の官は平然としている。

「間違いございませぬ。本人も認めております」

感情より法と主命を重んじる者を選んだのは福松だったが、ことがことだけに、もう少し人情味はないものかと腹が立った。

「厦門の兵備薄きことを清軍に伝えたのは施郎将軍の父、施大宣《シータイソワン》どのです」

不正を糺《ただ》すために捕らえた者が、尋問で突然別の供述をはじめた。施大宣に書を託され、清の南征軍が帷幕《いばく》を構える福州へ行ったという。糾明《きゆうめい》を混乱させようという苦し紛れか、ありもしない別人の罪の密告者として己が罪を軽くすることを狙ったか。どちらにせよ虚言であろうと疑いつつ、監察は捕吏を連れて施大宣の邸宅を訪ねた。

――然り。

ごくあっさりした答えを得た。秘密も守れぬ小人に大事を託したのは自分の不徳、とも言ったらしい。

施郎将軍は国姓爺軍の柱石、その父の処遇は何をしても政治的な色彩を帯びる。職権を超えると思った監察は、とりあえず施大宣を彼の邸宅に軟禁したという。

「信じられぬ」

福松の口から洩れたのは、願望だった。施大宣は長く蛟に仕えていた。福松が蛟を投獄したときに隠棲し、のち蛟が清に降るときは同行せず、施郎の家で失意の日々を送っていたはずだった。裏切りはあり得る話ではあったが、信じたくなかった。

「この話、誰が知っている」

福松が問うと、監察は目を光らせた。

「あわせて十名ほど。わたくしの同僚と、その下役の捕吏《ほり》ども」

どうされますか、と監察は続けた。

「私が命じるまで、大宣どのを捕らえてはならぬ。それと、この件は他言するな。施郎将軍にもだ」

手を振って監察を下がらせると、福松はひとり頭を抱えた。

その日の夕刻、福松は施郎と甘輝を執務の間に呼んだ。

海上での練兵を終えた施郎はその成果を嬉々として話し、甘輝は将軍につきものの書類の処理について、「俺は向いてない」とこぼした。

福松は黙ってふたりの話を聞いていた。応接用の卓には四脚の椅《いす》がある。左に施郎、右に甘輝が座り、正面のひとつだけ空いている。四人目の来客について、来なければよいのにと思っていた。だが、その詮無《せんな》い願いは叶わなかった。

「父上」

来客が姿を現すと、施郎が意外そうな顔をして立ち上がった。

「お呼びにより参上つかまつりました、国姓爺」

現れた施大宣は息子に一瞥《いちべつ》もくれず、福松に向かって慇懃《いんぎん》に拱手《きょうしゅ》の礼をした。その顔は悠然としていて、福松は気圧《けお》されるような感覚を覚えた。

「お座りを。大宣どの。今日は」

吐き気のように迫《せ》りあがった躊躇を呑み込み、福松は続けた。

「ただ、あなたのお話を伺いたくてお招きした。裁きや糾問《きゅうもん》をするつもりはないが、話柄《わへい》は吾ら鄭軍の根幹に関わろうと思い、私が股肱《ここう》と頼む両将軍にも同席してもらっている」

施大宣は目礼だけして、品の良い衣擦《きぬず》れの音を立てて椅の空きを埋めた。

「なんだ。どうしたのだ。裁きとはどういうことだ」

施郎は父と友を交互に見る。福松は答えず、俯く。茶を卓に並べた従者が下がるのを待って、口を開いた。

「先日の清軍の来襲、施大宣どのが手引きをしたと聞いている。間違いないか」

息を呑む音がふたつ聞こえた。

「間違いございませぬ」

淀みない声で施大宣は肯《うべな》った。

「仔細は取り調べの官に申した通り。国姓爺のお耳にも入っておりましょうが」

「父上！」

がちゃん、と卓上の茶器が鳴った。施郎が腰を浮かし、甘輝がその袖を摑んでいた。

「父上、なぜそんなことを。一歩間違えれば吾が軍は本拠地を失い、瓦解していたのですぞ」

「瓦解させようと思っていたのだ」

読み上げるように施大宣は言う。

福松は「施郎」と友人に言った。

「同席させて済まない。だが私ひとりでは、とても聞けぬ話だった。吾が軍を支える将軍として、私の友として、ともに聞いてもらえまいか」

施郎にとってこれほど酷《こく》な場もないだろう。我儘だとは福松も分かっている。だがこうするしか思いつかなかった。

「大宣どの。なぜ私を裏切ったのか、教えていただけるか」

震える喉をなんとか抑えつけて、福松は問うた。どこから話すべきか考えるように目を伏せてから、施大宣は口を開いた。

「先にお話しすると、蛟どのへ清に降るよう勧めたのは、それがしです。そして蛟どのは賛成された」

瞬時に怒りが沸騰した。甘輝が「なんと」と唸《うな》らなければ、施大宣に殴りかかっていた。

「ただし、時期について蛟どのはそれがしと意見を異にされた。結果、それがしは遠ざけられました」

「私が牢に入れていた蛟を逃がしたのも、あなたか」

「あれは予想外でした。それがしなりに失意の日々を送っていたころです」

落ち着け、と福松は自分に言い聞かせた。いまさら施大宣に嘘を吐《つ》く理由はない。おマツさんの死について、施大宣に直接の関わりはないと信じていいはずだ。だが言葉だけ聞いても、理解も感情も追いつかなかった。

「清に降る時期とやら」福松は声を絞り出した。「あなたは、いつがよいと思っていたのだ」

「福州の朝廷が周囲を平定し、各地に散っていた明の残存勢力が集結したころ、ですな。そこで内から防備に穴を作って清軍を引き入れれば、動乱は一挙に終わり、天下は平《たい》らかに治まったはず。今となれば画餅《がべい》ですが」

ふと、福松は気味の悪さを感じた。

子の施郎は、福松に戦争を語る。それはいつも、どこか人が努力や才覚を尊んでいて、それを尽くすために兵学があると思っているような口ぶりだった。対して父の施大宣は、巣穴に出入りする蟻の群れを見つめるような顔で天下を論じていた。

「さて、此度《こたび》の話です。それがしを自失から立ち直らせてくれたのは、清が奪取した福州におられる蛟どのからの書でした」

密かな書のやり取りを許してしまったことを、福松は悔いた。だがいまさら、どうしようもない。

「降った蛟どのは清に監禁されていた。厚遇するという約束を反故《ほご》にされたそうです。解放されるために手柄が必要だと、書で言っておられた。清が言わせたのかも知れませぬし、それがしは同情こそしませんでしたが、画から餅を出せまいか、と考えた。ゆえに蛟どのを介して、国姓爺の側の内情を清へ伝えることにしました」

左から施郎が動揺する気配が痛いほど伝わってきたが、福松も施大宣に向き合うのに必死だった。

「それがしは、明を滅ぼしたいと思っておりました。その理由はただひとつ、明の悪政が民を苦しめるがゆえ。その夢を蛟どのに託しておったのですが、明は自滅した。取って代わった清は強かった。民の苦しみを除かんとすれば、明を滅《めつ》するだけでなく強力な、そして聡明な王朝に天下を渡さねばなりませぬ」

「それが清だと」

福松の問いに、施大宣は「さよう」と応じた。

「明への忠義立てはご立派ですが、それは民のためならず。天下の安寧《あんねい》こそ民の安楽の

いのか」

誰が天下を治めても、その天下から零《こぼ》れ落ちる者も必ずいる。それがあなたには見えな
「なにが民だ。数千万の人間を、民の一字でひとからげに語るあなたは、何さまなのだ。

　福松は激した。

「何さまだ、あなたは」

基《もとい》。国姓爺には早々に潰れてもらいたかった」


「国姓爺がいま行っている論功行賞、いや粛清も、同じことです」

　福松の反論を封じて、施大宣は穏やかに続けた。

「おっしゃる通り、それがしは不遜《ふそん》なのです。つい天下国家を考えてしまう。ひとつの天下に収まらぬ者も数多《あまた》いる。それを教えてくれたのは蛋《ラン》であった蛟どの、また媽祖を奉ずる海賊たちでしたな」

　実母の異名を聞いて、福松の胸が曇った。

「ひとつの天下に収まらぬものが、ふたつめの天下で落ち着くとは限りません。畢竟《ひっきょう》、天下は人の数だけ必要なもの、あるいはひとりの人がひとつの天下ではないでしょうか」

「為人《ひととなり》はそれぞれ、ということか」

「近いですが、違います」

　施大宣は笑った。

「天も、その下も唯一。ふたつと並びえぬから天下なのです。ひとりが天下とすれば、

人は本来、まとまるはずのないもの。だが世のありようは、そのような空論を否定します。明も清も、鄭家も、それ以外でも、人は集まり、交わる。何が人を繋げておるのでしょう。やはりそれがしは不遜でした。世と人のありようを考え、そして分からなかった。ただ己についてしか分からなかった」

「あなたと蛟は、何で繋がっていたのだ」

「殻山《かくざん》。国姓爺はご存じですかな」

福松は頷いた。海賊稼業で傷ついたものに生業《なりわい》を与えるため、蛟が作った村だ。鄭家とオランダとの戦争のきっかけとなる略奪に遭い、廃された。

「あの小さな村を造ろうとした蛟どのが、それがしは好きだったようです」

蛟は、人の世を憎むと言っていた。蛟なりに抱いていた人の世への信頼が殻山であり、それを砕かれたとき、諦めが彼を憎しみに突き落としたのかもしれない。

「私を好きにはなれないか」

妙なことを聞く、と吾ながら思った。だが聞かずにおれなかった。聞いても、答えは決まっている。

「なれませんな」

答えは予想通りだった。

「国姓爺、あなたはなぜ戦うのです。それほど明に愛着がおありか」

「私は、民なる一字で言い表せる人など知らぬ。天下がいかなるものか、世や人のありよう、いずれも興味すらない」

「なぜ、興味をお持ちにならない。人を率いる身でおありなのに」

「知ってどうなるものでもない。私は誰かを意のままにしたいのではないからだ。私が欲しいのは統《す》べるべき民ではない。どこからも逐われた者が生きられる、誰にも侵されざる場所だ。そのために戦い、必要なら天命だって奪う」

「天命」

施大宣は薄く笑う。

「あなたがおっしゃる場所とやら、蛟どのの殻山に似ておりますな」

「そうかもしれない。だが蛟と私は違う」

福松は言った。

「蛟は諦めた。そして、人々を呪った。私は、諦めない。誰も呪わない」

「ご立派です」

かつて蛟に仕えていた男は、嘲笑うように肩を竦めた。

「裏切った身で僭越《せんえつ》ですが、諦めぬ国姓爺にひとつ策を献じてよろしいか」

「聞くだけは、聞こう」

「それがしの罪は一身にはとどまりませぬ。明らかになれば、子の郎も将軍ではいられないでしょう」

「だからどうした」

「この話を知る者を、それがしとともに全てお斬りなされ。さすれば罪は秘され、施郎は引き続き国姓爺にお仕えできましょう」

それまで虚ろに見えた施大宣の目に、初めて別の光が宿った。嘲笑うような、誘うような眼差しが福松を射抜く。

「して、話を知る者はいかほどおりまするか」

「この場のほかは」福松の声は掠れた。「十人ほどと聞いている」

「十人」

施大宣は挑発するように数を繰り返した。

「股肱の臣と、いくらでも替えが利く端役の十人。大業をなされるならば、軽重《けいちょう》を間違えてはなりませぬぞ」

福松はそっと目をやった。施郎の顔は死人より蒼褪めている。話の初めからずっと口を挟まなかった甘輝は何も言わず、ただし身を乗り出して福松の視線を正面から受け止めた。

決めねばならぬ、と福松は悟った。

外界の夕陽が、部屋を染めている。夏の日は長く、暮れきらない。

四

海は、穏やかだった。

厦門島の外れ、鄙《ひな》びた漁村の沖には五十人ほどが乗れそうな船が、帆を降ろして佇んでいた。

甘輝《カンフィ》は砂浜に、施郎《シーロン》と並んで立っていた。周囲にはひっくり返された小舟と陋屋《ろうおく》がぽつぽつとあるだけで、うら寂しい。

「お互い、こんな恰好は久しぶりだな」

施郎が、先に口を開いた。二人の衣服は、平民のそれだった。染みやほつれがないほかは、おそらくこの漁村とも言えない浜に住む者たちと変わらない。国姓爺《コクシンヤ》軍の柱石であった二人の衣服はここ数年、煌びやかな鎧か温かな袍衣《ほうい》がもっぱらだった。

「俺の身の丈にはぴったりだな。久しぶりに楽をしてる」

甘輝は笑った。冗談でも謙遜でもない。自分が将軍であるほうがどうかしている、と常々思っていた。

「俺もだ」

施郎も笑うように口の端を上げた。安らかなその顔は、むしろ甘輝の胸に痛みを覚えさせた。甘輝が将軍らしい恰好をしていないのは、今日が私用だからだ。だが施郎は、将軍でなくなったから民の衣服を使っている。

「雲ひとつない」

見上げ、甘輝は言った。天は澄んで晴れわたっていた。

「船出にはぴったりの日和《ひより》だな」

施郎の父、施大宣《シータイソワン》は斬刑《ざんけい》となった。執行の同日にその罪が布告され、連座して施郎は兵卒に落とされた。施郎は国姓爺と袂《たもと》を分かち、厦門を離れると決めた。国姓爺は施郎に船一隻を与え、また彼を慕う者たちの同行を許した。

今日、施郎は旅立つ。甘輝はひとり見送りに来ている。

「な、施郎」甘輝は言った。「福児《ホツジイ》を恨んでいるか」

施郎は「いや」と首を振った。

「もし俺を助けるために無辜《むこ》の者を殺していたら、それこそ俺は福児を、あいつのために働いた日々を恨んでいただろう」

話す施郎は、軍略を語るときのように生き生きとしていた。甘輝は安堵《あんど》した。

「これから、どうするんだ」

「清軍に降る」

ためらう素振りもなく、施郎は答えた。

「俺はどうなってもいいが、俺についてきてくれた者たちを食わせてやりたい」

「国姓爺と戦うのか」

「俺ももう三十一歳だ。怠けかたくらいは覚えた。こいつに前線は任せられないと新しい上官に認めてもらえるよう、せいぜい励む」

甘輝は頷き、それから四方を見回し「こないな」と言った。

「仕方ない。せめて一言、あいつに詫びたかったが」

施郎は応じて、寂しげに笑った。父がその罪を口にした日以来、福児は施郎に会わなかった。三人を引き裂いたのは立場と、その中の誰のせいでもない罪だった。

「では行く」施郎は言った。「運が良ければ、また会おう」

「待て」

甘輝の声は、つい大きくなった。浜の背後、少し離れた緩《ゆる》い丘の上に、騎乗の人影があった。顔が分かる距離ではないが、身体の線は確かに、日本生まれの幼馴染《おさななじみ》のそれだった。

人影は微動だにしない。ただ馬上から、浜のふたりをじっと見つめているようだった。

「福児――」

施郎は叫んだ。

「天まで、お前の海に呑め。必ずだ」

もし天を呑めねば俺が看取ってやる。胸の内で、そう続けた。

人影は微動だにしなかった。その背後で天は澄み、陽が白く輝いていた。

年が暮れようとしても、厦門は鮮やかな常緑の葉が熱気に揺らめいている。

一日で最も暑い昼過ぎ、艦隊の練兵を終えた甘輝は潮の匂いを帯びた鎧姿のまま登城した。国姓爺の執務室に入るなり、顔をしかめた。

主の立場に比して小さい部屋は、忙しく筆を走らせる五人の下僚《かりよう》とその書机《しょき》、整然としつつも足の踏み場に困るほど積まれた書類で、なお狭く感じられた。

その奥、簡素な灰色の壁を背にして、福児も書机にかじりついていた。

「やあ、甘将軍。よく来た」

人前での呼び方をしながら上がった国姓爺の顔は、歓迎するような微笑みと濃い疲労の色が漂っていた。甘輝は纏う鎧の隙間に手を突っ込み、今日の調練について結果と費やした物品の量を記した書を取り出す。ためらいながら、甘輝は国姓爺の見るべき書類を一枚増やした。

「ご苦労だった」

国姓爺は書を受け取り、一瞥よりも短く目を走らせると、隅に花押《かおう》をすらすらと記した。

「練度は充分なようだな。火薬はもっと使ってよい。海戦は砲の使い方で決するのだから」

満足げに国姓爺は言い、秘書官を呼んで甘輝の報告書を手渡すと立ち上がった。

「甘将軍に話がある」

甘輝は書類の山を避けながら、扉一枚を隔てた別室へついてゆく。

「年明けより、兵を動かす」

甘輝が後ろ手に戸を閉じ切るのを待たず、福児は話しはじめた。

「それより」甘輝は遮った。「仕事はもっと他人に任せたほうがいいんじゃないか」

福児は国姓爺軍にまつわるありとあらゆることを書類にさせ、すべてに目を通していた。書類を起こし、また選《え》り分《わ》けるのは下僚に行わせるが、決裁は全て福児がしている。

「学問の師から、悪い影響を受けたかもしれないな。俗な人だったが、働き者だった」

福児は苦笑した。改める気は当分ないらしい。甘輝はそれ以上の説得を諦め、勧められるまま椅《いす》に身体を預けた。

「その師匠さんからは、何か言ってきたか」

ああ、という返事があった。

福児の師、銭謙益《チィキャムイク》は北京にいる。南京で皇帝を立てて敗れたのち、髪を剃って清に仕えた。その変節を世に指弾されつつ、国姓爺はじめ中国南部で戦う明の遺臣へ清の内情を伝え続けていた。

「去年、清では摂政が死んだ。皇帝は自ら政治を執るようになったが、旧摂政派の排除と内政に意を注ぐ方針らしい。吾らにとっては好機だ」

「で、年明けに動く」

「そうだ。まず厦門対岸の海澄《かいちょう》城、その背後の漳州《しょうしゅう》を奪取する。次いで海をまたぎ、泉《せん》州《しゅう》を得る」

漳州、泉州とも交易や沿岸物流の要所で、両都市の間にはかつての鄭家の根拠地、安平城がある。成功すれば、国姓爺軍は大陸側の足がかりが強固になる。

「その北、福州には清の南征軍がいる。おそらく泉州を奪還しに陸路で軍を南下させるだろう。がら空きになった福州を吾らは海から攻めとる。背後を断たれた清軍は退くしかない」

「それを繰り返して、俺たちは海伝いに北へ進み、いずれ南京へ達する」

「そうだ」

福児は頷いてから、「気付いたか」と言ってきた。

「ああ。施郎の策だな」

「変更を加える必要がなかった」

福児はさらりと言った。変えたくなかったのだろうな、と甘輝は思った。

「武張ったことしかできねえ俺も、どうやら忙しくなりそうだな」

そういって甘輝は笑った。福松の計画通りにいくかどうか、分からない。だが、命を懸ける甲斐があるとは思った。三人で布袋戯《ポーテーヒー》の真似ごとをして遊んでいたころは、遥か遠い。だが今も、三人で戦う。

翌年の正月、爆竹に代わって砲声が、国姓爺軍の新年を祝った。

厦門対岸の海澄城は、夜に接近した国姓爺軍の戦艦百隻の砲に、払暁から撃たれ続けた。

「弾も火薬もけちらなくていいとの国姓爺のお達しだ。盛大にお見舞いしてやれ」

甘輝は旗艦の船尾で怒鳴った。鄭成功《テエシンコン》軍の占領地は猫の額より小さいが、海の交易を一手に握っている。厦門には、大軍を数年にわたって動かせるだけの銀と物資を集積してあった。

砲撃が崩した城壁を、上陸した二万の兵たちが乗り越えてゆく。その先頭に、甘輝は立つ。海上では福松が艦隊を指揮し、砲撃で陸戦を援護する。

正午を待たず海澄城は陥落した。兵たちは再度乗船して河を遡り、日が暮れるまでに漳州も奪取した。兵はほとんど損なわず、大明国への思慕を残していた市民の熱狂的な歓迎を受けた。

それからの月日を、国姓爺軍は連戦のうちに過ごした。清軍は動きが鈍かったが、鄭成功軍もすべての占領地を常に保持できるほどの兵力はない。厦門から長江《ちょうこう》に至る福建、浙江《せっこう》二省の沿岸各所は、目まぐるしく主を変えた。

苦しい戦さが続いたが、戦況は徐々に国姓爺軍の有利に傾いていった。ほうぼうで粘っていた残明勢力が合流し、また大明への復帰を願う民の支援があったためだ。

六年を経た永暦の十二年、オランダ人たちが使う暦で一六五八年の正月。

国姓爺は厦門に主だった者を集めた。将軍、官僚、海商、海賊。各地から集まった様々な立場の者が、期日通りに政庁の広間に参集した。各人の座を設けるゆとりがなく、みな酒を満たした杯を持って立っていた。

国姓爺軍《おれたち》も大きくなったものだ、と甘輝はつい感慨を覚えた。

むろん巨大さでは中国のほとんどを占領している清にはかなわない。ただ国姓爺軍は泉州や福州など、厦門から北に続く大陸の主たる港湾都市を目論見通り、飛び石のような形で抑えている。石は長江の河口を目前にした舟山《しゅうざん》群島まで及び、南京へ至る経路をついに確保した。

ご人々は弾けるような歓声を上げ、主を讃え、

「南京を攻める」

ごく端的に、国姓爺は宣言した。集った人々は弾けるような歓声を上げ、主を讃え、大明国の万歳を唱えた。

「仔細は数日内に、改めて場を設けて卿らへ達する。今日は心行くまで酒食を愉《たの》しんでもらいたい」

国姓爺が言い終えると、盛大な正月の宴が始まった。庭では爆竹が盛んに焚《た》かれ、室内ではきらめくような管弦が奏《そう》され、佳酒《かしゅ》と美食がふんだんにふるまわれた。

甘輝はほうぼうを回り、将軍たちを励まし、ほめたたえ、労《ねぎら》った。いささか酒が過ぎてしまい、酔い覚ましに庭へ出た。象が巨体を揺らして、輪を鼻で回したり玉に乗っていた。拍手喝采を聞きながら、南国の植物が植えられた庭園へ行く。甘輝は美を解さないが、そこは人気《ひとけ》がないことを知っていた。

「これは、甘将軍」

角ばった発音の、少し慌てた中国語が聞こえた。サカヤキと言ったか、前頭を剃り上げた日本人らしき男が立っていた。

「や、これは国姓爺の弟御《おとうとご》」

福松のたったひとりの肉親、田川次郎左衛門《たがわじろうざえもん》に向け、甘輝はふらつく身体を何とか動かして拱手した。

「お久しゅうございます」

　次郎左衛門は深々と腰を折った。

　互いに知らぬ仲ではない。福松の命を受けて長崎で日本交易を任されている次郎左衛門は、これまでも時おり厦門へ来ていた。

　何より、国姓爺軍には日本人も多い。主を持たない武人が溢れているらしく、次郎左衛門の周旋で中国へ渡り参戦していた。彼らは得意とする武具から倭銃、あるいは面のような防具を使うことから鉄人などと呼ばれている。

「酔い覚ましに来たのですが、お邪魔でしたか」

　甘輝が問うと、次郎左衛門は首を振った。

「私は、人が多いのがどうも苦手で」

「そうですか」

　甘輝は近くにあった岩の上に腰を下ろした。

「兄上は、ついに宿願を達せられます。めでたいことですな」

　言ってから、甘輝は不信を感じた。次郎左衛門の顔に、喜ばしい様子がなかった。

「なにか」

「いえ、なにも。ただ甘将軍がおられて、兄は幸せだと思いまして」

　甘輝は曖昧《あいまい》に頷いた。褒められたらしいが、話が見えない。

「兄はよく手紙をくれます。甘将軍に助けられている、できれば施将軍ともまた志を同じくしたい。常にそう書きます」

「役に立てていれば、俺もうれしいですな」

甘輝はそれだけを言った。いまの立場を放り出して厨師に戻りたいなどとは思わないが、将軍なる職は、やはり柄《がら》ではなかった。面倒な友人を持ったものだと苦笑してしまうこともある。

「兄は、寂しい人なのです」

次郎左衛門は遠くを見る目をした。

「父の顔は知らず、母はいなくなり、育ての女性は死んでしまった。何ができるかは別として弟の私は、遠く離れた日本にいます。鄭家の親類も追いだし、ふたりしかいない友人のひとりは去ってしまった。義姉上《あねうえ》と子がいなければ、立つこともできなかったでしょう」

「大丈夫ですよ」甘輝は言った。「俺がいます」

カタジケノウゴザイマス。次郎左衛門の言葉の意味は分からなかったが、その顔には安堵したような落ち着きがあった。

三百隻の艦が厦門の沖に集結したのは、春の終わりのころだった。

「壮観だな。ええ?」

艦上、甘輝が笑いかけた先で幕僚たちも力強く頷いていた。

「国姓爺の艦に旗――」

見張りの声に、甘輝は出航を命じる。掛け声とともに錨《いかり》が上げられ、引きはじめた潮に乗って艦はゆっくり外海へ流れる。甘輝は出海《ツッハイ》に後を任せ、ひとり舷墻《げんしょう》のそばに立った。

周囲は、旌旗《せいき》を掲げた軍艦に埋め尽くされている。乗り組む兵は十万。数年を清と戦いながら増やした、国姓爺のほぼ全軍だ。港湾以外に陸の占領地を持たない国姓爺にとって、ふたたび同数の兵を集めることは叶わない。

対して清軍は、少なく見積もっても五十万を超える。だが広い大陸に分散していて、集結が容易ではない。いまはじまった南京攻略は、ばらばらの清軍を個々に蹴散らしながら船足を生かして急伸し、一気に南京を攻め落とすという算段だった。

勝敗を分けるのは、時。そして、やり直しはできない。

「勝つさ、きっと」

自らを鼓舞するように、甘輝は呟いた。

五

田川次郎左衛門は、長崎の外れに住んでいる。

そこへ兄からの使者が訪れたのは八月の中ごろ。秋らしい涼しげな日が増えるいっぽうで、翌月にある「お九日《くんち》」の大祭に向かって、街が静かに熱を帯びてゆく時期だった。

中国から着いたばかりだという使者は、二通の書を置いていった。片方はいつも通り懸紙《かけがみ》に包まれた次郎左衛門宛てのもの。もう片方は細い漆の箱に入っていた。

唐国《からくに》の英雄、国姓爺《コクシンヤ》の弟は、長崎奉行に仕える唐通事《とうつうじ》の職にある。士分と庶民の間を漂う頼りない身分だが、同輩が少ないためそれなりに忙しい。

同時に、国姓爺の日本交易を取り仕切る立場にある。目もくらむような量の銀を右から左へ動かし、食い詰めた牢人《ろうにん》を唐国へ送るという明らかな国禁の違反、国姓爺の領内で通用させる銭の鋳造という微妙な行為も、奉行へ付け届けを渡して黙認させている。

ふたつの立場のため次郎左衛門は日々、寸暇を惜しんで働いていた。

気晴らしの贅沢は兄に頼めばいくらでもできるが、かつておマツさんと住んでいた借家を改めて買った以上の銀を、次郎左衛門は使わなかった。英雄の弟であるより、しがない通事であるほうが身の丈に合うと思ったからだ。今日は久しぶりに通事が非番、交易についても用がなかったが、遊びに出るわけでもなく朝から寝っ転がって過ごしていた。

「もう少し休んでいたかったが」

使者を見送ってから次郎左衛門はひとり呟いた。居間で座り直すと、まず自分宛ての書を開いた。

今年の三月、兄は南京を目指して兵十万、艦三百という大軍で廈門を発《た》っていた。途上での小競り合いに勝利したか、はたまた南京を占領したか。なんにせよ吉報であろうと期待したが、読み進めると季節外れの汗が噴き出してきた。

一言で言えば、兄の戦いは順調ではなかった。その軍は戦えば必ず勝ったが、天候に恵まれず進撃は遅々としていた。長江の目前、舟山島では一月ほども足止めを食った。時を食うぶん、清軍の防備は厚くなる。国姓爺軍は嵐の中で出航を強行し、五十ほどの艦、一万に近い兵を波風で失ってしまった。兄は舟山島へ戻って軍を再編しつつ、その忙しい中で手紙をくれたようだった。

──遠からず南京に吾が旗を立てる。いずれ招くゆえ南京で会おう。

書の中で、兄はなお意気軒昂《けんこう》だった。

──もう一通の書は、宛先の人へ届くように宜しくはからってほしい。

手紙は、そう締めくくられていた。

次郎左衛門は妙な胸騒ぎを覚えながら漆の箱を開ける。表書きも封もない懸紙から書を取り出し、そして目を見張った。

──日国上将軍麾下《きか》

書は、徳川将軍に宛てた親書だった。急いで読む。

──本藩《それがし》は大明国に大恩を受け、その恩に報ずるため韃靼《しんこく》と戦っている。願わくば日本の兵を貸してほしい。

大意、そのようなことが書かれた漢文を読み終え、次郎左衛門は兄が置かれている状況を確信した。やはり苦境なのだ。礼物を持たせた正式な国使を立てる暇《いとま》すら、兄にはないようだった。

次郎左衛門は食らいつくような勢いで文机に向かった。将軍宛て親書の和解《わげ》（日本語による釈文）を書き上げ、奉行所へ走った。

「お奉行さまへは、しかとお渡ししよう」

上役は、尊大に言って親書と和解を受け取った。この時ばかりは次郎左衛門も己の身分を憎んだ。国姓爺の弟も、日本では奉行にすら目通りが叶わぬ端役《はやく》でしかない。

おぼつかない足取りで奉行所を出た。坂を下りながら振り向くと、石垣と漆喰の壁を巡《じ》らせた奉行所は、徳川将軍の威を体現するようにそこにあった。

焦れ、また己の無力に悩みながら、次郎左衛門は待った。お九日が終わり、月の形が一巡したころ、奉行所に呼ばれた。旅支度で来い、という不可解な命令だった。

「江戸へ参れ」

畳を敷き詰めた大きな間。隅で平伏した次郎左衛門に遠くから告げたのは、老中に直属する公儀の大役、長崎奉行だ。次郎左衛門の身分では目があっただけで咎《とが》められる。

「朱成功《ツウシンコン》の書を詮議《せんぎ》せんがため、ご老中がたがおぬしをお呼びである」

それだけ言って、奉行は去っていった。考える間もなく、次郎左衛門は公用の旅であることを証する手形と路銀を渡され、待っていた早駕籠に押し込められた。

八人一組の担ぎ手は宿場ごとに入れ替わるが、次郎左衛門は乗りっぱなしとなった。身体を駕籠に縛り付けているから転げ落ちることはないが、ひたすら揺れているので寝るに寝られないし、食事も満足に取れない。

「旦那」

長崎を出てちょうど十日後、駿河《するが》の峠道が下りに差し掛かったころ、次郎左衛門は後ろの担ぎ手に呼ばれた。空腹と疲労に耐えかねていたから、通り過ぎた茶店へ引き返す、という言葉を待っていたが、違った。

「そろそろ見えますぜ」

何が見えるのだ、と思いつつ次郎左衛門は前を見据える。

視界が拓《ひら》けた。丁寧に石を積んだ棚田が左右に広がる。続く下界も刈り取りを終えた田が広がっている。その向こうには、なだらかな裾野を持った巨《おお》きな山がそびえ、頂《いただき》あたりで雲を従えていた。

「富士のお山だ。せっかく長崎から来なすったんだから、拝んどきなせえ」

勧める声には、どこか誇らしげな響きがあった。

「ああ」

次郎左衛門はぼんやり見上げる。

「大きいですね」

江戸は近い。山の偉容を仰ぎながら、次郎左衛門は唇を引き締めていた。

これからしばらく。少なくとも江戸にいる間は踏ん張らねばならぬ。

たった一人の肉親のために。

決意を思い返し、次郎左衛門は駕籠の柄《え》から垂らされた紐を握りしめた。

長崎奉行は二人が任じられ、交代で任地へ赴く。次郎左衛門はこのとき江戸在勤であったほうの奉行、黒川与兵衛《くろかわよへえ》の宅に預けられた。

駕籠で西から入って駆け抜けた江戸は、長崎が百個ほど入りそうな広さと人があった。ただし、まるきり新しい街だった。去年の大火が市中のほとんどを焼き払ってしまったのだという。真新しい木の香りを帯びて再び栄えようと膨らむ街は、重厚な磚《せん》で作られた唐国のそれと違う活気にあふれていた。

その江戸について三日後、次郎左衛門は黒川奉行に連れられ千代田《ちよだ》の城に登った。日本一の偉容と伝え聞いていた天守閣は大火で焼けてしまったらしいが、それでも城の広大さには驚いた。やたらと歩き、幾つもの門をくぐり、途中から茶坊主が案内に立った。

「間違いないのか」

大きな御殿の前で黒川は唸った。振り返った茶坊主も戸惑いを顔に浮かべていたが、「間違いございませぬ」と答える。次郎左衛門の自宅より広い玄関から御殿に上げられると、次郎左衛門も不審を感じた。老中との対面は庭であろうと思っていたからだ。士分ですらない自分が座敷に上げられている異常さに、ようやく気付いた。

ある襖《ふすま》の前で茶坊主が促した。黒川は端座《たんざ》しながら「このお部屋で間違いないのか」とまた問うた。その声は震えていて、「間違いございませぬ」とさっきと同じ答えをした茶坊主も、やはり戸惑った顔をしていた。次郎左衛門が端座すると、茶坊主が襖にそっと声をかける。咳払いのような返事があり、黒川は平伏する。あわてて次郎左衛門も畳に手を突く。襖の引かれる音が聞こえた。

黒川は頭を上げぬまま名乗り、「田川次郎左衛門をお連れ申しました」と添えた。

「田川は入れ。黒川は別間で控えておれ」

臼《ひ》で碾くような重々しい声がした。次郎左衛門はどうしてよいか分からず、ただ平伏し続けた。

「これ田川」臼の声が、やや軽くなった。「顔を上げてよい。入れ」

おそるおそる身体を起こした。前にいたはずの黒川は、もういなかった。顎を豊かな肉に埋めた老人が、襖の向こうから顔を覗かせている。肩の張った裃《かみしも》姿には威がありつつ、険《けん》や侮りの色はなかった。

次郎左衛門は目を伏せつつ膝行《しっこう》する。部屋に入ると背後で襖の閉まる音がした。

「阿部豊後《あべぶんご》である。老中職を仰せつかっておる。硬くならずともよい」

埋めた顎を動かし、阿部老中は臼の声で言う。

「ありがたき幸せにございます」

慣れぬ物言いをしつつ部屋を見渡す。思ったより小さい十畳ほどの空間には阿部と、あと三人が裃姿で座っている。阿部によるとみな老中らしいが、名前は聞いた端から忘れてしまった。

みな、部屋の下座《しもざ》側に座っている。ぽっかりと空いた床の前が不自然に思えた。

「しばし待て」

阿部がそう言ったきり、誰も話さない。次郎左衛門もじっとしていた。

「お成りでございます」

響き渡ったか細い声を敬うように、四人の老中ががばりと平伏した。慌てて次郎左衛門も倣う。

左手の襖が滑り、くつろいだような足音がみっつ、部屋に入ってきた。

「みな、面《おもて》を上げよ。楽にしてよい」

声は若く、凛《りん》とした響きがあった。有り難きお言葉、と阿部が応じた。

次郎左衛門が顔を上げると、上座《かみざ》が埋まっていた。真ん中に座る若者は、自室にいるようなあっさりした小袖《こそで》姿だった。その左に黒い羽織、右には裃姿の、ともに初老の男が座を占めた。

「上さまである。お左は紀州大納言《きしゅうだいなごん》さま、お右は会津中将《あいづちゅうじょう》さまなり」

臼は重々しく鳴った。

「うえさま」次郎左衛門は茫然とした。「きしゅうさま、あいづさま」

「さよう」

若者が少しだけ笑った。

「余は征夷大将軍、徳川家綱《とくがわいえつな》である」

拘《こだわ》らない為人《ひととなり》なのか、上さまはさらりと諱《いみな》を名乗った。その左右の二人も、次郎左衛門は名を知っている。羽織姿の紀州大納言は初代将軍、家康の十男にして紀州五十五万石の当主、徳川頼宣《よりのぶ》だろう。裃を着た会津中将は保科正之《ほしなまさゆき》。前将軍家光の異母弟で、会津二十三万石の大名だ。将軍家の一門と老中に囲まれ、次郎左衛門は目がくらむような思いに駆られた。

「それでは始めまする」

阿部豊後が口を開いた。

「去る先月、大明国の臣、朱成功《しゅせいこう》から援兵を請う親書が到来いたし申した。これにいかな返事《かえりごと》を与うるべきや。本日は、それを議するため上さまの思し召しにて皆さまがたにお集まりいただき申した」

言い終えると、阿部は二枚の紙片を座の中心に置いた。次郎左衛門の手を離れて長い、兄の国書と和解だ。

「余が惟《おも》うに」

家綱が口を開いた。部屋にいるほとんどが自身の年齢に数倍するにもかかわらず、臆する気配は微塵《みじん》もない。これが貴人か、と次郎左衛門は妙に感心した。

「此度の儀は国家の今後を決する大事なり。家康公が将軍職に任ぜられて五十五年、豊臣家を亡ぼし一統を成し四十三年が経つ。天下の太平を堅く守る、あるいは天下を外《と》つ国《くに》まで押し広げる。今後の政はいかがあるべきや。しかと考えたいと思い、そなたらを呼んだ。朱成功なる人を知るため、田川次郎左衛門もここへ呼んだ。みな、存念をとくと申せ」

若い将軍の宣言に、言葉を継ぐ者はいなかった。身分違いの自分がいるからではないか、と次郎左衛門が思ったのは、ときおり刺すような視線を感じたからだ。

「なお」阿部が言った。「明国が帝都を失いし十四年前には朱成功の父、鄭芝龍《ていしりゅう》が同じく援兵を請うて参り申した。この際は家光公《たいゆういんさま》のご裁断にて、応じぬと決まりました」

「あのとき、応じておればよかったのだ」

苦々《にがにが》しく口を開いたのは紀州大納言、徳川頼宣だった。

「徳川家が一統を成し、明は乱れた。大陸へ攻め込む好機であった」

「おじ上は賛成された。そう聞いております」

上さまが苦笑すると、紀州さまは「当然じゃ」と応じた。

「儂《わし》らは武士ぞ。武を磨き勇を奮い、一所懸命の地を広げてこそ本懐。それを叶えてやってこそ武門の棟梁、将軍ではないか」

「さような考えでは、畏れ多くも帝にお預かりした政を全うできぬ。家光公はかく思し召しでありました」

口を挟んだ会津中将の声は着用する裃のごとく折り目正しく、また冷厳《れいげん》だった。

「身罷《みまか》ったおぬしの兄の口を勝手に借りて、儂を黙らせようとするか、会津」

「お慎みくだされ」

会津中将はぴしゃりと言った。

「先年、家光公ご薨去《こうきょ》に乗じて不逞《ふてい》な牢人どもが国家転覆をたくらんだ慶安《けいあん》の変事。あれに紀州さまにも共謀の嫌疑《けんぎ》あったことをお忘れか」

「疑いは晴れたであろうが。なぜ蒸し返す」

「疑われるような言動は改められませ、と申しているのです」

会津さまは微動だにしない。

「そも政は、上さまの思し召しをお受けして臣が行うべきもの。御一門のお方が関わらんとするは乱れのもとでござる。孔子が説くには、まず名分《めいぶん》を正すべし」

「詭弁《きべん》を」

紀州さまは遠慮なく吐き捨てた。

「会津、そなたが養育された保科の苗字を名乗り徳川家に戻るを拒むは、そのためか」

「なんとでも仰せあれ。不肖それがし、それがしを弟とお認め下された家光公に、御当家の将来を託されております」

「紀州さま、会津さま」

口論にたまりかねたのか、阿部が身を投げ出した。

「どうかお納めくださりませ。またこの場には、これなる田川次郎左衛門がおり申す。内々の儀を田川に聞かせるは」

ふん、と紀州さまは鼻を鳴らして阿部の言葉を遮った。

「聞かれてまずいことがあれば、斬ればよかろう」

斬るといった者の名も呼ばず、一瞥さえくれず、紀州さまは上さまに向き直った。

「日本にはまだまだ牢人が溢れ、不穏の気配が収まらぬ。彼《か》の者らを朱成功への援兵として大陸へ渡らせるべし。さすれば天下は収まり、国も広がる」

名案であろう、と言いたげに紀州さまは胸を張った。次郎左衛門は悩んだ。兄への援兵を実現するためには、ぜひとも紀州さまに頑張ってもらいたい。だが、軽輩ひとりを斬ればよいと言い放つその為人には反感を覚えた。

「出兵など論外」

会津さまが、やはり冷たい口調で述べる。

「そも征夷大将軍は天子に仇《あだ》なす者を討ち、王土を守りまいらせ、その内を平らかとするが職責。武門の栄誉や富貴にこだわり外征に耽《ふけ》るは、務めにあらず」

それきり、話が止まった。

「割れたのう」

じっと話を聞いていた上さまが、若々しい頰を歪めて苦笑した。

「いま一度、話を思い返したい。田川次郎左衛門よ」

「はっ」

次郎左衛門は畳に手を突いた。

「そなたの兄の書、読み上げてもらえぬか。和解のほうがよいな」

次郎左衛門は目礼して、次いで震える手を伸ばし、自ら書いた書を取り上げた。

「大明の招討《しょうとう》大将軍、延平王《えんぺい》、国姓成功。頓首《とんしゅ》し拝し、日本国の上将軍に啓上す」

読み上げながら、様子を窺う。上さまは異国の将軍を敬するように、少し俯いている。会津さまは上さまに倣ったが、紀州さまは暇を持て余すように手を揉んでいた。

「大明興りて三百年来、久しく太平にして、人、戦さの道を知らず。しかるに韃靼《しんこく》強く興りて、都へ乱れ入る。大明の国々、畜類の国となる」

畜類の国。兄はどう思ってこの語を書いたのだろう。訳していたときの疑問がふたたび湧く。中華が中華であるほど、夷の兄とて畜生に近付いてしまうのだ。あるいは兄は、その矛盾と戦っているのかもしれない。

「それがし、大明の恩を深く思うゆえに、浙江、福建を巡る。されど、それがし」

急に胸が痛くなった。言葉に詰まる。されど、それがし。されど、それがし。何度も繰り返してしまう。

「されど、それがし、ひとりなり」

兄がどう考えたか、次郎左衛門には分からない。だが、僅かかもしれないが兄についてゆく者がいる。甘輝将軍もそうだろうし、己《おのれ》もそうありたいと思っている。

「ゆえに志を遂げ難く、年月を過ぐ。それがし、日本にて生まれたれば、日本を慕う心深し。憚《はばか》りながら日本より吾を叔父甥のごとく、兄弟のごとく思し召して、恵みの心あらんことを願う。数万の人数を貸し、大明へ渡し給わらんことを。かく、それがしの志を述べ、返事《かえりごと》を待つものなり。――以上でございます」

読み上げた書を、次郎左衛門は置けなかった。震える両手で、ただ握り続ける。

「次郎左衛門よ」

上さまに呼ばれた。

「そなたの兄は、なぜ戦っておる。清は明であった地のうち九分を超えて領していると聞く。なぜだ」

いずれ皇帝になる、という野心を兄から聞いている。それを伝えれば援兵はまず無いだろう。だが「なぜ」と言う問いを改めて見つめると、別の答えがあった。

「兄は、かつての明、これからの清、何処《いずこ》にも身をおけぬ者のために戦っております。憚りながら日本でも、さような者たちがおるかもしれませぬ」

ふむ、と上さまは唸り、促すように左右を見渡した。

「援軍を送るべし。豊太閤《ほうたいこう》もできなんだ唐入《からい》り、いまこそ行うべし」

「明は再興能《あた》いませぬ。出兵の益なし」

紀州さまが勇み、会津さまは冷厳と説く。

「どうか！」

次郎左衛門は這《は》い蹲《つくば》った。「どうか！」と再び叫ぶ。

「どうかお力をお貸しくださいませ。兄が生まれたる国の皆さま、どうか吾が兄を哀れと思し召し、お助けくだされませ」

顔を上げる。見据えた上さまの顔が歪み、滲んだ。自分は泣いているらしい。

「どうか、お願いいたします。兄を」

涙も哀願も止まらない。やがて、上さまはゆっくり頷いた。次郎左衛門を見返す眼差しは優しかった。

「決めた。よう聞け」

上さまはみなに言い、だが目は次郎左衛門に注ぎ続けている。

「助けぬ」

その声は柔らかく、だが有無を言わせぬ威があった。

「次郎左衛門、そなた申したな。そなたの兄は、何処にも身を置けぬ者のために戦うと」

次郎左衛門は頷く。

「余は、日本でそのような者は出さぬ。戦さは、牢人どものごとく太平に生きられぬ者をまた生み出すであろう。余は、そうはさせぬ」

ご苦労であった、と上さまは立ち上がった。次いで会津さまが顔色を変えぬまま、紀州さまが舌打ちしながら腰を上げた。老中たちが平伏する。次郎左衛門が茫然と見上げると、上さまはちょっと首を傾げ、苦笑した。

「頭《ず》が高いな」

咎《とが》めるでもなく、見えたものを見えたまま言ったようだった。

慌てて次郎左衛門は額を畳に擦りつける。日本で天下の権を持つ若者は、足音を立てて部屋を出て行った。

六

砲が唸り、無数の銃声が続く。湧き上がった悲鳴を、馬蹄《ばてい》の束が蹂躙《じゅうりん》してゆく。

南京の長大な城壁の各所にある門から、清の旗を掲げた人馬が続々と吐き出され、包囲していた明の旗を薙《な》ぎ倒している。

「うろたえるんじゃねえ、陣を乱すな」

甘輝《カンフィ》は剣を振って怒鳴った。幕僚たちが徒歩《かち》や馬でほうぼうに散り、怖気《おじけ》づいた兵たちの中に飛び込んでいった。

「挟撃《きょうげき》されても、まだ兵はこっちが多い。まともに戦えれば勝てる。逃げるな」

甘輝は事実を言っている。だが潰走《かいそう》を止めることはもうできないだろう。南京の酷暑は緩みを見せない。噴きだす汗が妙に冷たく感じた。

嵐で大きな損害を受けた鄭成功《テエシンコン》軍が舟山島に引き返してから、もうすぐ一年になる。国姓爺《コクシンヤ》は目まぐるしく働いて軍を再建し、再び南京を目指した。幾度かの激戦を経て南京に到達したのは、この七月に入ってすぐのことだった。国姓爺が書で要請した日本からの援兵は、ついになかった。

包囲の布陣が終わったころ、三十日経てば降るから攻めぬよう願う、と南京の清軍が使者を寄こした。清の法ではそれだけ持ちこたえれば、敗れても責を負わずに済むのだという。甘輝は軍議で速戦を主張したが、国姓爺は「待つ」と断を下した。再建された鄭成功軍は寄せ集めで、また南京までの戦闘で著しく疲労していた。攻めても南京を陥とせるか心もとなく、敗れれば再興に何年かかるか分からない。その言い分は理解できたから、甘輝も従った。

それが、今思えば誤りだった。包囲から二十日ほど過ぎた今日、城外の援軍が鄭成功軍の背面を衝いた。呼応して籠城軍も出撃し、挟撃される形勢となった。連戦の疲れを弛緩に変えていた鄭成功軍は、あっけなく崩れた。数で勝るはずの兵たちは怯え、武器を捨て、ただ逃げ惑《まど》っている。

混乱の中、甘輝は砂塵と銃砲の煙の向こうを睨んだ。長大な城壁がある。目指した南京は目の前を動かぬまま、手が届かぬところまで去ってしまった。

「集まれ、陣を組め」

甘輝はなお叫ぶが、誰も足を止めない。

舌打ちしながら見渡す。少し離れて、夥しい旗と大軍を動かすための銅鑼《どら》や太鼓、そして巨大な天幕がある。さっきまで数多の幕僚や文官が集っていたはずの国姓爺の帷幕に、いまは男ひとりだけが立ちすくんでいた。

「ぼやぼやすんな。福児《ホッジィ》」

駆け寄り、叱りつける。甘輝は苛立ち、微動だにしない友人の肩を摑んだ。

「お前は逃げろ。でないと死ぬぞ」

自失そのものと言った顔が、ぐるりと向いてくる。老けたな。妙にのんびりしたことを甘輝は思った。福松はもう三十六歳。だが齢以上に、皺《しわ》や翳《かげ》りがある。過労のせいだと甘輝は知っている。

「逃げても仕方がない。私の軍はなくなってしまった」

福児の声はか細く、その顔は死人より蒼褪《あおざ》めていた。

「なら、やめるかね」

甘輝は訊いた。

「それもいいかもしれねえな。国姓爺なんて面倒な立場、清ではない天下なんていう重たい旗、ぜんぶ投げ棄てちまえば楽になる」

福児は俯いていて、その目つきは判然としない。

「莫迦は引き際が分からねえんだ。今までの苦労が無駄になるのがもったいなくて、やめればいいことをつい続けちまう。けど、零れた料理が器に戻ることはねえ。惜しむ暇があったらさっさと片付ければいい」

どちらでもよい、と甘輝は思っていた。やめたければ、やめればいい。ただ甘輝なりに、この友人を好んでいた理由はある。言い切ってから、じっと答えを待った。

「やめない」

確かに、そう聞こえた。

「私は選んだ。行くべき先を見つけただけでなく、選んだのだ。だから最後まで航《わた》りきる。それまでは、やめない」

福児は蒼褪めている。だが目には強い光があり、気配がそれまでとどこか違った。

「撤退する、集まれ」

福児は叫び、駆け出した。大きな銅鑼や鼓のある場所まで駆け、撥《ばち》を摑むと、周囲の楽器をやたらめったらと鳴らしはじめた。示し合わせた合図でも何でもない無秩序な連打は、泣きわめくようでもあった。現に、福児は泣いていた。

「逃げたい者は勝手に逃げろ。逃げ場が分からない者は、行き場のない者は、私のもとへ集まれ」

顔をぐしゃぐしゃにしながら、福児は叫ぶ。声と音は、戦闘の騒音を圧し、騒々しい。

なぜだか甘輝は、赤子の産声を思い起こした。

やがて、兵たちが集まってきた。その表情は怯えに歪んだり負けん気を思わせたりと様々だったが、等しく言えることは、行き場のない者と言われて来たということだ。

福児は集まった者たちに銅鑼を持たせ鼓を背負わせ、鳴らし続けるように命じた。逃げる道々で、兵たちを集めてゆくつもりだろう。それからやっと甘輝のもとへ歩み寄ってきた。

「甘輝」

呼ばれて、思わず笑ってしまった。友人の顔は涙と鼻水にまみれていた。

「私はかつて、負け戦さで死にそうになった。そのとき、幼いころに世話をしてくれた鄭家の者が自ら身を投げ出し、私を救ってくれた。私は後悔した」

甘輝は、黙って聞いた。びしょびしょに濡れた福児の顔は、いつもの明晰さを取り戻していた。

「いつか後悔の質が変わった。その者を死なせたことではなく、その者に命じなかったことに。私は自ら選んで戦さをしているのに、生じる他人の死に関わらないのは卑怯だった」

「つまり」

「甘将軍、卿に命じる。殿《しんがり》を務めよ。卿は死ぬかもしれぬが、私を生かせ」

かわいそうなやつだ、と甘輝は思った。日本から来たこの友人はただ、大きな天から弾かれた人々のための小さなどこかを、海に作ろうとしているだけだ。そうするたびにうまくいかず、国姓爺だの南京を攻めるだのと話ばかりが大きくなり、いっぽうで近しい人が離れていってしまう。

だが友人は、その境遇を受け入れた。一敗地《いっぱいち》にまみれようとする今もやめないといい、甘輝に死ぬかもしれない命令を下した。自ら選んだことだから。

俺も、選ばねば。そう思った甘輝は、佩剣をゆっくり抜いた。

「この甘輝、国姓爺の御命《ぎょめい》をしかと承って候」

勇ましく言うと、国姓爺と呼んでやったはずの相手は、硬い顔で頷いた。

「ただし俺は死なねえぞ」

戦争を続ける国姓爺の面の向こうにいる福児に向かって、甘輝は言った。

「厨師にもなりたかったが、そもそもの夢をやっと思い出した」

友人は目をそらさず、思いつめたような眼差しを甘輝からそらさない。冗談を言いたいのだが、と甘輝はやりにくさを感じつつ言った。

「俺は、呂布《りょふ》をやりたかった。呂布が敗けたことはあるか、戦さで死んだことはあるか」

「ない」

福児は、素直に首を振った。

「では行け。福児。董相国《とうしょうこく》だってなれなかった皇帝に、お前にはなってもらわにゃならん」

行き場のない者のために皇帝になる。友人のそんな莫迦げた理想に、甘輝もついてきた。いまさらやめようとは思わない。

「甘輝。待っているぞ」

後ずさりながら、福児は叫んだ。

「必ず帰ってきてくれ」

「そんなに待たせねえよ」

がしゃがしゃと銅鑼が鳴り続ける。ここは南京の戦場か、あるいは布袋戯《ポーテーヒー》の真似ごとをして遊んだ、安平城下の小さな広場か。

「またな」

初めて会った日と同じ言葉を、甘輝は使った。お前はひとりではないぞ、と言ってやったつもりだった。

終章　国性爺合戦

「国姓爺《コクシンヤ》とは何者だ！」

　連合東インド会社の台湾商館長、コイエット総督は総督執務室で声を荒らげた。

　台湾《フォルモサ》の南西岸。砲と城壁で鎧《よろ》った台湾商館の眼前の海は、帆を掲げる艦隊で覆いつくされている。

「なにが中国再興の忠臣か。戦争しか知らぬ獣《けだもの》ではないか」

　悪態をつく総督を、レオ・コープは執務室のソファに腰掛けたまま、見世物のように眺めている。

「吾らを襲えば重大な外交問題になるのだぞ。やぶれかぶれにもほどがある」

　コープは呆れた。そもそも国姓爺の目を台湾へ向けさせたのは、当の総督だった。

　国姓爺が南京《なんけい》で大敗して厦門《あもい》へ逃げ帰ったのを見るや、総督は中国交易の路を開くために清《しん》にすり寄った。共同して厦門を攻めるとまで申し入れ、軍艦の派遣をバタヴィアに要請した。

　清軍はオランダの加勢を待たず単独で厦門へ攻め、海戦で敗れた。台湾の動きを察知していた国姓爺の軍が、返す刀で台湾へ殺到したのは八か月前。バタヴィアからの援軍も撃退され、台湾商館は包囲された。食料はもう数日も持たぬ量しかなく、降伏止むない情勢となっている。ゆえ、総督も悪態を吐《つ》き続けている。

長かった、とコープは思い返す。ふと見下ろした手は皺だらけになっている。齢は七十を越えた。十年と少し前に退社したが、東インド海域での長い職歴を買われて台湾商館付きの顧問となった。

人を通じて、渡りはもうつけてある。数日以内に台湾の主となる国姓爺の顧問として、コープの新しい、だがおそらくとても短い人生が始まる。遠い欧州にいる同胞たちをどうやって呼び寄せるか、その思案で頭はいっぱいだった。

「それにしても異人種どもは頼りにならん。いままで食わせてやった恩も忘れて裏切りおって」

「そう仕向けたのは総督、あなただ」

さすがにコープは口を挟んだ。振り返って睨みつけてきた総督は、顔を真っ赤に染めている。

「アフリカや東インドの島々から連れてきた奴隷を酷使し、この島の原住民から土地を奪い、大陸を逃れてきた中国人から多額の税を取ったのは、あなただ。私は顧問として何度も忠告したはずだ」

列挙した人々は、こぞって国姓爺の軍を歓迎した。奴隷たちは脱走して道を教え、原住民は各所に住むオランダ人を襲って後背《こうはい》を安全ならしめ、中国人は農作物を献じて兵站《へいたん》を支えた。

だいたい、責められるべきは異人種だけではない。「オランダ人ひとりは中国人二十五人と戦える」などとうそぶいたベルト大尉は二百四十人のオランダ兵を率いて国姓爺軍に立ち塞がり、薙《な》がれるように全滅した。ハンスという軍曹は脱走して国姓爺に商館側の防備を漏らし、ために商館を囲む二重の城壁の外側は破られた。

それにしても不思議なのは国姓爺、あの古い友人の息子だ。勝てるはずがない清と戦い続ける気力もさることながら、その旗のもとには、なぜか人が集まり続けている。支配地では軍や官の綱紀《こうき》こそ厳正だが、税が軽いわけではないし、兵役はむしろ重い。信仰など魂の問題での凄惨《せいさん》な対立も中国にはない。なのに、国姓爺を慕う者は跡を絶たない。食い詰めた者が大半とは聞いているが、それだけだろうか。明《みん》の再興とやらは、それほど人を引き付けるものなのか。

はるか昔、一度だけの対面のときには何者でもなかった幼い男児。彼がこれほど不可解な英雄になるとは思ってもなかったが、故郷から逃れるしかなかったコープにとっては、痛快でもあった。

「総督」

コープはなるべく優しく言った。

「この島と海が誰の手に帰すべきか私には分からない。ただ、少なくともあなたは適任ではないだろうな」

翌日、コイエット総督以下、連合東インド会社軍は、国姓爺に降伏した。

丘の上に、福松《ふくまつ》はひとりで座っていた。

眼下には海、それと街がある。

街は新しい。少し前までオランダが台湾商館を置いていた地だ。占領後すぐに人を呼び寄せ、区割りをした。

また街を、承天府《しょうてんふ》と名付けた。明では南京に応天府《おうてんふ》、北京に順天府《じゅんてんふ》という異称があったから、知らぬ者には明を継承する意志と見えているだろう。

天命を承《うけたまわ》るのは自分だ。その宿願を果たす日は近いと思っての命名だった。

惜しむらくは、という思考は白く濁っている。

十日前に熱が出た。あるだけの薬を試したが効かず、いま病は全身を蝕《むしば》んでいる。とくに、肺がつらい。息を吸い、吐くだけでも胸に瑠璃《るり》の破片を呑み込んだような痛みが走る。病の源は慣れぬ台湾の水か、それとも以前から病魔にとりつかれていたのか。医の心得がない福松には分からない。

草のまばらな地面に腰を下ろす。これからだ、と念じても身体が言うことを聞かない。この丘に登るだけでたいそうつらかった。

ただぼんやりと座り続ける。潮風が蒸し暑さを吹き流し、また、さざ波の音を運んでくれている。穏やかな時だった。

視界の隅が蠢いた。顔を向けるだけで、たいそうつらい。掌に乗るくらいの小さな動物が五匹ほど、前のやつの尻に鼻先をぴったりくっつけた一列になって、うろうろしている。

「懐かしいな」

頬が緩んだ。麝香鼠《じゃこうねずみ》の親子だ。台湾には多い。育った川内浦《かわちうら》の家にも住んでいた。母が連れてきた、と七左衛門《しちざえもん》翁が言っていた。幼いころはよく追いかけていた記憶がある。母にはあるはずの独特の匂いが、福松の鼻には感じられない。そこまで自分は弱っているか、と思うと感慨深くすらあった。

海からずっと続く道を辿って、丘を登る人影が近付いてきた。誰にも言わず城を抜けたつもりだったが、見つかってしまったのだろうか。

すぐか、かなりか。どれだけの時が経ったか分からない。人影が目の前に現れた。痛む身体をいたわりながら、ゆっくり見上げた。黒衣の、細身の人だった。

「福松」

人影の声を、福松は自然と受け入れていた。

「お久しぶりです。――母上」

齢《よわい》はもう六十に近いはずの母の立ち姿は、福松より堂々としていた。さすがに袖はあったが、黒衣の男装は変わらなかった。あの太刀は、もう背負っていなかった。

「どこへ行っておられたのですか」

「海にいた」

母は答えた。

「天生《テンシン》と少しばかりの仲間を集めて、海賊まがいのことをやっている。国姓爺の旗を掲げた船にも、何度か追われた」

「母上らしい」

福松は笑った。母は、そういう生き方しかできないのだろう。

「お前はどうだ」

「なかなかうまくいきませんが、これからです。病が癒えれば、また働かねば」

福松は続けた。

母は片膝を突いた。巌《いわお》のようにごつごつした、だが柔らかい感触が福松の頰を撫でた。

「そうしていただいて、ひとつ思い出しました」

福松の霞む視界の向こうに、母の鋭い顔があった。

「私はずっと、寂しかった。けど、ひとりではありませんでした。母上が、おマツさんが、次郎左衛門《じろうざえもん》が、甘輝《カンフィ》が、施郎《シーロン》がいた。友《ユウ》や錦《ギム》、甚五郎《じんごろう》、ほかにもたくさん。羽良《ウーリヨン》おじや、蛟《カウ》でさえも。だからいままで生きてこられたのだと思います」

胸が高鳴っている。病のためではない。新しい場所ではじまる新しい生の予感が、力を与えてくれている。

波の音が聞こえた。鼓動も未だ尽きない。互いにうねり、響きあう。生きてゆける。船に乗り、帆を張り、風を受け、海を滑る。誰かと出会い、どこかで戦い、何かを得て、いつか地を、天を、己《おのれ》の海が呑む。そこには、人がいる。

海神の異名を持っていた母の泣き顔。淡い麝香鼠の匂い。天。それと波。

すべてが、ゆっくりと無に融けていった。


長崎の街から少し離れた浜辺に、無数の幟《のぼり》が潮風に翻《ひるがえ》っていた。

すっきりした着物の町人や指が節くれだった農民、たぶん武家であろう妙に背筋の伸びた者など、詰めかけた老若男女の声で賑々しい。

そこに建てられた小屋では、上方で大流行《はや》りの操《あやつ》り浄瑠璃が掛けられて十日ほどが経っていた。

珍しい異国の品々で溢れ、上方と往来の多い長崎でも、その演目を直に見た人はそう多くない。大坂で商売のついでに見たという自慢話や、大量に刷られた絵入りの正本《しょうほん》は、むしろ人々の渇望を掻《か》きたてた。この浜での初日は小屋が倒れそうなほどの人出があったらしい。今日も、客が詰め掛けていた。

押し合いへし合いする雑踏の中で、老人はよろめいた。誰かの足に引っかかったか、それとも突き飛ばされたかは、分からない。

「父上、お気を付けて」

傍《かたわ》らに寄り添っていた着流しに黒羽織の男が、細い身体を支えてくれた。よい息子を持ったものだ、と老人はしみじみ思った。

「ご気分が悪くなれば、おっしゃってくだされ」

心配げな息子が嬉しくもあり、少し面倒でもある。もう数えるに飽きたので忘れてしまうが、齢は九十を超えている。この息子とて、隠居して数年が経つ。

歌うような話し声が聞こえた。唐国《からくに》の言葉だ。そこは清国となって長い。姿は見えないが、話している数人の人もみな頭を剃り、残した髪を編んで垂らしているのだろう。

長崎の街からは、あれほどいた異国人がすっかり姿を消した。イスパニアやポルトガルの船は入港すら禁じられ、オランダ人は海に囲まれた出島、清人は塀を巡らせた唐人《とうじん》屋敷《やしき》なる場所に集められている。

ただし、厳重に出入りが制限される出島と違い、唐人屋敷はそれほどうるさくなく、清人の姿は見慣れぬというほどでもない。清に操り浄瑠璃のようなものがあるか知らないが、なければないで、よいみやげ話になるのだろうと老人は思った。

人出を囲むように、煮売りの屋台が立ち並んでいる。饂飩《うどん》、天麩羅、串焼きの魚や鰻などなどが、潮風に負けじと香ばしい匂いを漂わせる。芝居茶屋のつもりか、大きな屋根を備えた店まである。

世は、大きく変わった。長生きもしてみるものだと老人は思い、だが寂しさもあった。

演目《だしもの》は、国性爺合戦。

国姓爺の異称を持つ唐国の英雄、鄭成功に取材した話だという。大坂、道頓堀の竹本座で初演されて以来二年。人気は衰える気配がない。

その鄭成功を、老人は良く知っている。

長く清と戦ったが時に利あらず、乾坤一擲《けんこんいってき》の南京攻略戦で側近の甘輝将軍を失った。再起してオランダ人と戦い、台湾へ本拠を移した。すでに病を得ていたらしく、それから半年後に志半ばで死んだ。幼名を錦《きん》といった子の鄭経《けい》が父の業を継いだが早世《そうせい》し、孫の代になってすぐ、施琅《しろう》なる老将軍が率いる清軍に敗れ、滅びた。施琅将軍はかつて、施郎なる同音の別名で鄭成功に仕えていた人だ。それらの話を長崎で、老人は詳しく伝え聞いていた。

大明国、あるいは鄭家の台湾と言うべきか。時の狭間に生じた小さな国は波間に消え、かくて唐国は、清一国となった。それからもう三十年ほどが経つ。

長生きはしてみるものだ。老人は再び感じ入った。

「それにしても」

木戸銭を払う列に並びながら、息子が呟《つぶや》いた。いつもの謹厳な顔に、戸惑いの色があった。

「伯父上の人形など、どう見ればよいかわかりませぬ」

「兄は気にすまいよ。せっかくの芝居ゆえ、何も案じず楽しめばよい」

老人、田川《たがわ》次郎左衛門は諭《さと》すように息子に言った。

「そうはおっしゃいますが」

息子はなおも言う。

「あることないこと、好き勝手されているのではと思うと、気が気ではありませぬ」

生来の生真面目さが、息子を頑《かたく》なにしているらしい。

次郎左衛門は兄の死を知った直後、妻を娶《めと》った。同時に鄭家の仕事を徐々に手放し、ただの通事《つうじ》として生きようとした。鄭家の台湾が亡びたのを契機として唐国とのつながりの一切を断ち、また隠居して通事の職を息子に譲った。

日本から見れば台湾と怪しげな関係を持っていた田川家を、「ただの」唐通事《とうつうじ》として長崎奉行に認めさせたのはひとえに、この息子の実直な精勤ぶりにあった。家督は無事に孫に渡った。

自分の子孫は日本の市井《しせい》に、歴史にひっそりと埋もれてゆくのだろう。功名心と無縁の次郎左衛門には、その予感は安堵《あんど》そのものだった。

「あることないこと、か」

ない、という言葉が胸中に別の感慨を連れてきた。

幼いころに日本を離れた兄が、海で作ろうとしていたものは、もうない。兄を直接知る者も、自分のほか何人もいないだろう。

だが、と次郎左衛門は首を巡らせる。人が多く、騒がしい。

国性爺の活躍を、人々が楽しみにしている。大坂では猫も杓子も国性爺の真似をして遊んでいると聞く。

表で息子に木戸銭を払ってもらい、小屋に入る。

客席ではざっと二百人を超えるだろうか、敷かれた茣蓙《ござ》に座って騒ぐ客がひしめいていた。正面は幕のつもりか、一面を覆う白い布が垂れ下がっている。

「御免。お通しあれ。御免」

息子が声を張りながら進み、客席の隅になんとか、ふたりは座る。

国性爺の虎退治が楽しみだ。甘輝って将軍が男前だと聞くぞ。平戸に残した女房の悋《りん》気《き》が笑いどころらしい。などと、隣の客たちが大きな声で話している。

「伯父上は虎をやっつけられたのですか」

息子が、真顔《まがお》で訊いてくる。

「そうだったかの」

次郎左衛門は、ふと見上げた。

興行のために掛けただけの小屋に天井板はない。荒く組んだ木材で支える藁の屋根裏が見えた。

その向こうには、蒼い天がある。

息子への答えを考えようとしたとき、甲高く柝《き》が打たれた。

客たちはしかつめらしく居住まいを整え、あるいは歓声を上げる。柝が連打され、太鼓が続き、さらに客たちを煽《あお》る。

寄せる波にも似た音とともに、一気に幕が引かれた。

参考文献

羽田正『東インド会社とアジアの海』（講談社学術文庫）
松浦章『中国の海商と海賊』（山川出版社）
杉山正明『モンゴル帝国と長いその後』（講談社学術文庫）
レイモンド・P・シェインドリン（入江規夫訳）『ユダヤ人の歴史』（河出文庫）
河原英俊「隠元禅師と抗清勢力との関係」（『黄檗文華』一一八号　黄檗文化研究所）

取材協力

長崎県文化観光国際部文化振興・世界遺産課
長崎市、五島市、平戸市の博物館、資料館、地元の歴史を語り継いでおられるみなさま

DTP制作　エヴリ・シンク

解説

仲野徹

『海神の子』、鄭成功《ていせいこう》をモデルとした大スペクタクルである。中国人の父と日本人の母の間に生まれた鄭成功がいかに生きたか。いや、いかに生きざるをえなかったか。

歴史小説と時代小説というジャンル分けでいくと、その中間ということになるだろう。それ歴史小説というのは、ある人物や事柄について史実に忠実に書かれた小説である。それに対して、時代小説は、ある時代を背景として主に架空の人物や事柄を描いたものだ。

主人公の鄭成功はもちろん実在の人物である。『広辞苑』によると「明末の遺臣。鄭芝竜の長子。原名は森《しん》。母は肥前平戸の人、田川氏。父の海上勢力を継承し、廈門《アモイ》を拠点として清朝に抵抗。1661年、オランダ人を破って台湾に本拠を移すが翌年病没。南明の皇室から国姓の朱を賜り国姓爺《こくせんや》と称す。近松門左衛門作『国性爺合戦《こくせんやかっせん》』により『和藤内《わとうない》（和唐内）』の名でも親しまれる。（1624〜1662）」とある。小説の内容はこれにのっとっているが、それを彩るために創作された登場人物や出来事も多い。

世界史で学んだことがあるというくらいの人がほとんどかもしれない。が、文楽や歌舞伎を知る人にとっては近松門左衛門の名作『国性爺合戦』の主人公としての方がずっとお馴染みだ。大明国《たいみんこく》を再興せんと、鄭成功、またの名を国性爺あるいは和藤内が大活躍する荒唐無稽と言ってもいいような筋立てである。「千里が竹虎狩りの段」がよく演じられるが、大立ち回りの末に和藤内の母が伊勢神宮のお札をかざしたとたん虎がへなへなっとなってしまうところなどまるでマンガだ。

しかし、この『国性爺合戦』、初演時には三年越し十七ヶ月という空前のロングランを記録したというからすごい。日本名を福松、長じて中国に渡ってからは鄭《テエ》森という名であったが、皇帝から国姓を賜った。また、和藤内という名は、今なら人権問題になりそうだけれど、「和（日本）でもない藤（唐＝中国）でも内（ない）」という、その生まれからつけられたものだ。ともあれ、誰も見たことのない大陸で日本人の血を引く若者が大活躍する物語に、江戸時代の民衆は大喜びしたのだろう。

一向に上達しないのだけれど、この十年ほど、文楽の語りである義太夫を習っている。それもあってよく文楽鑑賞に赴くのだが、その折には橋本治の『浄瑠璃を読もう』（新潮社）をバイブルにしている。人形浄瑠璃の三大名作である『仮名手本忠臣蔵』、『義経千本桜』、『菅原伝授手習鑑』をはじめ、八つの代表的戯曲が紹介されている本だ。そのひとつが『国性爺合戦』で、橋本によると、この作品は「一貫してスピーディーな物語展開を見せる『アクションファンタジー大作』」ということになる。『海神の子』にもそのままあてはまる言葉ではないか。いや、それどころか、アクションファンタジー大作としては、そのスケールの大きさとリアリズムから『海神の子』に軍配を上げたい。

浄瑠璃でよく描かれるのは、主従、師弟や夫婦・親子関係の大切さだ。「親子は一世、夫婦は二世、主従は三世」と言われるように、最も重きがおかれるのは、前世、現世、来世の三世にわたるとされる主従関係である。だから、主のために切腹するとか、罪のない子を殺めるとかいうような無理筋の話がいくつもある。この小説でも、鄭成功を起点とした主従関係が数多く出てくる。そこには信頼があるだけでなく、憎悪があり、裏切りがある。信頼よりも裏切りの方が面白く読めてしまうのは私の性格が悪いせいかもしれない。とはいえ、海賊仲間たちとの大活躍、幼なじみとの友情など、つい『ONE PIECE』の主人公・ルフィを思い浮かべたりして、何だかうれしくなった。

スプラッタムービーのような殺戮シーンが全編を通じてたくさん出てくる。字義どおりの血生臭い話は苦手なのだが、ほとんど気にならなかったのが不思議である。あまりに壮絶すぎるせいかもしれない。しかし、そんな中、科挙を受験するために教えを乞うた実在の人物、かつての明の高官・銭謙益《チィキャムイク》の存在は心を和ませてくれる。師弟というのも主従と同じく三世の仲であるから、その関係は深い。おそらくは創作なのだろうけれど、ジャッキー・チェンの映画『酔拳』の師匠を好色に、そして、金に意地汚くしたような人物像が面白すぎる。さらに世知にも長けており、頭脳も極めて明晰だ。銭だけでなく、登場人物の造形がどれもユニークなのがいい。こんなことする奴おらんやろ～、と言いたくなるようなケースもなくはないが、その人物の生まれ育ちを知ると、そういった判断や行動もありかと納得させられてしまう。

幼いころから両親と離れていたため、親の愛情に恵まれて育った訳ではなかった鄭成功。それだけに、二世、一世の関係である妻や子ができたことにより、いろいろな考え方が変わっていく。しかし、実の親である海神との関係は凄惨を極めるものになる。明を滅ぼした清への服従を迫られ、剣を交えるにいたるのだから。両者の運命やいかに？

先の橋本の本によると、近松門左衛門の作品の特徴は、「非情を語ることによって、そこに存在するはずの情を暗示する」ところにあるとする。まさにその通りのシーンだ。近松的にいくと、この本のクライマックスここにありと思うのだが、著者の川越宗一は同意してくださるだろうか。

もうひとつ付け足しになるが、浄瑠璃でよく出てくる筋立ては、「〇〇、じつは△△」というものだ。たとえば、凡庸なおやじが、かつては源氏の強者《つわもの》であった、とかいうようなことが明かされ、物語の最後で「え〜、そうやったんか！」と驚かせてくれたりする。『海神の子』では、鄭成功の「父」、鄭芝龍の存在がそれに似たところがある。序章——元々は川越にとって初めての短編だった——で解説されているので、どんでん返しという訳ではないけれども、その設定が意外すぎる。最終的には三人の「鄭芝龍」が登場することになるのだが、こういったひねりがなければ、全体の面白みがずいぶんと減じてしまっていたことだろう。あるいは、名と実の違いといったものがこの本の隠れたテーマであるのかもしれない。

スペクタクルばかりを強調してしまったけれど、この小説の本題はそこにない。国姓爺・鄭成功がどうして海賊として海に生き続けたか、である。国姓を賜るシーンでは、親と決定的に対立してまで新帝に据えた隆武帝、唐王・朱聿鍵《ツウウツケン》に「朕を扶け、国家を安んぜよ」と命じられる。その時、心によぎる言葉、

「自分の周りには、誰もいない。中華の皇帝、数多の朝臣、蛟、鄭家の者たち。どれだけいても、ひとりだ」

は、あまりに哀しい。後に台湾で一戦を交え敗れたオランダ総督が、「勝てるはずがない清と戦い続ける気力もさることながら、その旗のもとには、なぜか人が集まり続けている」と評した国姓爺なのに、なぜにそれほどまでに孤独だったのか。物心ついた頃から海賊として生きるしかなかった福松、自分の居場所とアイデンティティーを追い求める人生であった。そのためには、どこまでも行くことができる海に生きるしかなかったということか。

「今から三百年ほど前の日本は、既にハリウッド大作映画並みのものを作り出していたというところだろうか」

これも、『国性爺合戦』を賞する橋本治の言である。『海神の子』も大作映画になりえそうだ。ただ、あまりにスケールが大きいストーリー、登場人物たちがとてつもなくダイナミックすぎて、配役を誰にするかが難しすぎるかもしれないが。

（生命科学者・大阪大学名誉教授）

文春文庫

海《かい》神《じん》の子《こ》

定価はカバーに
表示してあります

2024年6月10日　第1刷

著　者　川《かわ》越《ごえ》宗《そう》一《いち》

発行者　大沼貴之

発行所　株式会社　文藝春秋

東京都千代田区紀尾井町 3-23　〒102-8008
TEL　03・3265・1211㈹
文藝春秋ホームページ　http://www.bunshun.co.jp

落丁、乱丁本は、お手数ですが小社製作部宛お送り下さい。送料小社負担でお取替致します。

印刷製本・大日本印刷

Printed in Japan
ISBN978-4-16-792228-3